CUTOUT

Josée Turgeon

FRANCINE MATHEWS

CUTOUT

Traduit de l'américain
par Raphaële Eschenbrenner

encre de nuit

Libre Expression
QUEBECOR MEDIA

Catalogage avant publication de la Bibliothèque nationale du Canada

Mathews, Francine

Cutout

Traduction de: The cutout.
Publ. en collab. avec: Encre de nuit.

ISBN 2-7648-0146-7

I. Eschenbrenner, Raphaële. II. Titre.

PS3563.A835C8814 2004   813'.54   C2004-940733-3

Titre original : *The Cutout*
Éditeur original : Bantam Books, New York
© 2001, Francine Mathews
© 2003, Encre de Nuit pour la traduction française
© 2004, Encre de Nuit et Éditions Libre Expression pour
l'édition française au Canada

Éditions Libre Expression
7, chemin Bates
Outremont (Québec) H2V 4V7

Dépôt légal : 2e trimestre 2004

ISBN 2-7648-0146-7

Cutout : une tierce personne utilisée pour dissimuler les contacts entre deux individus – généralement un agent secret et un officier traitant qui ne veulent pas prendre le risque de se rencontrer parce que l'un des deux peut être sous surveillance.

Norman Polmar et Thomas B. Allen
L'Encyclopédie de l'Espionnage

PREMIÈRE PARTIE
Mardi 9 novembre

1

Elle était petite, la presse avait toujours insisté sur ce point. En un matin glacé de novembre, aux derniers jours d'un siècle sanglant, elle se dressait sur la pointe des pieds sur une estrade qui avait été conçue pour que la foule puisse la voir. Une foule polyglotte, remarqua-t-elle, composée d'étudiants allemands hirsutes, de gens d'Europe centrale et d'une poignée de touristes américains. Quelques Turcs brandissant des affiches rouge sang étaient cachés par le service de sécurité omniprésent du nouveau gouvernement. Après avoir passé vingt-quatre heures à Berlin, Sophie Payne s'était habituée à la présence de la police anti-émeute.

Des équipes de télévision venues du monde entier, levant leurs caméras comme des icônes religieuses, bousculaient librement l'assistance. Le nouveau chancelier allemand n'avait pas encore banni les médias. Sur la Pariser Platz, au pied de la porte de Brandebourg, des camions bardés d'antennes paraboliques étaient garés. En les surveillant depuis son estrade, Sophie comprit que sa présence était un événement historique. Première vice-présidente américaine à débarquer dans la nouvelle capitale allemande, elle était arrivée à Berlin à une période mouvementée. La foule rassemblée sur la place espérait entendre un message américain — une promesse de solidarité en cas de conflits. Ou de rédemption…

À la demande du président des États-Unis Jack Bigelow, elle s'était rendue à Berlin pour inaugurer l'ambassade américaine. Dans son dos, derrière les sièges occupés par le ministre allemand des Affaires étrangères et l'ambassadeur américain, la nouvelle ambassade se dressait comme un décor. De ce fait, Sophie se sentait un peu comme la marionnette d'un spectacle de guignol.

L'architecture de l'ambassade avait été l'objet de nombreux débats durant des années. Il fallait éviter toute référence visuelle au Berlin du vingtième siècle — époque chargée de culpabilité. Toute connotation avec le régime actuel pouvait s'avérer dangereuse. Mais le dix-neuvième siècle n'avait pas non plus été entièrement acceptable puisqu'il avait produit Bismarck et le militarisme allemand. Les architectes du ministère des Affaires étrangères américain avaient finalement opté pour le postmodernisme : un bâtiment lisse à trois étages en pierres calcaire avec des airs de commode Chippendale.

L'édifice aurait pu être le siège d'une quelconque entreprise, songea Sophie. Il n'exprimait rien de particulier. C'était sans doute ce qu'on attendait d'elle aujourd'hui.

Mais au cours des dernières vingt-six heures, Sophie avait lu le graffiti obscène souillant le nouveau mémorial de l'Holocauste. Elle avait rencontré des Turcs de la troisième génération, les *Gastarbeiters*, en passe d'être rapatriés dans un pays qu'ils ne connaissaient pas. Elle avait même dîné avec Fritz Voekl, le nouveau chancelier allemand, et applaudi poliment quand il avait parlé de la renaissance de la grandeur allemande. Puis elle avait passé la nuit à penser à ses parents et décidé qu'elle allait faire une déclaration percutante.

Dressée sur l'estrade, Sophie mit de côté le discours neutre qu'elle était censée réciter et ajusta le micro : « *Meine Damen und Herren.* » Durant la pause qui suivit le son amplifié de ses paroles, elle entendit distinctement un enfant brailler. Elle inspira et crispa les doigts sur son pupitre.

— Nous sommes ici aujourd'hui pour célébrer la nouvelle capitale d'un nouveau siècle, déclara-t-elle.

C'était tout à fait inoffensif. Comme le contenu des pages dont elle ne se servirait pas.

— Pour célébrer aussi, reprit-elle, le dévouement et le sacrifice de générations d'hommes et de femmes, qui, des deux côtés de l'Atlantique se sont battus pour mettre un terme au communisme.

Là, encore, il n'y avait rien qui puisse exciter les policiers vêtus de noir armés de matraques.

— Mais le fait que nous célébrions cela dans la ville de Berlin est important, poursuivit-elle. Capitale du passé de l'Allemagne et de son avenir, Berlin ne peut totalement renaître. Les pavés de ses rues sont chargés d'histoire. Berlin a été témoin de la tyrannie de Hitler et les Berlinois ont payé de leur sang pour les péchés qu'ils ont commis. Aujourd'hui, engageons-nous à ne jamais laisser cette nation se soumettre à un dictateur. À ne jamais fermer les portes de cette ville à d'autres races. Berlin doit être la capitale de tous les Allemands.

Des clameurs spontanées et téméraires s'élevèrent de la foule. Un barbu agita sa pancarte en scandant un slogan en turc. Disséminés sur la Pariser Platz, d'autres Turcs l'imitèrent et, en un instant, les matraques de police s'abattirent sur les gens. Quelqu'un hurla. Sophie aperçut une femme piétinée par la foule et recula d'un pas sur l'estrade. Nell Forsyte, son agent des services secrets s'approcha d'elle et lui murmura : « Dites merci et partez. »

Sophie avança la main vers son micro. Et avant que la déflagration retentisse à travers les cris, elle sentit l'estrade vibrer sous ses pieds, comme si la Pariser Platz poussait un dernier soupir avant de rendre l'âme. Puis la porte de Brandebourg explosa en prenant la forme d'une fleur de pierre monstrueuse et un son aigu traversa le chaos. Une vague de lumière rouge bondit vers l'estrade et, paralysée, Sophie pensa : *Mon Dieu. Une bombe. C'est moi qui ai déclenché ça ?*

Nell Forsyte plaqua Sophie au sol et s'allongea sur son dos, criant des ordres inintelligibles. Non loin d'elle, un homme criait en français. Sous l'onde de choc, les fenêtres des luxueux hôtels et celles d'une douzaine d'autocars destinés au tourisme se brisèrent. Puis, avec la violence d'un chœur wagnérien, la coupole en verre du Reichstag s'effondra. L'espace d'un instant, Sophie arrêta de penser et de respirer.

— Ça va ? lui demanda Nell d'une voix enrouée.

Sophie acquiesça puis se cogna le front contre l'estrade.

— J'étouffe, Nell, gémit Sophie. Poussez-vous.

— Restez couchée !

— J'aimerais mieux me lever.

Nell insista, mais Sophie sentit le poids du corps de la jeune femme se déplacer. Le cou tendu, Nell surveillait la place. Sophie imagina des dignitaires américains et allemands écrasés par leurs gardes du corps et émit un son bizarre : mi-sanglot mi-halètement. *Si je pouvais me lever, je me sentirais mieux, plus sûre de moi.* Elle enfonça son coude dans les côtes de son bouclier humain. Nell grogna.

— Je vais compter jusqu'à trois, dit-elle. À trois, vous vous lèverez et vous marcherez vers l'ambassade. Je vous couvrirai.

— On ne peut pas ramper ?

— Il y a trop de verre.

Nell compta et hissa Sophie sur ses jambes. C'est seulement à cet instant que la vice-présidente remarqua qu'elle avait perdu une chaussure. Autour d'elle, des hommes et des femmes gisaient dans des flaques de sang sur l'estrade. Le pupitre, songea Sophie, l'avait miraculeusement protégée des éclats. Un cordon de sécurité composé d'hommes entourait le ministre des Affaires étrangères inanimé. Un inconnu — le médecin de l'ambassade, pensa Sophie — déchira sa chemise.

Sur le côté droit de l'estrade, à un mètre d'elle, un homme au teint mat sortit une mitrailleuse de son manteau et visa Sophie. Interloquée, elle le dévisagea. Puis le pistolet de Nell surgit et l'œil gauche de l'homme vira au cramoisi. Il roula au sol comme un ivrogne tandis que son arme se déchargeait dans l'air. Nell saisit les genoux de Sophie.

L'hélicoptère de secours décrivit deux cercles au-dessus de la Pariser Platz, sans prêter attention aux signaux des ambulanciers installés dans les décombres. Il n'y avait pas de place pour atterrir. Les survivants piétinaient les blessés, et la sortie principale menant au parc du Tiergarten et à l'avenue Unter den Linden était obstruée par des amas de pierres et des véhicules de secours. Le pilote de l'hélicoptère vira à gauche et survola le toit de l'ambassade. En principe, un marine aurait dû être posté sur le toit durant le discours de la vice-présidente, mais les soldats s'étaient probablement rués à l'intérieur du bâtiment au moment de l'explosion. Le toit était vide. Le pilote trouva la mire de l'aire d'atterrissage et se posa.

Deux hommes sortirent de l'hélicoptère, le dos courbé sous le souffle des hélices. Ils déplièrent une civière blanche. À l'intérieur de l'autogire, un troisième homme, blond, vêtu d'une veste en cuir noir, s'accroupit devant la porte ouverte. Il couvrit les deux hommes avec un fusil automatique jusqu'à ce qu'ils atteignent la porte du toit. Là, l'un des hommes sortit une mitraillette de sa blouse blanche médicale et tira sur les antennes de communications de l'ambassade. Puis il fit sauter le verrou de la porte.

Une alarme retentit immédiatement. Le son était étouffé par les clameurs de la Pariser Platz. Le blond leva son fusil et jeta un œil sur le pilote de l'hélicoptère.

— Ils sont à l'intérieur, dit-il. Donne-leur trois minutes.

Il balaya du regard le toit de l'ambassade, les conduits de chauffage et les antennes hors service. En quelques secondes, les nouveaux postes d'écoute ultramodernes avaient été détruits.

Les techniciens de la CIA avaient probablement passé des semaines à les installer. Le rotor de l'hélicoptère siffla, et le blond à la veste noire rétablit son équilibre sur le seuil de la porte tandis que l'engin s'élevait dans les airs. Les cris provenant de la Pariser Platz ne semblaient lui faire aucun effet. Scrutant la place comme un faucon, il guettait le moment pour plonger.

Un bruit de mitrailleuse. C'était le bruit de son cauchemar récurrent – un rêve de fusillade par un peloton d'exécution. Dans les bras de Nell, Sophie recrachait l'épaisse fumée qui avait envahi la Pariser Platz. Elle ne voyait pas grand-chose. Seul, le mur de l'ambassade surgissait du brouillard. Nell la tenait sous les aisselles comme une enfant.

– Il faut qu'on pénètre à l'intérieur, dit-elle à Sophie.

Elle la poussa vers les chaises des dignitaires qui étaient vides comme au soir d'une première ratée. Des morceaux de verre scintillaient partout. Sophie sentait l'empressement et la nervosité de Nell. La porte détruite de l'entrée de l'ambassade s'ouvrit brusquement, puis un marine, les yeux écarquillés d'étonnement, s'écroula aux pieds de Sophie. Nell tira sur quelque chose dans l'ombre de l'entrée. Sophie entendit le son d'un pneu crevé et sa protectrice tomba à genoux. À l'intérieur de l'ambassade, quelqu'un avait un silencieux.

Un bruit de pas retentit. Une large tache de sang s'étendait sur le costume bleu foncé de Nell. Une équipe médicale en blouse blanche se rua vers Sophie qui s'affaissa avec soulagement. D'une main, Nell lui saisit le poignet, de l'autre elle leva son arme. Une balle frappa le front de la jeune femme, et elle s'effondra, une lueur de rage dansant dans ses yeux.

Sophie prit dans ses bras le corps lourd et ensanglanté de sa protectrice en hurlant son prénom. Soudain, des hommes l'attrapèrent par-derrière, puis tout s'obscurcit.

– Circulez ! cria l'homme qui tenait la civière au bord de l'estrade. On a besoin d'espace !

Il hurlait sur les survivants qui le dévisageaient d'un air paniqué. L'hélicoptère de secours survolait la Pariser Platz et déroulait son filin de treuillage. En quelques secondes, les deux hommes accrochèrent la civière au filin. Hélitreuillé, le fardeau blanc monta lentement dans les airs. Dans le ciel, à travers les nuages de fumée, le visage d'un homme blond, vêtu d'une veste en cuir noir apparut. Il attrapa la civière avec précaution et la tira à l'intérieur de l'hélicoptère.

Un reporter allemand couvert de suie filmait la scène. Sa main ensanglantée tenait la caméra.

— Qui est sur la civière ? demanda-t-il aux deux brancardiers postés sur l'estrade.

Ils ne lui répondirent pas. Le reporter braqua sa caméra sur l'un des types en blouse blanche qui repoussa brutalement l'objectif d'un air furieux. Le reporter lâcha sa caméra en hurlant et toucha sa main blessée.

Les deux individus enlevèrent leurs blouses maculées de sang, puis se frayèrent un chemin dans la foule. À l'entrée du parc de Tiergarten, une ambulance attendait. Curieusement, personne à l'intérieur du véhicule ne se préoccupait des centaines de blessés sur la place.

Les deux hommes foncèrent vers l'ambulance.

2

Caroline Carmichael rétablit l'équilibre de sa tasse à café — une céramique italienne sous laquelle était inscrit *Deruta* — avec le pouce et l'index de ses deux mains. D'un air absent, le visage tourné vers la fenêtre, elle fixait l'aile bleue d'un geai malveillant. Elle avait peut-être vu l'oiseau, remarqué son agressivité, la façon dont il s'acharnait avec son bec sur les feuilles détrempées. Elle avait peut-être vu qu'il pleuvait et songé brièvement aux vêtements qu'elle porterait pour aller travailler. Mais pour l'instant, elle restait assise, nue sous un large peignoir en éponge. Le peignoir l'enveloppait comme un manteau d'hermine, comme une seconde peau. Il avait appartenu à Eric et elle y était sentimentalement attachée. Du tissu émanait une légère odeur citronnée. Caroline ferma les yeux et pensa au souffle d'Eric.

Des citrons. Les vergers de Chypre, les collines sèches couvertes de romarin. Chypre, c'était bien avant Budapest, Caroline pouvait encore y songer sans flancher. À travers la lumière aveuglante, près des éboulis de pierres, la mer avait semblé renfermer une promesse de bonheur. Caroline avait acheté le peignoir dans une boutique de Nicosie.

Eric l'avait porté quatre fois. *Je ne suis pas un type à peignoir*, lui avait-il dit au moment où elle faisait sa valise. *Prends-le avec toi.*

C'était quoi, un type à peignoir ? se demanda Caroline.

Quand Eric sortait de la douche, ébouriffé, l'ombre d'une barbe sur la mâchoire, il utilisait rarement de serviette. Sur sa peau, les gouttes d'eau s'évaporaient dans la chaleur de Chypre, tandis qu'il restait immobile, perdu dans ses pensées. Dans ces moments-là, Caroline ne lui demandait jamais ce qu'il avait en tête. L'angoisse qui tenaillait Eric avant certains rendez-vous, sa nausée incontrôlée au-dessus de la cuvette des toilettes, Caroline s'en souvenait très bien. L'ambiance n'avait pas été au beau fixe à Nicosie. À Budapest, elle s'était nettement dégradée.

Pourtant, la vieille ville escarpée au bord du Danube recelait de charmes. Certains soirs, quand Caroline était en mission de surveillance, assise aux côtés d'Eric dans la voiture, elle avait aimé se perdre dans la contemplation du Château de Budapest. Le jour, arpentant le dédale des rues étroites, les façades sombres des immeubles lui avaient évoqué le décor d'un film en hommage à Bogart. La manie de la rénovation n'avait pas encore transformé Budapest. Sous la poussière charbonneuse qui pénétrait dans toutes les boutiques, Caroline avait déniché des coffres sculptés représentant des oiseaux brillants, des étoffes brodées et des éperons ayant appartenus à un cavalier magyar. Elle avait caressé les étoffes, touché le bois fendu et imaginé une vaste plaine envahie de chevaux sauvages. Plus tard, quand la pluie de mars s'était mise à tomber, Caroline s'était réfugiée dans le plus respectable salon de thé de la ville : Gerbeaud. Un livre en main, elle avait grignoté une tartelette au chocolat en écoutant d'une oreille indiscrète de jeunes touristes italiens.

Eric avait refusé toute échappatoire. Les yeux caves à force de nuits sans sommeil, il parlait d'un ton brusque. Caroline avait essayé d'évoquer des souvenirs, mais il avait perdu le fil de la conversation. Créature de la discipline, Eric était devenu un ascète renonçant au sommeil, aux fins de soirée de l'ambassade et même à son désir matinal. Après ses rendez-vous nocturnes, il rentrait souvent à l'aube, quand Caroline avait fermé son livre et éteint la lumière depuis longtemps. Elle se levait tôt et s'habillait en silence avant de se rendre à l'ambassade, pendant que son mari, cet étranger insensible, était enfoui sous les draps.

À la fin de leur mission de trois mois, Eric lui avait dit qu'il devait passer l'été à Istanbul. Caroline avait décidé de rentrer aux États-Unis le jour où il avait quitté Budapest. Elle n'avait rien à faire en Turquie. Elle avait pensé proposer ses services à Langley[1] et il lui fallait également trouver un nouvel appartement. Ses supérieurs seraient ravis qu'elle revienne, s'était-elle dit, ils ne posaient jamais de questions embarrassantes. Et peut-être que son absence ferait réfléchir Eric. Le sortirait des limbes.

Je t'appellerai, lui dit Eric dans le hall bruyant de l'aéroport de Francfort. Autour d'eux, de gros barbus engoncés dans des costumes d'été, les bras encombrés de journaux et de sacs duty-free fument d'interminables cigarettes. Leurs femmes font les cent pas dans des saris froissés, des enfants pelotonnés dans leurs bras comme des sacs de farine.

Le terminal international est une immense salle d'attente intemporelle, jalonnée de plantes avachies, de portails de sécurité et de détecteurs électroniques. Le terrorisme hante l'aéroport de Francfort depuis le jour ou une bombe, installée dans une radiocassette par deux Libyens, avait été placée dans le compartiment à bagages d'un avion de la Panam, vol 103. L'avion avait explosé au-dessus d'une petite ville d'Écosse. Depuis, Francfort a pris des mesures. Il faut attendre des

---

1. Nom de la ville où se trouve le siège de la CIA.
(Toutes les notes sont de la traductrice.)

heures avant d'être inspecté par le service de sécurité. Certains touristes se plaignent dans la file d'attente. Les sacs sont ouverts ou passés aux rayons X ou enrubannés de jaune. Les formulaires sont tamponnés. Il y a des caméras et des écrans de contrôle. Tendus, les gens patientent, transpirent. Quand ils récupèrent enfin leurs bagages, ils ont gagné le droit de circuler librement dans cet aéroport dont la stérilité est presque atroce.

Caroline serre sa carte d'embarquement. Ce qu'elle aimerait vraiment, c'est étreindre Eric jusqu'à l'étouffer.

— Je serai au Tyson Marriott, dit-elle. À toi de vérifier quel est le décalage horaire entre Istanbul et la Virginie.

Elle remarque que les Américains râlent plus bruyamment que les autres touristes. Ils tournoient autour d'une île qui est Eric, persuadés de mériter une sorte de dispense. Ils ont payé de leur sang pour un monde libre et cette obsession allemande de l'ordre est un outrage. Ça leur rappelle les fourgons à bestiaux en route pour les chambres à gaz des camps de la mort. La patience est une vertu dont les Américains se méfient.

Eric effleure la joue de Caroline. Il lui embrasse chastement le front comme s'il la bénissait, puis se retourne sans dire un mot. Caroline tend la main vers le dos d'Eric, mais il est trop tard. C'est de ce moment-là dont elle se souviendra, des années plus tard, quand les gens l'interrogeront. Elle se rappellera qu'ils s'étaient séparés en silence.

Savait-il ce qui allait se produire en ce matin d'avril ? Ou était-il parti à l'abattoir comme un veau innocent ?

Caroline termina son café, un goût saumâtre dans la bouche. Derrière la fenêtre, le geai déploya ses ailes et s'éloigna. Caroline allait être en retard.

Quand les médias annoncent la catastrophe, pensa-t-elle, tout le monde a la même question en tête, mais personne n'ose en parler. On occulte le drame, on insulte les conducteurs lents sur l'autoroute, mais la question persiste. Elle apparaît et disparaît comme la vision fugitive du profil d'un prêtre derrière le grillage d'un confessionnal.

Quand un avion explose à neuf mille mètres, comment meurt-on ?

Au cours des deux dernières années, Caroline avait rassemblé des réponses spécifiques. Douze des passagers du vol MedAir 901 ont été retrouvés à vingt-sept kilomètres du point d'impact de l'avion. Ils étaient morts mais encore attachés à leurs sièges. Cinq autres personnes, en première classe, qui, d'après les experts, étaient assises sous le compartiment à bagages contenant la bombe, ont été carbonisées. Sept voyageurs ont été décapités quand l'aile a cédé. Quatre-vingt dix-huit ne sont jamais sortis du fuselage. Mais le pire, c'étaient ceux qui avaient été aspirés de leurs sièges, tourbillonnant dans les courants d'air comme des feuilles au-dessus de la côte turque. À neuf mille mètres d'altitude, ils ont perdu conscience en quelques secondes, étouffés, gelés par les vents en dessous de zéro et se sont fracassés à l'impact.

La nuit, quand elle fermait les yeux, Caroline voyait encore les enfants. Il y en avait vingt-trois à bord de l'avion, des adolescents et des bébés. Vêtus des couleurs pastel de Pâques, tels des emballages de bonbons. Le corps d'Eric faisait partie de ceux qui n'avaient pas été retrouvés. Après deux ans de réflexion et des milliers de questions adressées à l'univers clandestin, Caroline ne savait toujours pas si son mari était mort.

Elle posa sa tasse dans l'évier et foula la moquette du couloir jusqu'à sa chambre. La pluie d'Arlington tombait et Eric lui manquait. Elle aurait voulu sentir la fermeté de ses cuisses, la peau fine au-dessus de ses hanches, la sueur au creux de ses genoux. Plaisirs auxquels elle n'avait plus droit, songea-t-elle avec rage. Dans l'embrasure de la porte, elle s'arrêta net, inspira profondément, puis marcha d'un pas déterminé vers le placard.

Elle roulait sur le George Washington Parkway quand elle apprit ce qui s'était passé à Berlin.

Au Centre de contre-terrorisme de la CIA, le CTC, une agitation intense régnait quotidiennement. Situé au rez-de-chaussée du nouvel immeuble du quartier général, le centre

– deux cent soixante-dix-neuf mètres carrés d'air confiné et de moquette bleue – était un lieu sans fenêtre où cinquante experts en terrorisme se disputaient divers espaces cloisonnés. Au CTC, des officiers traitants de la CIA, des analystes, des agents du FBI et des membres des services secrets travaillaient ensemble comme dans aucune autre organisation gouvernementale. Ici, les intérêts communs prévalaient sur la hiérarchie. On y côtoyait des gens qui connaissaient Farsi, d'autres les explosifs. Certaines personnes savaient où dormait Kadhafi chaque nuit, rêvaient en arabe, ou comprenaient les techniques des faussaires, ou connaissaient les dernières armes chimiques, ou savaient comment les centres de stockage d'armes étaient cachés au cœur des montagnes. Les images satellites des camps d'entraînement des guérilleros, les interceptions électroniques de conversations privées faisaient partie du quotidien, mais aux yeux de Caroline, le CTC était le lieu le plus passionnant du monde.

Elle s'arrêta devant la porte, anticipant l'inévitable : la collision avec un collègue déboulant du couloir reliant l'ancien quartier général au nouveau. Sandy Coutts la bouscula.

– Désolé, marmonna-t-il en s'éloignant, les yeux rivés sur le message qu'il lisait.

Sandy était un petit homme tatillon aux cheveux blancs qui parlait avec un impeccable accent britannique. Ses lunettes aux fines montures métalliques étaient couvertes d'empreintes de pouces. Il n'avait aucun respect envers Caroline – par principe il n'appréciait pas les gens jeunes et encore moins les femmes – mais malgré cela, elle éprouvait de l'affection pour lui. Sandy lui rappelait George Smiley, le personnage des romans de John Le Carré. Et il savait tout ce qu'il y avait à savoir sur Beyrouth et le Liban. S'il se faisait renverser par un bus en traversant la rue distraitement, la mémoire collective des analystes du renseignement serait effacée en un instant.

Quand il y avait des problèmes de priorité au CTC, les gens qui suivaient les cellules combattantes du FPLP, Ben Laden et le Hezbollah, avaient plus d'autorité que les autres. Caroline tourna à droite dans la « rue Ben Laden » et se dirigea vers le « sentier Krucevic ». C'est ainsi qu'elle nommait la division chargée de surveiller l'organisation 30 Avril. Les membres du 30 Avril étaient une bande internationale de tueurs probablement fous. Psychotiques, sadiques, mais disciplinés et insaisissables. Leur objectif était simple : éliminer les races non aryennes en Europe. Ils semaient la terreur pour parvenir à leurs fins. Trente mois plus tôt, c'étaient eux qui avaient fait sauter l'avion dans lequel se trouvait Eric.

— Salut Chien Dingue ! lança Cuddy Wilmot.

Cuddy était l'une des rares personnes à avoir le droit d'appeler Caroline par ce surnom. Eric l'avait baptisée ainsi quand elle avait fait preuve de courage durant la formation paramilitaire qu'elle avait suivie, et Cuddy avait été l'ami d'Eric. Il était également le supérieur de Caroline.

— La réunion avec le président est annulée, dit-il. Scottie a demandé qu'une réunion ait lieu à neuf heures dans le bureau d'Atwood.

— As-tu des nouvelles de la vice-présidente ? Elle est dans quel hôpital ?

L'expression de Cuddy, sa façon de remonter ses lunettes avec l'index alerta Caroline. Elle sentit qu'il allait lui annoncer une mauvaise nouvelle.

— Tu as vu le film ? demanda-t-il.

— Je n'ai pas eu le temps.

Elle jeta un œil sur une télévision suspendue au plafond. Quelques personnes étaient regroupées dessous. Caroline se dirigea vers Scottie Sorensen, le directeur du CTC, mais Cuddy la saisit par le coude.

— Viens dans mon bureau, dit-il.

Ils serpentèrent autour de tables, passèrent devant de grandes piles de papiers sur lesquels des ventilateurs et des tasses tatouées au rouge à lèvres étaient posés. Ils contournèrent des étagères couvertes de journaux spécialisés, de cassettes vidéo, de coupures de magazines.

Hormis quelques personnes qui regardaient les nouvelles à la télévision, les gens étaient penchés sur leurs terminaux, examinant les informations qu'ils avaient reçues durant la nuit. Ils cherchaient tous quelque chose qui aurait pu prédire l'attentat de Berlin — une menace téléphonique à l'ambassade, le signalement d'une mallette suspecte ou tout autre indice.

— Qu'est-ce qu'il y a ? demanda Caroline à Cuddy, le cœur battant.

Il ferma la porte de son bureau vitré derrière elle.

— J'aimerais te montrer quelque chose, dit-il, même si ces vitres ne nous protègent pas des regards indiscrets.

Cuddy se pencha vers un magnétoscope et appuya sur un bouton.

— Pourquoi ? insista Caroline.

Il ne répondit pas. Comme d'habitude, les manches de sa chemise en coton jaune étaient relevées jusqu'au coude et il portait l'affreuse cravate en polyester qu'il gardait dans un tiroir de son bureau. Rien d'anormal à tout cela, songea Caroline, mais dans la pièce étroite, elle sentait la nervosité de Cuddy.

— Tu penses que c'est un coup du 30 Avril ? murmura-t-elle. Que ce sont eux qui ont fait sauter la porte de Brandebourg et essayé d'assassiner la vice-présidente ?

— Je pense que je suis en train de devenir fou. Assieds-toi.

Le film était allemand, il avait été intercepté par les réseaux satellites de l'Agence. Caroline se concentra sur l'image, sans prêter attention au son. Un plan grand angle de la nouvelle ambassade apparut sur l'écran. La foule grouillait autour de la Pariser Platz. Il faisait étonnamment beau à Berlin pour un jour de novembre.

— Qui est le type au micro ? demanda Cuddy.

— Dietrich, Graf von Orbsdorff, répliqua-t-elle. Le ministre des Affaires étrangères. Un ancien chrétien-démocrate qui est devenu conservateur. Il s'est battu contre Helmut Kohl pendant vingt ans puis il a changé de parti quand Fritz Voekl et sa bande de fascistes sont arrivés.

— Il est mort, assena Cuddy sans émotion.

Elle inspira profondément et expira lentement. Responsable du groupe d'analystes au Bureau des analyses sur l'Europe et la Russie de la CIA, Caroline avait suivi von Orbsdorff de près pendant six ans, avant que Scottie Sorensen réussisse à la convaincre de travailler au CTC. Elle savait tout sur le ministre des Affaires étrangères allemand : où il achetait ses costumes et combien il les payait, elle connaissait l'adresse de l'appartement de sa maîtresse et la raison pour laquelle le père de von Orbsdorff s'était suicidé avant le procès de Nuremberg.

— Là, c'est Payne, dit Cuddy. Regarde bien.

— *Meine Damen und Herren...*

La vice-présidente était en effet très petite, songea Caroline. Sophie Payne se tenait derrière son pupitre, le vent soulevait ses cheveux noirs coupés au carré. Elle portait un tailleur rouge sombre, la couleur du sang.

— Curieux discours, remarqua Caroline, croisant les bras sur sa poitrine pour se protéger, comme si elle anticipait l'explosion. Ce n'est probablement pas ce qu'elle avait prévu de dire.

Cuddy ne fit aucun commentaire.

Sophie Payne leva la tête, distraite par quelque chose qui se passait hors champ. Une seconde plus tard, l'image trembla puis devint complètement floue.

— La vice-présidente est couchée, dit Caroline, les yeux rivés à l'écran.

La caméra pivota vers la porte de Brandebourg. L'objectif saisit des corps piétinés par la foule, des bouches hurlantes. Cuddy baissa le son.

— Regarde bien, maintenant, dit-il.

Caroline ne vit rien. Puis un hélicoptère apparut sur l'écran. Une civière hélitreuillée se balançait gracieusement. Caroline se pencha en fronçant les sourcils.

— C'est Payne ? Que lui est-il arrivé exactement ?

— Un contact allemand prétend qu'un tireur turc lui a tiré dessus. Ils ont retrouvé le Turc avec une balle dans la tête. La balle provenait de l'arme d'un espion mort.

— L'espion est mort ? Merde.

— Vingt-huit personnes sont mortes ! s'énerva Cuddy.

Il rembobina la cassette et jeta :

— Vise l'hélico. Regarde le type au treuil. Tout le monde observe la civière, ils ne l'ont même pas remarqué.

Caroline scruta l'écran. Elle vit un homme aux cheveux blonds bouclés, vêtu d'une veste en cuir noir. Ses épaules étaient larges, il portait des lunettes de soleil d'aviateur. Son nez était fin, il pinçait les lèvres en se concentrant. Ses mains rétablirent l'équilibre du brancard et, à la vue de ses doigts épais, Caroline comprit. Elle glissa de sa chaise, s'agenouilla devant le téléviseur. Elle passa ses mains sur l'écran comme si ce geste pouvait faire revenir Eric.

L'homme dans l'hélicoptère, c'était lui.

3

— Très bien, conclut Caroline, donc elle n'est probablement pas à l'hôpital.

Telle une tigresse en cage, elle arpentait le bureau de Cuddy avec une seule idée en tête : s'élancer dans le couloir, foncer rejoindre Eric là où il se trouvait. *Il est vivant, il est vivant, ce salaud est vivant.*

— Assieds-toi, lui ordonna Cuddy, quelqu'un va remarquer ton manège.

Elle commença à crier, évoquant les années gâchées, puis s'assit brusquement.

— Tu n'étais pas au courant ? demanda-t-il.

Elle leva la tête.

— Et toi ?

— Je n'étais pas marié avec lui.

Sa réponse lui fit l'effet d'une gifle.

— Tu crois que j'aurais pu faire semblant de me comporter comme s'il était mort ? lâcha-t-elle. Deux ans durant ? Ou qu'Eric m'aurait fait confiance pour garder le secret ?

— Il t'aimait, Chien Dingue, murmura Cuddy, détournant les yeux pour fixer une tache de café sur la moquette. Il te faisait confiance.

— Pas pour sa vie. Eric n'avait confiance en personne à ce sujet.

Ils restèrent silencieux un moment, pensant à Eric. D'un ton froid, Cuddy déclara :

— Avoir une femme qui travaille au CTC, c'est idéal pour un terroriste qui cherche à obtenir des infos.

— Tu me connais mieux que ça.

— Je pensais également connaître Eric.

— Tu dépasses les bornes, murmura-t-elle.

— Ne pleure pas Chien Dingue, ça ne te va pas.

Cuddy se trompait. Elle ne comptait pas verser de larmes.

— Qui d'autre est au courant ? demanda Caroline.

Cuddy haussa les épaules.

— Je ne sais pas. Eric n'est pas facile à reconnaître. Il a des lunettes, ses cheveux sont plus longs.

Et la plupart des gens du CTC étaient seulement là depuis deux ans. Ils pensaient qu'Eric était un héros, l'une des étoiles gravée sur le mémorial de l'Agence. Il était probable qu'Eric soit passé inaperçu.

— Scottie l'a identifié ? insista Caroline.

— On doit le lui dire, de toute façon.

— Il ira le rapporter à Atwood.

Cuddy remonta ses lunettes d'un geste impatient et s'écria :

— Mais enfin, qu'est-ce que tu espères ? Ton mari a baisé tout le gouvernement américain, ce matin !

Caroline ouvrit la porte d'un geste brusque et se dirigea vers le bureau du directeur du CTC. Juchée sur ses hauts talons, elle se tordit une fois la cheville et jura à voix haute. C'était sa façon à elle de témoigner de la folie de la matinée et personne n'y fit attention.

La porte du bureau de Scottie était ouverte, mais il avait éteint les lampes fluorescentes. Dans la pénombre insolite, assis derrière sa table, les yeux fatigués, les cheveux blancs, il avait une expression qui était familière à Caroline. Celle d'un officier traitant trahi. Scottie se montrait distant avec la plupart des gens. Il avait fait ses études à Yale à l'époque ou le renseignement jouissait encore d'une image prestigieuse et la loi du silence lui allait comme un costume anglais discret et taillé sur mesure. De lui, ses ex-femmes disaient qu'il était charmant, trop charmant, et son charme était l'une de ses armes. Recruter des agents était un exercice de séduction qu'il adorait. Il aimait aussi les boîtes aux lettres mortes dans les parkings déserts, la surveillance de minuit, les arrestations inattendues. Caroline pensait qu'il avait éprouvé de la sympathie à l'égard d'Eric.

Scottie avait exfiltré Eric de Kaboul, quand les Russes et les Afghans étaient en guerre, puis l'avait envoyé à Beyrouth. Après Beyrouth, Eric était allé à Athènes, où Scottie était chef de station, puis à Nicosie. De retour au CTC, Scottie avait été nommé directeur et avait pris Eric comme adjoint pour finalement l'envoyer vingt mois plus tard à Budapest. Une décision que Caroline avait du mal à lui pardonner.

Scottie ne se laisserait pas duper par des cheveux longs et des lunettes de soleil.

Caroline frappa deux fois à la porte et attendit. Scottie lui jeta un bref coup d'œil.

— Entrez et fermez la porte, dit-il.

Caroline s'avança et s'arrêta, laissant une certaine distance entre elle et le directeur.

— Que comptez-vous faire ? demanda-t-elle ?

— Vous avez vu la cassette ?

— J'ai vu Eric.

Il la toisa d'un air sinistre. À l'inverse de Cuddy, Scottie ne cherchait même pas à savoir si Caroline était loyale ou non. Si elle était une taupe terroriste ou une victime. Il préférait laisser les gens préposés au détecteur de mensonges de l'Agence répondre à cette question. Après avoir passé trente ans dans les bleds paumés du monde, Scottie avait son idée sur la loyauté.

— Vous ne vous êtes jamais remariée, madame Carmichael. Que manigance Eric, à votre avis ?

— Aucune idée. C'est vous qui êtes derrière cette opération ?

Scottie esquissa un sourire.

— Cela aurait été magnifique, dit-il. Mais même moi, je n'ai pas de motif valable pour enlever Sophie Payne. Elle trop petite et trop intelligente à mon goût.

— Parlons d'Eric. Pourquoi nous a-t-il fait croire qu'il était mort ? Pourquoi nous a-t-il menti ?

— Je n'en sais rien, répondit Scottie en se levant. Seul Eric pourrait fournir une explication et malheureusement il est injoignable en ce moment. Mais retrouver la vice-présidente est prioritaire.

Il avait raison, bien sûr. La vie de Payne était en jeu. La résurrection d'un mort était un problème secondaire qui allait devoir attendre.

— Elle n'est pas dans un hôpital allemand apparemment, décréta Caroline.

Scottie haussa les épaules.

— Non, aucun hôpital berlinois n'a enregistré son admission. La Maison-Blanche est en train d'en prendre conscience. Le Président réclame des informations et les Allemands ne lui en fournissent aucune.

— Vous avez écouté le discours de Payne ?

— J'imagine qu'on va l'entendre toute la journée sur les ondes. Son discours n'était pas politiquement correct, mais pas au point de susciter un enlèvement. J'ai regardé la cassette plusieurs fois. L'explosion, la bousculade, l'évacuation en l'hélicoptère, tout ça a pris neuf minutes. Il s'agit d'une opération préparée par des professionnels.

— Bien sûr, répondit Caroline. Mais de quelle organisation ?

Il soutint son regard.

— Si vous ne le savez pas, ce n'est pas moi qui vais deviner, déclara-t-il.

— Que voulez-vous dire ?

— C'est vous sa femme. Parmi toutes les organisations terroristes qu'Eric ciblait, laquelle détestait-il le plus ? Parce que c'est cette organisation qu'il a probablement réussi à infiltrer.

— Bon sang, murmura Caroline, j'espère que ce n'est pas le 30 Avril.

— Si c'était le cas, je doute qu'il soit encore vivant. Des types comme Krucevic ont un flair terrible pour détecter les traîtres. Il aurait reconnu la véritable identité d'Eric en trois minutes et l'aurait abattu en trois minutes et demie.

— Eric est la seule piste qui puisse nous mener à la vice-présidente. Vous en avez conscience ?

— Eric est un tueur, Caroline, et il est mis au rancard. Dare Artwood nous attend au septième étage.

— Vous devez lui parler d'Eric, dit Caroline, tout en se demandant avec inquiétude ce que Scottie allait lui répondre.

— J'espérais que vous vous en chargeriez, dit-il.

4

Quelle est la vérité, Eric ? Dis-moi.

À travers les larges couloirs reliant le nouveau quartier général à l'ancien, Caroline suit Scottie. Les murs sont presque tous vitrés. Les lieux ressemblent à un musée. Elle passe devant des morceaux du mur de Berlin et des émetteurs radio OSS[1] sans les voir. *Que dois-je penser, Eric ? Que tu es un héros ou un traître ? Un dingue ou un sauveur ?*

Elle connaît ce sentiment d'incertitude, ce moment où le cœur l'emporte sur la raison, aussi bien que les contours de son lit désert. Il fut un temps où elle eût écouté son cœur à propos d'Eric. Mais aujourd'hui, c'est sa place au sein de la Communauté du renseignement qui est en jeu. Et qu'est-ce qu'elle doit à ce salaud ? *Deux ans, Eric. Et pas un mot.*

Leurs pas résonnent sur le linoléum balafré, puis sont couverts par le bruit d'autres pas. Les couloirs de l'espionnage sont emplis de bureaucrates, d'officiers traitants, de managers, de techniciens et d'administrateurs. Caroline est analyste, elle l'a toujours été. Bien avant que ça ne devienne son métier. Quand

---

1. Service de renseignement centralisé des États-Unis créé en 1942 qui fut démantelé en 1945. Les services de l'OSS seront alors répartis en divers organes fédéraux.

elle songe à sa vie, elle la voit comme un flot continu de pensées, un fragment d'ADN bien structuré. Elle est à l'aise dans sa tête. Elle sait prendre du recul pour observer et juger. Elle est née avec ce don et il lui a permis de gagner sa vie. Son travail à l'Agence était peut-être génétiquement prédestiné.

Chaque jour, elle sort du George Washington Parkway et se réfugie derrière son bureau. Elle allume son ordinateur et télécharge la vérité. À travers des articles de presse, des rapports clandestins, des transcriptions de conversations transmises par des satellites en orbite, Caroline surveille l'organisation 30 Avril. Elle suit l'ombre d'une bête invisible et tente de décrire sa taille et sa couleur. Elle rend compte de son travail et de ses prédictions aux législateurs qui lui font suffisamment confiance pour l'écouter. Caroline a la réputation d'être une personne fiable. Et quand les législateurs la gratifient d'un silence respectueux, quand ils la regardent avec attention, suspendus à ses lèvres, Caroline éprouve un sentiment de triomphe. Les décisions prises par les législateurs suite aux informations qu'elle leur transmet ne relèvent pas de son domaine. Elle est la Grande Prêtresse du Raisonnement, elle vit dans la pensée objective, le lieu le plus sûr qu'elle connaisse. On peut faire confiance à l'objectivité, elle ne vous laisse jamais tomber. La trahison provient toujours des choses qu'on ne peut contrôler.

— Vous avez un esprit analytique supérieur, lui avait dit l'homme qui recrutait des analystes pour la CIA, plusieurs années auparavant. Et vous êtes quelqu'un d'introverti.

— C'est positif ? avait demandé Caroline.

L'homme avait levé les yeux du dossier qu'il examinait pour la toiser. Il approchait la quarantaine et avait probablement été attirant avant de prendre du poids. Son alliance semblait trop étroite pour son doigt boudiné, sa cravate était tachée. Son apparence était celle d'un raté. Il lui avait dit son prénom et elle avait pensé qu'il mentait. Elle avait décidé de l'appeler George.

— Vous trouvez les fêtes épuisantes ? avait-il poursuivi. La compagnie des autres vous fatigue ?

— Parfois. Quel rapport avec mon travail ?

Le bureau se trouvait dans un immeuble carré situé à la périphérie de Vienna, en Virginie. Assise devant George, mal à l'aise dans sa jupe trop courte, elle avait éprouvé un certain embarras. Elle avait passé le test du détecteur de mensonges qui, d'après les rumeurs, épargnait une personne sur quatre. Le FBI avait enquêté dix mois sur sa vie privée et sur tous les incidents auxquels elle avait été liée. Caroline avait vingt-trois ans et attendait avec inquiétude de savoir si un sentiment inconscient de culpabilité lui avait fait échouer au test du détecteur de mensonge.

— Vous êtes une INTJ, mademoiselle Bisby, avait déclaré George.

C'était bien avant que le nom d'Eric ne devienne le pseudonyme officiel de Caroline.

— Seulement quatre pour cent de la population entre dans cette catégorie, mais trente pour cent des analystes de l'Agence sont des INTJ. Félicitations. Vous êtes engagée.

— INTJ ?

— Cela correspond à votre type psychologique d'après l'indicateur Myers-Briggs. Ça signifie que vous avez un jugement rationnel, une faculté de compréhension très rapide et que vous préférez travailler seule et dans le calme.

Il avait détourné les yeux et ajouté :

— Vous êtes peut-être plus à l'aise avec les idées qu'avec les gens. Ce n'est pas une critique, c'est simplement la description classique d'un analyste des services secrets.

— Je vois, avait répondu Caroline. Alors, c'est une bonne chose ?

Scottie appuie sur le bouton de l'ascenseur. Caroline essaye d'oublier les images du film allemand, la tête d'Eric surgissant de l'hélicoptère tel un renard sortant de son terrier. Près d'elle, les mains dans les poches, Cuddy Wilmot se balance sur ses chaussures éculées. Il porte une veste trop grande qu'il a empruntée à un ami et un pantalon froissé. Bien qu'il se taise, Caroline sait que Cuddy la soutient moralement. Elle le sent. Les mains croisées sur son ventre, Caroline observe la lumière indiquant à quel étage se trouve l'ascenseur.

La voix de George résonne dans sa tête : *Ce qui relie tout le monde, c'est l'information – les interceptions des satellites, les traductions des articles de la presse étrangère, les rapports classifiés des agents – tous ces morceaux de puzzle dont vous ignoriez l'existence, qui vous parviennent lorsque vous appuyez sur le clavier de votre ordinateur. Entrez votre code d'accès, mademoiselle Bisby.*

Caroline aurait pu lui répondre qu'on pouvait parfois se noyer dans la base de données.

Eric, comment tu as pu me faire ça ?

Quand ils pénétrèrent dans la pièce, Dare Atwood, les yeux rivés sur la fenêtre regardait les arbres. Caroline remarqua des érables et des hêtres, une majorité de chênes bordant les allées du parc de l'Agence. Les branches ruisselaient de pluie. La directrice de la CIA semblait terminer un monologue intérieur. Tels de modestes fidèles devant un autel, ils s'approchèrent de son bureau en silence. Scottie effleura furtivement sa cravate impeccablement nouée.

Caroline connaissait Dare Atwood depuis onze ans. Bien avant qu'elle soit nommée DCI[1], Dare dirigeait l'équipe d'analystes dont Caroline faisait partie. Malgré leur différence d'âge, elles avaient de nombreux points communs : elles toléraient mal la médiocrité et étaient exigeantes vis-à-vis d'elles mêmes et des autres. L'ascension hiérarchique de Dare avait créé une certaine distance entre les deux femmes, mais dans le monde du renseignement, le mentor de Caroline c'était Dare. Caroline connaissait très bien les tics qui trahissaient

---

1. Directeur de la CIA et de la Communauté du renseignement.
(ensemble des organes de renseignement américains).

les émotions de la DCI. Elle étudia le dos raide de Dare et comprit qu'elle était folle de rage. Dare était une petite femme au visage fripé. Sa robe en laine noire était austère et sa coupe de cheveux ressemblait à celle de Jeanne d'Arc. Elle ne portait jamais de talons hauts. À une autre époque, elle aurait pu diriger une école de jeunes filles ou un royaume dans l'ombre de son mari. Les seuls signes extérieurs de richesse de la DCI étaient des foulards Hermès achetés à Paris et une grosse topaze taillée en cabochon qu'elle portait au majeur. Comme Caroline, Dare était née analyste. Elle trouverait son chemin dans le labyrinthe d'Eric. Cela n'était qu'une question de temps.

— Il est quinze heures en Europe centrale, dit Dare en regardant la pluie à travers la fenêtre. L'attentat de Berlin a eu lieu à midi. Ils ont eu trois heures pour quitter l'Allemagne.

— En hélicoptère, précisa Cuddy. Ce qui veut dire qu'ils peuvent être n'importe où.

— S'ils sont intelligents, ils ont laissé l'hélico et sont partis en voiture, dit Scottie. La piste de l'hélico est probablement une impasse.

— Admettons qu'ils soient partis en voiture, s'énerva Dare, ils se dirigent vers où ? La Suisse ou la Pologne ?

Les bras croisés, elle dévisageait Scottie, animée par une rage contenue. Contre qui ? Eric ? La situation ? Ou Caroline ?

— Ils sont peut-être restés en Allemagne, répliqua Scottie. Il y a des milliers d'endroits où ils pourraient s'être cachés à Berlin.

— Avec les services de Voekl aux trousses, c'est impossible ! dit Dare. Vous avez regardé CNN ? Les hommes en noir mettent Berlin sens dessus dessous.

Sa colère était visible à présent. Elle détestait les réponses faciles.

— Si j'étais à leur place, intervint Caroline, j'aurais préparé une évacuation en hélicoptère afin de créer une diversion et de gagner du temps. Puis, j'aurais quitté rapidement la ville avant que les frontières ferment.

Donc, vous misez sur l'Europe de l'Est, aurait pu ajouter Dare. *Qu'Éric connaît comme sa poche.* Cette hypothèse leur effleura tous l'esprit un instant.

— Nous n'avons aucun moyen de savoir où ils se trouvent, avança Scottie, tant que nous ne savons pas qui ils sont.

— Alors, essayons de deviner, dit la directrice, nous sommes payés pour ça.

— La police allemande prétend que la bombe a été posée par des *Gastarbeiters*, dit Cuddy, ce sont les immigrés en situation légale que le chancelier Voekl veut renvoyer en Turquie.

— J'ai vu ce rapport. C'est ridicule, lâcha Dare, les mains crispées sur son bureau. Sophie Payne n'a pas été kidnappée par un groupe de *Gastarbeiters*. Le gouvernement américain est leur seul ami, en ce moment.

— Les Turcs représentent un bouc émissaire idéal pour le régime de Voekl, dit Caroline. Je me demande même si Voekl n'est pas derrière l'attentat.

— Si c'était le cas, il aurait demandé que la bombe explose avant que Payne ouvre la bouche, intervint Scottie. Le discours de la vice-présidente était trop gênant pour lui.

— Son discours était une incitation à l'émeute, convint Dare. Bientôt, les Allemands diront que la vice-présidente est responsable de ce qui lui est arrivé. Puis ils nous enverront la note pour la porte de Brandebourg.

Elle fit tourner sa topaze entre ses doigts et ajouta :

— Qu'avons-nous comme éléments ?

— Un espion présumé mort, dans l'illégalité, déclara Scottie, évitant le regard de Caroline.

Sous sa carapace, Scottie était plus sensible qu'il n'en paraissait.

— Et avec qui cet espion s'amuse-t-il ? s'enquit Dare. Vous avez une idée, Caroline ?

Trop d'idées, je suis en train de me noyer dans la base de données. L'avion désintégré, les enfants volant comme des emballages de bonbons au-dessus de la Turquie, comment tu as pu me faire ça, Eric ? Entrez votre code d'accès, mademoiselle Bisby, rassemblez les faits, analysez.

— Eric a ciblé de nombreux groupes terroristes, répondit-elle à Dare. Les cellules combattantes du FPLP, Abou Nidal, Ben Laden. Mais il était obsédé par une seule organisation : le 30 Avril.

— Le 30 Avril, répéta la DCI en dessinant une forme compliquée sur son buvard vert foncé. Un groupe de l'Europe de l'Est connu pour son hostilité envers les États-Unis. Des néofascistes et des extrémistes qui n'apprécient certainement pas qu'une femme soit au pouvoir.

— Les idées libérales de Sophie Payne ne doivent pas du tout leur convenir, ajouta Caroline.

— Et ils sont fous à lier, dit Dare d'un ton sec.

— Ils sont parfaitement capables d'avoir organisé l'attentat de ce matin, renchérit Caroline. Depuis l'intervention de l'OTAN au Kosovo, ils cherchent un moyen de nous nuire.

— Scottie, quelle était la mission d'Eric à Budapest ? demanda Dare.

— Au moment de sa mort, ou plutôt au moment où nous pensions qu'il était mort, il était chef de station.

— Ce qui signifie qu'il n'était pas censé préparer quelque chose, dit Caroline.

— Il était chargé de superviser les autres officiers traitants ? insista Dare.

— Eric n'a jamais vraiment dirigé les autres, expliqua Scottie avec embarras. Il préférait être sur le terrain. Il pensait que le 30 Avril était une cible trop difficile pour de jeunes officiers traitants. Il a donc essayé de recruter lui-même au sein de l'organisation.

— Y est-il parvenu ?

Le directeur du contre-terrorisme hésita.

— Je pense qu'il était sur le point de les infiltrer, dit-il.

Dare balaya la pièce du regard en réfléchissant.

— Le 30 Avril a fait sauter l'avion dans lequel Eric était censé se trouver, déclara-t-elle. C'est parce qu'Eric était sur la liste des passagers qu'ils ont tué plus de deux cent cinquante personnes ? Afin d'éliminer un homme ? Cela me semble un peu excessif. Mais Krucevic et son équipe sont des originaux, comme nous le savons.

— Ou Eric travaillait avec le 30 Avril avant le drame du vol MedAir 901, avança Scottie, et c'est lui qui a fait placer la bombe dans l'avion. C'est employer les grands moyens pour se faire passer pour mort, mais tout est possible.

Involontairement, Caroline secoua la tête.

— Cela ne vous semble pas crédible, Caroline ? Que saviez-vous à propos des activités de votre mari à Budapest ? demanda Dare d'un ton de défi.

Je connaissais son silence, son visage renfrogné dans le lit. Je savais quand il vomissait dans les toilettes.

— Pas grand-chose, répliqua Caroline. Eric a toujours été discret au sujet de ses opérations.

— Même avec sa femme ? insista Dare d'un air incrédule.

Ils la croyaient tous complice, pensa brusquement Caroline. Simplement parce qu'elle était mariée avec Eric. Elle pouvait les entendre penser : *Et quel genre de femme étiez-vous exactement ?*

— Eric m'a toujours protégée, se défendit-elle. Il ne me disait rien. Après lui, c'était moi qui étais le plus en danger.

— En danger ! railla Dare. Vous saviez à quoi vous vous exposiez quand vous l'avez épousé. Il y a toujours eu plusieurs Eric Carmichael.

Caroline essaya de se ressaisir.

— Bien sûr, dit-elle. Eric a été formé pour mentir. Cela fait partie du travail des officiers traitants. On se met dans la peau de quelqu'un d'autre et quand on joue bien la comédie, les mensonges finissent par devenir votre seule vérité.

— Écoutez-la ! se moqua Scottie.

— Le 30 Avril opère en Europe centrale, poursuivit Caroline. C'est pour cette raison que nous avons été envoyés à Budapest. Bien sûr, j'ai fait le lien. Mais je ne savais pas s'il avait réussi à les infiltrer. Quand on a appris qu'il était mort dans l'avion de la MedAir, j'ai pensé qu'il avait échoué.

— Mais on sait maintenant qu'il a réussi à infiltrer ces salauds, dit sèchement Dare. Dans quel but, voilà ce qui nous échappe.

— Je ne sais pas dans quel but, s'énerva Caroline. Je ne sais pas pourquoi il était à Berlin ce matin, mais je sais qu'Eric haïssait viscéralement les terroristes et en particulier le 30 Avril. Il n'adopterait jamais leurs méthodes.

— On l'a vu dans l'hélicoptère, Chien Dingue, intervint Cuddy, il a enlevé la vice-présidente des États-Unis.

Le ton dur de Cuddy surprit Caroline. La défection d'Eric l'avait rendu furieux. Il en faisait une affaire personnelle.

— Quand Eric a appris que l'avion de la MedAir avait sauté, dit Caroline, et qu'il était officiellement mort, il a peut-être décidé de le rester ? C'est peut-être pour ça qu'il a infiltré le 30 Avril, pour épingler les responsables de l'attentat du vol MedAir...

— Caroline, murmura Scottie.

— Il s'est montré délibérément ce matin, insista Caroline. Pour qu'on le reconnaisse. C'était peut-être le seul moyen qu'il avait de nous envoyer un message. De nous dire qu'il les avait infiltrés.

— S'il avait fait correctement son boulot au départ, on n'en serait pas là ! cria Cuddy.

— On ne peut pas savoir quel est l'objectif d'Eric, déclara Scottie, ni quel était son but il y a deux ans. S'il pense qu'il a fait une infiltration sous couverture, il a enfreint la loi. Eric a commis un acte de terrorisme contre le gouvernement américain. Vingt-huit personnes sont mortes ce matin. Sept autres sont en état critique. Notre vice-présidente a été enlevée. On ne peut pas le couvrir, Caroline.

— Vous imaginez ce que va dire le président Bigelow quand il apprendra qu'un agent de la CIA était dans l'hélicoptère ? leur demanda Dare.

Caroline regarda Scottie. Le directeur du contre-terrorisme ne répondit pas immédiatement. Il toisa sa supérieure d'un air perplexe, avec l'expression qu'il réservait en général à des partenaires sinistres lors de soirées. Il était évident que le président des États-Unis ferait un esclandre.

— Il nous passera le savon du siècle, les informa Dare, et nous serons tous virés. On sera sommés d'expliquer aux membres de la commission d'enquête parlementaire quelque chose qu'on ne comprend même pas.

— On sera ridiculisés publiquement, conclut Scottie.

— Et l'enquête sur l'enlèvement de Payne nous sera retirée, ajouta Caroline. Alors que jusqu'à présent, nous sommes les seuls à avoir une piste.

— On n'a pas le choix, protesta Cuddy Wilmot.

— Vraiment ? s'exclama Dare. Réfléchissez à ce que vous venez de dire, Wilmot. Aucun de nous n'est immunisé contre les persiflages de la presse. Tout sera déformé : l'histoire d'Eric, notre enquête sur le vol MedAir 901, deux ans et demi de travail. Tous nos efforts pour sauver des vies et envoyer en prison un groupe de psychopathes auront été vains. Nous serons crucifiés à la télévision devant des millions de spectateurs.

— Et pendant ce temps, dit Caroline, Sophie Payne est toujours prisonnière quelque part.

— Le film allemand, demanda Dare, il est passé sur CNN ?

— Oui, répondit Scottie, cherchant mécaniquement des cigarettes dans sa poche bien qu'il ait arrêté de fumer. Et probablement sur d'autres chaînes.

Dare braqua son regard bleu sombre sur Caroline.

— Est-ce qu'on reconnaît bien votre Eric sur le film ? demanda-t-elle.

Caroline éluda la question et déclara :

— Quand le FBI apprendra que Sophie Payne a été kidnappée, ils examineront le film avec un microscope.

— Ils ne chercheront pas un homme mort, décréta Dare après réflexion. Eric est notre malédiction, mais il est aussi notre unique espoir. Si on le dénonce, on se dénonce également. Mais si on le laisse courir un peu en le suivant à la trace, on peut peut-être sauver la vice-présidente.

— Vous voulez… couvrir Eric ? demanda Scottie, dissimulant mal sa surprise.

— Vu la qualité du film et le chaos sur la place, répliqua Dare, qui d'entre nous est vraiment sûr de ce qu'il a vu ? S'agit-il d'Eric ou d'un homme qui lui ressemble ? Il serait terriblement imprudent d'en parler à quiconque et surtout au président tant que nous n'avons pas de preuves plus probantes.

— Et nous devons prendre en compte toutes les pistes que nous avons, ajouta Caroline.

— Exactement, acquiesça la DCI.

Sur sa chaise, Cuddy changea de position et fixa ses mains. Pleine d'espoir, Caroline dissimulait son émotion derrière un masque placide. *Qu'est-ce que j'espère, au juste ? La rédemption d'Eric ? Il ne me remercierait même pas.*

Scottie agitait ses doigts fins en affectant un air candide.

— Pardonnez-moi, madame, dit-il, mais couvrir Eric Carmichael me semble bien trop dangereux pour nous et pour la Communauté du renseignement.

— Nous vivons dans un monde dangereux, mon ami, répliqua Dare.

Scottie arbora l'air offensé qu'il réservait habituellement aux membres du Congrès et déclara :

— Vous vous rendez compte de ce que vous nous demandez ? Vous voulez qu'on mente.

— Je vous demande simplement de faire ce que vous vous êtes engagés à faire. C'est-à-dire divulguer l'information aux personnes strictement concernées. Pour l'instant, personne n'a besoin d'être informé sur Eric Carmichael.

Scottie ouvrit la bouche, mais Dare leva la main, comme si elle témoignait sous serment.

— En fonction des événements, je peux changer d'avis dans quelques jours, poursuivit-elle. Mais dénoncer Eric ne pourrait que nuire à notre enquête et à nos efforts pour assurer la survie de la vice-présidente.

— Vous parlez sérieusement ? insista Scottie.

— Absolument. Mais j'ai besoin de votre engagement, Scottie.

— Ou de ma démission !

— Vous n'allez pas démissionner. Vous n'avez pas l'intention de laisser la vice-présidente mourir.

— Je n'ai pas l'intention d'aller en prison. Pas pour vous et encore moins pour Eric !

— Je ne vous en demande pas tant, dit-elle avec sarcasme. Donnez-moi simplement trois jours, Scottie. L'État et le FBI conduiront l'enquête, bien sûr, et ils nous demanderont de parcourir le monde à la recherche d'informations. Nous devons essayer de localiser la vice-présidente et de la rapatrier. Nous aiderons le Président du mieux que nous le pouvons sans toutefois lui révéler tout ce que nous savons. Lui dire toute la vérité nous ferait échouer. Et entraînerait la mort de Sophie Payne.

Dare avait délibérément augmenté la mise. Personne ne voulait être responsable de la mort de la vice-présidente. Caroline regarda la DCI avec admiration. Elle avait fait taire Scottie et Cuddy n'osait rien dire. Dare avait le pouvoir de les manipuler tous. Bien qu'elle approuvât la décision de la DCI, Caroline se sentait flancher.

— Pour l'instant, conclut Dare, le fait qu'Eric Carmichael soit vivant doit rester secret. Personne ne doit être informé de ce qui a été dit dans ce bureau. La réunion est terminée.

5

Quand ils eurent quitté la pièce, Dare resta immobile et contempla ses mains. Jadis lisses et belles, elles étaient maintenant abîmées par la vieillesse. Elle toucha sa topaze et se souvint de l'homme qui la lui avait offerte. Puis elle posa la tête sur son bureau et ferma les yeux. Elle avait cinquante-trois ans, elle était trop jeune pour diriger la CIA, trop vieille pour envisager une autre vie. Néanmoins, si les activités d'Eric éclataient au grand jour, elle serait contrainte de démissionner.

Dare était la première femme à occuper la suite spacieuse réservée au DCI. Les portraits de ses prédécesseurs tapissaient les couloirs de la CIA : Allen Dulles le fumeur de pipe, guilleret face à la mort. Richard Helms, l'entrepreneur des pompes funèbres. Bill Colby, le partenaire de dîner idéal. Et l'impitoyable Bill Casey pour lequel elle avait travaillé, non sans conflits. Une majorité de Bill, songea Dare et ces hommes avaient d'autres points communs. Ils étaient tous diplômés d'universités prestigieuses et avaient travaillé pour l'OSS, à l'époque où l'acteur David Niven incarnait des rôles d'espions mythiques. Tous auraient trouvé scandaleux que Darien Joan Atwood soit à la tête de la CIA. À leurs yeux, Dare était une assistante compétente, certainement pas un décideur.

Sa suite était composée d'un bureau, d'un lit, d'une salle de bains et d'une salle de conférence où trônait une table massive en merisier. Elle disposait également d'un assistant personnel, d'un essaim de secrétaires, d'un Starlifter C-141 et d'un colonel de l'armée de l'air pour le piloter. Elle se déplaçait dans une berline blindée bleu marine conduite par un garde du corps et avait un code d'accès secret pour son ascenseur personnel.

Le rôle de Dare n'était pas uniquement de diriger la CIA, elle tenait également les rênes de toute la Communauté du renseignement. Les grandes oreilles et les décrypteurs de la NSA, les équipes de reconnaissance aérienne, les militaires du Pentagone s'occupant de traiter les informations concernant les lancements de missiles et fusées dans le monde, tous rendaient compte à leurs supérieurs, bien sûr, mais ces derniers étaient sous l'emprise de Dare. Être une femme au sommet de la hiérarchie du renseignement, c'était s'exposer aux critiques permanentes. Après avoir été vingt-trois ans analyste de la CIA, elle avait gravi les échelons de la bureaucratie, travaillé au Conseil national de sécurité et survécu aux audiences du Sénat. Mais les rumeurs couraient à son sujet. Était-elle coriace ? Réellement capable d'évaluer la nature des menaces concernant la sécurité du pays ? Serait-elle manipulée par des services secrets étrangers hostiles (les Russes étaient souvent nommés) se faisant passer pour des amis ? En bref, avait-elle des couilles ?

Eric Carmichael leur apporterait les réponses, songea Dare. Ce qu'il adviendrait d'Eric et de la femme qu'il avait kidnappée, la couvrirait de gloire ou briserait sa carrière. Elle sourit. Quoi qu'il en soit, *Newsweek* s'emparerait de l'affaire.

Eric était démis de ses fonctions. Dare l'avait déjà décidé. Il avait largement dépassé les limites. Elle savait qu'elle prenait un terrible risque en dissimulant l'identité d'Eric. Certains auraient pu l'accuser de commettre un crime. Si elle échouait, elle serait obligée de plaider coupable en espérant qu'on lui accorde l'immunité. Mais, seul Eric pouvait les mener à Payne, et l'avenir de la CIA dépendait du salut de la vice-présidente. Comme avait dit Abraham Lincoln : « J'aime mieux méconnaître une disposition de la Constitution et sauver l'Union que respecter strictement la Constitution et voir l'Union s'effondrer, entraînant dans sa chute cette Constitution. »

La sonnerie du téléphone de Dare retentit. Elle le laissa sonner une fois, puis décrocha. Le Président, Jack Bigelow, l'attendait dans le bureau Ovale.

6

À la frontière germano-tchèque, 15 : 00

Les sanglots d'une femme réveillèrent Sophie Payne. Des pleurs hystériques, répétitifs, lancinants. La vice-présidente aurait voulu hurler pour faire taire la femme, mais elle n'en avait pas la force. Les yeux fermés, elle flottait dans une brume cotonneuse. Puis elle réalisa brusquement que c'était elle qui pleurait.

Ils lui avaient enfoncé une aiguille dans le bras. Elle émergeait d'un sommeil de droguée.

En essayant de se lever, elle se cogna la tête contre une surface plate. *Je suis sous une table*, pensa-t-elle. *Ils m'ont laissée sous une table. Mais pourquoi fait-il si sombre ? Impossible d'enlever cette couverture.*

Les mains liées derrière le dos, elle tenta d'ouvrir la bouche, mais ses lèvres étaient scellées, avec du scotch probablement. Muette et aveugle, la vice-présidente pouvait néanmoins entendre. Elle roula sur le côté droit et sentit une autre paroi. Même chose à gauche. Elle était enfermée dans une boîte d'un mètre cinquante de long sur un mètre de large. Un cercueil. Ils l'avaient enterrée vivante. Elle paniqua. Elle agita ses mains, mais le scotch lui blessa les poignets. Sous la cagoule qui lui masquait la vue, elle suffoquait, des étoiles explosaient

49

devant ses yeux. Elle s'immobilisa, gémit et tenta de respirer par le nez. Dans le silence, elle sentit que le cercueil bougeait. Il glissait latéralement, puis s'arrêtait. Sophie Payne percevait un léger bruit de freins.

Elle se trouvait dans le coffre d'un véhicule qui roulait doucement. S'approchaient-ils d'une intersection ? Ou étaient-ils pris dans les embouteillages ? Quoi qu'il en soit, il y avait peut-être des gens autour d'eux. Elle cogna sa tête contre la paroi du coffre jusqu'à ce que la douleur devienne insupportable. Personne ne vint la délivrer.

La voiture fit quelques mètres puis s'arrêta. Avança et ralentit de nouveau. Peut-être se trouvaient-ils sur l'autoroute où un accident ralentissait la circulation et, dans la frustration générale, le bruit qu'elle avait fait était passé inaperçu. Ou alors la voiture franchissait un péage. Soudain, une image lui vint à l'esprit : un flot de véhicules aussi minuscules que des boîtes d'allumettes franchissant la frontière allemande. C'était ce qu'elle avait vu depuis l'hélicoptère de l'armée de l'air, en se rendant à Berlin le jour précédent. Ou était-ce deux jours ou une semaine auparavant ? Elle paniqua de nouveau. Depuis combien de temps était-elle enfermée dans le coffre ?

La voiture fit quelques mètres et s'arrêta. Elle entendit la voix d'un homme déclarer : « Merci. Bonne journée. »

L'homme venait de récupérer son passeport. Il avait remercié le douanier en anglais avec un accent de Boston. *Elle avait été kidnappée par un Américain.* Qu'est-ce que ça voulait dire ?

Sophie Payne frappa de nouveau le haut du coffre avec sa tête en hurlant.

La voiture accéléra et s'engagea sur la route d'un autre pays.

7

Je compte jusqu'à trois, dit Eric, à trois tu sautes.

Caroline s'est réfugiée dans la salle de bains du quatrième étage du CTC. La vice-présidente n'a toujours pas été localisée et les recherches continuent, mais l'esprit de Caroline est ailleurs. Elle se revoit dix ans plus tôt, perchée en haut d'une tour, le corps chargé d'adrénaline. Un harnais de sécurité est fixé à sa poitrine. La peinture blanche des vieux montants en bois s'écaille sous la moiteur de ses paumes. Douze mètres plus bas, l'herbe et la terre sont floues. Derrière Caroline, d'autres attendent, plus braves qu'elle, silencieux dans leur panique, prêts à remonter les trois étages. Elle n'a pas le choix, elle doit sauter. Elle sent la main d'Eric dans son dos.

— Ne me pousse pas, murmure Caroline.

— Vas-y. Un, deux, trois...

Eric tend son bras gauche, comme si ça pouvait aider Caroline. Elle ne bouge pas.

— Allez, on essaye encore une fois, dit-il.

— Ne me pousse pas.

— Un, deux, trois...

— Arrête de me pousser, bon sang !

Par-dessus son épaule, Eric jette un œil sur les élèves qui attendent, puis regarde à nouveau Caroline. Elle évite son regard.

— C'est la distance parfaite, lui murmure Eric. Douze mètres. Ils ont construit la tour à cette hauteur pour te faire transpirer, pour te faire sentir le pouvoir de ta propre peur. Si elle était plus basse, tu penserais que tu peux survivre. Si elle était plus haute, la distance te semblerait trop vague. Personne ne sait pourquoi. C'est comme ça. Douze mètres. Ça fout les jetons à tout le monde.

Elle déglutit, acquiesce.

— Fais confiance à la corde, dit Eric. Fais-moi confiance.

— Laisse-moi sauter toute seule.

— C'est comme l'amour, poursuit Eric sur le même ton. Certaines personnes ont besoin qu'on leur force un peu la main pour passer à l'acte.

Elle pivote et le regarde, stupéfaite de sa provocation. Mais l'expression d'Eric est neutre. Il l'observe d'un œil vigilant comme s'il avait anticipé sa réaction. Le visage en feu, elle détourne les yeux.

Elle vient d'avoir vingt-cinq ans. Eric a la trentaine, c'est un homme mince et agile qu'elle connaît à peine. Il fait partie du Service des activités spéciales de la CIA, une unité militaire formée pour intervenir n'importe où dans le monde à un moment donné. Depuis un mois, il demande à Caroline l'impossible. Et, pour Eric, elle a tenté de se surpasser. Elle s'est frayé un chemin à travers cinq mille hectares de terrain pour esquiver un CH45 la pourchassant. Elle a effectué une descente en rappel d'hélicoptère avec un M-16 accroché à son dos. Elle désire obtenir le respect d'Eric, être acceptée dans son monde d'hommes, comme un junkie a besoin de sa dose. Depuis qu'elle l'a rencontré, il hante ses rêves. Le sommeil est devenu un purgatoire. Bientôt, elle retournera à Langley. Elle ne reverra probablement jamais Eric. Ce qui est essentiel, c'est de ne pas lui montrer qu'il la possède.

En haut de la tour, elle fléchit de nouveau les genoux, les yeux rivés sur la corde.

— Vas-y, compte, dit-elle à Eric.

— Un, deux…

La main d'Eric la projette dans le vide. Bouche ouverte, hurlant, Caroline plonge vers le sol, sa colère est aussi violente que son contact avec la terre. Elle roule sur elle-même, se relève et arrache son harnais.

— Salaud, tu m'as poussée ! crie-t-elle en direction d'Eric.

Mais il est déjà penché sur un autre élève prêt sauter.

Si c'est ça, la confiance, enrage Caroline.

Il l'observe, puis détourne les yeux quand elle le regarde. Dans la salle de billard, il se concentre sur une boule, des mèches blondes couvrent son front. Les boules s'entrechoquent, la clameur des voix retentit. Il ne prête aucune attention à Caroline, flirte avec ses amies, épie ses regards, à l'instar des hommes qui jouent avec le désir comme si l'amour leur faisait peur.

Caroline se met à le haïr. Quand elle lui parle, c'est avec mépris.

Le dernier jour de sa formation paramilitaire, un dîner d'adieu a lieu avec les élèves. Caroline assiste aux discours, contemple l'état d'ébriété générale puis s'éclipse avant la fin de la soirée. Dehors, seule dans la pénombre, elle emprunte le sentier qui longe le fleuve. Elle envisage de rentrer à Langley le soir même, afin d'éviter les adieux maladroits du matin.

Il y a quelqu'un derrière elle, aussi silencieux qu'un puma. Sentant la menace d'un prédateur, elle s'arrête, consciente d'être totalement isolée. À droite, la forêt dense, à gauche, l'eau noire. Devant elle, Caroline aperçoit le scintillement du pont de Yorktown, aussi lointain que Brooklyn. Crier ne servirait à rien, courir serait suicidaire. Et après tout, on lui a appris à se défendre. À tuer à mains nues en donnant un coup sec dans la trachée, bien qu'elle doute d'y parvenir.

Elle se retourne. Croise deux yeux bleus qui la fixent. Eric s'apprête à bondir ou à fuir.

— Toi, dit-elle.

Eric s'avance d'un pas. Elle recule, s'arrête.

— Tu te sens peut-être en sécurité ici, dit-il, il y a des gardiens à l'entrée et des hommes armés de grenades dans tous les coins. Mais tu ne devrais pas marcher seule près du fleuve dans l'obscurité.

— Je n'ai jamais cherché à être en sécurité.

— Je sais.

Les dents d'Eric éclairent la pénombre.

— Tu préfères le risque à la lâcheté, poursuit-il. Pourquoi ?

Je n'étais pas comme ça avant, pense-t-elle. *À cause de toi, j'ai changé.*

— On ne travaille pas à la CIA pour la sécurité de l'emploi, Eric.

— Non. Tu y travailles pour analyser des informations toute la journée et écrire des rapports. Pour être abrutie par les réunions et l'écran de ton ordinateur. Tu vis dans l'objectivité. Ça te plaît ?

L'objectivité est un lieu sûr, aimerait-elle lui répondre. *L'objectivité ne fait jamais souffrir.*

Quelques centimètres les séparent, à présent. Elle parvient à sentir l'odeur d'Eric, une odeur de soleil, de sous-bois, de vie secrète.

— Tu mourras d'une mort lente, lui prédit-il, comme un plongeur en manque d'oxygène. Tu mérites mieux que ça, je pense.

— Tu cherches à me recruter ? Les forces spéciales n'ont pas besoin de femmes.

— Je ne fais plus partie des forces spéciales, déclare-t-il d'un ton fier. À partir de demain, je vais travailler pour la Direction des opérations en tant qu'officier traitant. Ça fait des années que j'attends ça.

— En quoi ça me concerne ? demande Caroline.

Il l'observe un instant en silence. Puis il effleure la peau de son épaule dénudée. Caroline frissonne.

— Quel est le rapport avec moi ? insiste-t-elle.

— Je suis au bord du gouffre depuis longtemps et j'ai peur de me lancer. Certains d'entre nous ont besoin d'un petit coup de pouce.

La main glisse sur l'omoplate de Caroline, enrobe un sein qui brusquement se tend. La bouche d'Eric se pose à la naissance de son cou, Caroline lui saisit la tête, agrippe ses cheveux.

— Je sais qui tu es, murmure-t-il, je sais ce que tu aimes et ce que tu crains, ce que tu caches. Je sais quels sont tes doutes et je connais ta force. Je sais même ce que tu penses de moi.

Elle a envie de s'enfuir, de ne plus jamais le revoir.

Il l'embrasse fougueusement, l'étreint. Il glisse sa main à l'intérieur des cuisses brûlantes de Caroline puis la relâche si brusquement qu'elle manque de tomber.

Elle n'entend plus que le souffle d'Eric et le bruit de la rivière, à présent. Elle envisage de lui dire d'aller au diable. Eric la regarde comme si son destin dépendait d'elle.

— Pourquoi moi ? dit-elle.

— Tu me ferais confiance en enfer. Tu es la seule femme qui continuerait à croire en moi en dépit de tout. Tu es ce dont j'ai besoin. Et je n'ai jamais eu besoin de grand-chose.

Elle ferme les yeux et tandis qu'elle se voit en train de sauter dans le vide, elle dit :

— Partons ce soir.

La seule femme qui continuerait à croire en moi en dépit de tout.

Dans les toilettes des femmes, Caroline réfléchit : à l'aéroport de Francfort, Eric l'avait-il prise pour une femme naïve et confiante ? Avait-il pensé qu'une veuve rongée par le chagrin serait une bonne couverture ? Ou l'explosion de la porte de Brandebourg était-elle due à un accident incompréhensible ?

Le visage d'Eric dans l'hélicoptère était-il une coïncidence bizarre appartenant au domaine de l'irrationnel ? Que devait-elle croire ?

Les convictions, comme la confiance, ne sont pas rationnelles. Les convictions sont aveugles. Elle avait aimé Eric, mais elle ne lui avait jamais vraiment fait confiance. Il y avait trop de zones d'ombre dans la vie d'Eric, des parties de son âme étaient insondables.

Elle l'avait épousé sur un coup de tête, sans écouter les avertissements de sa famille et de ses amis.

Mais on ne faisait pas taire facilement la Grande Prêtresse du Raisonnement. Caroline avait posé beaucoup de questions à son mari et il avait essayé d'y répondre. Ensemble, ils avaient négocié certaines conditions de leur relation comme des artisans de la paix. Jusqu'au dernier silence à l'aéroport de Francfort et jusqu'à l'ultime explosion.

À quoi penses-tu ? demande Eric.

Il est allongé dans l'herbe, en Virginie, parfaitement immobile. L'air sent le pin, le sexe, le bruit des insectes emplit la nuit. Caroline effleure Eric dont la peau est froide comme le marbre. Le calme est l'un des dons d'Eric. Distant, il se réfugie dans sa tête où sont tapis ses secrets. C'est en commençant sa formation d'officier traitant qu'il a commencé à ne plus partager certaines choses, pense Caroline. Il a remplacé ses treillis par un pantalon kaki et une chemise en coton bleu. Durant les cours, il dénoue sa cravate, prend l'air d'un loup endormi près d'un feu. Un loup à moitié dompté mais toujours sauvage. Que peuvent-ils vraiment lui apprendre, ces officiers traitants retraités ? En six mois, il a appris ce qu'il avait toujours su faire : observer sans être vu.

Caroline a l'impression qu'Eric continue de l'observer quand elle est assise seule à Arlington. Elle sent son regard comme une douleur à la nuque, comme une larme de whisky qui lui brûle la gorge. Les gestes d'Eric, sa passion, elle frémit dès qu'il la touche.

— À quoi penses-tu ? répète-t-il.

— Tu veux tout ? Mon corps, mon cœur et ce que j'ai dans la tête ? Toi, tu gardes pour toi tes pensées.

— Ce que je te donne et ce que je garde pour moi, c'est important ?

— Uniquement si tu attends quelque chose en retour, répond Caroline.

— Tu essayes vraiment de m'aimer sans condition. Tu penses que c'est ce que je veux.

— C'est ce que tu veux, non ?

— Tu as peur de me perdre si tu me mets en cage, dit-il d'un ton détaché.

Caroline s'assied. Ses cuisses sont collantes, elle cherche ses habits.

— Très bien, dit-elle. Je pense à la loyauté. À ce qu'il est possible de donner sans réfléchir, sans condition. À la loyauté aveugle.

Il pose sa main sur la hanche de Caroline. Elle renonce à enfiler son jean et se niche contre lui, contre sa peau froide.

— On peut être aveuglément loyal, répond-il. Mais c'est toujours une erreur.

— Est-ce que tu es loyal, toi ?

— À ton avis ? ricane-t-il.

Elle s'éloigne de lui, enfile une chaussure. Il l'observe en silence. Un autre homme allumerait une cigarette après avoir fait l'amour, mais Eric a arrêté de fumer le jour où il a quitté les rues de Boston, le jour où il a renoncé à porter le nom de ses parents adoptifs, le jour où il a cessé de croire en certaines valeurs. Il la regarde faire semblant de ne pas remarquer qu'il l'observe.

— Pour faire le métier que je fais, je suis obligé d'être loyal d'une certaine façon, dit-il. On ne peut pas être un marine, un Béret vert ou un agent de la CIA, si on ne pense pas que quelque chose est plus important que soi-même.

— Ta patrie ? se moque-t-elle en enfilant un pull en coton, tu parles ! La patrie est un bon prétexte quand on a envie de mourir.

Il la plaque au sol avec une telle violence qu'elle en reste bouche bée. Allongé sur elle, il la regarde droit dans les yeux et déclare :

— Je resterai toujours fidèle à certains engagements. On peut appeler ça un pacte avec moi-même. Il y a longtemps, je me suis juré de lutter contre une certaine forme de mal. Ça peut te paraître naïf, mais c'est ce qui me pousse à rester intègre, à garder la foi. Je ferais peut-être souffrir mes proches en faisant des choses auxquelles ils ne se seraient jamais attendus. Mais rien ne pourra m'empêcher d'accomplir ma mission.

— Quelle mission ?

— Faire du monde un lieu plus sûr.

Elle se débat sous lui, tente de se libérer.

— Tu penses peut-être que c'est idiot ou grandiose, poursuit-il, mais je ne suis pas comme ces gens qui se contentent d'essayer de créer un monde parfait dans leur arrière-cour. J'arpente les alentours de la maison et je cherche à savoir pourquoi elle est à vendre. J'inspecte le trou dans le grillage par lequel le renard est entré. J'identifie chaque mauvaise herbe et je note où elle pousse. Mon métier, c'est de réparer les dégâts. Si je prends un jour de repos, tout s'écroule.

Caroline se regarde dans le miroir des toilettes du quatrième étage. Elle remarque les rides au coin de ses yeux, les plaques rouges sur son visage. Ses lèvres sont minces et sèches. Elle ferme les yeux, pense à Eric, mais elle n'a pas le sentiment qu'il la regarde depuis l'endroit où il se trouve. Elle ne sent pas son amour à distance et encore moins sa loyauté.

Si je prends un jour de repos, tout s'écroule. Mais elle, elle ne s'est jamais reposée. Elle n'a jamais arrêté de boucher les trous ni de réparer les clôtures. Et il n'a même pas pris la peine de lui dire qu'il était en vie.

Tu es allé où après Francfort, Eric ? Et pourquoi te caches-tu dans les mauvaises herbes que tu as si bien su identifier ?

8

Caroline eut soudain envie de sortir de l'ancien immeuble du quartier général. Dans sa voiture, elle pourrait quitter les hectares d'asphalte qui ceinturent le parc et s'enfoncer dans les chemins de McLean où des chevaux paissent dans des prés bordés d'ormes. Mais dans sa voiture, il n'y aurait pas d'échappatoire. Pas de travail pour lui vider la tête, ni de collègues pour la distraire. Elle sortit des toilettes et pénétra dans la salle du CTC où elle se dirigea vers des étagères en métal. Elle avait effectué des recherches sur les hommes du 30 Avril. Dans les profils biographiques de l'Agence, ils étaient présentés presque cliniquement. Ces rapports d'une page étaient destinés à aider les fonctionnaires du gouvernement. Les biographies étaient riches en renseignements, très détaillées et ponctuées par des abréviations de classification. U pour *Unclassified* (non classifié), C pour *Confidentiel*, S pour *Secret*. L'usage des informations ORCON (distribution contrôlée par l'office qui a produit l'information) fournies par des espions étrangers payés par la Direction des opérations était très controversé.

Caroline s'empara d'un épais dossier vert et s'assit sur la moquette en essayant d'adopter une position discrète malgré sa jupe droite. Elle commença par lire le profil de l'apprenti du 30 Avril, le plus jeune des hommes de Mlan Krucevic : Antonio Fioretto, trente ans.

Génie de l'informatique, Fioretto avait été incarcéré pour fraude à deux reprises en Italie, délit pour lequel personne ne va jamais en prison en Italie. Les fonds qu'il avait détournés de plusieurs comptes en banque suisses n'avaient jamais été recouvrés. À présent, le 30 Avril l'employait comme comptable et se servait de ses talents d'informaticien. Sur la photo prise par la police, Caroline examina le visage d'Antonio : un visage étroit et grave encadré de boucles blondes. Il était milanais. Ce que la photo ne montrait pas, c'étaient les vilaines cicatrices de trois tentatives de suicide sur les poignets d'Antonio.

Elle rangea le dossier.

Otto Weber. Originaire de Zurich. Ancien héroïnomane fasciné par la musculation et adepte des arts martiaux. Weber avait grandi dans la rue, avait été scolarisé jusqu'à l'âge de treize ans et s'était prostitué épisodiquement. Réputé sadique, c'était le membre du 30 Avril qui prenait plaisir à tuer.

Vaclav Slivik. Capitaine retraité de l'ancienne armée tchécoslovaque, Slivik pouvait piloter n'importe quel avion et servait d'expert en explosifs et en armement au 30 Avril. D'après la photo, c'était un homme souriant, aux traits doux et au regard cynique. Lors des jeux Olympiques de Munich en 1972, il avait remporté la médaille d'or du pentathlon. Musicien, il jouait du violoncelle mais se produisait de moins de moins en public.

D'une main fébrile, Caroline saisit le quatrième dossier. Il contenait le profil de Mlan Krucevic, le chef du 30 Avril, dont elle avait rédigé une biographie remise à jour tous les six mois. Krucevic n'avait été photographié par aucun service.

Sans doute le plus impitoyable terroriste à avoir émergé après l'éclatement de la Yougoslavie, Mlan Krucevic résiderait en Allemagne, bien que personne ne sache où il se trouve à l'heure actuelle. Généticien, il est diplômé de deux universités européennes.

De 1990 à 1993, Krucevic à été directeur d'un camp croate de prisonniers en Bosnie-Herzégovine dans lequel plus de trois mille musulmans et Serbes ont été torturés et tués avec son accord. Dans ce même camp, il aurait également testé des agents biologiques sur les détenus. Accusé de dix-neuf crimes contre l'humanité par le Tribunal pénal international, Krucevic est actuellement en fuite.

(C NF[1] NC[2])

En 1993, Krucevic a annoncé la formation de l'organisation 30 Avril, un groupe militaire néo-nazi, et fait brûler simultanément sept foyers turcs en Allemagne. Seize personnes ont péri dans les incendies criminels. D'après une source fiable dont l'accès est limité, le 30 Avril est également responsable de la mort d'Anneke Schmidt, l'ancien leader du parti allemand des Verts ainsi que de l'enlèvement et du meurtre de Dagmar Hammecher, petite-fille d'Ernst Hammecher, le juge du tribunal fédéral allemand. Le groupe terroriste est aussi soupçonné d'avoir orchestré il y a un an l'assassinat du chancelier allemand social-démocrate (S NF NC OC[3]).

Pour constituer l'organisation 30 Avril, Krucevic a réuni et formé un groupe de mercenaires originaires de différents pays européens qui partagent la même idéologie. Bien que Krucevic ne cache pas ses positions antisémites, il hait profondément les islamistes et les a accusés d'être sur le point de détruire le christianisme. D'après une autre source qui n'a pas été testée, le but ultime de Krucevic est le nettoyage ethnique de l'Europe centrale (S NF NC OC).

Une source fiable dont la distribution est limitée rapporte que Krucevic s'est échappé de Bosnie-Herzégovine en 1993 et a vécu en Allemagne de l'Est et en Scandinavie sous différents noms d'emprunt. Dans ces pays, il a organisé un réseau de marché noir qui produit et distribue des agents biologiques mortels. Il est possible que Krucevic accumule des sommes considérables via des sociétés qui lui servent de couverture, mais la source de financement principale du 30 Avril reste

---

1. Ne doit pas être remis à des étrangers, alliés ou non.
2. Ne doit pas être transmis à un contractant ou un consultant quelle que soit son autorisation de sécurité.
3. Distribution contrôlée par l'office qui a produit l'information.

inconnue. Ennemi proclamé de l'islam, Krucevic a éconduit les financiers habituels des groupes terroristes ciblant le Moyen-Orient. La majorité de ses fonds provient probablement de sources privées en Europe, de personnes qui soutiennent ses objectifs idéologiques (S NF NC OC).

Nous pensons que Krucevic est un homme discipliné, déterminé, doté d'une intelligence supérieure. Malgré les méthodes qu'il emploie pour mettre en œuvre ses idées extrémistes, il n'entre pas, selon nous, dans la catégorie des malades mentaux. Il tue pour des raisons stratégiques et philosophiques et non pas par sadisme arbitraire (S NF NC OC).

Krucevic exige de ses hommes une loyauté totale bien qu'il soit déloyal vis-à-vis d'eux. Il ne tolère aucune contestation au sein du 30 Avril. D'après une source dont la fiabilité est non évaluable, Krucevic a fusillé lui-même deux de ses adjoints l'année dernière, sous prétexte de trahison (S NF NC OC).

Âgé de cinquante-huit ans, Krucevic est le fils d'un Croate qui s'est suicidé à la fin de la Seconde Guerre mondiale. Krucevic est séparé de sa femme, Mirjana Tarcic, depuis treize ans, mais il aurait la garde de leur fils Jozsef, âgé de douze ans. Il parle serbo-croate, allemand, et possède des notions d'anglais (C).

Il y avait une chose que la bio ne mentionnait pas, songea Caroline. D'après les rumeurs, de 1942 à 1945, le père de Krucevic avait dirigé un camp de concentration oustachi. Le camp portait l'un des noms les plus laids de l'histoire yougoslave : Ziv Zakopan, la « tombe vivante ». Mais personne n'avait retrouvé le camp après la guerre. Aucun témoin n'avait survécu pour décrire l'horreur des lieux. Seuls restaient les murmures et les imprécations des enfants et des petits-enfants de ceux qui y étaient morts.

La CIA n'était pas censée imprimer les rumeurs.

Quatre photos en noir et blanc étaient insérées dans le dossier sur Krucevic. La première avait été prise sept ans auparavant. Le cliché représentait un bâtiment en flammes devant lequel une femme turque désespérée levait les mains au ciel. À ses pieds gisait le corps de son bébé enroulé dans une couverture. Le cliché suivant était célèbre dans le monde entier : une Mercedes pliée en son milieu comme un boomerang en métal. Sur le siège arrière on voyait le chancelier, un bras pendant à l'extérieur de la porte ouverte. Celui-ci avait été un homme attirant avant que Krucevic écrase sa voiture blindée comme une canette de soda.

À la vue des deux dernières photos, les mains de Caroline tremblèrent légèrement. Elle détestait ces clichés. Ils avaient été pris à la morgue et étaient censés servir de pièces dans un procès qui n'aurait jamais lieu. Celui au cours duquel Krucevic aurait dû être jugé pour ses crimes monstrueux.

Dagmar Hammecher avait trois ans et demi quand sa nourrice avait été contrainte de l'abandonner aux mains de ses ravisseurs sous la menace d'une arme à feu. Des boucles d'or tombaient en cascade sur les épaules de Dagmar et elle aimait poser avec des chaussons de danseuse. Sa mère était professeur à l'école de médecine de Hambourg, son père exerçait la profession de banquier. Mais c'était le grand-père de Dagmar que Krucevic visait. Ernst Hammecher, juge au tribunal fédéral, avait été chargé de considérer la constitutionnalité des nouvelles lois concernant le rapatriement des immigrés. Il avait survécu à l'époque du nazisme et n'était pas apprécié par les bigots. Lesquels pensaient qu'il était sur le point d'abroger les nouvelles lois. Ernst Hammecher avait reçu un paquet contenant la main de sa petite-fille deux jours après l'enlèvement de celle-ci.

Caroline se força à regarder la photo. Les petits doigts étaient positionnés comme si l'enfant cherchait sa mère, ou son jouet préféré, ou un verre de jus de fruits. Mais le poignet sectionné était déchiqueté et noir de sang. Ils n'avaient pas cherché à lui épargner la douleur.

Otto, murmura Caroline. Le membre du 30 Avril qui aimait tuer.

Le dernier cliché représentait le corps de Dagmar déposé devant la porte de son grand-père six jours après l'enlèvement de la fillette.

Le visage de Dagmar était pâle et trop défiguré par la souffrance pour être celui de la fillette qui aimait les tutus et les glaces au chocolat. Krucevic lui avait rasé la tête. Des blessures produites par des électrodes étaient encore visibles sur le crâne de l'enfant.

La gorge serrée, Caroline retourna l'horrible photo et la rangea dans le dossier, puis elle relut la bio de Krucevic.

L'une des sources dont elle s'était servie pour le rapport – une source de la DO[4] – portait la qualification « fiabilité non évaluable ». Elle parcourut rapidement les documents joints au dossier sur Krucevic : une traduction d'un reportage du magazine allemand *Das Bild*, une autre traduction d'un article d'un journal de Sarajevo, cinq messages du ministère des Affaires étrangères provenant de Francfort, de Bonn et de Belgrade, et trois rapports classifiés, passés au crible et diffusés par la Direction des opérations. Elle s'empara des rapports.

Quand la DO communiquait des rapports clandestins à un analyste, le rapport contenait toujours le pseudonyme de l'agent secret étranger. Toutefois, par gentillesse, la DO qualifiait la fiabilité de l'agent. Un agent dont la fiabilité était qualifiée « non évaluable » livrait des informations difficilement vérifiables ou trop récemment rapportées pour être évaluées, mais néanmoins précieuses. Sauf si cet agent servait à intoxiquer. Krucevic était suffisamment intelligent pour implanter une taupe au sein de la CIA. Mais qu'est-ce que la taupe avait rapporté ? Que le gentil médecin avait fusillé deux de ses hommes qu'il soupçonnait de trahison. Qu'il était déterminé à rayer l'islam de la carte de l'Europe centrale. Krucevic se serait servi d'une taupe plus efficace en matière de déception[5].

Quoi qu'il en soit, une source qui était en position d'obtenir des informations sur le 30 Avril existait, se réjouit Caroline. Une source qui savait peut-être où se trouvait Eric.

---

4. Direction des opérations (organe de la CIA).
5. Action de tromper et d'induire en erreur (dans le vocabulaire de l'espionnage).

Une source qui pourrait les conduire à la vice-présidente. Le pseudonyme et le *curriculum vitae* de l'agent se trouvaient dans les fichiers de la DO auxquels Caroline n'avait pas accès. Parce qu'elle était analyste et pas officier traitant, elle n'avait pas l'autorisation d'accéder à des informations reliant un agent à une identité, un pseudonyme à une adresse. Mais Scottie Sorensen et Cuddy Wilmot pouvaient y accéder.

Caroline examina la date du rapport. Le document avait été diffusé au mois de février par le poste hongrois de la DO. Ce qui signifiait que l'agent avait été recruté par l'antenne de Budapest.

— Je peux te voir une minute dans mon bureau ? demanda Cuddy.

Caroline tressaillit.

— Tu m'as fait peur, dit-elle en plaquant le dossier contre sa poitrine. Qu'est-ce qui se passe ?

Cuddy grimaça.

— Rien de grave, jeta-t-il. J'aimerais juste te faire signer une évaluation.

Il mentait bien sûr et Caroline réalisa soudain qu'ils étaient devenus les collaborateurs d'un subterfuge.

— Très bien, répondit-elle d'un ton neutre, plaçant le dossier de Krucevic sous son bras.

— Dossier intéressant ? lui demanda Cuddy tandis qu'ils se dirigeaient vers son bureau.

— Il ne contient rien dont tu ne sois déjà informé. On dit que les analystes sont les *people* du renseignement, mais je ne crois pas que le magazine *People* parlera de cette affaire.

— Je l'espère, dit-il en fermant la porte derrière eux.

Cuddy avait retiré ses lunettes. Les yeux injectés de sang par les heures passées à scruter l'écran de son ordinateur, il la regarda sans la voir, totalement absorbé par autre chose. Caroline connaissait bien cette expression. Tant qu'il n'aurait pas épinglé les ravisseurs de Sophie Payne, Cuddy ne prendrait pas une minute de repos.

— Tu as besoin d'une cigarette, lui dit-elle en s'asseyant sur une chaise, ou d'aller courir un moment.

— Et toi, tu as besoin de quoi ? D'un jour de congé ?

— De réponses. Ou d'une épaule pour pleurer.

— Appelle Hank, répondit Cuddy.

— Les épaules d'Hank ne sont pas faites pour pleurer. Il ne serait pas content d'avoir des larmes sur son beau costume. Par ailleurs, ça fait presque un an que je ne lui ai pas parlé.

— C'est le moment ou jamais.

— Il n'a jamais aimé Eric. Et que veux-tu que je lui dise ?

Hank. Le profil d'un chevalier aux tempes grisonnantes revint à l'esprit de Caroline. Homme au ton mesuré et au regard perçant, Hank ne s'éloignait jamais des sentiers de la raison. Il lui avait enseigné tout ce qu'elle savait et une partie de ce qu'elle avait oublié.

— Dare me conseillerait de ne pas parler à mon avocat, dit Caroline. Même s'il fait partie de ma famille.

— Les conseils de Hank ne sont pas uniquement professionnels.

Caroline haussa les épaules et Cuddy n'insista pas. Ils s'observèrent quelques secondes en silence, ne sachant que dire. Tous les sujets semblaient censurés.

— Tu te sens trahi ? lâcha finalement Caroline.

— Je me sens bête, répliqua Cuddy.

— Parfois c'est pareil.

— Scottie m'a demandé de diriger l'équipe qui travaillera sur l'enlèvement de la vice-présidente au sein du CTC.

— C'est pour ça que tu es payé aussi cher, non ?

— Je n'ai pas envie de couler. J'en ai jusque-là. J'ai passé trente mois à enquêter sur un accident d'avion qui n'a pas tué mon meilleur ami et Dare vient de me sommer de supprimer toute information pouvant nuire à la survie de la vice-présidente. Je ne sais pas pourquoi je suis encore ici.

— Tu penses peut-être que tu peux réparer les dégâts, suggéra Caroline. Mais tu te trompes.

Cuddy rit nerveusement puis détourna les yeux. Caroline éprouva une affection soudaine envers lui. Cuddy était un type honnête, sympathique, il ne méritait pas de se retrouver dans une situation aussi ambiguë. Mais l'ambiguïté fait partie de la condition humaine : Cuddy vivait dans un joyeux chaos d'absolus. Il refusait de manger de la viande, mais ses doigts étaient teintés de nicotine. Il allait fumer dix fois par jour à l'extérieur de l'Agence, même s'il pleuvait, puis espérait sauver ses poumons en courant quotidiennement. Il participait au dernier combat du gouvernement américain – traquer les terroristes – mais pensait qu'Amnesty International servait de couverture aux communistes. Cuddy parlait cinq langues et la plupart des gens l'ignorait car il était modeste. Chaque matin, il longeait le Potomac dans l'État du Maryland tandis que Caroline longeait le même fleuve dans l'État de Virginie. Cuddy mettait des jeans et transportait ses vêtements de travail dans un sac à dos. Il garait sa voiture sur Canal Road et se rendait au pied de l'Agence en traversant le Potomac en canoë. Les moments où il glissait sur l'eau devaient être les meilleurs de sa journée, pensa Caroline.

– Qui fait partie de l'équipe ? demanda-t-elle.

– Dave Tarnovsky. Lisa Hughes. Fatima, au cas où il y aurait un lien avec le Moyen-Orient.

Mais pas la femme d'Eric. Caroline serait tenue à l'écart. L'équipe de Cuddy était parfaite. Tarnovsky était un ancien SEAL[6], un expert en explosifs. Lisa Hughes venait de terminer son doctorat sur le Moyen-Orient et Fatima Bowen, d'origine libanaise, était une brune élégante qui servait d'interprète au CTC. Fatima avait épousé Mike Bowen vingt ans plus tôt, durant sa dernière mission à Beyrouth. En 1983, après la mort de Bowen, qui n'avait pas survécu à l'attentat contre l'ambassade américaine, la CIA avait engagé Fatima. Une Libanaise qui cherchait à se venger n'avait pas de prix pour l'Agence.

---

6. Unité amphibie et polyvalente dans les trois éléments : l'eau, l'air, la terre. L'acronyme signifie *Sea Air Land*.

— Scottie veut orienter l'équipe sur les Palestiniens, déclara Caroline. Pour gagner du temps, je suppose ?

— Pour détourner l'attention d'Eric. Sur instructions d'Atwood.

— Ça peut marcher... jusqu'à ce que le 30 Avril nous contacte.

— Et s'ils entrent en contact avec nous, on aura l'air d'idiots.

Cuddy lui lança un regard oblique et ajouta :

— Eric était comment à Budapest ? Réellement ?

— Tu as vu dans quel état il était à Nicosie, dit-elle d'une voix lasse. À Budapest, c'était dix fois pire. Soit il sautait au plafond, soit il était comateux. Parfois, j'avais l'impression d'être avec un inconnu. Quand on s'est quittés à l'aéroport de Francfort, il ne s'est même pas retourné pour me faire un signe d'adieu. Je ne sais pas ce qui s'est passé. Comment a-t-il pu aller aussi loin ?

— Est-ce qu'il était sur le point d'infiltrer le 30 Avril ? s'énerva Scottie. C'est à cause du danger qu'il sautait au plafond ou parce qu'il nous avait déjà tous laissé tomber ?

— Je ne sais pas, répliqua Caroline, la gorge serrée. Il ne parlait plus.

— Même à toi ?

Question qui sous entendait : *Quel genre d'épouse étais-tu vraiment ?* Caroline avait peur de répondre.

— C'est étrange, marmonna Cuddy. Les officiers traitants ont le droit de faire des confidences sur l'oreiller.

Des confidences sur l'oreiller, songea Caroline, de la part d'un homme absent toute la nuit tandis qu'elle restait seule rongée par l'angoisse. Cuddy aurait dû travailler avec l'équipe préposée au détecteur de mensonges. Il savait assener les questions cruelles.

— Eric cherchait peut-être à me protéger...

Caroline s'interrompit. Une femme crédule pourrait continuer à croire qu'Eric avait cherché à la protéger, que s'il lui avait menti durant plus de deux ans, c'était pour éviter de la tourmenter. Mais Caroline refusait de sombrer dans la crédulité. Les naïfs s'empalaient sur leurs propres épées.

— Scottie m'a dit qu'Atwood voulait que tu passes au détecteur de mensonges, déclara Cuddy.

Le fait qu'il change aussi vite de sujet fit rire Caroline.

— C'est inévitable, dit-elle. Atwood doit savoir si j'ai vraiment cru à la mort d'Eric. J'espère que les questions se limiteront au vol MedAir 901.

— Je pense que oui. Atwood ne tient pas à informer les services du contre-espionnage de l'existence d'Eric. Si tu te concentres sur l'accident d'avion en oubliant Sophie Payne, tout ira bien.

— Scottie additionne mentalement des chiffres quand il passe le test, dit Caroline sur un ton faussement détaché. Il dit que ça l'aide à rester calme. Mais je suis nulle en maths.

— Essaye d'épeler. Si ça peut te détendre. La nervosité peut passer pour de la culpabilité et la culpabilité peut leur faire penser que tu caches quelque chose.

— Merci. C'est vraiment réconfortant.

Cuddy dévisagea Caroline et déclara :

— Je regrette de ne pas pouvoir être avec toi durant le test.

— Quand ma grand-mère m'apprenait à aller sur le pot, elle disait qu'il y avait certaines choses qu'on était obligé de faire seul.

Elle sortit le rapport clandestin de son dossier et le tendit à Cuddy.

— Jette un œil là-dessus. Il y a un agent de la DO qui est en position d'obtenir des infos sur le 30 Avril.

Cuddy parcourut le document et fronça les sourcils.

— Le poste hongrois, dit-il. Cet agent est peut-être à Budapest. Bon sang, à l'heure qu'il est, Sophie Payne y est peut-être aussi !

— Exactement. Il faut qu'on leur envoie un message, dit Caroline.

— Pour leur dire quoi? Salut les gars, on pense que les Palestiniens sont responsables de l'attentat de Berlin, mais essayez de faire parler l'agent qui vous renseigne sur le 30 Avril au cas où il aurait des infos sur Sophie Payne?

— J'ai déjà lu des messages plus bizarre que ça, s'irrita Caroline. Les officiers traitants ont l'habitude de travailler à l'aveuglette. Pour retrouver la vice-présidente, Scottie va envoyer tous les experts en terrorisme de l'Agence sur le terrain, on va être submergés de rapports. On a une piste et...

— On ne sait rien sur ce type, l'interrompit Cuddy. Sa fiabilité est non évaluable. Imagine qu'il soit l'une des recrues d'Eric.

Il était sur le point d'infiltrer le 30 Avril.

— Je n'en serais pas surprise, rétorqua-t-elle.

— Si c'est le cas, l'agent serait compromis.

— Pourquoi? Parce qu'il connaît Eric?

— Enfin Caroline! Toute la carrière d'Eric est suspecte. Nous ne savons pas à quel moment il nous a trahis ni jusqu'à quel point. Nous ne savons pas ce qui est vrai et ce qui est faux. Chaque recrue d'Eric présente un danger.

— On pourrait chercher à savoir qui a recruté cet agent! cria-t-elle. L'antenne hongroise nous le dirait.

— Peut-être. Mais ce n'est pas une bonne idée.

— Ce rapport a moins de six mois, protesta Caroline. L'agent est encore à Budapest et payé par l'Agence.

— Et tu penses qu'il peut nous mener à Eric et à Sophie Payne? Laisse tomber. C'est voué à l'échec. Ne te laisse pas avoir une deuxième fois par Eric. Arrête de croire en lui.

Un silence douloureux se fit.

— Il faut que je te montre quelque chose, déclara Cuddy.

Il sortit du bureau. Elle hésita une seconde puis le suivit.

Il s'arrêta devant l'ordinateur DESIST dont on se servait uniquement pour accéder à la base de données sur le terrorisme. DESIST était la fierté du CTC et contenait une compilation de plus d'un millier d'organisations terroristes. DESIST établissait des liens entre des faits bruts et des numéros de téléphone et de comptes en banque, des manifestes de compagnies aériennes, des cartes de visite. Cet ordinateur pouvait vous indiquer à quel moment un homme à Belgrade possédait les papiers d'identité d'un autre homme domicilié à Zurich ou qui était la personne qui se servait d'un numéro de téléphone pour appeler un endroit précis et localiser le lieu en question. DESIST pouvait trouver qui se cachait derrière un faux passeport, sortir une myriade de pseudonymes, établir des liens entre des groupes terroristes supposés ennemis : des membres de l'IRA amis du Hezbollah, des banquiers finançant à la fois le PKK des Kurdes et le Djihad algérien. Dans la banque de données de DESIST existait un monde de relations compliquées, d'échanges de services et de suspicions mortelles.

— Assieds-toi, dit Cuddy, et tape le pseudonyme d'Eric.

— Lequel ? demanda Caroline.

Cuddy leva un sourcil.

— Je croyais qu'il n'en avait qu'un, dit-il.

— À Budapest, il se servait du nom Michael O'Shaughnessy.

— Essaye celui-là.

— Mais il n'y a pas d'Américains dans cette base de données, protesta Caroline. La CIA n'a pas le droit de les surveiller.

Cuddy haussa les épaules en maugréant :

— Un mort a-t-il encore une nationalité ? Vas-y, essaye le nom.

Caroline pianota sur le clavier. En une seconde, deux mots s'affichèrent sur l'écran : *Mahmoud Sharif*. Et un numéro de téléphone. Elle nota le numéro puis le connecta à la base de données. Rien. Caroline se tourna vers Cuddy.

— Essaye simplement « Sharif », lui dit-il.

Elle recommença l'opération.

— Expert en explosifs pour le Hezbollah, lut-elle à voix haute, réside légalement à Berlin.

— C'est Sharif qui aurait fabriqué les bombes retrouvées par le BKA[7] en mars dernier, déclara Cuddy. Il les a installées dans du matériel électronique – des postes de télé, des auto-radios, des ordinateurs portables – qu'il a entreposé dans un appartement abandonné à Francfort.

— Je me souviens de cette affaire, dit Caroline. Le BKA a réussi à confisquer sept bombes, la huitième a explosé quand ils ont essayé de la désamorcer. Deux hommes sont morts.

— Pourquoi Sharif n'a pas été incarcéré ? demanda Cuddy.

— Un juge compatissant. Des preuves indirectes.

— Je vois.

— Selon les services de renseignement allemands, Sharif a fabriqué douze bombes. Où sont les quatre autres ?

— Sous la porte de Brandebourg ? suggéra Cuddy. Si on interrogeait Sharif à ce sujet, il répondrait qu'il est menuisier, marié à une Allemande et que son fils s'appelle Moammar.

— La rengaine habituelle. Je suppose que le numéro de téléphone n'est pas le sien.

— J'ai essayé le numéro à la station Exxon qui se trouve sur Chain Bridge Road, il y a vingt minutes, confia Cuddy. La ligne est déconnectée.

— Donc, ce n'est pas le numéro de Sharif…

— C'est celui de Michael O'Shaughnessy. Je l'ai tout de suite compris.

Il s'assit à côté de Caroline.

— En août dernier, poursuivit Cuddy, Sharif a été fouillé par les services de sécurité israéliens de l'aéroport alors qu'il essayait de se rendre à Malte depuis Francfort. Ils ont photocopié son carnet d'adresses et nous ont envoyé les photocopies. Un type de l'Agence, en formation probablement, et qui n'avait jamais entendu parler de Michael O'Shaughnessy et ne pouvait pas savoir qu'il s'agissait d'un pseudonyme, a enregistré le nom dans la base de données.

---

7. Le BKA – le Bundeskriminalamt – est l'équivalent allemand du FBI.

— Les gens gardent des numéros de téléphone dans leur carnet pendant des années, dit Caroline. Eric est peut-être entré en contact avec Sharif à des fins légitimes il y a longtemps. Il voulait peut-être le recruter.

— C'est un carnet d'adresses et de rendez-vous que Sharif a acheté en janvier. Par ailleurs, Sharif a parlé à Eric cette année. Et la ligne déconnectée avait été installée à Berlin.

— Tu penses qu'ils ont préparé l'attentat ? demanda Caroline. Qu'Eric était à Berlin et qu'il a recruté Sharif pour mettre au point un système qui a fait sauter la porte de Brandebourg. Mais pourquoi est-ce qu'un Palestinien travaillerait pour un néo-nazi comme Krucevic ?

— On ne sait pas si c'est Krucevic. Tout ce que j'ai vu, c'est Eric dans l'hélicoptère.

— Mais...

— Ça peut être n'importe qui, coupa Cuddy. On ne peut pas deviner qui a enlevé la vice-présidente tant que les ravisseurs ne nous contactent pas. Et quand on saura si c'est Oussama ben Laden, le Hezbollah ou le 30 Avril, le FBI sera chargé de l'enquête.

— Tu veux que cette affaire nous échappe, c'est ça ? cria-t-elle, exaspérée.

— Bien sûr ! explosa Cuddy. N'importe quel individu censé réagirait comme moi. Tu as passé de bons moments planquée dans les toilettes des femmes aujourd'hui ?

— Je suis désolée, dit-elle sans conviction.

— Ne crois pas que les choses vont s'arranger. Il n'y a rien de solide sous nos pieds.

9

— Madame Payne, dit une voix dure teintée de sarcasme.

Sophie tourna sa tête cagoulée cherchant vainement à distinguer un visage. Un rai de lumière pénétra à travers le tissu qui lui masquait les yeux. C'est tout ce qu'elle vit.

— Aide-la, Michael.

Des mains fermes l'empoignèrent sous les aisselles et la sortirent du coffre dans lequel elle avait voyagé durant un nombre d'heures incalculables. Elle gémit de douleur et constata que ses poignets liés étaient gourds. L'invisible Michael la traîna sur une surface lisse, froide sous ses pieds gainés de nylon, du ciment probablement. Où l'emmenait-il ?

Sophie portait encore le tailleur qu'elle avait choisi pour l'inauguration de la nouvelle ambassade. Il devait être couvert du sang de Nell Forsyte. La gorge serrée, Sophie eut soudain envie de vomir et de pleurer. Nell était morte. Mais elle, la vice-présidente, était vivante. Cela aurait pu la réconforter mais elle n'était pas idiote. Les hommes qui l'avaient kidnappée allaient essayer de négocier. Et bien que le président des États-Unis apprécie et respecte Sophie Payne, il ne négocierait jamais avec des terroristes.

L'air était froid. Elle sentait le soleil décliner et parvenait à deviner qu'on la traînait à l'intérieur d'un bâtiment. On la fit descendre des marches, elle se cogna un orteil. Le rire contagieux de Peter, son fils, lui revint brusquement à l'esprit. Il avait le même rire que son père défunt. Qu'imaginait Peter à cet instant précis ? Appelait-il fébrilement la Maison-Blanche pour demander des nouvelles ? Avait-il quitté New Haven en sautant dans le premier train avec pour tout bagage une carte de crédit ?

On la flanqua brutalement sur une chaise. Après quelques instants, on lui retira la cagoule, ses cheveux étaient chargés d'électricité statique. La lumière crue des ampoules électriques lui fit cligner les yeux. Elle découvrit une pièce sans fenêtre, couverte de moquette et peu meublée. Probablement une cave. Les portes menaient on ne sait où, mais l'une d'elles devait certainement conduire à l'extérieur.

Quatre hommes la regardaient d'un air impassible.

– Madame Payne, entendit-elle derrière elle.

La vice-présidente se retourna et regarda le visage qui ne pouvait pas être celui de Michael. Michael était l'Américain qui avait conduit la voiture. Cet homme n'était pas américain.

Il était tondu à la manière des marines, le crâne dégarni au centre, un nez busqué proéminent, des petits yeux bruns sous des sourcils arrondis, une bouche sensuelle. Sa carrure était imposante, ses mains trop larges pour ses poignets. Il était vêtu d'un pantalon en flanelle et d'un pull. En cachemire, pensa Sophie. Elle l'aurait plutôt imaginé avec un col roulé noir, quelque chose qui aille avec l'étui de l'arme qu'il portait près de l'épaule. L'inconnu s'accroupit devant sa chaise. Il dégageait une odeur de tabac et de lotion d'après-rasage – bois de santal et citron. Une cicatrice en forme de flèche ornait sa tempe. La blessure ne provenait pas d'un coup de couteau, d'une balle peut-être ? Sophie ne s'y connaissait pas assez pour le dire.

— Vous avez l'air indemne, lui dit l'homme.

Elle résista à la tentation de répondre. Les borborygmes s'échappant de sa bouche bâillonnée l'auraient ridiculisée. Mais elle envoya un coup de pied dans l'entrejambe de l'homme qui bascula en arrière avec un cri de douleur. Avant que Michael et les autres eussent le temps de réagir, il s'était redressé et avait dégainé son arme. Le canon frappa Sophie Payne au front.

— Mlan, dit l'un des hommes.

Mlan la regarda avec aplomb. Puis il rengaina son arme.

— Scotch, Vaclav, ordonna-t-il.

Un individu au visage poupin sortit un rouleau de scotch noir. Avec prudence, Mlan s'accroupit de nouveau devant elle. Il soutint son regard, la défiant d'essayer de lui envoyer un second coup de pied et releva sa jupe étroite jusqu'en haut des cuisses. Puis, l'une après l'autre, il lui attacha les chevilles aux pieds de la chaise avec le scotch. Les genoux écartés, impuissante, elle se retrouva brusquement exposée aux regards. Mlan avait bien choisi sa vengeance. Cette humiliation calculée était pire que la violence physique. Sophie retint ses larmes.

— J'aurais dû vous expliquer une chose, dit Mlan. On ne me provoque pas facilement.

Il arracha le scotch collé à sa bouche. Elle cria, puis détourna les yeux, honteuse.

— J'aurais également dû me présenter, ajouta-t-il, roulant en boule le morceau de scotch qu'il tendit sans un mot à Vaclav. Je suis Mlan Krucevic. Cela ne vous dit pas grand-chose, je pense.

— Au contraire, répliqua Sophie, je suis bien renseignée sur vous, monsieur Krucevic. Il est difficile de suivre ce qui a trait aux Balkans ou au terrorisme sans tomber sur votre nom. Par ailleurs, je me sens particulièrement concernée par le néo-nazisme et sa bande de psychotiques.

Sophie le vit se relever entre ses genoux.

— Une vice-présidente qui sait lire, dit-il. Fascinant.

Elle le toisa froidement.

— Vous ne le saviez pas ? demanda-t-elle. Je pensais que vous faisiez votre travail.

— Oh, je le fais, madame Payne. Minutieusement. Je sais tout sur vous. Par ailleurs, je me sens particulièrement concerné par le déclin de la démocratie.

— Dans ce cas, vous devriez savoir qu'on ne me provoque pas facilement, moi non plus.

— Peut-être. Mais je n'ai pas détruit la porte de Brandebourg, ni tué des innocents simplement pour vous provoquer, madame Payne.

— Si vous croyiez que vos actes vont avoir un impact sur Jack Bigelow, vous faites erreur.

Krucevic leva un sourcil et déclara :

— Ce serait la première fois de ma vie.

— Il y a un début à tout, monsieur Krucevic, dit-elle.

— Bien sûr, lâcha-t-il pensivement. Mais quelle était votre erreur, madame Payne ? Venir à Berlin ? Ou vous présenter aux élections ? Vous n'êtes que la somme de vos erreurs et de vos mensonges.

Il se mit à arpenter le sol devant elle, tel un professeur s'adressant à une salle de classe à moitié vide. Les quatre hommes postés dans la pièce l'écoutaient avec attention.

— Commençons par le dossier officiel, dit-il. Vous avez quarante-trois ans, vous êtes la fille d'intellectuels allemands. Vos parents ont émigré aux États-Unis en 1933. Votre père était un brillant journaliste parlant couramment anglais et allemand qui a fait une partie de ses études à Oxford. Votre mère était la fille d'un riche industriel, spécialisé dans la porcelaine, qui a perdu beaucoup d'argent à la fin de la Première Guerre mondiale. Ce qui n'a pas empêché votre mère d'être élevée comme une privilégiée. Nous savons tous les deux que votre père était juif. Il a renoncé à sa foi et a fait semblant d'adopter la religion de votre mère. Il a même changé de nom. Friedman est devenu Freeman en arrivant en Amérique. Mais ce genre de dissimulation ne l'aurait sauvé ni lui, ni sa femme. Si vos parents étaient restés à Berlin en 1933, vous ne seriez jamais née.

— Vous débloquez, répliqua Sophie.

Elle s'attendait à des menaces, de l'intimidation, des mauvais traitements, mais pas à un tel discours.

— Mes parents étaient luthériens, reprit-elle. Ils avaient des amis résistants qui sont morts. Ils ont culpabilisé pendant des années de ne pas être restés en Allemagne pour se battre contre Hitler jusqu'à la fin.

— C'est peut-être ce qu'ils vous ont raconté, répliqua Krucevic, mais c'est faux. Votre père était juif. Ses compatriotes sont morts à Bergen-Belsen et il n'a rien fait pour les sauver. J'ai vu les dossiers.

— Vous dites n'importe quoi ! s'écria Sophie.

Krucevic se rapprocha à quelques centimètres de son visage. Une lueur malveillante brillait dans ses yeux, il prenait un certain plaisir à l'avoir à sa merci.

— Naître était votre première erreur, lâcha-t-il.

Il se remit à marcher de long en large.

— Après avoir passé quatre ans à Radcliffe, poursuivit-il, vous avez fait ce qu'on attendait de vous : vous avez épousé Curtis Payne, diplômé d'Harvard, membre d'une famille de Philadelphie de lignée prestigieuse. Vous, la bâtarde trébuchant vers l'autel dans la splendeur épiscopale ! Comme cela a dû vous amuser. Puis le pauvre Curtis est mort du cancer durant son premier mandat au Congrès. Vous avez pris son siège et êtes arrivée jusqu'au Sénat. Vous ne vous êtes jamais remariée. Votre fils s'appelle Peter, il est à Yale. Comment avez-vous réussi à dissimuler votre passé pendant si longtemps ?

— Je n'ai rien dissimulé, répondit Sophie.

— Menteuse !

— Les fous voient ressurgir leur obsession dans tout ce qu'ils regardent, Krucevic. Vous ne savez rien sur moi.

Il renversa la tête en éclatant de rire.

— Vraiment ? Et si je vous disais que vous chaussez du trente-six ? Que vous aimez commander des plats à emporter – des crabes, en particulier – dans un restaurant thaïlandais sur Dupont Circle ? Que vous gérez mal votre argent et que vous payez systématiquement en retard vos factures de carte de crédit ? Que vous avez eu trois amants au cours des dix-huit derniers mois ? Je connais leurs noms et je sais comment ils vous font l'amour. Ils ne sont pas tous sincères, certains vous fréquentent par intérêt. Je sais qu'un sénateur républicain voulait vous épouser. Vous avez refusé avec tact, à cause de ses opinions politiques et pour ne pas froisser sa femme. Vous donnez votre cœur moins facilement que votre corps, je suppose.

Krucevic fixa ses jambes écartées. Sophie lui lança un regard haineux.

— Il est facile de surveiller une femme comme vous, reprit-il, une figure publique. Mes observateurs se sont simplement fondus dans la foule. Mais même à l'Observatoire maritime, sous votre douche, vous n'étiez jamais totalement seule.

Sophie frissonna de peur comme si une araignée parcourait son cou.

— Vous avez donc décidé de me kidnapper, dit-elle brusquement. Vous avez investi le temps et l'argent nécessaire à votre projet. Probablement pour vous venger des frappes de l'OTAN contre Belgrade, n'est-ce pas ?

Mais Krucevic ne lui prêtait plus aucune attention. Il regardait sa montre.

— Otto, amène le petit, ordonna-t-il.

Un homme chauve et musclé se dirigea vers une porte située derrière elle et disparut. Michael était donc forcément le frisé nerveux ou le blond mince avec une barbe d'un jour. Ce dernier ne l'avait pas quittée des yeux et curieusement, sa vigilance lui avait redonné du courage. C'était lui Michael, Sophie en était certaine. Elle lui sourit discrètement. Il détourna les yeux vers Krucevic.

La porte située derrière Sophie s'ouvrit de nouveau. Une voix aiguë d'enfant terrifié retentit :

— Je t'en supplie, pas l'aiguille papa ! Je serai sage, c'est promis !

Sophie tendit le cou et vit un garde du corps imposant auprès d'un garçon frêle au corps raidi par l'angoisse. Des mèches noires inégales tombaient sur ses grands yeux gris. Sophie lui donnait une dizaine d'années. Elle l'avait entendu appeler Krucevic « papa » et le père en question s'emparait d'une seringue. Involontairement, Sophie tira sur ses liens.

— On en a déjà parlé, Jozsef, dit calmement Krucevic.

D'une main, il frappa la joue pâle de l'enfant, de l'autre il approcha la seringue.

— C'est pour la bonne cause, reprit-il. Tu te souviens ? Je veux être fier de toi. La cuisse, Otto.

En un mouvement rapide, Otto saisit l'enfant par la nuque et le plaqua au sol. Krucevic enfonça l'aiguille dans la cuisse de son fils.

Jozsef cria.

— Salaud ! siffla Sophie. Qu'est-ce que vous lui avez fait ?

Krucevic la prit par les cheveux et rapprocha son visage du sien.

— Ce que je vous ferai aussi, madame Payne, dit-il, quand le moment sera venu.

10

Les bottes de cow-boy de Jack Bigelow reposaient sur son large bureau en acajou. Comme beaucoup d'hommes qui revenaient tardivement vivre au Texas, il s'efforçait de copier les excentricités des Texans. Quoi qu'il en soit, c'est grâce au Texas qu'il avait été élu président.

— Je suis avec les gens du FBI, Fritz, dit Bigelow, et d'autres personnes qui aimeraient vous entendre. Je peux activer le haut-parleur du téléphone ?

— Bien sûr, Jack, répondit le chancelier allemand, dont la voix semblait lointaine et désincarnée.

D'emblée, Dare Atwood décida de ne pas tenir compte de ce que le chancelier dirait. Ce n'était certainement pas à des inconnus réunis dans une pièce qu'il ne pouvait voir qu'il allait se confier.

— Je suis vraiment désolé de ce qui se passe à Berlin, dit Bigelow d'une voix traînante.

— C'est une tragédie pour Berlin et pour le peuple allemand, répliqua Voekl. C'est notre Oklahoma City[1].

Le chancelier s'exprimait sur ton méfiant, comme s'il avait peur qu'un mot de trop ne lui échappe.

---

1. Référence à l'attentat à la bombe contre un édifice d'Oklahoma City en 1995.

— Vous avez des nouvelles de la vice-présidente ? demanda Bigelow.

— Non, malheureusement. Aucun hôpital de Berlin n'a enregistré son admission et l'hélicoptère de secours n'a pas encore été localisé. Nous faisons tout ce qui est en notre pouvoir, bien sûr.

— Naturellement.

Le Président jeta un regard complice à Dare puis ajouta :

— Et vous pensez toujours que les Turcs sont responsables ?

— Tout semble le confirmer. Une arrestation devrait bientôt avoir lieu.

— Quand nos hommes du FBI seront sur place — ou plutôt nos hommes et nos femmes, je ne veux pas paraître sexiste —, nous aurons une meilleure idée de ce qui se passe, Fritz. L'équipe part ce soir, elle devrait arriver à Berlin à l'aube.

— C'est une excellente nouvelle, répondit Voekl d'un ton plat. Mais comme vous le savez, nous sommes parfaitement équipés pour faire face à cette crise. Les représailles des Turcs ne sont pas une surprise pour nous. Nous nous y étions préparés. La sévérité du programme de rapatriement ne les enchante pas.

— Ça se comprend, répliqua Bigelow, bien qu'il n'ait jamais critiqué publiquement le programme de rapatriement. Et quand les gens sont en colère, Fritz, ils sont capables de tout. Mais supposons qu'un autre groupe de gens mécontents soit derrière cette opération. Les Turcs pourraient leur servir de bouc émissaire idéal, non ?

— Peut-être. Mais qu'il s'agisse des Palestiniens, des islamistes fondamentalistes ou même de l'Armée de libération du Kosovo, cela revient au même. Nous avons affaire à des extrémistes qui viennent mener leurs guerres au portes de l'Europe et des États-Unis. Nous devons commencer à leur couper l'herbe sous le pied. Les empêcher d'avoir une tribune leur permettant d'organiser des attaques terroristes.

— Les renvoyer chez eux, Fritz ? Oui, c'est un problème difficile à résoudre.

— Vous savez combien je déplore le terrorisme.

— Comme tout le monde, répondit Bigelow.

— Mais un pays sans espoir est acculé à employer la violence pour parvenir à ses fins. Vous êtes d'accord avec moi ?

— C'est toute l'histoire de l'Amérique, Fritz.

— Oui, hum… Vous avez déclaré publiquement que mettre un terme au terrorisme serait le plus grand défi du siècle. Je suis d'accord — je l'ai toujours été — et je suis prêt à vous aider à combattre ce fléau. Depuis cinquante-cinq ans, le peuple allemand soutient et protège la civilisation occidentale. Notre culture est menacée par l'anarchie de l'Orient. La vague d'immigrants musulmans venus de Yougoslavie a été extrêmement néfaste et la désagrégation des Républiques d'Asie centrale ne présage rien de bon. Tôt ou tard, un flot d'immigrés haineux demandera l'asile en Allemagne.

— Par ailleurs, votre pays héberge des Palestiniens depuis des décennies, ajouta Bigelow.

— La politique de mes prédécesseurs a été lamentablement laxiste. Mais le terrorisme sera la guerre froide du vingt et unième siècle, Jack, et je me souviens de la guerre froide mieux que la plupart des gens.

— C'est la guerre froide qui a fait votre carrière, Fritz, si je ne me trompe ?

Avant de fonder son parti xénophobe en ex-Allemagne de l'Est, Fritz Voekl avait été l'espoir du parti communiste. Directeur d'une usine prospère fabriquant des munitions à Thuringe, il s'était servi de son succès pour gravir les échelons de la hiérarchie de son parti. Puis, en 1988, il fut incarcéré après avoir critiqué publiquement le parti communiste, s'y sentant trop à l'étroit. Sa rébellion fit de lui un héros et un phénix de la scène politique. Quand le parti s'effondra comme un échafaudage défectueux, entraînant dans sa chute le mur de Berlin, Voekl, enfin libre, eut tout loisir de jouir du spectacle. Il sablait le champagne près des barbelés et lançait une pioche à

Checkpoint-Charlie[2]. Sachant détecter l'opinion générale des gens, Voekl avait toujours su choisir le bon moment pour agir.

— En effet, répondit-il à Bigelow. Et mon expérience derrière le rideau de fer m'a enseigné bien des leçons. La plus importante est la suivante : un pays qui ne donne pas d'espoir à son peuple ne gagnera jamais la guerre. Un pays qui donne de l'espoir à son peuple lui donne également une raison pour se battre.

— Quel espoir ?

— De l'argent, Jack. Si j'injecte des deutsche Marks dans les économies en voie de développement de mes États tampons — la Slovaquie, la Hongrie, la République tchèque, et même la Pologne —, avec le temps, je transformerai le désespoir en espoir. Je ne laisserai pas les terroristes s'implanter chez nous et je protégerai les pays qui feront partie de la sphère d'influence allemande.

La sphère d'influence allemande, songea Dare en fronçant les sourcils. Mais elle n'eut pas le temps d'en savoir plus. Bigelow en avait assez de discuter. Il adressa un geste obscène au haut-parleur du téléphone, puis déclara :

— Écoutez Fritz, nous sommes contents de savoir que vous luttez pour la bonne cause en Allemagne. Si vous avez des nouvelles de Sophie Payne, appelez-moi immédiatement, d'accord ? Le FBI sera demain à Berlin.

— Merci, Jack.

— Et saluez votre ravissante fille de ma part. Au revoir.

Bigelow coupa la communication puis regarda les gens réunis dans le bureau Ovale. Il y avait Matthew Finch, conseiller à la sécurité nationale auprès du Président, un homme réservé qui détestait les discussions oiseuses ; Gerard O'Neill, secrétaire d'État de Bigelow, qui tambourinait sur l'accoudoir de son fauteuil ; Al Tomlinson, directeur du FBI

---

2. Point de passage qui délimitait les zones soviétique et américaine.

et le général Clayton Phillips, président des chefs d'états-majors interarmes. Phillips fronçait les sourcils en examinant ses notes.

— Il peut se le mettre où je pense son espoir! maugréa Bigelow. Quelqu'un devrait renseigner notre ami Fritz sur le terroriste milliardaire Oussama ben Laden. C'est ce genre de fortune qui donne de l'espoir aux gens. Pas vrai, Dare?

— Un poulet et un AK-47, voilà ce qui fait leur bonheur, répondit Dare. Mais on ne peut pas s'en prendre à Voekl, monsieur le Président, il doit se sentir stupide en ce moment.

— Ne vous y trompez pas, Dare, Fritz n'est pas un idiot. Bigelow ôta ses jambes du bureau et se leva de son fauteuil.

— Qu'est-ce qu'il cherche? poursuivit-il. Je lui parle de Sophie, il me répond par un discours sur les investissements en Europe centrale.

— Il essayait de changer de sujet, suggéra le directeur du FBI.

— C'était une tentative maladroite, dit le secrétaire d'État. Par ailleurs, les *Gastarbeiters* n'ont pas kidnappé la vice-présidente, ni fait sauter la porte de Brandebourg. Ils n'ont pas besoin de mauvaise publicité.

— Je suis d'accord, approuva Dare, les yeux rivés sur les notes qu'un analyste avait nerveusement rassemblées pour elle quarante minutes auparavant. Mais les autorités de Berlin ont imposé un couvre-feu à tous les immigrés turcs de la ville et ont posté des unités de police anti-émeutes autour de tous les foyers pour dissuader les tentatives de représailles. Ils ont également fait fouiller toutes les maisons pour retrouver la vice-présidente et ses ravisseurs. Nous ne pensons pas que les terroristes sont en Allemagne. À notre avis, ils ont franchi la frontière depuis longtemps.

— Des extrémistes turcs auraient pu faire sauter la Porte, avança Bigelow, mais ils n'auraient jamais enlevé Sophie dans un hélicoptère volé.

— Ils l'auraient tuée publiquement, approuva Matthew Finch, pour coller au gouvernement allemand une image négative. Ou ils auraient pris pour cible un Allemand qu'ils détestent, Voekl par exemple.

— Lequel n'étant pas mort a maintenant un bon prétexte pour taper sur les Turcs, ajouta Bigelow.

Il se rapprocha brusquement de Dare et lui glissa :

— Voyez ce que vous pouvez me trouver sur la vie privée de Fritz. Je veux savoir à quelle heure sa fille Kiki va se coucher, qui est la maîtresse qu'il appelle en fin de soirée, s'il mange ses céréales avec du lait entier ou écrémé.

— Entendu.

— Voekl n'a pas monté cette opération, objecta O'Neill.

— Non, lui rétorqua sèchement Bigelow. Mais il n'était pas sur la place durant l'explosion, que je sache ? Si l'un de vos hommes a une meilleure suggestion à faire, envoyez-le-moi.

O'Neill sourit nerveusement.

— Les résidents turcs servent probablement de bouc émissaire, intervint Dare. Le régime de Voekl et plusieurs autres groupes opérant dans la région sont capables de tuer pour les discréditer publiquement.

— Cela pourrait être un coup des séparatistes kurdes, avança le directeur du FBI. Ils adorent quand les Turcs sont montrés du doigt.

— Mais les membres du PKK ne savent plus où ils en sont depuis que l'armée turque a capturé leur chef, souligna Dare.

— Qui a kidnappé nos hommes à Beyrouth dans les années quatre-vingt ? interrogea Bigelow. Terry Anderson, Bill Buckley, qui les avait enlevés ?

— Le Hezbollah, répondit Dare.

Quand elle travaillait au Conseil national de sécurité, Dare avait passé une grande partie des années quatre-vingts à essayer de faire libérer William Buckley, lequel était alors chef de station à Beyrouth, avant que les tortures entraînent sa mort. Elle avait échoué. De son côté, à la même époque, Jack Bigelow, l'organisateur d'OPA, se construisait une nouvelle image et devenait l'homme en qui les Américains avaient le plus confiance.

— Si les keffiehs étaient derrière cette opération, s'énerva O'Neill, nous aurions déjà été contactés par plusieurs groupes terroristes prétendant avoir monté le coup.

— C'est probablement vrai, approuva Dare. Par ailleurs, le Hezbollah n'a jamais kidnappé de femmes.

— Alors qui est responsable, Dare? s'impatienta Bigelow.

Dare inspira profondément et déclara:

— Compte tenu de la préparation élaborée de cette opération, nous avons exclu les groupes terroristes peu organisés du Moyen-Orient. Nous pensons que trois groupes pourraient être responsables: une cellule allemande formée par le Saoudien en exil Oussama ben Laden; un groupe dirigé par les Palestiniens — Ahmad Jabril ou les cellules combattantes du FPLP; ou bien l'organisation 30 Avril.

— L'Allemagne n'a jamais su lutter contre les terroristes, murmura le général Phillips. Des jeunes débarquent avec des visas d'étudiants, épousent des *Fräulein*, puis leurs chefs attendent le moment idéal pour les activer.

— Poursuivez, Dare, soupira Bigelow.

— Comme vous le savez, monsieur le Président, reprit Dare, Ben Laden a réussi à commanditer plusieurs attentats terroristes contre les États-Unis, malgré les moyens que nous avons mis en œuvre pour surveiller ses réseaux internationaux. Il possède sa propre fortune et travaille avec différentes organisations, certaines sont légales, d'autres pas.

— Je pensais qu'il aimait opérer dans le tiers monde, dit Bigelow.

— Mais il a peut-être pris pied dans la nouvelle capitale allemande il y a des années. Le père de Ben Laden a fait fortune dans le bâtiment. Depuis dix ans, on remarque toutes sortes d'entrepreneurs du bâtiment à Berlin.

— Et il a un faible pour les ambassades américaines, maugréa O'Neill.

Le souvenir des attentats en Tanzanie et au Kenya faisait encore enrager O'Neill.

— J'en ai assez entendu sur Ben Laden, lâcha Bigelow en regardant sa montre. Passons au deuxième groupe, Dare.

— Ahmad Jabril, chef des cellules combattantes du FPLP, dit-elle. Cet ancien membre de l'OLP s'est fâché avec Arafat il y a plus de dix ans. Jabril se voit comme un idéologue, un homme qui sera sans pitié tant qu'Israël existera. Mais il aime que ses opérations fassent parler de lui. En 1991, en Allemagne, ses hommes ont posé une bombe dans le train qui transportait nos troupes.

— Pourquoi est-ce qu'il aurait fait sauter la porte de Brandebourg ? demanda Bigelow.

Dare haussa les épaules et répondit :

— Un lieutenant de Jabril est emprisonné en Allemagne. Il a été condamné à la prison à perpétuité. Jabril veut peut-être le faire libérer.

— Il est plus de vingt et une heure, en Europe, s'énerva Bigelow, pourquoi ces terroristes ne nous appellent-ils pas ?

Parce que Sophie Payne est morte et qu'ils n'ont plus de moyen de négocier. Dare aurait pu dire à voix haute ce que tout le monde pensait tout bas. Mais elle se tut et attendit.

— Et le dernier groupe, Dare ? demanda Bigelow.

— L'organisation 30 Avril, dit-elle, ressentant brusquement des aigreurs d'estomac.

— Ce sont des néo-nazis ? Ceux qui d'après vous ont assassiné le chancelier ?

— Nous les soupçonnons de l'avoir assassiné parce qu'il était pour les frappes de l'OTAN contre Belgrade. Madame Payne était peut-être la prochaine sur leur liste.

Le président s'étira douloureusement. Un disque cassé lui causait un mal de dos chronique.

— L'homme qui dirige le 30 Avril est un criminel de guerre, dit-il.

— Mlan Krucevic est également un biologiste croate, expliqua Dare. Nous pensons qu'il opère en Allemagne. Voici sa bio.

Bigelow mit ses lunettes et parcourut rapidement le document. Puis il le tendit à Matthew Finch et déclara :

— Faut que je demande à mon ami Fritz pourquoi il ne coupe pas l'herbe sous les pieds de ce farceur.

— À cause des gros bénéfices générés par les produits pharmaceutiques, murmura Finch.

— La police allemande essaye de piéger Krucevic depuis des années, dit Dare, mais le 30 Avril laisse peu de traces. Comme les milices d'extrême droite de notre pays.

— Qui finance Krucevic ? demanda Bigelow. Est-il indépendant ?

— Krucevic n'est jamais en manque de fonds. Son argent circule sur différents comptes suisses. Mais sa principale source de financement serait une société basée à Berlin qui lui sert de couverture. La société s'appelle VaccuGen, elle produit et exporte légalement des vaccins pour le bétail. Il est également fort probable qu'elle fasse d'importants bénéfices en vendant des agents biologiques illégaux. Selon nos sources, Krucevic a la réputation de concocter des virus mortels. J'ai mis la société sur la liste des cibles de la NSA. Nous devrions bientôt avoir tous les produits qui circulent à VaccuGen.

— Vous avez un agent infiltré dans le 30 Avril ?

Dare retint sa respiration.

— Pas vraiment, répondit-elle, mais cette organisation est l'une de nos cibles depuis un moment.

Le général Phillips leva les yeux de son gribouillage. Malgré la pléthore de galons ornant son uniforme, il avait l'air d'un vieillard bienveillant. Père de trois filles, il avait un faible pour la vice-présidente. Dare remarqua qu'il semblait fatigué, exaspéré par sa propre impuissance, sans doute. Mais le mot « cible » l'avait réveillé.

— Nous pourrions envoyer des missiles de croisière contre leur base opérationnelle, proposa-t-il.

— Il faudrait déjà la localiser, répondit Dare. Krucevic sait très bien se protéger. Ses déplacements se font dans le plus grand secret et nous n'avons jamais vu une photo de lui.

Finch agita la biographie de Krucevic.

— On sait à quel genre d'individu on à affaire, dit-il. Krucevic est impitoyable, efficace, et massacrer des Allemands ne lui procure aucun état d'âme. Il est cinglé. Mais pourquoi voudrait-il enlever Sophie Payne ? S'il cherchait à se venger, il l'aurait fait abattre sur la tribune, non ?

— Il devrait donc nous contacter, répondit Bigelow d'un ton brusque. Qu'est-ce que ce salopard va exiger en échange de Sophie ?

— Que toutes les races non aryennes soient éliminées d'Europe, rétorqua Dare. Et cela, monsieur le Président, vous ne l'accepterez jamais.

Tout le monde prit soudain conscience de ce qu'elle venait dire. Un lourd silence se fit.

— Ils ont tué Nell Forsyte, murmura Bigelow. S'ils n'avaient pas visé la tête, elle se serait battue jusqu'au bout. Sa petite fille a quatre ans.

— Je suis désolée, monsieur le Président, dit Dare en fermant son carnet de notes. Pour mademoiselle Forsyte et pour tous les autres.

Sa topaze scintilla. Maybelle Williams, la secrétaire de Bigelow, apparut dans l'embrasure de la porte du bureau Ovale.

— Monsieur le Président ? dit-elle nerveusement.

Bigelow ôta ses lunettes et lui sourit, comme si rien de grave ne pouvait arriver.

— Oui, chérie ? répondit-il.

— La Situation Room[3] vient d'appeler. L'ambassade de Prague a une cassette vidéo de la vice-présidente.

---

3. Pièce dans laquelle se tiennent les réunions en cas de crise majeure.

11

L'homme que Sophie pensait être Michael lui libéra les mains et les chevilles puis l'entraîna dans un couloir qui menait à une salle de bains. Dépourvue de fenêtre comme le reste de l'enceinte souterraine, la salle de bains n'offrait aucune possibilité de s'évader. Elle s'assit sur la lunette des toilettes tandis que Michael la surveillait dans l'embrasure de la porte. Elle essaya d'oublier sa présence, sachant que Krucevic en profiterait pour l'humilier si elle protestait. Quand elle jeta un regard furtif à Michael, elle détecta uniquement de l'ennui sur son visage. Il lui lança un pantalon de jogging, un pull en coton et une paire de chaussettes.

– Enfilez ça, dit-il.

– Pourquoi ?

– Vos habits commencent à puer.

Sophie se retourna et enleva son tailleur souillé. Elle remarqua une ligne rouge sur ses cuisses, juste à l'endroit où Krucevic avait remonté sa jupe. Une tache de sang qui ressemblait à la carte d'Europe imprégnait le tissu. C'était le sang de Nell.

Michael lui tendit un peigne. Les mains tremblantes, Sophie eut soudain envie de pleurer. Elle se recoiffa et s'aspergea les joues d'eau. Puis elle se sécha la figure avec son pull, technique qu'elle avait apprise en allant camper dans les Adirondacks. Il n'y avait pas de glace dans la salle de bains, peut-être avaient-ils pensé qu'un miroir brisé aurait pu lui servir d'arme. Quoi qu'il en soit, elle devait avoir une sale tête.

— Que faites-vous ici ? demanda-t-elle à Michael. Vous êtes américain, non ?

Il lui jeta un regard amusé et répondit en allemand :

— Nous avons reçu l'ordre de vous frapper si vous essayez de nous parler, madame Payne. Je ne vous le dirai pas deux fois.

Il la saisit par le bras et la ramena dans la pièce qu'elle considérait déjà comme sa prison. La lumière avait changé. Des lampes suspendues aux poutres d'acier éclairaient le visage de Krucevic et celui de Vaclav qui tenait une caméra vidéo. Derrière lui se tenait une civière.

— Ah, madame Payne, quelle sombre vision, déclara Krucevic.

L'humeur de Krucevic avait changé, remarqua Sophie. Une légère excitation l'animait, ses gestes étaient plus brusques. Il fit signe à Otto :

— Civière.

Avant qu'elle n'ait le temps de réagir, Otto l'empoigna et la jeta sur un brancard. Elle hurla, mais comme le jeune Jozsef, en vain. Otto lui attacha les mains et les chevilles avec une ceinture. Le ventre noué, elle pensa à l'aiguille et au regard terrifié de Jozsef.

— C'est vraiment nécessaire ? dit-elle à Krucevic. Je ne vais pas vous envoyer de coup de pied.

— J'en suis certain, répondit-il en posant un journal près de l'oreille droite de Sophie. Vaclav ?

Vaclav s'approcha d'eux avec la caméra.

— Je veux un gros plan du visage de Mme Payne, ordonna Krucevic. Il faut qu'on voie la date du journal. Puis un plan plus large pour montrer comment elle est allongée. Ne me filme pas surtout.

Ainsi attachée et vêtue, Sophie n'était plus un être humain pour Krucevic. Elle était devenue un accessoire, un ballot de tissu en coton noir. Elle tira inutilement sur ses liens, puis comprit que cela trahissait sa faiblesse. Intérieurement, elle paniquait. Comment reprendre le contrôle de la situation? Elle refusait d'accepter qu'il n'y ait aucune solution. Son refus lui permettrait peut-être de tenir quelques jours. Si elle survivait à ce qu'on s'apprêtait à lui faire.

L'objectif se rapprocha de son visage. La cassette allait probablement être visionnée aux États-Unis et Peter aurait l'occasion de la voir. Il fallait qu'elle reste calme.

— Bonsoir monsieur le Président, déclara Krucevic. Nous avons pris en otage Sophie Friedman Payne, vice-présidente des États-Unis et renégate juive. En ce mardi 9 novembre, nous nous trouvons en Europe centrale. Vous pouvez vérifier la date figurant sur l'*International Herald Tribune* que vous voyez sur l'écran. Nous sommes les membres du 30 Avril, Mme Payne connaît notre organisation, j'imagine donc que vous la connaissez aussi.

Otto se recula pour filmer Sophie sur le brancard.

— Vous savez pourquoi vous êtes ici, madame Payne? reprit Krucevic.

— Parce que vous avez assassiné ma garde du corps et que vous m'avez kidnappée, répondit-elle sans hésitation.

— Vous êtes ici pour nous permettre de mener certaines actions, répondit-il calmement. Est-ce que nous vous avons fait du mal, madame Payne?

— Non. Vous m'avez terrorisée et humiliée. Mais il en faut beaucoup plus pour m'anéantir.

Krucevic se tenait hors champ, les bras croisés, son regard sombre rivé sur elle.

— Malheureusement, je m'en doutais, dit-il. Otto? La seringue, s'il vous plaît.

Sophie tressaillit tandis que l'homme s'approchait. Son visage était à présent masqué par une cagoule noire, mais elle reconnut le regard impatient et cruel d'Otto. Dans sa main droite, il tenait une seringue. Elle fut prise de convulsions.

— Jack, dit Krucevic, permettez-moi de vous appeler Jack, monsieur le Président. Vous allez assister à une démonstration. Que vous suivrez attentivement, j'en suis sûr.

Il opina du chef. D'un geste brusque, Otto enfonça la seringue dans la cuisse de Sophie. Un cri s'échappa de sa bouche. Derrière son masque, Otto souriait.

À la Maison-Blanche, huit personnes étaient réunies dans la salle de vidéoconférences de haute sécurité, la VTC – un espace étroit contenant une table oblongue, douze chaises, un grand écran et un million de dollars d'équipement de télécommunications. Avec sa porte de chambre forte, la salle ressemblait à un sous-marin d'acier ou à un abri antiatomique. Comme toutes les salles de haute sécurité, elle était homologuée *Tempest* : tout signal électronique ou magnétique émanant de la pièce ne pouvait être ni intercepté, ni enregistré par quelqu'un se trouvant à l'extérieur des lieux. Tous les organes de renseignement importants du gouvernement étaient équipés de VTC de haute sécurité, et, depuis peu, les principales ambassades du monde disposaient également de ce type de salle. Ainsi, un réseau dispersé de voix, d'images et de données protégées pouvait être établi en quelques secondes.

Le 30 Avril en avait conscience.

À vingt et une heures zéro sept, rue Trziste, un conducteur avait jeté un paquet en direction du poste de garde de l'ambassade américaine de Prague. Le service de sécurité avait perdu une demi-heure à réunir une équipe de techniciens spécialisés dans le désamorçage des bombes, avant de finalement découvrir que le paquet contenait simplement des vêtements, une seringue usagée et une cassette vidéo. Plus tard, il fut établi que les habits étaient ceux de la vice-présidente. Et la cassette...

La cassette fut visionnée par l'ambassadeur, le chef de station de la CIA et leurs adjoints. Quatre personnes arrachées à un dîner diplomatique, à la surveillance clandestine et à un lit torride. À vingt-deux heures douze, l'ambassadeur appela la Maison-Blanche.

À présent, dans la salle du VTC, Bigelow, Finch, Tomlinson, O'Neill, Phillips et Dare avaient les yeux rivés sur l'écran. Le chef d'état-major de la Maison-Blanche et le responsable de la Situation Room les avait rejoints. Bigelow se tenait à moins d'un mètre de l'image et tapait nerveusement sur son genou avec la pointe de son stylo.

Quand Otto piqua la cuisse de la vice-présidente, tout le monde sursauta et des regards furtifs s'échangèrent. La tension qui régnait dans la pièce était presque palpable. Dare transpirait dans sa robe en laine noire. Le nom de Krucevic était associé aux agents biologiques, tous les gens réunis dans la pièce le savaient.

« Nous venons d'injecter à Mme Payne un bacille qui fera certainement l'objet de vos recherches, dit la voix de Krucevic. Je l'ai baptisé Anthrax et l'ai créé à partir du bacille de la maladie du charbon, maladie mortelle pour les hommes. Cette maladie tue normalement en trois jours. La mienne tue en trois heures. Les premiers symptômes vont se manifester dans trente minutes. Mme Payne va avoir de la fièvre et une hémorragie interne des poumons et de l'estomac, une infection systémique. Si la maladie n'est pas soignée, elle mourra d'une hémorragie généralisée. C'est une mort très douloureuse, Jack. J'ai testé l'Anthrax 3A sur un nombre considérable de musulmans en Bosnie-Herzégovine. »

Bigelow s'agita sur sa chaise.

Sur l'écran, les yeux de Sophie Payne s'écarquillèrent.

« Je ne vous crois pas, dit-elle, vous bluffez. Il n'y avait rien dans la seringue.

— Pourquoi ? rétorqua la voix de Krucevic. Parce que vous êtes une femme ? Parce que vous êtes la vice-présidente des

États-Unis ? Je m'en contre-fiche. À mes yeux, madame Payne, vous n'êtes qu'une juive. Une juive qui n'aurait jamais dû naître.

— Me tuer ne vous apportera rien ! cria-t-elle. Si je meurs, vous ne pourrez plus négocier.

— C'est exact, répliqua Krucevic. Voilà pourquoi j'ai prévu la seringue numéro deux. Otto ? »

L'audience dans la salle du VTC put remarquer que Sophie Payne respirait avec difficulté. Ses joues s'enflammaient. Était-ce lié à la peur ? Ou à quelque chose de plus mortel ? Un homme au visage cagoulé portant dans ses bras un enfant frêle apparut sur l'écran.

« Vous avez un fils, madame Payne, déclara la voix de Krucevic.

— Oui, vous le savez. Vous connaissez probablement la pointure de ses chaussures.

— Vous l'aimez, je suppose ? »

Sophie ne répondit pas.

« Moi aussi, j'ai un fils, reprit Krucevic. Il est là mon Jozsef. »

Bigelow avança sa chaise et scruta l'image.

La tête renversée, l'enfant semblait tout mou dans les bras de l'homme cagoulé. Dare vit qu'il avait du sang sur les lèvres.

« Ce que j'ai de plus précieux dans ma vie, c'est Jozsef, dit Krucevic, mais je suis prêt à le sacrifier pour ma cause, comme Abraham et son Isaac. Il y a une demi-heure, j'ai injecté de l'Anthrax 3A à Jozsef. Dans deux heures, ses poumons seront emplis de liquide. Dans trois heures, il se noiera dans son propre sang. Vous me croyez maintenant, madame Payne ? »

— Seigneur, siffla Bigelow. Ce type est un psychopathe. Il a vraiment un fils ?

— Oui, dit Dare. Je ne sais pas si c'est le pauvre petit qu'on vient de voir.

— Sophie Payne a l'air de penser que c'est lui, observa Finch. Elle a l'air horrifié.

La caméra se tourna vers l'homme cagoulé. Il déposa l'enfant au sol. Quelque chose brilla dans sa main.

« Otto a en main le seul antidote qui puisse sauver votre vice-présidente, leur expliqua Krucevic. Un antibiotique inventé dans mon propre laboratoire pour combattre l'Anthrax 3A. Cet antibiotique sauvera mon Jozsef. Mais j'ignore s'il sauvera Mme Payne... Cela dépend entièrement de vous, Jack. »

Otto piqua la veine de l'enfant.

– Dare, demanda Bigelow par-dessus son épaule, on a quelqu'un à l'Agence qui s'y connaît dans ce genre de trucs ?

– Oui, répondit Dare, mais nous avons besoin de la seringue afin de déterminer ce qu'il a réellement injecté à Sophie Payne.

Les yeux rivés sur l'écran, Bigelow acquiesça.

« Vous connaissez notre objectif, monsieur le Président, poursuivit Krucevic. Nous voulons éradiquer les races bâtardes et leurs dégénérescences d'Europe centrale. Nous voulons reconstruire une Europe centrale avec une population génétiquement pure, sans l'ingérence des États-Unis. Votre politique démocratique fait obstacle à notre rêve. Le métissage est une idéologie que vous exportez. Cela vous permet de diviser pour régner. Vous aimeriez être la police du monde. D'abord vous créez un terrain favorable à la guerre civile, puis vous envoyez vos troupes pour rétablir l'ordre et instaurer vos propres lois. Au départ, ça commence toujours par de bonnes intentions, un Mac Donald franchisé sur la place Rouge. »

Bigelow grogna.

« Durant les cinq prochains jours, reprit Krucevic, une série d'événements va avoir lieu en Europe centrale, événements qui devraient déclencher la colère des États-Unis. Néanmoins, si vous tenez à Mme Payne, Jack, vous ne lèverez pas le petit doigt. Vous ne mobiliserez pas les forces de l'OTAN et vous calmerez vos alliés. Si vous intervenez, Sophie Payne connaîtra une mort atroce. Mais si vous nous obéissez, nous vous la

99

rendrons indemne. Communiquez immédiatement votre décision à l'ambassade de Prague. Si vous décidez de laisser mourir Sophie Payne, le drapeau du jardin de l'ambassade devra être en berne. Si vous acceptez nos conditions, le drapeau flottera en haut du mât. Le cas échéant, Mme Payne sera soignée avec mon antidote. Mais si vous manquez à votre parole, il me reste quelques aiguilles. »

La caméra se rapprocha du visage de la vice-présidente. Les gens réunis dans la salle du VTC virent ses lèvres former trois mots : *Non, Jack, non.*

12

Jack Bigelow chiffonna la couverture du *Washington Post* et la jeta dans la corbeille. Dans le bureau Ovale, tout le monde semblait mal à l'aise. Tout le monde sauf le Président. Bigelow avait plus l'expression d'un homme disputant une partie de golf que celle d'un politicien faisant face à une menace internationale, songea Finch.

En vingt-trois ans, Finch et Bigelow avaient gagné de nombreux procès ensemble, survécu à la faillite, au divorce de Finch et à une redoutable campagne présidentielle. Les deux hommes avaient pratiqué la pêche à la mouche dans le Montana et même essayé d'escalader l'Everest. Cette tentative s'était soldée par un échec. Avec le temps, Finch avait appris à bien connaître le président. La plupart des hommes révélaient leur anxiété en passant la main dans leurs cheveux ou par une nervosité visible. En période de crise, certains se défoulaient sur le premier innocent qui leur tombait sous la main. Jack Bigelow, lui, devenait plus calme. La peur était un moteur qui le stimulait. Krucevic était un adversaire qui l'inspirait.

— Que veut-il dire par « une série d'événements en Europe centrale » ? demanda Bigelow.

– Puisqu'il a pris la peine de faire sauter la porte de Brandebourg et de kidnapper Sophie Payne, on peut s'attendre à d'autres attentats terroristes, répondit Finch. Krucevic veut mettre l'Amérique à genoux. Il nous a demandé de calmer nos alliés. Ce qui signifie qu'il prépare des opérations spectaculaires, avec un risque de déstabilisation maximum. Il ne se servirait pas d'un otage aussi important que Sophie pour commettre des dégâts mineurs.

– Mais jusqu'où va-t-il aller ? questionna Bigelow. Que peut-on faire pour éviter les dégâts sans sacrifier Sophie ?

– Je pourrais demander aux analystes de l'Agence de chercher les signes d'instabilité de l'organisation du 30 Avril, suggéra Dare.

Le visage de Dare Atwood avait pali depuis qu'elle avait vu la vidéo, remarqua Finch. Elle semblait plus vieille. Elle conservait son aplomb, mais son ton se faisait pressant.

– Je pourrais envoyer une équipe en Europe centrale, reprit-elle.

– Pourquoi pas ? répondit Bigelow. Et ordonnez à la NSA de surveiller ces pays en priorité.

Al Tomlinson s'éclaircit la gorge et demanda d'un ton hésitant :

– Qu'a-t-il voulu dire en traitant Mme Payne de renégate juive ?

Personne ne répondit.

– Le FBI avait enquêté sur Mme Payne, insista-t-il. Elle a été élevée selon la religion luthérienne et elle s'est mariée selon la tradition épiscopalienne.

– Krucevic est un néo-nazi, répondit Bigelow en haussant les épaules. Il voit ce qu'il déteste partout. Et les parents de Sophie étaient Allemands.

– Mais ils ont émigré bien avant la guerre, s'irrita Tomlinson, comme si ses enquêteurs allaient être tenus pour responsables. Mme Payne est née aux États-Unis. Jake Freeman connaissait Roosevelt. Il écrivait pour le *Star*, un journal de Washington.

— Le propos, ce n'est pas les origines de Sophie, intervint Finch. C'est ce que Krucevic pense. Il croit qu'elle est juive. Ce fasciste nous a clairement dit qu'il n'avait aucune raison de l'épargner.

— Vous pensez qu'il est à Prague ? demanda brusquement Bigelow.

— Il attend de voir le drapeau dans le jardin de l'ambassade, répliqua Dare. Dans une heure, il ne sera plus à Prague.

— Vous pensez qu'on devrait donner l'ordre de hisser ce drapeau ? dit Bigelow.

Il chiffonna une autre feuille du journal, visa la corbeille et la rata.

— Je ne peux pas lui donner le feu vert, déclara-t-il. On ne sait pas de quoi il est capable. Il peut faire sauter le Parlement hongrois ou un avion…

— Ou saupoudrer de l'Anthrax 3A dans tous les restaurants du monde libre, conclut Finch. Par ailleurs, notre politique est de ne pas négocier avec les terroristes…

— Je connais notre politique, coupa sèchement Bigelow.

Finch grimaça. Recevoir une gifle en public faisait partie des privilèges réservés à l'ami du président.

— Néanmoins, si vous restez les bras croisés et laissez mourir une femme avec une immense cote de popularité comme Sophie, les Américains vont vous en vouloir.

— Vous êtes censé me conseiller, gronda Bigelow, pas m'enfoncer la tête sous l'eau.

Finch nota quelque chose sur son carnet, puis dévisagea Bigelow froidement :

— Je vous suggère deux choses, déclara-t-il. Publiquement vous déclarez que vous ne négociez pas avec les terroristes. En coulisse, vous cherchez à gagner du temps. Au moins jusqu'à ce que Sophie soit sauvée par cet antibiotique.

— Du temps, dit Bigelow en scrutant sa montre. Ça fait plus de deux heures qu'ils ont tourné cette vidéo. Bon sang !

Si c'était bien de l'Anthrax 3 A qui avait été injecté dans les veines de la vice-présidente, elle devait être au bord de l'agonie. Finch tendit une feuille de papier à Bigelow. C'était le profil biographique de Krucevic que Dare leur avait montré plus tôt. En bas de la feuille, Finch avait griffonné : « Trouvez l'auteur de cette bio. »

— Qui travaille sur le 30 Avril ? demanda Bigelow à Dare.

— Plusieurs personnes, monsieur le Président, répondit-elle. Mais cette bio a été écrite par l'analyste Caroline Carmichael. Elle enquête également sur l'affaire du vol MedAir 901 au Centre de contre-terrorisme.

— Elle a l'air d'avoir bien cerné Krucevic, dit Bigelow. Mais à mon avis ce type est un malade mental, contrairement à ce qu'elle prétend.

— Nous devrions peut-être envoyer Mme Carmichael à Berlin, proposa Finch.

— Krucevic et sa bande ne sont pas à Berlin, s'énerva Bigelow. Quand le drapeau sera hissé, ils ne seront peut-être même plus à Prague.

— Mais ils ont monté une opération très élaborée au cœur de la nouvelle capitale, insista Finch. Krucevic doit avoir un réseau à Berlin, il y a certainement des choses qui peuvent être identifiées et exploitées. Notre point départ, c'est la Pariser Platz.

— Caroline n'est pas un officier traitant, protesta Dare.

— Peu importe. Il y aura des officiers traitants sur le terrain. Carmichael sait comment fonctionne Krucevic. Elle pourra peut-être même prédire ses déplacements. Si nous devons négocier, sa présence sera indispensable.

— Mais elle n'a pas l'habitude de…

— Pas de discussion, trancha Bigelow. Envoyez cette fille à Berlin.

Quand Dare Atwood dirigeait le Bureau des analyses russes et européennes, elle avait formé Caroline. Elle avait surveillé les progrès de la jeune femme comme un aigle surveille les premiers battements d'aile de ses aiglons.

Lorsque l'avion du vol MedAir 901 avait explosé trente-trois minutes après le décollage, c'est Dare qui était allée chercher Caroline à l'aéroport pour lui annoncer la nouvelle. La tragédie de la mort d'Eric avait créé des liens d'amitié entre les deux femmes. Mais tandis qu'elle regardait la nuit tomber à travers la fenêtre de son bureau, Dare ressentit un pincement au cœur. Elle ne pouvait plus être amie avec Caroline. Dans la situation actuelle, elle ne pouvait faire qu'une chose.

Alertée par un sixième sens, elle pivota sur sa chaise au moment où Ginny, sa secrétaire, s'apprêtait à frapper à la porte.

— Madame Carmichael est là, annonça Ginny.

— Bonsoir Dare, lança Caroline en foulant le tapis du bureau de la DCI.

Elle était l'une des rares subalternes qui appelaient encore la directrice par son prénom.

— Comment s'est passée la réunion à la Maison-Blanche? poursuivit-elle.

— Le 30 Avril nous a contactés, répondit Dare.

Caroline s'arrêta brusquement. Elle était livide.

— Vous espériez que ce n'était pas Krucevic, murmura la DCI. Asseyez-vous.

Caroline s'exécuta. Après quelques instants, elle retrouva son calme. Elle venait de passer une journée éprouvante. Quatre heures d'interrogatoire dans la salle du détecteur de mensonges où elle avait vu la courbe de ses émotions fluctuer sur un graphe. À un moment, le sujet avait semblé être sur le point d'arracher les capteurs posés sur ses mains et de partir, avait-elle lu sur le rapport la concernant. Mais heureusement, la machine infernale l'avait déclarée innocente.

— Je suis navrée de vous convoquer aussi tard, dit Dare.

Il était dix-neuf heures trente, une heure tardive pour les fonctionnaires.

— Je serais venue de toute façon, répliqua Caroline. J'avais besoin du réconfort de Cuddy. Comment le 30 Avril est-il entré en contact?

— Ils ont déposé une cassette vidéo et les habits de la vice-présidente devant l'ambassade à Prague.

— Sophie Payne a été filmée ?

Dare acquiesça. Caroline plissa les yeux et demanda :

— Alors, elle est...

— Elle est vivante, dit Dare en jouant avec sa topaze. À l'heure qu'il est, elle est probablement en train de dormir tranquillement. Mais si elle reste aux mains du 30 Avril trop longtemps, je doute qu'elle s'en sorte.

— Je pensais que son statut la protégerait, murmura Caroline.

— Le chancelier social-démocrate n'a pas été protégé par son statut.

Dare avait vu les photos de la limousine accidentée du chancelier allemand. Le mortier qui avait tué Schrœder avait été déclenché au moment où la limousine franchissait un rayon infrarouge. L'assassin n'avait laissé ni fusil ni empreintes digitales, seulement un cratère à l'endroit où le chancelier avait été assis.

— Ce que j'ai entendu aujourd'hui me conduit à penser que le 30 Avril n'a peut-être pas l'intention de laisser vivre la vice-présidente.

Telle une nageuse prête à plonger, Caroline inspira profondément.

— Vous avez vu Eric sur la vidéo ? demanda-t-elle.

— Non. Il y avait trois ou quatre hommes cagoulés, impossible à identifier et la voix off de Krucevic. Il a appelé l'un des hommes Otto, je crois.

— Otto Weber, dit Caroline. Krucevic a-t-il appelé quelqu'un Michael ? D'après Cuddy, Eric continuerait à se servir de ce pseudonyme. Il a découvert ça en consultant DESIST.

Dare secoua la tête.

— Mais il y avait un enfant nommé Jozsef, déclara-t-elle. Krucevic a dit que c'était son fils.

Elle observa Caroline assimiler cette information.

— Pourquoi a-t-il fait filmer son fils ? demanda Caroline. Je sais qu'il a kidnappé Jozsef quand l'enfant vivait avec sa mère. Si nous pouvions la retrouver...

La jeune femme se mit à marcher de long en large devant le bureau de Dare.

— La mère de Jozsef pourrait être nous être utile, dit Dare. Vous réfléchissez comme un officier traitant.

Caroline rit nerveusement.

— Un cow-boy avec une cause à défendre, dit-elle. C'est ce dont nous avons besoin, non ? Mais pourrait-on lui faire confiance ?

— Épargnez-moi les réponses sibyllines, répliqua Dare. Il y a quelques heures, Krucevic et sa bande se trouvaient à Prague. Quelle est leur prochaine destination ?

— Prague est probablement un moyen de créer une diversion, dit Caroline, mais ils ont besoin de rester près d'une grande ville pour pouvoir se servir des ambassades afin de nous contacter. De Prague, ils peuvent facilement se rendre à Bratislava, à Budapest ou à Vienne. Ils n'iront pas en Pologne, ils s'y seraient rendus depuis Berlin.

— S'ils opèrent d'une manière logique, allégua Dare. On ne peut pas exclure la Pologne. Ces gens sont des Byzantins.

— Les Serbes sont des Byzantins, rectifia Caroline. Krucevic est Croate. Il n'aimerait pas se faire traiter de Byzantin.

— Je vous envoie à Berlin ce soir, annonça brusquement Dare. Vous prendrez l'avion du FBI.

Caroline dévisagea Dare.

— Ce sont les ordres du Président, ajouta la DCI.

— Vraiment ?

— Aidez l'équipe du FBI du mieux que vous le pouvez. Elle sera dirigée par l'attaché de Berlin, mais notre chef de station, Walter Aronson, sera ravi de votre collaboration.

— Je connais Walter, dit Caroline.

Bien sûr qu'elle le connaissait. Walter avait remplacé son mari à Budapest deux ans et demi plus tôt.

— L'ambassadeur Dalton sait qu'on vous envoie. Les communications de l'ambassade sont coupées et le personnel opère depuis la résidence de Dalton. Vous parviendrez à vous débrouiller, je le sais.

— J'arrive toujours à me débrouiller, affirma Caroline.

— Le service voyages vous remettra votre itinéraire et de l'argent. Votre passeport est valide, j'espère ?

— La dernière fois que j'ai vérifié, il l'était.

Dare jeta un œil sur un dossier et demanda :

— Votre identité d'emprunt — Jane Hathaway, domiciliée à Londres — n'est pas grillée ?

— Je ne pense pas. Je ne m'en suis pas servi depuis Nicosie.

— Vous emporterez une arme personnelle ?

— Oui.

Dare referma le dossier.

— Il me reste combien de temps pour me préparer ? s'enquit Caroline.

— L'avion décolle de Dulles à minuit.

— Pourquoi Berlin ? Pourquoi pas Prague où la cassette a été trouvée ?

— Ils auront déjà quitté Prague quand vous arriverez en Europe centrale. Mais si vous êtes à Berlin pendant l'enquête, vous pourrez peut-être savoir où ils sont.

— Je veux aller à Budapest, décréta Caroline.

Dare s'immobilisa.

— Pourquoi ? interrogea-t-elle. Parce qu'Eric y était chef de station avant qu'on ne perde sa trace ?

— En partie, répondit Caroline d'un ton hésitant. Mais Budapest est probablement une mine d'informations.

Ce n'était pas la véritable raison, songea Dare. Parfois, inconsciemment, les gens se cachent à eux-mêmes la vérité. Elle décida de ne pas asticoter Caroline.

— Il y a deux enquêtes en cours, dit Dare, deux chasses à l'homme. Si vous parvenez à convaincre l'équipe du FBI de vous laisser aller à Budapest, à Vienne ou à Cracovie, tant mieux. Mais commencez par Berlin. C'est là où vous êtes censée travailler.

Caroline arborait un visage impassible. Elle était redevenue une professionnelle.

— Entendu, dit-elle. J'aimerais voir la cassette.

— Impossible. C'est un élément top secret.

— Qu'est-ce que vous attendez de moi exactement ?

— Je ne vous demande pas d'attaquer seule la forteresse du 30 Avril, mais c'est un peu ce que j'attends de vous…

— Je ne suis pas idiote, assena Caroline. Je sais très bien qu'on m'envoie là-bas pour servir d'appât.

— C'est le Président qui a ordonné qu'on vous envoie à Berlin, dit calmement Dare, et il ne pense à appâter personne, croyez-moi. Il a bien aimé l'analyse que vous avez faite de Krucevic.

— Et naturellement, c'est vous qui lui avez transmis la bio. Vous l'avez manipulé pour qu'il fasse appel à moi. Ne le niez pas. Je sais comment vous fonctionnez, je travaille avec vous depuis longtemps. Vous pensez que je vais faire sortir Eric de sa cachette. Et que je le trahirai par devoir envers l'Agence et envers mon pays. Mais Eric se contre-fiche de ma pomme. Je l'ai compris depuis ce matin.

— Nous ne savons pas ce qu'Eric a en tête, affirma Dare d'un ton sec, ni quels sont ses sentiments.

Elle ne prit pas la peine de nier qu'elle avait manipulé le Président. C'eût été infantile de prétendre le contraire à une femme qui avait été, comme elle, formée par les services secrets.

— Même s'il tenait encore à moi, déclara Caroline, il ne me mettrait pas en danger en me contactant maintenant.

— C'est possible, dit Dare, mais nous devons essayer.

Elle se leva brusquement pour signifier que l'entretien était terminé.

— Vous me transmettrez un rapport *via* les canaux habituels. Servez-vous de ma clé privée pour acheminer l'information et ajoutez un code de classification spécial, un code que je ne puisse pas confondre avec celui de l'équipe du FBI. Trouvez-moi quelque chose.

— Qui aura accès à l'information ?

— Personne d'autre que moi, assura Dare.

Caroline écrivit un mot sur une feuille de papier posée sur le bureau de Dare.

— *Cutout,* lut la DCI à voix haute. Excellent code.

Les services secrets employaient ce terme pour désigner un intermédiaire. Ou un pion. Un agent relais qui, au besoin, disparaissait pour qu'on ne puisse pas remonter un réseau. Dare plia la feuille de papier en quatre puis la jeta dans un incinérateur de documents. La feuille et toutes les notes compromettantes de cette journée mouvementée seraient brûlées le soir-même.

— Vous pouvez refuser de partir, dit Dare.

— Pas si je tiens à ma carrière, répondit Caroline. Je dois essayer de retrouver Eric pour savoir où est la vice-présidente. Mais ne soyez pas trop optimiste. Eric a été formé par l'élite.

— Et c'est Eric qui vous a formée.

Dare serra la main de la jeune femme. À sa surprise, elle sentit un contact glacial.

— Je ne suis ni en colère ni troublée, déclara Caroline. Mais je ne me fais plus d'illusions.

— Alors, pensez à Dieu. Il est avec vous.

— Dieu a sauté à neuf mille mètres d'altitude quelque part au-dessus de la mer Égée.

13

Aéroport international de Dulles, 22 : 15

Depuis quelque temps, Caroline appréhendait les voyages en avion. Le Boeing 777 à destination de Francfort devait décoller à minuit. Trente-huit passagers — une majorité de techniciens et d'experts en explosifs du FBI — monteraient à bord. Dans le contre-terrorisme, on voyait souvent des employés des services secrets travailler avec des agents spéciaux, les uns infiltrant les réseaux, les autres procédant aux arrestations. Caroline était à l'aise avec les opérations réunissant le FBI et la CIA, mais c'était la première fois qu'elle se rendait sur le site d'un attentat à la bombe. Elle n'était pas familiarisée avec le travail des experts qui se rendaient à Berlin. Sur le terrain, ils s'empareraient d'un essieu ou des restes d'une voiture à la recherche d'un numéro de série. Ils examineraient le cratère au pied de la porte de Brandebourg, déplaceraient les pierres, prélèveraient des échantillons du sol contenant des résidus chimiques et identifieraient la force qui avait brisé les vitres de l'hôtel Aldon. Et dans la cafétéria d'une école ou dans une guinguette mise à leur disposition, munis d'une paire de pinces, ils inspecteraient les manches des manteaux des victimes.

Dans huit heures, pensa Caroline, ils se mettraient au travail. Sur la place dévastée, se bousculant avec la police locale, braillant en anglais quand ils auraient égaré leurs interprètes, ils accompliraient un miracle médico-légal. Oubliant que la porte de Brandebourg fut jadis magnifique.

Dans l'espace réservé aux VIP, Caroline avala une gorgée de gin-tonic, les yeux rivés sur une rediffusion de *Friends*. Elle avait déjà présenté son arme – un Walther TPH – au service de sécurité de l'aéroport, ainsi que de nombreux papiers. Sa photo et le numéro de sa place étaient affichés dans le cockpit de l'avion et tout le personnel du Boeing savait que Caroline Carmichael était armée. Elle imagina qu'une poignée d'employés du FBI l'étaient également. La majorité du personnel de la CIA ne portait jamais d'arme et il était inhabituel qu'une analyste en possédât une. Dare avait proposé de délivrer une autorisation de port d'arme destinée à Jane Hathaway – l'identité d'emprunt de Caroline – mais Caroline avait refusé. Jane était censée être une banquière domiciliée à Londres. Pas le genre de femme à transporter un Walther dans son sac à main.

Elle avala une autre gorgée de gin avec anxiété. Elle appréhendait le décollage de l'avion. Pour elle, c'était aussi terrifiant que de sauter de neuf mètres de haut, aussi effrayant qu'une accélération sans moyen de freinage. La métaphore d'une explosion.

Elle aurait dû en parler au docteur Agnelli, le psychiatre qu'elle avait vu en fin d'après-midi. Il aurait certainement trouvé les images illustrant sa peur intéressantes.

– Parlons de la période précédant la tragédie du vol MedAir, lui avait dit Agnelli, et plus précisément du passé de votre mari.

– Son passé ? Vous voulez dire… son enfance ?

– Ses parents, son entourage, les gens qui l'ont influencé…

– Mon mari est mort. Pourquoi parler des gens qui l'ont influencé ?

Dare avait-elle ordonné cet entretien avec Agnelli? Certainement. Soi-disant pour vérifier la santé mentale de Caroline, après que le détecteur de mensonges eut prouvé son innocence. Que savait Agnelli à propos d'Eric? Le psychiatre au visage grêlé lui avait semblé doux, persuasif. Un stylo en main, il l'avait examinée avec bienveillance. Caroline s'était immédiatement méfiée de lui.

— Mon mari évoquait rarement son enfance, avait-elle dit. C'était un mauvais souvenir pour lui.

— Vraiment? Il vous a expliqué pourquoi?

Un dossier chamois était posé sur ses genoux. Celui d'Eric ou de Caroline? Quoi qu'il en soit, Agnelli détenait plus d'informations qu'il ne le prétendait. Caroline avait déjà travaillé avec des psychiatres. Elle connaissait leurs méthodes. Agnelli ne tenterait pas d'influencer son témoignage, il préférait la laisser accuser Eric toute seule. Mais à quelles fins? Que lui avait-on dit exactement?

— Vous avez lu son dossier, je suppose? avait-elle répondu au psychiatre.

— Hum... je l'ai survolé.

— Eric avait des parents adoptifs, vous le savez, non?

— Et ses parents adoptifs n'étaient pas... des parents idéaux?

— En effet, avait répondu Caroline d'un ton neutre, sans évoquer l'atmosphère violente dans laquelle Eric avait été élevé.

— Le père a été incarcéré pour homicide involontaire?

— Oui.

Agnelli l'avait regardée droit dans les yeux. Elle avait soutenu son regard. S'il était au courant de l'homicide, il savait forcément pourquoi le meurtre avait été commis.

— Cet incident a peiné votre mari?

— Je suppose, avait répondu Caroline en croisant les bras. Que cherchez-vous exactement? Mon mari s'en est allé depuis des années.

S'en est allé. C'est l'expression, opportunément inexacte, qu'elle emploierait dorénavant.

Sur l'écran de télévision, une dénommée Monica et son frère se disputaient au sujet d'un tour de poitrine. Un spot publicitaire suivit. Caroline termina son verre. Soudain, le visage de Bigelow apparut sur l'écran.

« Un groupe de terroristes a kidnappé la vice-présidente Sophie Payne à Berlin ce matin, déclara Bigelow, nous en avons eu la confirmation. »

Son ton était glacial. L'éclairage de la salle où se tenait la conférence de presse soulignait les poches sous ses yeux. Caroline pensa aux ravisseurs de Sophie Payne et se demanda si Eric écoutait le discours.

« Nous ferons tout ce qui est en notre pouvoir pour localiser la vice-présidente, reprit Bigelow. Et ses ravisseurs seront jugés et condamnés. Mais les États-Unis ne négocient pas avec les terroristes. Mme Payne le sait. Quand elle a consenti à servir notre pays, elle a accepté de porter le poids de ce sacrifice. Nous pensons fort à vous, Sophie. »

Durant la seconde de silence qui suivit, avant que les journalistes assaillent le président de questions, Caroline vit les mains de Bigelow trembler. C'était un tremblement discret qui se produisit au moment où il se concentrait sur son téléprompteur, mais cela trahissait tout de même quelque chose. La peur ? Ou simplement la fatigue ?

Agnelli eût aimé observer ce détail.

— Il s'en est allé, mais vous ne l'avez pas oublié, avait dit le psychiatre. Cela a dû être difficile de faire votre deuil.

— Je ne sais pas si j'ai réussi à le faire, avait répondu Caroline d'un ton franc. Mais qui se sert de l'épée périra par l'épée, comme on dit. Eric savait qu'il faisait un métier à risques.

— Vous avez été mariée combien de temps ?

— Dix ans.

Elle s'était sentie sur un terrain plus sûr.

— C'est mon chagrin qui vous intéresse ? avait-elle ajouté. Vous voulez savoir si je suis assez solide pour faire face à un autre attentat terroriste ?

Agnelli avait ouvert le dossier posé sur ses genoux et déclaré :

— Eric connaissait Clarence Jackson, l'homme que son père a tué.

Caroline s'était trompée. C'était uniquement Eric qui intéressait le psychiatre.

— Jackson était prof d'histoire-géo au lycée où allait Eric, avait dit Caroline.

— Un prof. Je vois. Eric considérait monsieur Jackson un peu comme un mentor ?

— Eric n'aurait pas employé ce mot, je pense. Il aimait bien cet homme.

— Mais son père l'a tué.

— Son père adoptif. Eric n'a pas connu son père biologique.

Le psychiatre avait pris un air agacé.

— Monsieur Jackson était afro-américain ? avait-il demandé.

— C'est vous qui avez le dossier.

— Le tuer était un acte raciste ?

— Au sud de Boston, en 1972, le niveau de violence était très élevé.

Qui lui avait ordonné de mener cette enquête ? s'était demandé Caroline. Agnelli avait jeté un œil sur son dossier et dit :

— Votre mari a également passé plusieurs mois dans un centre de détention pour mineurs.

— Suite à une affaire de vandalisme. Pas pour meurtre.

— C'est probablement valorisant quand on postule pour devenir un Béret vert.

— Ou pour travailler à la DO, avait-elle répliqué. Ils recrutent dans les centres de détention pour mineurs, paraît-il.

Agnelli n'avait pas apprécié sa blague. Dans un dossier, Eric aurait pu être décrit comme un homme formé pour survivre et qui n'avait confiance en personne depuis son enfance. Un adolescent trop intelligent pour les brutes qu'étaient ses parents adoptifs. Clarence Jackson l'avait senti et il en était mort. Eric savait séduire, manipuler et exploiter. C'était une autre forme de violence.

Un analyste aurait pu dire d'Eric qu'il avait été marqué par la cruauté de son enfance et fasciné par les gens qu'il avait été formé à détruire. Une telle description pouvait laisser penser qu'il était capable d'enlever la vice-présidente dans un hélicoptère volé. Dare Atwood y avait certainement songé.

Si le Eric qu'elle avait aimé était un mirage, pensa Caroline, celui décrit dans le dossier d'Agnelli était-il le vrai ? Elle réclama un deuxième gin tonic. Son anxiété se dissipait. Si elle continuait à boire, le décollage lui ferait autant d'effet que de tomber d'une bûche.

L'embarquement de son avion fut enfin annoncé. Elle se leva et sentit ses tempes cogner. Elle regretterait le gin.

Elle rassembla ses magazines, ses livres, son ordinateur portable et sa mallette. Elle jeta un dernier coup d'œil sur le poste de télévision. Le chancelier Voekl passait son bras autour des épaules du Premier ministre tchèque. Un journaliste de CNN parlait d'assistance technique allemande et d'aide antiterroriste, puis il annonça que trois bombes avaient explosé dans les sites historiques de Prague. Ville où, quelques heures plus tôt, le 30 Avril se trouvait certainement, songea Caroline. Elle avança lentement vers l'écran, essayant d'entendre la voix de Voekl couverte par le brouhaha des annonces des départs. Il parlait délibérément fort en allemand avant que l'interprète traduise sa déclaration. L'intervention de la milice de Volksturm en République tchèque soulignait l'inquiétude des deux pays concernant les problèmes de sécurité et annonçait leur engagement à lutter contre les influences déstabilisantes. C'était un avertissement à ceux qui menaçaient leur paix...

Caroline réfréna sa frustration. À quelle heure les bombes avaient-elles explosé ? Et où, exactement ? La police de Prague savait-elle qui étaient les responsables ?

L'image du visage de Fritz Voekl fut soudain remplacée par celle d'une enfant malade. Une petite fille aux joues rouges avec des yeux immenses emplis de douleur. Un ange aux cheveux roux vêtu d'une robe en lambeaux. Le pouce dans la bouche, l'enfant tourna la tête vers l'épaule de sa mère. Le cœur de Caroline fit un bond. Pouvoir tenir une petite fille contre soi, sentir la douceur de ses cheveux, la chaleur de son corps...

« Aujourd'hui, soixante-trois enfants sont morts des oreillons dans les campements albanais situés en périphérie de Pristina, au Kosovo », déclara le journaliste. « En retournant dans leur pays, des milliers d'anciens réfugiés albanais ont découvert leurs villages détruits par les forces serbes durant la guerre du Kosovo en 1998 et se sont installés dans les décombres des immeubles. Apparu il y a une semaine, le virus des oreillons a déjà entraîné la mort de deux cent treize enfants. La maladie provoque une inflammation des glandes, une fièvre élevée et un taux de mortalité tout à fait inhabituel et alarmant selon les membres de l'Organisation mondiale de la santé. Jusqu'à présent, l'épidémie frappe uniquement la population des campements mais, malgré les efforts de mise en quarantaine, elle pourrait s'étendre. »

Caroline détourna les yeux de l'écran. Une nouvelle tragédie venait de s'abattre sur des gens qui n'avaient déjà plus d'espoir. La maladie suivait la guerre à la trace. Elle rampait dans les canalisations d'eau défectueuses, dans les gravats infestés par les rats, dans la boue où jouaient les enfants. Le chagrin qui pesait sur la Yougoslavie était impossible à ressentir. Les Kosovars avaient perdu leurs maisons, leur travail et, à présent, ils perdaient ce qu'ils avaient désespérément essayé de sauver : leurs enfants.

Caroline sortit sa carte d'embarquement, se dirigea vers une hôtesse de l'air, puis s'arrêta net en entendant la suite des informations télévisées. Voekl voulait envoyer au Kosovo une équipe médicale pourvue d'un nouveau vaccin expérimental destiné à combattre le virus des oreillons. Fritz Voekl avait lutté contre l'intervention de l'OTAN durant la guerre civile yougoslave et voyait les Kosovars comme d'encombrants mendiants musulmans, songea Caroline. Pourquoi voudrait-il sauver leurs enfants ?

Les médecins commenceraient à vacciner les enfants albanais dans la région de Pristina dès leur arrivée.

Les yeux rivés à l'écran, Caroline observa le sourire de Voekl d'un air sceptique. Selon elle, le chancelier n'était pas un humaniste. Mais les réfugiés restaient chez eux quand leur pays n'était pas dévasté par la guerre et la maladie et cela, Voekl l'avait peut-être enfin compris.

DEUXIÈME PARTIE
Mercredi 10 novembre

1

Simone Amiot suivit du regard la lueur orange de la cigarette de l'homme qui traversait le chemin menant à sa tente. Étincelle dans la nuit, la lueur ressemblait au vol incertain d'un hanneton. Éclairé par la torche d'un policier, les mains dans les poches d'une veste élimée, le menton baissé, l'homme semblait perdu dans ses pensées. Peut-être vérifiait-il où il posait les pieds. Une certaine assurance se dégageait de lui, pensa Simone, provenant sans doute de la patrouille qui l'accompagnait. Ce n'était sûrement pas le père d'un des enfants, se dit-elle.

Simone rangea son stéthoscope et posa ses mains fraîches et douces sur la poitrine d'un enfant inerte étendu sur un lit de camp. Elle rabattit le drap sur le visage du petit garçon et passa la main dans ses cheveux encore trempés de sueur. Drago Pavlovic avait quatre ans. Trois jours plutôt, il avait joué dans la boue avec un avion de chasse en papier. Quand elle était passée près de lui, il lui avait souri en imitant le bruit du moteur de son engin. Enfant robuste avec des yeux bruns et des taches de rousseur, Drago était le trois cent vingt-septième enfant qui mourait. Simone n'aurait pas besoin d'annoncer la mauvaise nouvelle à la mère de Drago, cette dernière avait été assassinée un an auparavant.

Elle se frotta le visage en essayant de chasser son sentiment de frustration et ses larmes brûlantes. Pristina était sa troisième mission avec Médecins Sans Frontières, mais c'était de loin la pire. Les années précédentes, Simone avait vu des blessures par balles, des victimes brûlées, des corps amputés, des gens déshydratés. Cela avait été pénible, mais au moins avait-elle pu soigner les blessés. À Pristina, elle faisait face à sa propre impuissance. Elle n'avait aucun moyen de lutter contre le virus des oreillons qui décimait la population du campement et elle ne pouvait rien faire pour endiguer l'épidémie. En cinq jours, Simone avait veillé sur plus de deux cents enfants. La plupart avaient été enterrés en hâte aux frontières du campement, leurs corps délicats ensevelis dans la chaux.

Ses études, son expérience, les médicaments qu'elle avait fait venir de Toronto, tout cela n'avait servi à rien. Elle aurait tout aussi bien pu être une femme du Moyen Âge saupoudrant de la poudre d'aile de chauve-souris en proférant des incantations.

Plus de deux cents enfants du campement avaient tout de même survécu à l'épidémie. L'un d'eux, une petite rousse, dormait profondément dans un coin de la tente. Malgré sa faiblesse, Dania redonnait espoir à Simone. Quand la fièvre la saisissait, Dania délirait et son corps se déshydratait comme celui des autres enfants, mais les compresses de glace et l'alimentation par intraveineuse la maintenaient en vie. Ragusa, la mère de Dania, était restée stoïquement assise au chevet de sa fille trois jours durant. Elle lui avait épongé le front, remplacé sa chemise de nuit sale par un tee-shirt propre, murmuré des choses tandis que la petite divaguait. Ragusa parlait peu. Elle ne connaissait que deux ou trois mots d'anglais. Son mari et son frère avaient été abattus par la milice serbe. Son fils aîné se cachait dans les montagnes avec une bande de guérilleros albanais. Ragusa avait perdu l'une de ses filles durant un voyage et ne l'avait jamais retrouvée. Il lui restait Dania et une grand-mère aveugle.

À trois heures du matin, deux jours plutôt, quand la fièvre de Dania était enfin tombée, quand Simone avait déclaré que l'enfant allait survivre, Ragusa s'était jetée sur le lit de sa fille, les épaules secouées par des sanglots de terreur et de soulagement. Elle avait remercié à voix haute un dieu qui n'était pas celui du médecin, un dieu qui avait ôté sans merci la vie à ses autres enfants, puis elle avait étreint les mains de Simone. Ragusa avait réussi à faire revenir sa fille de la Vallée de la Mort, mais elle pensait que c'était Simone qui avait sauvé son enfant.

Plus tard, en traversant les sillons boueux du campement, Simone avait vu Ragusa attendre timidement à l'entrée de la tente médicale.

— Un peu de café ? lui avait proposé Simone.

Ragusa avait secoué la tête. Elle tenait quelque chose contre son manteau effiloché. Simone avait cherché des mots que Ragusa puisse comprendre, mais la femme lui avait saisi la main.

— Pour vous, avait-elle dit d'une voix hésitante. Dania. Merci.

Puis elle était partie sans se retourner. Simone avait regardé sa main. La femme s'était défait de ses dernières possessions : trois tampons dont l'emballage était froissé. Simone les avait mis dans la poche de sa blouse en observant Ragusa s'éloigner. Elle aurait pu en rire ou en pleurer. Mais elle avait surtout eu l'impression d'être indigne.

L'entrée de la tente s'ouvrit et la lueur orange d'une cigarette s'éteignit au sol comme une fleur morte. Assise près de Drago, Simone reconnut la silhouette de l'homme qu'elle avait aperçu. Il avait au moins la décence de ne pas fumer devant les enfants malades.

— Je peux vous aider ? demanda-t-elle en anglais.

— Je ne sais pas, répondit-il dans la même langue. J'aimerais emprunter un thermomètre.

Simone se leva et s'avança vers lui.

— Quelqu'un est malade ?

Il hésita. Sous l'éclairage de la lanterne à gaz, elle vit qu'il avait l'air inquiet, mais déterminé à ne pas paniquer.

— C'est Alexis, ma fille aînée. Elle est… brûlante.

— Très bien. Je vais passer la voir.

Simone informa une infirmière de la mort de Drago Pavlovic. Puis elle enfila une veste, prit sa mallette médicale et suivit l'homme dans l'obscurité. Les gens du campement s'éveillaient déjà. Elle entendit le bruit métallique des casseroles et un vieillard s'éclaircir la gorge. Çà et là, des feux s'allumaient. Une fatigue proche du vertige s'empara d'elle. Simone n'était pas le seul médecin à Pristina — quatorze volontaires d'Amérique du Nord et d'Europe de l'Ouest travaillaient au campement — mais l'épidémie les avait épuisés. Et l'aube amènerait une nouvelle vague de malades et de mourants.

— Je m'appelle Enver, dit l'inconnu en tendant la main. Enver Gordievic. Vous, vous venez du Canada ?

— De Toronto. Simone Amiot.

La réflexion de l'homme l'avait étonnée, mais elle savait que les informations circulaient vite dans les camps de réfugiés. Être informé était un moyen de survivre. Elle garda les mains dans les poches et lui sourit. Tout contact physique risquait de transmettre l'épidémie.

— Vous connaissez le Canada ? demanda-t-elle.

— Non. Je connais simplement D.C.

Il aurait pu dire Washington ou les États-Unis, songea Simone. Elle décida de ne pas trop se poser de questions sur Enver Gordievic.

Il la conduisit à un abri constitué de morceaux de bois, une boîte sans fenêtre de la taille d'une maison de poupée reposant sur des parpaings. La porte d'entrée était munie de charnières. À l'intérieur de l'abri, il faisait chaud et sec. Enver avait construit des lits superposés pour les enfants : deux filles.

— Alexis, dit-il doucement.

Il murmura quelques phrases dans un langage que Simone ne comprenait pas, en passant sa main dans les cheveux blonds de la fillette. Elle leva la tête avec difficulté puis la laissa retomber sur l'oreiller. Simone aperçut ses yeux vitreux et ses joues enflammées. Elle soupira de rage et se rapprocha du lit d'Alexis.

— Elle est bouillante! s'écria-t-elle. Pourquoi ne l'avez-vous pas amenée à la clinique?

— Parce que les enfants qui entrent dans cette tente n'en sortent plus. Elle a les oreillons?

— Évidemment. Elle en a tous les symptômes. L'inflammation n'a pas commencé, mais ça ne saurait tarder. C'est la déshydratation qui m'inquiète. Elle a besoin d'une intraveineuse et vite.

— Non, protesta-t-il.

Il saisit fermement Simone par le bras et la poussa vers la porte.

— Je vous remercie, mais j'avais simplement besoin du diagnostic. Je m'occupe du reste.

Simone se dégagea de son étreinte et cria:

— Vous êtes dingue? Vous pensez pouvoir la faire sortir du camp? Il n'y a pas un endroit à Pristina où votre fille pourra être soignée mieux qu'ici. Si vous l'emmenez, elle mourra!

— C'est peut-être vrai. Mais ailleurs il n'y aura pas une centaine de gosses à ses côtés en train d'attendre des soins. Je vais l'emmener chez ma mère.

Il se baissa et prit la fillette dans ses bras. Son expression était celle d'un homme calme qui savait ce qu'il voulait et comment l'obtenir.

— Vous pouvez me rendre un service? demanda-t-il.

— Je vous en prie, laissez votre fille dans le campement.

— Vous pourriez veiller sur Krystle? C'est la cadette. J'en ai seulement pour une heure.

Simone détourna les yeux du bébé de deux ans qui gisait sur le lit et ouvrit la porte.

— C'est impossible, dit-elle. Je suis navrée. Je dois parler au docteur Marx. Il pourra peut-être vous convaincre d'amener Alexis à la tente...

— Vous perdez votre temps.

— Non, rétorqua Simone. Je sauve des vies. Votre fille ne peut pas partir. Le campement a été mis en quarantaine. Vous avez vu la patrouille de police, je suppose ? On ne peut pas prendre le risque de laisser l'épidémie gagner le reste de la ville ou de la région. Si vous essayez de partir, les policiers vous frapperont. Insistez et ils vous fusilleront.

— Je dois aller travailler ! insista Enver. J'ai des clients !

— Ils devront attendre.

— Combien de temps ?

— Je ne sais pas... Jusqu'à ce que ce problème soit réglé.

Simone remarqua qu'Enver avait perdu son assurance. À présent, il avait l'air d'un animal traqué. Sur son visage, elle reconnut une expression qui lui était devenue familière : celle du désespoir.

2

Dare Atwood rêvait d'arbres : des branches spectrales s'entre-croisant comme les architraves d'une cathédrale à une hauteur inhumaine. Une lumière faible filtrait à travers les branches, voilée par un brouillard d'encens. Dare s'engagea dans le tunnel formé par les arbres, mais les branches se mirent à gémir, réclamant de l'air et de la lumière. Paniquant, elle décida de rebrousser chemin pour retrouver la route et sa voiture là où elle l'avait abandonnée. Au moment où elle se retourna, les branches se refermèrent sur elle. *J'ai besoin d'une hache*, pensa Dare, en regardant ses mains. Mais tout ce qu'elle détenait, c'était un stylo Waterman. Un oiseau menaçant et vorace émit un son strident. Les arbres se brisèrent comme s'ils eussent été peints sur du verre. Le téléphone sonnait.

Elle se redressa, descendit du lit et chercha à tâtons son téléphone.

— Dare Atwood, dit-elle.

— Je suis désolé de vous déranger.

La voix de Scottie Sorensen était plus chaleureuse que l'oiseau de son cauchemar. Que Sorensen ait l'air frais et dispos à quatre heures trente du matin n'était guère étonnant. À l'aube, il se sentait très efficace. C'était le meilleur moment pour chasser.

— Le CDC[1] vient de nous appeler, dit Scottie.

La seringue déposée avec les habits de Sophie Payne sur les marches de l'ambassade américaine de Prague avait été envoyée par jet privé à Dick Estridge — un éminent spécialiste des armes chimiques et biologiques qui travaillait au Département de la science et de la technologie de la CIA depuis vingt-trois ans.

— D'après Estrige et l'épidémiologiste du CDC, il s'agit bien d'anthrax, annonça Scottie.

— Alors Krucevic ne bluffait pas, dit Dare.

— Non. Sauf si l'injection de Mme Payne a été faite avec une autre seringue.

— C'est une hypothèse qu'envisage le CDC?

— Non. Selon Estridge, le bacille de l'anthrax est très résistant. Il peut résister à la lumière pendant plusieurs jours et survivre dans le sol et l'eau durant plusieurs années. Le voyage à Atlanta dans la seringue usagée ne l'a pas altéré. Et puis il y a le sang.

— Le sang? répéta Dare.

— Bigelow a demandé que le dossier médical de Mme Payne soit transmis au CDC. Son groupe sanguin est le même que celui qui a été identifié dans les résidus de la seringue.

Scottie dissimulait quelque chose, pensa Dare. Il lui offrait la possibilité de s'appuyer sur des faits avant de s'aventurer dans l'inconnu.

— Que savez vous d'autre? insista-t-elle.

— C'est en inhalant l'air qu'on peut contracter la bactérie ou la spore de l'anthrax. Elle envahit les poumons et provoque des symptômes similaires à la grippe. S'ensuivent une détresse respiratoire grave, l'état de choc et la mort. Mais Krucevic a injecté le virus dans le système sanguin de la vice-présidente.

— Poursuivez, dit Dare.

— L'infection est systémique.

---

1. Centres de contrôle des maladies basé à Atlanta.

Elle fronça les sourcils dans la pénombre et déclara :

— Mais il lui a également injecté un antidote ? Ou du moins, nous l'espérons. L'antidote agira sur tout l'organisme, non ?

— Oui et non. Le traitement d'un patient non vacciné qui a contracté l'anthrax par inhalation est très long : des mois d'antibiotiques, puis des vaccinations. Krucevic prétend que son virus est dix fois plus virulent que l'anthrax. Il a également déclaré qu'il détenait l'antidote. Mais les gens du CDC sont très sceptiques. Si cet homme peut anéantir le bacille mortel avec une seule injection, il entrera dans l'Histoire, disent-ils. Ils aimeraient bien rencontrer Krucevic.

Dare se sentit flancher.

— Ils pensent qu'elle est toujours malade ? murmura-t-elle.

— Ils pensent qu'elle va mourir dans quelques jours, répondit Scottie.

— Peut-on la sauver ? Si on la retrouve à temps ?

C'était une question à laquelle Scottie ne pourrait jamais répondre. Dare le savait. Il fit une habile digression.

— Ce qui inquiète le CDC, ce sont les ulcères provoqués par le bacille. L'anthrax survient fréquemment chez les moutons qui transmettent la maladie aux hommes. On trouve alors sur leurs mains et leurs bras des lésions cutanées. Si Mme Payne a été contaminée par voie sanguine, ses organes principaux peuvent être ulcérés. Son cœur, son foie...

— Elle risque une hémorragie interne, grimaça Dare.

— Elle peut mourir en quarante-huit heures. Mme Payne devrait être dans un service de soins intensifs.

— Mais Krucevic a envisagé tout cela puisqu'il est biologiste.

— Il est possible qu'il n'ait jamais eu l'intention de la laisser vivre, rétorqua Scottie.

— Il a injecté ce truc à son propre fils !

— C'est ce qu'il dit. Comment pouvons-nous savoir si c'est vrai ?

— Nous ne le pouvons pas, s'énerva Dare. Nous pouvons simplement le supposer. Nous devons envisager tous les scénarios possibles et proposer des solutions. Nous sommes payés pour ça au cas où vous l'auriez oublié !

Scottie se tut.

— Quand la vice-présidente sera de retour, reprit Dare — si elle revient —, elle aura besoin d'un traitement. Dites au CDC que c'est une priorité.

— Entendu, dit Scottie, et il raccrocha.

Dare se frotta les yeux et envisagea de boire un café. Des arbres et une hache lui revinrent à l'esprit. Elle chassa cette pensée et appela Bigelow.

3

Dans le ciel, 3 : 47

À onze mille huit cents mètres d'altitude, Caroline file au-dessus de l'Atlantique telle une flèche envoyée au cœur de l'Europe centrale. Mais dans son rêve agité, elle est cachée dans les champs de son grand-père, et attend, tendue, qu'on la trouve. L'odeur de la terre humide de Salinas se mêle à celle des hectares de champs d'artichauts et d'ail, aux émanations de créosote et d'essence de l'autoroute. On est le 7 août 1969 et Caroline a cinq ans. Son père qu'elle n'a jamais beaucoup vu a passé un certain temps en Asie avant de mourir dans un accident d'avion. Elle connaît son prénom, son visage et l'histoire de sa vie par cœur : Bill Bisby, le héros de Salinas. Bill Bisby, le petit malin de vingt-deux ans avec le doigt sur la détente. Bisby, le guerrier intrépide, son papa. Un lutin aux cheveux courts et noirs, souriant et agitant la main une ultime fois avant que son avion s'écrase. Bill Bisby qui descendra peut-être dans sa cheminée à Noël.

Ton papa était un héros, lui murmure son grand-père. *Ton papa est mort pour ce pays. Ton papa reviendra peut-être un de ces quatre. Ce serait bien son genre de nous avoir joué un tour. Il faut que ton papa soit fier de toi.*

Une porte grillagée claque. La tête inclinée sur le côté, Caroline observe sa grand-mère qui secoue la serviette du grand-père. La vieille femme retourne à l'intérieur de la ferme sans avoir regardé devant elle, sans avoir deviné la présence de Caroline dissimulée dans les champs. Sa grand-mère a des lèvres droites comme les contours d'une serviette repassée et des paupières rouges. Caroline mord la peau autour de l'ongle de son pouce. Ses genoux sont sales, l'un d'eux saigne. Elle est levée depuis quatre heures, depuis que les machines d'irrigation parcourent les terres comme des araignées géantes. Accroupie au milieu des feuilles vertes, les narines emplies de l'odeur des fleurs d'ail et des artichauts, elle attend, guettant le regard de sa mère.

Le crissement des pneus d'un camion retentit. Le véhicule ralentit en arrivant au carrefour, puis il prend la direction de Gilroy et disparaît comme un mirage dans la chaleur du matin. Caroline n'y prête pas attention. Ces bruits lui sont aussi familiers que le chant des oiseaux et le murmure des vagues quand le vent d'ouest souffle. Ses chevilles lui font mal et elle a envie de faire pipi, mais les yeux rivés sur la porte de la ferme, elle ne bouge pas.

Soudain, la porte s'ouvre. Vêtue de jeans élimés, cheveux blonds au vent, un sac déjà prêt sur l'épaule, apparaît Jackie. Elle descend bruyamment les vieilles marches en bois, fait glisser la porte esquintée de la fourgonnette Volkswagen et jette un lourd sac en toile kaki à l'arrière. Puis elle se retourne et attend Jeremy. Où est-ce Dave? L'année dernière c'était Phil.

Caroline frotte son nez qui coule avec sa main sale, puis l'essuie sur sa robe. Sa grand-mère froncerait les sourcils si elle la voyait. *Cette petite est comme sa mère*, penserait-elle. Dès que Jackie sera partie, Caroline pénétrera discrètement dans la maison et foncera se laver au lavabo avant qu'on ne la voie. Est-ce qu'elle leur manque? Est-ce qu'ils s'inquiètent? Se souviennent-ils que c'est son anniversaire?

D'un pas traînant, un barbu chevelu, accoutré d'une veste en cuir, d'un pantalon à pattes d'éléphant sur lequel sont dessinés des cœurs et le symbole « peace and love », contourne la maison, sa mince silhouette forme un éternel point d'interrogation. Il regarde ses chaussures en marchant. La langue pendante, un bâtard dont l'haleine empeste la viande crue et la pourriture quand il se met à baver affectueusement, le suit.

— Carrie ! crie sa mère.

Les mains en porte-voix, elle l'appelle de nouveau.

— Carrie ! Merde ! Où est passée cette gosse ?

Caroline essaye de se coller au sol en s'accroupissant et retient son souffle. Impuissante et furieuse, Jackie balaie les champs du regard. Sa fille pétrissait le coton de sa robe salie entre ses doigts chauds et humides. La veille, Caroline a entendu crier quand elle était censée dormir. Des hurlements et les sanglots amers de sa grand-mère. Ils ne les laisseraient pas l'emmener, avait dit son grand-père. Vivre à l'arrière d'une fourgonnette n'était pas une vie pour une enfant de cinq ans. Ni pour Jackie.

— Ça suffit le vieux ! Ne me dis pas comment je dois élever ma fille ! avait répondu Jackie.

— Tu ne l'élèves pas, avait dit le grand-père.

Puis, bien plus tard, Caroline avait senti l'odeur de marijuana et les mains de sa mère lui lisser les cheveux. Les paupières closes, feignant le sommeil, elle avait prié pour que sa mère reste auprès d'elle jusqu'à ce que la lune cesse d'éclairer la maison en bois et que les cigales arrêtent de chanter. Mais, au bout d'un moment, Jackie s'était levée et avait disparu dans le couloir avec la lueur incandescente de son joint.

À présent, Jeremy, Dave ou peut-être bien Phil ordonne au chien de monter à l'arrière de la camionnette. Il referme bruyamment la porte du véhicule. Les mains agrippées à la balustrade de la véranda, la grand-mère observe la scène d'un air impassible.

— Où est ma petite ? aboie Jackie. Tu l'as cachée où, Ellie ?

— Personne n'a caché Caroline. Elle s'est cachée toute seule, répond la grand-mère.

— C'est ça ! Bien sûr ! Dave ? Aide-moi à retrouver Carrie.

Caroline sent son cœur battre à toute vitesse, elle enfouit son visage dans les feuilles. Elle est sur le point d'aller se jeter dans les bras de sa mère, mais ses souvenirs l'arrêtent net. Elle sait quel genre de vie on mène quand on est la fille de Jackie. L'odeur de ses couches que sa mère oubliait de changer lui revient. Les repas irréguliers et les crampes d'estomac, les nuits passées à l'arrière de milliers de voitures, cachée sous une couverture, terrorisée à l'idée que Joe, Zane ou Eddie la découvrent, sont trop d'expériences qu'elle ne tient pas à revivre.

— Carrie ! crie la voix rageuse.

Le claquement du vieux fusil du grand-père mobilise soudain l'attention de Caroline. Elle lève la tête pour observer le vieil homme silencieux, posté sur la véranda, pointer son arme en direction de Jackie. C'est le père de Bill Bisby. Le père du héros.

La silhouette pétrifiée de Jackie se découpe sur les plants d'artichauts, la fourgonnette est derrière elle. Sur son visage, la colère a laissé place à l'amertume.

— Il faut partir, maintenant, dit calmement le grand-père. Monte dans cette fourgonnette Jackie.

Les cheveux blonds de Jackie fouettent l'air quand elle se retourne. Elle lui fait un doigt d'honneur. Mais elle monte dans le véhicule.

La camionnette bringuebalante s'arrête un instant au bout du chemin, hésite, puis s'éloigne en direction de Santa Cruz. Caroline se lève. Elle est en larmes. Sa culotte est mouillée, sa mère est partie et elle l'a toujours vue partir. Mais son grand-père s'avance vers elle dans le champ d'artichauts. Le fusil replié sur son avant-bras, il siffle l'air d'une chanson qui pourrait être *Joyeux anniversaire*. Il sait exactement où est cachée Caroline. Dans sa main gauche, il porte un cadeau entouré d'un ruban bleu.

Jackie les laisse sans nouvelles pendant trois ans.

Caroline s'étire dans la pénombre de l'avion. Elle a la bouche pâteuse à cause du gin. Elle vole vers Eric qui a disparu comme Bill Bisby. Mais cette fois le héros a ressurgi dans la cheminée, c'est Noël dans les airs et Caroline se demande si elle doit encore croire aux miracles. Qu'aurait pensé son grand-père d'Eric et de toute cette histoire ? Il aurait sans doute été étonné de voir ce qu'était devenue la fillette de Salinas.

— Mes condoléances, madame Bisby, murmure l'homme au fond du cimetière, votre mari était un brave homme. Il est mort trop jeune.

La grand-mère de Caroline sanglote dans son mouchoir. Il pleut. D'une main, Caroline tient le bras de sa grand-mère et l'abrite sous un parapluie. Leurs chaussures s'enfoncent dans la boue. C'est le mois de février, Caroline va avoir onze ans. La mer a englouti le littoral de Salinas, l'autoroute 1 est fermée. Les champs d'artichauts et d'ail sont inondés.

Caroline évite de regarder le début du glissement de terrain où est creusée la tombe de son grand-père. Elle essaye de ne pas penser à lui.

Une pluie torrentielle tombait la nuit où le grand-père de Caroline revenait de San José. Sur la route sinueuse des montagnes de Santa Cruz, son pare-brise masqué par l'eau, il avait percuté la calandre d'un autre camion. C'est ainsi qu'était mort le père du héros, lui qui pensait que son fils reviendrait un jour.

Dans le cimetière, l'homme aux cheveux gris prend le parapluie de Caroline et referme son énorme paume sur sa main glacée. Elle pousse un profond soupir et enfouit spontanément son visage dans l'imperméable noir de l'inconnu. Il lui caresse la tête tandis que la grand-mère pleure.

— Je m'appelle Hank Armstrong, dit-il. Je suis l'oncle de Jackie. Je suis venu te chercher, Caroline.

Un duplex sur Park Avenue à Manhattan, une maison à Long Island devinrent les nouvelles demeure de Caroline.

Mme Marsalis, une femme vêtue d'un uniforme amidonné, présidait dans la cuisine. Au bout de quelques mois, Caroline retourna à Salinas. L'oncle ne voulait pas devenir l'ennemi de la grand-mère. Il lui envoya de l'argent « pour la pension de Caroline ». Hank emmena la fillette en vacances à Paris et fit des projets pour l'été suivant. Il demanda à Mme Marsalis de réarranger une chambre dans la maison de South Hampton à Long Island. La fillette était devenue le soleil de sa vie. Il modifia son testament.

Pour la première fois, Caroline vola en jet privé et essaya de ne pas penser à la chute de l'avion.

Sa grand-mère vendit les champs d'artichauts et d'ail, obtint une maigre somme pour la maison que son mari avait construite. Elle s'installa au nord de la ville et s'habitua aux ascenseurs. Elle passait beaucoup de temps près de l'évier et fixait le mur, les yeux dans le vague.

Quand Caroline revenait de ses voyages avec Hank, elle parlait de Manhattan et de la tour Eiffel. Elle se mit à étudier le français. Des cartons de livres arrivaient de New York chaque semaine et, le soir, Caroline choisissait un ouvrage qu'elle lisait à voix haute à sa grand-mère. Au lit, elle poursuivait sa lecture jusque tard dans la nuit. Hank finançait ses cours dans un lycée privé. Caroline portait un kilt, un chemisier blanc et une cravate bleu marine. Hank lui écrivait sur un épais papier couleur crème – ou peut-être dictait-il les lettres, et l'écriture élégante était celle de Mme Marsalis. Les nouvelles de Park Avenue. Rien qui puisse choquer la grand-mère de Caroline. Mais Caroline ne lisait pas ses lettres à voix haute. Elle les attachait avec un ruban et les enterrait dans un tiroir.

Hank Armstrong était un homme réservé qui choisissait ses mots avec précision. Il aimait Caroline sans comprendre qu'il soit nécessaire de le démontrer. Quand elle pleurait parce que sa grand-mère lui manquait ou qu'elle s'enfermait dans le silence les jours de pluie, Hank lui offrait un livre. C'est le seul réconfort qu'il connaissait.

Il s'était marié plusieurs fois et plus de trois femmes l'avaient quitté. Il n'avait jamais eu d'enfants – Jackie, la fille de sa sœur l'appelait uniquement quand elle était fauchée. C'est à l'une de ces occasions que Jackie avait proposé Caroline comme une offrande, comme on pose un jeton de valeur sur le tapis, et Hank avait marché.

« Je n'ai jamais compris ta mère, lui avait un jour confié Hank sous l'influence du gin et du coucher de soleil des Hamptons, mais je n'ai jamais essayé non plus. »

Caroline sera avocate, avait décrété Hank. L'oncle avait tout prévu pour elle. Caroline suivrait des cours de droit puis travaillerait pour son cabinet. Son intelligence, ses talents d'oratrice la prédisposaient à cette profession. Ce qu'il voulait, c'était la protéger. Qu'elle mène une vie sans bouleversements affectifs, sans errance, et Caroline était d'accord avec lui. Elle ne souhaitait pas suivre le même chemin que sa mère. Mais pour finir, elle préféra la CIA à l'école de droit d'Harvard.

Hank déambulait dans le parc de l'Agence le jour des visites familiales. Il potassait la politique étrangère. Parlait de l'école de droit comme d'un projet remis à plus tard. Jusqu'à ce qu'Eric surgisse et change le destin de Caroline.

« Caroline est sage », disait fièrement Hank quand elle avait dix-sept ans. « Elle écoute sa tête, pas son cœur. » Mais la rébellion était inévitable, songea Caroline, tandis que son avion survolait l'Allemagne, et elle était survenue au moment où Hank s'y attendait le moins. Caroline ne tenait pas uniquement des Armstrong, dans ses veines coulait le sang de l'audacieux Bill Bisby. La chute libre la fascinait.

Que lui répondrait Hank si elle l'appelait de l'avion pour lui dire qu'elle avait peur, qu'elle était perdue et qu'elle avait besoin de lui ?

Les gens avaient un moyen de vous trahir : ils mouraient, ils disparaissaient de la surface de la terre. Ou pire, ils vendaient leur âme et ressurgissaient dans votre cheminée le jour de Noël avec un visage d'ange, le cœur d'un étranger et de bons arguments.

La meilleure défense, c'était de ne pas leur laisser penser que vous teniez encore à eux.

4

Berlin, 8 : 30

Greta n'avait pas l'allure d'une réceptionniste travaillant pour une entreprise haut de gamme qui servait de couverture. Greta portait des chaussures aux semelles épaisses et des collants opaques marron. Son visage était fripé. Elle maquillait ses cernes, mais à partir de dix heures, le fond de teint s'estompait et révélait sa fatigue. Elle portait des vêtements vert kaki ou gris foncé, conformément à la mode des dix précédentes années et même à une période antérieure. Son chignon de cheveux blonds grisonnants ressemblait à un nid abandonné en haut d'un arbre chenu. La vie de Greta avait été une suite d'épreuves ; décevoir les autres ne l'étonnait pas. Elle vivait seule et moisissait dans sa solitude. Elle avait trente-quatre ans.

Fred Leicester qui travaillait à la nouvelle ambassade américaine sur la Pariser Platz et s'y rendait en empruntant le U-Bahn 8 qu'il prenait à Wittenau bien qu'il habitât réellement de l'autre côté de la ville, à Dalhem, s'était renseigné sur Greta Oppenheimer. Il savait que ses parents étaient peu éduqués, qu'elle avait grandi dans un petit village de Thuringe et travaillé à l'usine locale dès l'âge de dix-sept ans. Il pensait qu'elle s'adonnait à la religion d'une façon sinistre.

À une autre époque, elle aurait pu devenir extatique et lever ses mains marquées des stigmates en louant un Seigneur qui la punissait. Mais le nouveau millénaire privilégiait le prosaïsme et elle était devenue réceptionniste.

En 1989, la fin chaotique de la République démocratique allemande avait emporté Greta comme un grain de sable dans une tempête. L'histoire l'avait déconcertée et noyée. Dix ans passé dans un Berlin réunifié ne l'avait pas arrangée. Greta vivait dans le passé, dans la suspicion et ressassait des valeurs morales poussiéreuses. Elle économisait scrupuleusement sans savoir ce qu'elle ferait de son argent.

Fred voyait en elle une cible parfaite pour le recrutement. Greta avait besoin d'un rêve, d'une ambition à sa portée. Et Fred était ce rêve. Comme la plupart des hommes qui avaient reçu la même formation que lui, Fred pensait que les femmes solitaires et malheureuses étaient reconnaissantes envers les hommes qui s'intéressaient à elles. Une femme reconnaissante parlait. Elle glissait ses grosses fesses vers la vitre fumée du U-Bahn afin que Fred puisse s'asseoir à ses côtés. Son cœur se serrait à l'idée de le voir descendre du wagon, son journal dans une main, son café froid dans l'autre. Une femme reconnaissante trahissait le dernier homme qui l'avait délaissée sans hésitation, et avec plaisir. Fred pensait qu'en demandant à Greta de l'aider à améliorer son allemand hésitant, en lui envoyant des sourires chaleureux, des regards charmeurs, elle commencerait à lui faire des confidences.

Greta était son unique chance de pénétrer l'empire de Mlan Krucevic et de sauver la vice-présidente. Pour Greta, Fred avait prit le S-Bahn depuis Dalhem, changé deux fois de station et attendu en buvant de nombreux cafés le moment opportun.

À présent, planté sur le quai du métro, il observait l'arrivée du train qui allait à Wittenau. Greta s'asseyait toujours dans la troisième voiture de tête et loin des portes. Il serait facile de parler avec elle de l'attentat du jour précédent : la station de la Pariser Platz était détruite, tous les trains avaient du retard. Elle compatirait peut-être, le sachant américain. Si la voiture était pleine, ils se retrouveraient probablement face à face, accrochés aux poignées du plafond, dans un train qui n'avancerait pas. Fred lui proposerait de partager un taxi ou d'attendre dans un café que la foule soit moins dense. Elle accepterait après un instant d'hésitation, jetant un regard furtif par-dessus son épaule. C'était l'un des tics de Greta. Fred les connaissait tous.

Le train crissa et s'arrêta. Fred jeta son verre en carton à moitié vide dans la poubelle et s'avança vers la voiture. Des gens se bousculaient pour descendre. Un mur de corps lui bloquait l'entrée, les portes se refermèrent juste derrière son dos. Étaient-ils si pressés de se rendre au travail, ces Berlinois, de reprendre leur routine après la tragédie sanglante du jour précédent ? Impossible de savoir si Greta était assise près d'une fenêtre. Fred se fraya un chemin et avança jusqu'au bout du wagon en regardant à droite et à gauche. Puis il repartit en sens inverse. Greta Oppenheimer n'était pas là.

Elle s'était rendue à son travail de bonne heure, mais le téléphone n'avait pas sonné. Les yeux rivés sur un défaut de la moquette — une touffe de fils de nylon recourbés comme des cils humains —, elle réalisa que les bureaux resteraient fermés. Elle demeurerait assise là toute la journée à attendre que les heures s'écoulent. Aux autres étages, les employés seraient libres de déambuler dans les couloirs. Ils se rassembleraient autour des distributeurs de boissons ou devant les miroirs des toilettes pour bavarder de tout et de rien. Pendant ce temps, Greta serait paralysée par sa mission. Attendre le coup de téléphone signifiant qu'Il avait besoin d'elle.

Même seule, elle n'osait pas prononcer Son nom. Il était trop important, autant que Dieu dans l'Ancien Testament. Il ne savait pas l'effet qu'Il lui faisait. Elle chérissait les mots qu'Il lui disait comme les joyaux d'un trésor, se les répétait le soir dans la pénombre de son appartement. Il ignorait qu'elle avait gardé un bout de papier parce qu'il portait Son écriture, qu'elle enfouissait son visage dans le fauteuil où Il s'était assis. Il ne savait pas qu'elle était prête à mourir pour Lui.

Le son de l'interphone posé sur son bureau la fit bondir. Que devait-elle faire ? Il n'y avait personne d'autre pour répondre.

L'interphone grésilla de nouveau. Quelqu'un sonnait depuis la rue. C'était inhabituel et inquiétant. D'un doigt tremblant, elle appuya sur le bouton :

– *Ja* ?

– J'aimerais voir quelqu'un de VaccuGen, dit une voix féminine en allemand.

Greta jeta un œil sur l'écran de télésurveillance accroché en haut du mur. La femme tourna la tête. Elle portait un manteau gris foncé qui aurait pu être de n'importe quelle couleur puisque l'image était en noir et blanc. Ses cheveux noirs lui arrivaient aux épaules. De larges lunettes masquaient son visage.

– Les bureaux sont fermés, répondit sèchement Greta.

La femme sonna derechef, avec insistance – et Greta regretta de ne pas être restée chez elle comme d'autres bons Berlinois terrifiés par les Turcs.

– Qu'est-ce qu'il y a ? aboya-t-elle.

– J'aimerais voir quelqu'un du laboratoire.

– Votre nom ?

– Je suis envoyée par le ministre de la Santé. C'est à propos du vaccin contre les oreillons. L'aide humanitaire.

Greta se détendit. Bien sûr – elle avait été informée de la livraison pour Pristina. C'était la seule affaire officielle de la semaine. Une grosse cargaison. Dix mille ampoules, au moins. Et d'autres livraisons pour la population des réfugiés suivraient.

– Savez-vous où se trouve la zone de chargement ? demanda Greta.

— Non.

— Où est votre camion ?

— On ne m'a pas parlé de camion, rétorqua la femme. Je suis chargée de récupérer la livraison personnelle du ministre. Il veut l'apporter lui-même au Kosovo demain pour faire un geste humanitaire.

Greta hésita.

— On ne m'en a pas parlé, dit-elle.

— Puis-je parler à votre supérieur ?

L'inconnue fouillait dans son sac à main pour trouver sa carte officielle. Sur l'écran de télésurveillance, Greta l'observait perdre patience.

— Est-ce que quelqu'un d'autre pourrait m'aider ? reprit la femme. Greta Oppenheimer, par exemple ?

— C'est moi, répondit Greta, surprise.

— Mlan m'a dit de faire appel à vous, dit la femme en regardant droit dans l'objectif de la caméra.

Greta manqua de s'étrangler. Comment osait-elle prononcer Son prénom d'un air aussi détaché ? Comme si c'était un prénom comme les autres ? Hormis une poignée de fidèles, personne ne connaissait Son nom. Cette garce ne pouvait pas Le connaître, Il ne l'avait pas honoré de Sa présence. Greta sentit son visage s'enflammer. *Il avait dit à cette femme de faire appel à elle.*

— Je suis Greta, répéta-t-elle.

— Alors ouvrez la porte avant que mes miches gèlent, nom d'une pipe !

Et Greta obéit.

— Je suis pressée, dit la femme en tirant sur ses gants.

Sa voix, qui n'était plus déformée par l'interphone, avait une sonorité grasse et puissante, pensa Greta. L'allemand n'était pas la langue maternelle de l'inconnue. Elle devait sans doute être russe ou slave. C'était une femme de l'Est. De Son pays.

— Le ministre a réclamé douze douzaines d'ampoules, ordonna-t-elle.

— C'est la quantité d'une boîte…

— Très bien. Apportez-la-moi.

Greta jeta un œil par-dessus son épaule et déglutit nerveusement.

— Je n'ai pas accès à ce vaccin, répondit-elle.

La femme ôta ses lunettes. Ses yeux noirs soulignés de khôl toisèrent Greta d'un air implacable.

— Quoi ?

— Je n'ai pas accès à la réserve. Le laboratoire est fermé.

Un mot un peu vague quand on songeait à l'arsenal électronique qui encerclait Son royaume pour faire obstruction aux indignes, pensa Greta.

La Slave fronça les sourcils.

— C'est absurde ! s'écria-t-elle. J'ai obtenu l'autorisation de Mlan ! Que vais-je dire au ministre ?

Greta la regarda d'un air impuissant. La femme plongea de nouveau les mains dans son sac. Comme ses vêtements, il était noir. Elle ressemblait à une veuve ou à une artiste d'avant-garde. Un foulard blanc aussi serré qu'un garrot entourait sa gorge. Elle brandit un papier qu'elle lut à voix haute :

— Vaccin n° 413. Une boîte d'une douzaine d'ampoules à réclamer le 10 novembre. Je suis bien à VaccuGen ? Et vous êtes Greta Oppenheimer ?

Greta acquiesça. La femme frappa le bureau avec ses gants.

— Alors, que dois-je faire ? Dire au ministre que Mlan lui a encore fait faux bond ? Les vaccins sont tous enfermés dans la même pièce ? Parce que si c'est le cas, je vous jure que le ministre mangera les couilles de Krucevic au petit-déjeuner. Ernst Shuller est attendu demain à Pristina et il déteste avoir l'air ridicule. Vous comprenez ce que je vous dis ?

— Les vaccins sont dans la zone de chargement.

— Et vous y avez accès ?

Greta hocha la tête.

— Alors pour l'amour du Seigneur, allons-y ! aboya la femme. Autrement, je vais être obligée d'appeler Mlan. Personne ne remarquera qu'il manque une boîte et c'est ma carrière qui est en jeu si je retourne chez le ministre les mains vides.

Après que la femme eut griffonné ses initiales sur un registre et quitté les lieux la boîte sous le bras, Greta retourna lentement s'asseoir à son bureau. Elle venait de vivre un petit moment d'émotion. Cela lui avait permis d'entendre une voix humaine, la dernière de la journée probablement.

Mais elle se trompait. Au bout d'une vingtaine de minutes, l'interphone sonna. Greta regarda l'écran de télésurveillance et vit un homme chauve, d'âge moyen, le col de son manteau relevé pour se protéger du froid.

— Puis-je parler à Greta Oppenheimer ? demanda-t-il.

— C'est moi, répondit-elle avec inquiétude.

Personne ne l'avait jamais réclamée par son nom. Et c'était la deuxième fois que cela se produisait aujourd'hui...

— Je viens chercher les vaccins contre les oreillons, expliqua l'homme.

— Votre collègue est déjà passée.

— Quelle collègue ?

— Du ministère de la Santé. Pour les vaccins. Le ministre lui-même l'a envoyée.

— Mademoiselle, sourit l'homme, quelqu'un vous a fait une blague. Savez-vous qui je suis ?

Il regarda l'objectif de la caméra. Greta le dévisagea la gorge serrée.

— Ernst Shuller, murmura-t-elle.

Le ministre de la Santé.

5

Comme l'avait prédit Dare Atwood, Sophie Payne n'était plus à Prague. Quand ils avaient vu le drapeau américain hissé en haut du mât, signifiant que le Président était prêt à coopérer, ses ravisseurs avaient tenté d'emmener la vice-présidente à Budapest à une heure du matin. Après avoir vacciné Sophie Payne avec l'antidote contre l'Anthrax 3A, ils l'avaient enfermée dans le coffre de la voiture de Michael et mis le cap sur l'est, puis, remarquant que les gardes-frontière tchèques fouillaient tout ce qui s'approchait de la frontière hongroise, ils s'étaient dirigés vers le sud. Ils avaient contourné les montagnes Tatras et étaient arrivés, après de longues heures, à Bratislava, qui, durant la gloire de l'Empire autrichien, s'appelait Pressbourg. La ville était maintenant célèbre pour ses politiciens corrompus, ses récidivistes communistes, ses explosifs Semtex fabriqués en périphérie, ses poteries de mauvais goût et son vin médiocre. Les anciennes vignes striaient les collines poussiéreuses comme des doigts osseux, attendant désespérément un acheteur.

Ils avaient choisi Bratislava parce que Vaclav Slivik connaissait une musicienne de l'orchestre d'État slovaque. Des années plus tôt, à l'époque où Olga Teciak était une

147

violoncelliste de vingt-quatre ans aux yeux de biche ensorceleurs, Vaclav l'avait persécutée assidûment. Aujourd'hui, les mauvais souvenirs aidant, Olga n'oserait rien lui refuser. Lorsqu'il frappa à sa porte par surprise, à quatre heures trente-trois du matin, elle ouvrit sans réfléchir. Quand elle vit les armes pointées, elle comprit soudain son erreur. Mais il était trop tard pour les regrets.

À présent, Sophie Payne gisait sur le carrelage fissuré de la salle de bains de la femme, pieds et poings liés, bouche bâillonnée. Une puanteur masquée par une odeur d'ammoniaque emplissait l'air. L'appartement d'Olga était un cube encastré dans une tour anonyme similaire à celles qui s'étendaient autour du Danube depuis le cœur du vieux quartier historique de Bratislava. Si l'objectif du concept architectural était de pousser les locataires au suicide, c'était une réussite. Une véritable incarnation du désespoir qui commençait à gagner Sophie. Elle avait de nouveau traversé une autre frontière et, apparemment, personne ne la suivait.

Ils l'avaient amenée dans l'appartement d'Olga avec une cagoule sur la tête. Olga n'avait pas le droit de la regarder. Jozsef, qui comme elle avait subi les effets de l'Anthrax 3A, était chargé de lui apporter les soins nécessaires. L'enfant lui retira le bâillon, puis lui proposa du café, mais l'odeur retourna l'estomac de Sophie. Assis à ses côtés, les genoux repliés contre sa poitrine, il la regardait intensément. Sophie était consciente de son regard, mais elle scrutait une tache humide couleur rouille au plafond.

— Vous devriez boire quelque chose, insista Jozsef. De l'eau peut-être.

Il s'exprimait en allemand, comme son père le lui avait demandé. Cette langue était aussi celle de l'enfance de Sophie et elle lui dit spontanément :

— Où est ta mère ?

Après un court silence, il se recroquevilla, méfiant, et murmura :

— À Belgrade. Je crois qu'elle est encore à Belgrade.

— Elle sait où tu es?

Jozsef ne répondit pas. Sophie observa de nouveau la tache au plafond. Elle avait dans la bouche et dans les narines un goût de fer. Se concentrer lui demandait un terrible effort. Mais parler de la mère de Jozsef lui semblait important.

— Tu ne voulais pas rester avec elle? demanda Sophie.

— Il m'a enlevé. En pleine nuit. Il a mis un couteau sur la gorge de ma mère. Il lui a dit des choses horribles. Elle pleurait. Je n'ai même pas pu lui dire adieu.

— Ça fait combien de temps?

— C'était avant Noël, je crois. Mais nous n'avons jamais fêté Noël, donc je ne sais pas trop.

— On est encore en novembre, non? Ça doit remonter à presque un an.

Jozsef se tut. Il serrait ses genoux contre sa poitrine avec ses mains, comme si ce geste était le seul qui puisse le maintenir en vie.

— Buvez quelque chose, dit-il. Un peu d'eau.

En le regardant déplier son corps frêle et se lever en vacillant, Sophie se souvint que Jozsef était également infecté par le bacille. Comme elle, il devait ressentir des douleurs articulaires et ses tempes cogner. Les genoux du petit garçon (il portait un short en coton), ses pieds maigres, lui rappelaient Peter à l'âge de huit ans, quand il courait pieds nus autour de la maison près des vignobles, la porte grillagée claquant dans son sillage. Sa voix aussi aiguë que le cri d'une perdrix à l'aube, s'élevant des prés qui menaient à la mer. Ces souvenirs l'apaisèrent et la nostalgie la saisit. La sensation des choses simples, tenir de l'eau dans le creux de sa main, lui manquait.

— Buvez, dit Jozsef.

Il plaça le bord du verre contre les lèvres de Sophie. Elle regarda les yeux de l'enfant, deux puits sombres qui la fixaient. Lui aussi était prisonnier. Mais aucune autorité, aucun gouvernement ne négocierait sa liberté.

— Quelle heure est-il ? demanda Sophie.

— Il doit être dix heures.

Avec une force étonnante, il la redressa. Sophie avala l'eau tiède, trop assoiffée pour faire des manières, et sentit le pouls rapide de l'enfant battre contre elle. Quand elle échapperait à Krucevic, elle partirait avec Jozsef, décida-t-elle.

La porte de la salle de bains s'ouvrit, heurtant la jambe de Sophie. Elle gémit de douleur et recracha l'eau sur les doigts de Jozsef.

— Madame Payne, dit Michael. Vous êtes réveillée ?

— Oui.

Avec du papier toilette, Jozsef épongea la sueur sur le visage de Sophie.

— Le gosse vous traite bien ? demanda Michael.

— Quelle question !

Michael avança dans la pièce où il y avait à peine de la place pour ses pieds. Il se pencha et détacha les mains de Sophie. Quand elle essaya de bouger les doigts, une douleur lui parcourut les bras.

— Ton père a préparé un petit-déjeuner pour Mme Payne, Jozsef, dit Michael. Va le chercher, s'il te plaît.

Michael s'exprimait aussi en allemand. C'était la langue préférée des terroristes, songea Sophie. Jozsef disparut dans le couloir.

— J'ai reçu l'ordre de vous laisser utiliser les toilettes, annonça-t-il. Si vous criez ou si vous essayez de vous échapper par la fenêtre (un trou par lequel un bébé de trois mois n'aurait pas pu sortir) vous serez abattue.

— Merveilleux, répondit-elle. C'est le paradis.

— Si vous êtes encore capable de plaisanter, marmonna-t-il en anglais, ça ne va pas si mal. Et je ne vous laisserai pas mourir entre les mains de cet homme, vous comprenez ?

Stupéfaite, elle le dévisagea. Il lui jeta un regard impassible, puis pointa son arme vers le plafond.

— Je sors une minute, dit-il froidement.

Sophie se hissa sur les toilettes. Elle se sentit soudain plus forte.

Mlan Krucevic avait mal calculé. Ou plutôt, les choses ne s'étaient pas passées comme il l'avait prévu et il était contraint d'improviser. Il se méfiait de l'improvisation. À sa connaissance, tout le monde, y compris lui-même, commettait des erreurs en improvisant. Son art de la guerre reposait sur une préparation méticuleuse. Et, bien sûr, il avait un plan de repli.

Il avait toujours détesté la Slovaquie. Et là, il la détestait encore plus. Dans le salon d'Olga, il y avait une table en contreplaqué, un canapé vert olive élimé, deux lampes, une chaise sculptée qui avait sans doute appartenu à la grand-mère d'Olga et une télévision d'excellente qualité. Installé devant le poste éteint, Krucevic réfléchissait. La frontière hongroise était surveillée, il ne pouvait pas la traverser en voiture. Il avait besoin d'un avion. Ce qui signifiait qu'il fallait se rendre avant l'aube à l'aéroport de Bratislava et pénétrer dans un hangar privé. Il espérait qu'il y avait bien quelques avions privés dans ce misérable pays.

Krucevic chercha ce qui pourrait faire échouer son plan et ne trouva rien. De fait, c'était inquiétant. La perfection allait à l'encontre des lois de la nature. Il fallait toujours se méfier de l'apparence de la perfection.

Il jeta un œil sur sa montre : dix heures cinquante-trois. À cet instant, son portable sonna. Krucevic se raidit. Le portable était réservé aux urgences. Et lui seul s'en servait. Personne ne devait l'appeler.

Il pouvait le laisser sonner, mais quelles en seraient les conséquences ? Il répondit à la quatrième sonnerie.

— *Ja* ?

— *Mein Herr* ? Je suis désolée de vous déranger, c'est contraire à la règle, je sais…

Il reconnut la voix terrorisée de Greta.

151

— Qu'est-ce qui se passe ?

— Une femme... une femme est passée. Elle a pris le virus.

— Quel virus ?

— Le vaccin, rectifia-t-elle. N° 413. Pour les oreillons. Destiné à l'aide humanitaire. Elle a dit qu'elle était envoyée par le ministère de la Santé, elle avait un papier, elle était furieuse... Oh, je suis vraiment désolée *Herr* Krucevic...

— Pas de nom ! aboya-t-il. Pas de nom. C'était qui cette femme ?

— Elle ne s'est pas identifiée.

— Et vous l'avez laissée partir avec le vaccin ?

— Elle était du ministère de la Santé, bégaya Greta. Elle a inscrit ses initiales sur le registre. Mais c'est illisible. Et puis *Herr* Shuller, le ministre de la Santé, est arrivé et a dit que c'était une blague. Une blague !

Elle semblait prête à pisser dans sa culotte, songea Krucevic, à pleurer comme un veau. Abrutie, jura-t-il silencieusement, pauvre merde. Il se ressaisit avant qu'elle tombe pas les pommes et demanda calmement :

— Décrivez-moi cette femme.

— Ses yeux, ses cheveux et ses vêtements étaient noirs. Elle avait un accent un peu comme... quelqu'un de votre pays.

— Quoi d'autre ?

— Une écharpe blanche autour du cou.

Krucevic fulmina. La rage l'envahit comme un relent de bile. *Mirjana ! C'est elle qui l'avait pris ! Par la croix du roi Tomislav, je la retrouverai. Et je trancherai la gorge de cette traîtresse serbe.*

— Qu'est-ce que je peux faire ? murmura Greta d'un ton implorant.

Greta était déjà stupide, mais la peur la rendait dangereuse, pensa Krucevic. Il fallait qu'il lui trouve une occupation avant qu'elle ne les fasse tous échouer. Il réfléchit rapidement.

— Fermez le bureau et allez à Budapest, ordonna-t-il. J'ai une mission que vous seule pouvez réussir.

— Je serai à la hauteur, *mein Herr*.

Sa soumission écœurait Krucevic. Il pouvait faire d'elle ce qu'il voulait. Il coupa la communication.

Ses ennemis essayaient de l'anéantir. Mais Dieu était avec lui. Il avait découvert la traîtrise avant qu'il ne soit trop tard. Si seulement il était à Budapest ! Mais tout déplacement était impossible avant la nuit. Il y avait cent kilomètres à parcourir – trois heures en voiture, vingt minutes en avion – et le temps lui filait entre les doigts. Rester patient. Ne pas laisser la colère le rendre imprudent.

Une écharpe blanche autour du cou.

L'erreur de l'improvisation.

Krucevic insulta les gardes-frontière tchèques, insulta la Slovaquie, insulta Vaclav Slivik et toutes les femmes qu'il avait connues dans sa vie. Il insulta Olga Teciak avec une virulence particulière.

Olga était une étrangère. Parce que c'était une femme et une inconnue, il s'en méfiait. À présent, elle était cachée dans sa chambre, terrifiée, sa fille blottie contre elle sous une couverture. Olga avait probablement deviné qui était Sophie Payne, l'enlèvement de la vice-présidente n'était plus un secret. La nouvelle avait été répandue par les journaux et la télévision. Il n'aurait pas dû écouter Vaclav. On ne pouvait pas faire confiance à Olga.

– Mlan, dit Michael derrière lui. Mme Payne est réveillée. Elle mange.

Krucevic avait exigé qu'ils parlent de la vice-présidente avec courtoisie. La courtoisie était une autre forme de cruauté. Krucevic chassa sa rage, son anxiété et répondit d'un ton brusque :

– Bien. Elle va avoir besoin de ses forces. C'est le moment de la filmer pour le Président.

Sur le carrelage de la salle de bains, Jozsef se forçait à manger avec Sophie, bien que la nourriture soit épouvantable : des canettes de jus d'orange, du pain blanc rance, des tranches de fromage fondu bizarres. Cela devait avoir un lien avec l'Anthrax, décida Sophie. Il n'y avait pas d'antidote dans n'importe quel aliment.

— Tu sais où on est ? questionna Sophie.

— À Bratislava, je crois. Mais vous ne devriez pas me poser de questions sur l'opération.

Sophie esquissa un sourire.

— C'est ce que je suis ? dit-elle. Une opération ?

— Mon père dit ça.

— Je vois. Mais il y a quelques heures, nous étions à Prague. Ton père l'a affirmé quand il me filmait.

— Oui, répondit Jozsef à voix basse. On ne devait pas venir ici, je crois. On a changé de route brusquement hier soir à cause des gardes-frontière. Michael avait réussi à vous faire passer en République tchèque avec son passeport américain, mais papa ne pensait pas que ça marcherait une deuxième fois. Donc on a fait demi-tour.

Sophie retrouva espoir.

— Ton père craignait les gardes tchèques, alors ? dit-elle. Mais il voulait aller où ?

— Si je vous réponds, on va avoir des ennuis, madame.

— Je m'appelle Sophie.

Jozsef prit un air songeur et déclara :

— Ma mère s'appelle Mirjana.

— Elle te manque ?

Les longs cils de l'enfant s'abaissèrent. Il frottait quelque chose entre ses doigts.

— Qu'est-ce que c'est ? demanda Sophie.

La main de Jozsef disparut dans sa poche.

— Rien, répondit-il. Vous voulez cette tranche de fromage ?

Elle secoua la tête. Il saisit la tranche d'un geste vif. Elle attendit qu'il ait fini de manger puis demanda :

— Il y a une femme ici ?

— Et une petite fille. La femme s'appelle Olga. Je ne connais pas le prénom de sa fille.

— Une petite fille ? Elle a quel âge ?

— Elle suce encore son pouce et elle a l'air terrorisé. La femme aussi a peur, mais elle essaye de ne pas le montrer.

— La femme ne fait pas partie de votre groupe ?

— Je vous l'ai dit. On ne devait pas venir ici. La femme est une amie de Vaclav. Elle est en danger et Vaclav aussi.

— En danger ? Qu'est-ce qu'elle risque ?

Jozsef passa sa main le long de sa gorge.

— Mais elle vous a aidé ! protesta Sophie.

— Elle n'avait pas le choix. Et maintenant, elle est prête à faire n'importe quoi pour protéger sa fille. Les gens qui ont peur sont comme des serpents sous les pieds. Dès que vous bougez, ils attaquent.

Sophie s'apprêtait à argumenter, à dire qu'on ne pouvait pas faire de mal à des innocents, mais elle se sentit tellement stupide qu'elle se tut.

— Quand j'étais petit, poursuivit Jozsef, j'avais deux amis. Des frères. Ils habitaient dans la même rue que moi et nos mères poussaient nos landaus côte à côte. Elles se parlaient dans la cuisine, cousaient ensemble, buvaient du café. Quand j'avais un ballon ou un jouet, je le prêtais à mes amis, on s'échangeait tout.

— C'est bien, renchérit Sophie quand il cessa de parler. C'est bien d'avoir des amis. Tu as habité longtemps à Belgrade ?

— Non. Je n'y ai jamais habité ou alors il y a très longtemps. Ma mère vit à Belgrade. Elle est serbe. C'est pour ça que mon père m'a enlevé. Nous sommes croates. Et à l'époque, quand j'étais petit, on vivait à Sarajevo.

— Tu as encore des amis là-bas, à Sarajevo ?

Jozsef haussa les épaules.

— Que sont devenus les deux garçons ? insista Sophie. Les frères ?

— Ce sont des musulmans, des chiens.

Ses yeux magnifiques se posèrent sur Sophie.

— Quand la guerre a commencé, continua-t-il, mon père savait que leur père nous tuerait s'il ne le tuait pas avant et il lui a tranché la gorge. Puis il a tué les enfants l'un après l'autre quand ils étaient au lit et a montré à leur mère ce qu'il avait fait. Il a jeté leurs corps à ses pieds.

— Quelqu'un qui a des enfants ne peut pas faire une chose pareille, dit Sophie.

— Mais ils étaient musulmans, répondit Jozsef en baissant les yeux, et nous sommes croates. Si mon père les avait laissés vivre, ils auraient vengé leur père en grandissant. C'est ce que j'aurais fait à leur place.

— Je ne peux pas le croire.

— Alors vous êtes bête, madame. Où vous connaissez mal le monde.

Sophie pensa aux nombreux voyages qu'elle avait effectués avec Air Force Two, à toutes ses visites d'État, ses réunions et ses discours préparés.

— Tu as peut-être raison, murmura-t-elle. Et ton père ? C'est lui qui t'a dit qu'il avait tué ces enfants ?

— Il m'a emmené avec lui cette nuit-là. J'ai vu comment il les a tués.

Il tripota l'objet dans sa poche, puis le fit apparaître. C'était une patte de lapin à la fourrure blanche et sale.

— Quand la mère a vu ses enfants morts à ses pieds, reprit Jozsef, elle s'est agenouillée en s'arrachant les cheveux.

— Ton père l'a tuée aussi, je suppose ?

Jozsef jeta son porte-bonheur par-dessus son épaule et le rattrapa dans son dos.

— Une femme souffre plus quand elle vit, dit-il. Mais Drusa — c'était le prénom de leur mère — avait peur de souffrir, je crois. Elle a fabriqué une corde avec sa jupe et s'est pendue en s'accrochant à la fenêtre de la cuisine.

Sophie ferma les yeux. Quand elle les rouvrit, Mlan Krucevic se tenait sur le seuil de la porte et les observait. Jozsef était livide.

— Va-t-en, ordonna Krucevic.

L'enfant se releva péniblement et contourna son père.

— Madame Payne, dit Krucevic.

Elle leva les yeux vers lui. Il lui tendit un journal. Elle lut son nom sur la première page.

— J'ai besoin de votre aide, déclara-t-il.

— Détachez-moi les pieds.

— Ce n'est pas nécessaire. Maintenez le journal sous votre menton s'il vous plaît. Vaclav ?

Krucevic recula, laissant place à l'objectif d'une caméra. Sophie leva spontanément la main pour se recoiffer, puis — réalisant la vanité de son geste déplacé — la laissa retomber sur ses genoux.

— Cette cassette va être envoyée à vos amis de la Maison-Blanche, expliqua Krucevic, alors réfléchissez bien à ce que vous dites. Pour l'instant, vous êtes toujours prisonnière de l'organisation 30 Avril. Fidèles à notre parole, nous vous avons injecté un antidote contre l'Anthrax 3A. Pourriez-vous confirmer ces faits, s'il vous plaît ?

— Je le confirme. Je suis toujours vivante, déclara Sophie.

— Malheureusement, nous ne savons pas si vous allez le rester.

— La plupart des gens vivent avec cette incertitude, répondit-elle.

Krucevic fit une courte pause, puis reprit :

— Jack, Jack, pourquoi avez-vous alerté les gardes-frontière tchèques ? Nous avions passé un accord, vous ne deviez pas tenter de sauver Mme Payne. Quelques heures après avoir hissé le drapeau dans le jardin de l'ambassade américaine, vous êtes revenu sur votre parole. Je ne veux pas que cela se reproduise, Jack. Je veux pouvoir me déplacer librement. Transmettez le message à tous les chefs d'États d'Europe centrale. Et n'essayez pas de me faire obstacle.

Sophie pensait qu'il allait sortir une seringue. L'objectif se rapprocha de son visage.

— Cette fois, je ne me servirai pas de mon aiguille, dit Krucevic. Mais si vous me faites de nouveau faux bond, je ferai sauter la cervelle de cette femme. Même la plus puissante nation du monde ne peut faire revenir les morts à la vie.

6

Caroline Carmichael était arrivée à Berlin mercredi matin, à dix heures trente, vingt-deux heures après l'enlèvement de Sophie Payne.

Il ne restait presque rien de la ville qu'elle avait connue. Elle avait visité Berlin deux fois quand elle était en mission à Budapest. À l'époque, la réunification n'était qu'une rumeur et la capitale de l'Allemagne de l'Ouest s'appelait encore Bonn. À présent, les bulldozers et les grues envahissaient les terrains vagues, comme les champignons après la pluie. Traverser la ville était une aventure stratégique, un voyage nécessitant une carte et une boussole dans la tête. Des équipements couleur acide sulfurique, des carrières béantes larges comme des terrains de football, l'éclairage au néon, les nuages de pollution – voilà ce qui caractérisait le Berlin des années quatre-vingt-dix. L'Ouest avait décidé de reprendre possession du passé ou de le réécrire. Un processus politique traumatisant tant il était visible et physique. Le mur de Berlin avait divisé les familles et expédié les quartiers chauds abritant des gros bonnets et des strip-teaseuses aux oubliettes. Un lieu comme la Potsdamer Platz, qui fut jadis la place la plus animée de Berlin, était maintenant livré à l'ivraie.

Mais, avec le temps, les Berlinois s'étaient habitués au changement, à la nouvelle vie qui s'étendait le long des frontières intérieures comme une couverture éteignant un feu. Puis, des armées de grues étaient arrivées, leurs bras rouges, bleus et or tendus vers l'est.

Caroline ouvrit grand les rideaux de sa fenêtre. Les experts du FBI s'étaient rendus sur les lieux de l'attentat si vite que l'ambassade dont les communications étaient coupées n'avait pas été prévenue de leur arrivée. Le secrétaire d'État avait appelé la résidence de l'ambassadeur. Un agent débutant anxieux avait passé la nuit à trouver des chambres pour une quarantaine de personnes dans une ville qui débordait de visiteurs. Caroline était logée au Hyatt, un hôtel flambant neuf érigé sur la nouvelle Potsdamer Platz. De sa fenêtre, elle pouvait admirer les tours Sony fraîchement construites, lesquelles lui donnaient l'impression d'être la première habitante d'une station de l'espace. Caroline aurait préféré une chambre dans le vieux palace du Kurfürstendamm où le bruit des pneus dans les rues pluvieuses était aussi soporifique que le murmure de la houle. Mais le Hyatt était probablement moins cher. Même face à une crise, l'agent débutant avait cherché les tarifs les plus intéressants.

Le nez collé à la fenêtre, Caroline aperçut la coupole brisée du Reichstag. Le monument avait déjà été brûlé par Hitler, et à présent, il était endommagé par l'explosion de l'attentat commis par des néo-nazis. La politique virait vite à la violence à Berlin. Des rues entières étaient détruites, puis reconstruites différemment. Les Berlinois vivaient sur un volcan et ils le savaient. Les grues ne pouvaient pas lutter contre les soubresauts de l'histoire allemande.

Caroline enleva ses chaussures et s'étendit sur son lit. Une odeur de polyester emplit ses narines et elle pensa à l'édredon qui sentait légèrement la cour de ferme dans le petit hôtel du Kurfürstendamm. Elle regrettait le vieux Berlin. Le Hyatt n'avait pas d'âme, les charmes de l'Europe centrale appartenaient au siècle dernier.

Mais Eric était dans les parages. Il respirait le même air chargé de charbon qu'elle. Les yeux clos, elle paniqua un instant. Elle avait envie de plaquer l'oreiller contre son visage et d'étouffer dans l'obscurité. Tous les membres du 30 Avril avaient probablement quitté l'Allemagne. Eric devait être à des milliers de kilomètres de Berlin, mais elle sentait sa présence comme un faisceau lumineux traquant une fugitive.

Était-elle folle de vouloir l'attirer à elle ? Dare Atwood voulait piéger Eric et coincer son maître. Caroline était devenue un appât. Dare ne connaissait rien à l'amour. Elle ignorait qu'on pouvait aimer quelqu'un sans le connaître. Que cette personne pouvait posséder une partie de vous-même, malgré trois ans d'absence et de trahison, et obtenir encore un peu de votre loyauté sans rien donner en échange. Cela faisait-il partie des liens sacrés du mariage ? Au fond de son cœur, Caroline savait qu'Eric n'avait aucun désir de la voir. Après tout, il avait choisi de « partir ». Un piège n'était pas un piège s'il n'y avait pas d'appât. Elle éprouva un vague soulagement. Eric pourrait la trahir, mais on n'avait pas demandé à Caroline de le trahir. C'était absurde. Elle était trop fatiguée pour résoudre les problèmes liés à l'amour et à la trahison, les conflits entre le cœur et la raison. Elle avait une mission à accomplir, une vice-présidente à sauver, la CIA à protéger. L'Agence, cet ensemble imparfait réunissant tant de points de vue différents, cet essaim bourdonnant de secrets qu'il valait mieux ne pas connaître. Que devait-elle à Eric ? Elle lui avait suffisamment donné durant dix ans de mariage.

Que lui dirait-elle s'ils se retrouvaient nez à nez ?

Que lui dirait-il s'il savait qu'elle était à ses trousses ?

Ne pose pas de questions, Chien Dingue. Si je te dis la vérité, je serais obligé de te tuer.

La plus vieille blague de la CIA.

Quoi qu'il en soit, Eric serait poursuivi. Elle regarda sa montre. Walter Aronson, le chef de station de Berlin l'attendait dans une heure chez l'ambassadeur. Mais la porte de Brandebourg effondrée n'était pas loin de son hôtel. Elle avait le temps de s'y rendre avant son rendez-vous.

Un barrage de police encerclait la Pariser Platz, transformant le chaos en ordre, un réflexe bien allemand. Vêtue de jeans, d'un pull en coton et d'un blazer écossais ouvert au vent, Caroline prenait des photos depuis l'avenue du 17-Juin, une large artère traversant le Tiergarten et menant droit à la porte de Brandebourg.

Au-delà de la Pariser Platz, l'avenue du 17-Juin devenait Unter den Linden, le plus beau boulevard de Berlin, jalonné de palaces royaux, de musées, au bord de la Spree. Une décennie plus tôt, Unter den Linden était fermé à l'ouest et l'avenue du 17-Juin menait seulement au Mur, une impasse plus qu'une porte.

La porte de Brandebourg avait incarné un rêve néo-classique sur le modèle des Propylées de l'acropole d'Athènes : six colonnes doriques surmontées d'une frise. Au sommet, des chevaux tirant le char de la Paix. *Ironique*, songea Caroline, en photographiant le poitrail brisé des destriers. À Berlin, la paix était survenue après un bain de sang constant. La Grande Armée de Napoléon avait marché sous la porte de Brandebourg juste après sa construction. Les Prussiens avaient entraîné leur cavalerie sur la place. Les *Ubermenschen* d'Hitler avaient défilé au pas de l'oie sur Unter den Linden, et la police d'Allemagne de l'Est avait patrouillé non loin des chevaux cabrés. Mais il avait fallu des terroristes pour faire tomber le char de la Paix.

Caroline franchit les barrières sans prêter attention aux policiers et s'avança avec insouciance vers le cratère laissé par la bombe. Les techniciens du FBI étaient sur place. Certains étaient agenouillés sur des feuilles de plastique, d'autres parlaient avec des enquêteurs allemands. Un homme vêtu d'un imperméable froissé se tenait à l'écart, les bras croisés.

Un fonctionnaire, pensa Caroline. L'homme avait un visage impassible et les yeux fatigués, mais son immobilité était intrigante. S'il avait été posté à l'extérieur des barrières, Caroline l'aurait pris pour le proche endeuillé d'une victime, tant son expression était grave. Tandis qu'elle l'observait, il tourna la tête vers elle et lui jeta un regard chargé d'hostilité. Il la prenait pour une curieuse qui aimait les désastres. Elle prit une photo sans lui prêter attention.

Des équipes de télévision américaines, allemandes, italiennes, françaises, anglaises et polonaises envahissaient les lieux.

Le plan de Caroline allait marcher facilement.

Elle photographia le chaos : des morceaux d'asphalte, des câbles tordus, les entrailles de la ville exposés. Construire la nouvelle station de métro de la place avait pris des années. Les couloirs souterrains étaient maintenant effondrés. Des éclats de verre scintillaient partout. Caroline se dirigea vers la porte de l'ambassade américaine. L'estrade détruite sur laquelle Sophie Payne avait prononcé son discours vingt-quatre heures plus tôt était encore là. Hier, une déflagration avait retenti. Puis il y avait eu les balles, les cris, le sang, le brancard avançant au bord de l'estrade. *Eric.*

Elle baissa son appareil photo et étudia l'ambassade. C'était un large bâtiment, la plupart des fenêtres de la façade étaient brisées, mais les murs tenaient encore. L'explosion avait été assez puissante pour détruire la porte de Brandebourg tout en laissant intacte la structure des édifices proches C'était une bombe d'une précision chirurgicale, si une telle chose pouvait réellement exister. Une bombe pour créer diversion pendant que la victime s'évanouissait dans la nature. Un policier casqué s'avança vers elle.

– *Ausgehen Sie, bitte,* dit-il avec autorité.

Un aigle rouge et or décorait sa chemise noire – il faisait partie de la Volksturm, les troupes spéciales de Fritz Voekl. Caroline le photographia.

Entré en fonction juste après un assassinat, le nouveau chancelier avait lutté contre l'insécurité dès son arrivée au pouvoir. « La criminalité, déclarait Voekl, était liée à la différence des valeurs entre l'Europe occidentale et celles du Moyen-Orient, à la différence des cultures entre les chrétiens et les musulmans. La violence était engendrée par la population turque. Les Allemands de souche devaient s'opposer aux demandeurs d'asile, jusqu'à ce que les Turcs soient tous renvoyés chez eux. Et les Turcs n'étaient que la pointe de l'iceberg musulman : le flot d'Albanais, de Monténégrins, de Kurdes, de Kazakhs, de Géorgiens et d'Ouzbeks qui se réclamaient de l'islam était extrêmement alarmant. La tolérance était une erreur. Accepter ces immigrants relevait de la folie. Même les politiciens allemands avec des idées de gauche, comme le chancelier, se faisaient assassiner dans la rue. »

Le message était bien passé, surtout parmi les *Ossies*[1], les anciens citoyens de la République démocratique allemande dans laquelle la criminalité n'avait officiellement jamais existé. Les Ossies s'engageaient massivement dans la Volksturm de Voekl, sa milice nationale. Et tandis que Caroline regardait l'insigne de l'aigle sur la chemise noire du policier, elle pensait à une chose : Voekl avait au moins réussi à endiguer le problème du chômage en appliquant son programme contre les Turcs. Et il avait brillamment mis en place dans tout le pays une armée qui partageait son opinion.

Le policier brandit sa matraque.

— *Hinaus* !

L'homme en noir était si proche d'elle qu'elle aurait pu toucher sa chemise.

— Vous parlez anglais ? dit-elle.

Il secoua la tête. Sans bouger, Caroline le prit une seconde fois en photo. Elle sentait l'agressivité de l'homme augmenter et remarqua qu'une équipe de télévision anglaise se rapprochait

---

1. Allemands de l'Est.

d'eux pour filmer l'action. Le policier était prêt à lui arracher son appareil et à le jeter au sol. Caroline se tourna vers l'ambassade et la photographia.

La première phase de la fausse opération sauvetage avec le brancard avait eu lieu sur le toit de l'ambassade, selon les dires. Caroline avait visionné la cassette de l'enlèvement de Payne tellement de fois que le film était gravé dans sa mémoire. Entre l'explosion de la bombe et l'enlèvement, neuf minutes s'étaient écoulées. Ce qui signifiait que le 30 Avril savait comment atterrir sur le toit de l'ambassade avant leur opération.

« *Halt* ! » Le policier saisit le bras de Caroline et la poussa brutalement vers les barrières. Caroline se tendit, puis hurla. Deux équipes de télévisions américaines rejoignirent les reporters anglais pour la filmer. Les Italiens avaient également l'air intéressé et se rapprochèrent.

— Lâche-moi, connard ! cria Caroline en se libérant de l'emprise du policier et en cachant son appareil photo derrière son dos. C'est ça un pays libre ?

L'homme en noir leva lentement sa matraque. Les cameramen filmaient. Puis, soudain, un bras s'interposa entre Caroline et son agresseur et une voix ordonna : « C'est bon. »

C'était l'homme à l'imperméable qu'elle avait observé plus tôt. Elle mémorisa ses cheveux blond-roux et son nez crochu. Il dit quelque chose en allemand au policier qui baissa sa matraque. Puis il se tourna vers Caroline. La colère animait ses yeux noisette. Caroline lut également autre chose dans son regard. De la satisfaction ?

— Ce n'est pas un lieu pour faire du tourisme, madame, déclara-t-il. Je vous prie de bien vouloir quitter cette place.

— Très bien ! aboya-t-elle. Je m'en vais.

Avec un peu de chance, on la verrait au journal télévisé du soir. Avec un peu de chance, Eric et ses amis regarderaient les nouvelles.

7

La femme qui avait volé le vaccin n° 413 de Krucevic – celui qui allait être injecté à des milliers d'enfants du Kosovo – avait perdu un peu de temps en faisant sortir la boîte d'ampoules du pays. Au guichet de Malev Air, à l'aéroport Tegel de Berlin, elle avait présenté une lettre signée tapée sur un papier portant l'en-tête du ministère de la Santé hongrois et un paquet de documentation provenant d'un laboratoire hongrois.

Comme durant sa rencontre avec Greta, Mirjana Tarcic avait manifesté une certaine impatience, arboré un air hautain, et quand l'employé de Malev Air l'avait questionnée sur sa mission, elle lui avait fait un cours de géopolitique d'un ton exaspéré : la Hongrie et la Yougoslavie étaient des pays frontaliers, une ethnie hongroise de dix mille personnes vivait dans la province autonome de Voïvodine, au bord de la frontière. Et depuis que la Hongrie était membre de l'OTAN, qui avait bombardé la Serbie pendant des mois, il y avait de fortes tensions à Voïvodine. Des flots de réfugiés risquaient d'envahir le sud de la Hongrie. Des vaccins seraient nécessaires pour combattre leurs maladies. Si ces explications n'étaient pas suffisantes, avait-elle dit à l'employé de Malev Air, elle pouvait prévenir son supérieur au ministère de la Santé.

Après vingt-trois minutes et dix-sept secondes de discussion, Mirjana emporta la boîte contenant le vaccin de son mari dans l'avion à destination de Budapest. Malev Air l'avait magnanimement dispensée de faire passer la boîte aux rayons X. La radiation risquait d'endommager les vaccins, et personne ne souhaitait que cela se produise. La mission, avait insisté Mirjana, était humanitaire.

Elle plaça la boîte entre ses bottes, sous le siège qui se trouvait devant elle et se souvint d'une boîte de vaccins similaire sur un autre vol. Mirjana venait de copier la méthode dont Mlan Krucevic se servait pour faire passer une bombe dans un avion. Mais cette fois, la boîte contenait de vrais vaccins, plus explosifs que le colis qui avait fait sauter l'avion du vol MedAir 901. Elle croisa les bras et observa à travers le hublot un chargement de bagages s'approcher. Si Mlan apprenait ce qu'elle avait fait, il la tuerait. Et elle le connaissait suffisamment pour savoir qu'il le saurait. Mirjana ne lut pas de magazines et n'adressa pas la parole à la vieille Hongroise assise près d'elle. Elle garda ses lunettes noires. Mlan avait des espions partout. Pour le battre à son propre jeu, elle devait être plus vigilante, plus paranoïaque que lui. Treize ans de mariage avec un psychopathe vous apprenaient comment rester en vie.

Dans le quartier général de la NSA-Europe, à Francfort, Patti DePalma était assise dans une pièce sans fenêtre d'où s'échappait une version édulcorée de la chanson de Paul Simon, *Bridge Over Troubled Water*. La musique était diffusée dans tout l'immeuble de l'IG Farben afin de masquer les conversations au cas où quelqu'un écouterait. Patti détestait entendre *Memory, What I Did For Love,* et même la chanson des Clash, *Rock the Casbah*. Patti avait l'impression d'être dans un roman de George Orwell. Et traduire des interceptions était une vie suffisamment « orwellienne ».

Ce matin, toutefois, elle avait échappé à la chanson de Paul Simon. Son casque sur les oreilles, elle écoutait une conversation allemande interceptée par des satellites rhombiques. Depuis la première conversation entre Dare Atwood et le président Bigelow sur le 30 Avril dix-huit heures auparavant, ces satellites disséminés sur plusieurs centaines d'hectares, avaient intercepté des conversations provenant de VaccuGen à Berlin.

Patti était donc en train d'écouter Greta Oppenheimer bégayer l'histoire du vaccin n° 413 à Krucevic. Il ne restait plus qu'à localiser le portable dont s'était servi Krucevic. Deux heures plus tard, sur une carte de Bratislava accrochée au mur de la Situation Room de la Maison-Blanche, l'appartement d'Olga Teciak était entouré d'un cercle rouge.

— Chien Dingue! jeta Walter Aronson. Entre.

La main posée sur la luxueuse porte noire de la résidence de l'ambassadeur, il lui fit signe d'entrer d'un geste furtif comme si sa carte du club allait expirer sans préavis. Dans le couloir, un marine se tenait au garde-à-vous.

— Il t'attend, mais nous n'avons pas beaucoup de temps, expliqua Walter. Il a rendez-vous avec le chancelier.

L'ambassadeur habitait une spacieuse bâtisse de Charlottenbourg, pourvue de fenêtres de trois mètres de haut à travers lesquelles on apercevait de grands châtaigniers. Caroline était repassée se changer au Hyatt et elle se sentit soudain heureuse de se retrouver dans un univers si différent de celui de la Pariser Platz.

— Tu es très élégante, Caroline, ajouta Walter en lui touchant l'épaule.

Son geste lui rappela l'époque où ils étaient tous les deux dans un camp d'entraînement, époque où ils s'étaient liés d'amitié.

Petit et leste, Walter avait des yeux constamment souriants, un bouc grisonnant. Caroline ne l'avait pas vu depuis deux ans. Devenu chef de station à Berlin, il avait décroché un poste important tôt dans sa carrière — mais Walter était né avec l'âme d'un espion. Enfant, dès qu'il avait appris à lire, il ouvrait probablement les lettres d'amour de sa mère avec des gants. Il la guida à travers un salon aux murs tapissés de soie bleu-gris qui abritait l'air confiné des espaces publics. Caroline regarda les chaises élégantes et inconfortables et imagina les réceptions – une bousculade de velours noir et de satin blanc, la fumée des cigarettes qui surprenait toujours les Américains et était inévitable en Europe. Walter traversa une autre salle dont le plafond était décoré d'une fresque de Vénus et qui menait au bureau de l'ambassadeur. Il ouvrit les doubles portes, mais la pièce était vide. Ils marchèrent sur un vieux tapis d'Aubusson et s'approchèrent de la fenêtre. Devant eux s'étendait une pelouse couleur rouille parsemée de tilleuls dépouillés. Sur la terrasse, un homme aux cheveux blancs était avachi sur une chaise en toile, un coude reposant sur une petite table, ses jambes minces allongées devant lui. Il portait un coupe-vent bleu marine, un pantalon kaki, des mocassins sans chaussettes. Une légère brise souleva ses cheveux et, quand il se recoiffa, Caroline aperçut les veines bleues protubérantes de sa main. Assis à sa droite et à sa gauche, deux hommes vêtus de costumes en laine, impeccablement peignés, ressemblaient à des mannequins posant pour une photo de mode.

— Ah, vous voilà Walter, dit l'ambassadeur d'un ton enjoué, comme si le chef de station venait d'apporter un chariot de boissons.

— Voici notre invitée de Washington, monsieur l'ambassadeur. Caroline Carmichael du Centre de contre-terrorisme de la CIA. L'ambassadeur Dalton.

Ambrose Dalton se leva et sa main sèche serra celle de Caroline. Dalton était le descendant d'une vieille famille du Connecticut, un politicien qui avait fait fortune grâce aux banques d'affaires. Sa femme s'appelait Sunny. Depuis que son fils s'était brisé le cou lors d'un match de rugby, elle avait une nouvelle vocation : informer les insensibles des droits des handicapés physiques. Les Dalton faisaient des dons à différentes organisations, certaines politiques. Ils étaient de vieux amis du président Bigelow et connaissaient bien Sophie Payne.

— Je suis navrée de ce qui s'est passé à l'ambassade, monsieur l'ambassadeur, déclara Caroline. J'espère que vous et votre personnel allez bien ?

Dalton saisit la main de Caroline entre ses paumes et la tapota affectueusement.

— Nous avons perdu deux marines, dit-il. Des enfants. Mais vous êtes au courant, je suppose ?

Caroline hocha la tête. Dalton étudia son visage d'un air calculateur.

— Vous êtes une experte en ce qui concerne Krucevic, dit-il. Toute expertise est précieuse, bien sûr, mais vous n'êtes pas au bon endroit. Sophie n'est plus à Berlin.

— C'est ce que vous a dit la police berlinoise ? demanda Caroline.

— Ils disent qu'aucun Turc n'a pu franchir leurs frontières et que les extrémistes, une fois identifiés, seront abattus.

— Bien que les hommes filmés dans l'hélicoptère ne soient pas turcs, intervint Walter, et que les membres du 30 Avril aient déclaré avoir kidnappé la vice-présidente dans la cassette vidéo déposée à Prague.

— Nos amis allemands n'ont pas eu le privilège de visionner la cassette des terroristes, lui rappela l'ambassadeur. Moi non plus, d'ailleurs. J'ai seulement lu la transcription de cette cassette que nous avons reçue par valise diplomatique ce matin. Les gens ici présents ont tous lu votre analyse sur Krucevic, madame Carmichael. Je vous présente T. Hunter Price, mon responsable de mission.

L'un des mannequins fit un signe de tête condescendant à Caroline. Elle le classa immédiatement dans la catégorie des gigolos arrogants. Aux yeux de Price, l'attentat était une enquête pour le ministère américain des Affaires étrangères : que la CIA s'en mêle ne lui plaisait pas.

— Et voici Paul Dougherty, dit Walter, la main sur le coude de Caroline. Paul travaille au consulat. C'est lui qui t'a trouvé ta chambre d'hôtel.

Dougherty se leva, un grand sourire aux lèvres.

— J'ai lu votre rapport hier soir, Caroline, c'est vraiment super.

Un officier débutant, songea-t-elle, sorti de l'université du Kansas ou du service diplomatique de Georgetown. Il avait l'air d'avoir treize ans. Caroline se demanda où étaient les agents plus compétents de Walter, puis trouva elle même la réponse. Ils étaient avec les services secrets allemands. Ou roulaient en tenue de plombier dans des camionnettes pleines de matériel d'écoute et s'arrêtaient devant différents immeubles. Espérant en dépit de tout qu'un son les conduirait à Sophie Payne.

— Ah, voilà Tom ! s'écria l'ambassadeur.

Caroline se retourna et vit un homme élancé marcher à grandes enjambées, les mains dans les poches. Le nouvel arrivant avait remplacé son imperméable froissé par une chemise en coton, une vieille cravate, et une veste en daim. Un lacet de sa chaussure était noué à l'endroit ou il avait cassé. Son nez semblait également avoir subi un sort similaire. Et la marque rouge sur sa joue droite signalait qu'il s'était probablement endormi sur un canapé avec un exemplaire de magazine plié sous sa tête. *Die Zeitung*, peut-être, qui dépassait de sa poche.

— L'attaché, marmonna Walter dans sa barbe.

Puis d'un ton plus audible, il enchaîna :

— Caroline, je te présente Tom Shephard, l'attaché du FBI à Berlin. Tom coordonne notre enquête sur le terrain.

— On s'est déjà rencontrés, répondit Shephard, sur le cratère.

— Je suis allée jeter un œil sur la porte de Brandebourg, expliqua Caroline à Walter.

— Vous avez fait plus que jeter un œil, dit Shephard en l'observant comme s'il venait de découvrir une plante rare. Vous mettez toujours les pieds dans le plat de cette façon ?

— Non, répliqua-t-elle froidement, et je n'ai pas l'habitude qu'on me le fasse remarquer.

— Il y a eu un problème ? demanda Price.

Price était bien le genre à se mêler des affaires de ses voisins et à les recycler chaque matin en buvant un café à l'ambassade, songea Caroline.

— La boue était un problème, répondit-elle. Le Tiergarten est un bourbier et j'ai mis les pieds dedans, en effet. Comme vous le voyez, j'ai même changé de chaussures, monsieur Shephard.

— Pouvons-nous commencer ? demanda l'ambassadeur.

Caroline posa son ordinateur portable au sol sans l'ouvrir. La batterie était déchargée et il n'y avait pas de prise électrique dans le jardin de l'ambassadeur. Elle sortit un carnet et un stylo.

— Nous avons tous lu le rapport de Mme Carmichael et l'avons trouvé fort intéressant, dit Dalton. Si nous parvenons à localiser la vice-présidente et ses ravisseurs, son aide nous sera précieuse. Je vous prie de bien vouloir nous excuser pour ce pique-nique impromptu, ma chère. À l'intérieur de la résidence, l'acoustique n'est pas sûre.

— Vous pensez que vous êtes sur écoute ? demanda Caroline en fronçant les sourcils. En Allemagne ?

— Nous vérifions chaque semaine, intervint Walter et nous n'avons pas trouvé de micro. Mais il y a eu des… incidents. Ou devrais-je dire des coïncidences ?

— Six semaines après mon arrivée à l'ambassade, déclara Dalton, j'ai découvert que lorsque je présentais mes objectifs au précédent et infortuné ministre des Affaires étrangères de Voekl — vous avez suivi le parcours de Graf von Orbsdorff, je suppose ? —, il semblait déjà les connaître. Soit Orbsdorff était clairvoyant, soit il trichait. Personnellement, je pense qu'il trichait. J'ai donc pris l'habitude d'organiser mes réunions en plein air. Rien de tel qu'une brise fraîche pour se concentrer, vous ne trouvez pas ?

Caroline sourit.

– Quelles informations avons-nous depuis l'attentat ? demanda-t-elle. Quelqu'un pourrait-il les récapituler ?

– Walter et M. Shephard vont s'en charger, déclara l'ambassadeur. Messieurs ?

– Nous savons que les plans de l'ambassade ont été vendus au plus offrant, commença Walter. Probablement par l'architecte bien avant que la construction de l'édifice soit achevée. Nous savons également que le 30 Avril connaissait précisément l'emplacement du dispositif de surveillance interne. Des techniciens de l'Agence ont déjà inspecté le bâtiment. Les caméras et les pièces de fibre optique situées sur le passage du brancard ont toutes été détruites.

Eric, pensa Caroline. S'il avait regardé les plans de l'ambassade, il aurait facilement pu prédire où le dispositif de surveillance allait être installé. Elle avait du mal à croire qu'il ait tout révélé à Krucevic. Elle ferma les yeux pour oublier l'estrade détruite et les vingt-huit morts. Une autre chose lui vint à l'esprit : si Eric avait révélé à Krucevic l'emplacement du dispositif de surveillance, il lui avait peut-être également parlé de l'Agence. Ce qui signifiait que le 30 Avril détenait des informations essentielles. Possédaient-ils des renseignements sur Caroline ? Cette pensée la glaça jusqu'aux os.

– À l'ambassade, les réseaux de communication sont hors service ? demanda-t-elle.

– Ils seront réparés demain, répondit l'ambassadeur.

– Il va falloir attendre une semaine pour que l'ambassade soit de nouveau entièrement opérationnelle, ajouta Shephard en passant la main dans ses cheveux. C'est comme si ces types avaient trouvé un plan en trois D du bâtiment sur Internet.

Caroline se demandait comment elle allait pouvoir contacter Dare. La résidence de Dalton était sur écoute. Elle allait être obligée de l'appeler depuis une cabine téléphonique et de parler par énigmes.

– Leur opération s'est déroulée rapidement, dit Caroline. Entre l'explosion et l'enlèvement, neuf minutes se sont écoulées.

— Ce qui veut dire qu'ils s'étaient entraînés, déclara Dougherty, les yeux brillants d'excitation, comme s'il se prenait pour le protagoniste d'un film d'action bourré d'effets spéciaux.

— Tout cela est absolument fascinant, intervint Price, mais notre problème est de localiser la vice-présidente, il me semble.

— Allez-y, Price, nous sommes tout ouïe, lâcha Shephard. Dites-nous où elle se trouve si vous le savez.

— Je ne me permettrais pas de vous éclipser, Tom, répliqua Price. J'essayais simplement de faire avancer les choses. L'ambassadeur a peu de temps à nous consacrer.

— La parole est à vous, monsieur Shephard, déclara placidement Dalton. Dites-nous ce que vous avez appris sur l'explosion.

— La bombe a été placée dans le camion d'une équipe de télévision qui était garé près de la porte, dit Shephard. Nous attendons encore les conclusions des experts qui ont inspecté les lieux de l'attentat, mais l'essieu du camion a été retrouvé et identifié.

— Ça a été rapide, observa Walter.

— Ils ont eu de la chance, répliqua Shephard. Le camion appartenait à la chaîne berlinoise Channel Four. Hier soir, on a retrouvé dans la Spree les deux cameramen et le reporter qui devaient filmer le discours de la vice-présidente.

— Au lieu de louer un camion, intervint Caroline, le 30 Avril a donc préféré en voler un et a tué ses occupants. Ce qui leur évitait de laisser un document de location dans leur sillage.

Shephard la regarda.

— Multiplier les meurtres augmente considérablement leurs risques, dit-il. Mais leur permet aussi de ne pas laisser d'indices. Pas de papiers de location, comme dans l'attentat à Oklahoma City ou celui du World Trade Center. Et le vrai camion d'une équipe de télévision était plus crédible.

— Et l'hélicoptère de secours ? demanda Caroline. Il a été localisé ?

— Nous pensons que oui, dit Shephard en fixant son index posé sur la petite table. Quelqu'un a garé un hélicoptère près de l'ancien aéroport de Berlin-Est, au sud de Templehof, et y a mis le feu.

— Pour détruire toutes les traces d'empreintes et les fibres, dit Caroline.

— Presque toutes, en effet.

— Les hôpitaux locaux ont signalé la disparition d'un pilote d'évacuation sanitaire ? demanda Walter.

— D'une jeune femme nommée Karin Markhof, répondit Shephard. On ne sait pas ou elle est passée. Soit Markhof a été payée pour remettre l'hélico au 30 Avril et quitter la ville après l'explosion de la porte, soit son cadavre gît quelque part.

— Elle est morte, affirma Caroline. Krucevic n'aurait pas pris le risque de la laisser vivre.

— Alors il ne nous reste plus qu'à espérer qu'il fasse une erreur, dit Shephard.

Walter tira sur son bouc, les sourcils arrondis comme des points d'interrogation. Price ajusta sa cravate. Dougherty dévisagea tout le monde comme un chiot impatient.

— Votre station a des agents au sein du 30 Avril ? demanda l'ambassadeur à Walter.

— Presque.

— C'est-à-dire ?

— Nous travaillons sur deux cibles, répondit Walter.

— Ce qui veut dire que vous n'avez rien, dit Price d'un ton cassant.

— Nous avons une femme qui travaille à VaccuGen à Berlin, s'énerva Walter, une société qui sert de couverture à Krucevic. Elle n'a pas encore été recrutée, mais l'un de mes officiers traitants la surveille depuis des mois.

— Et alors ? insista l'ambassadeur.

— Fred n'a pas encore réussi à entrer en contact avec elle.

Price secoua la tête avec dédain.

— Et l'autre recrue ? interrogea Caroline.

— C'est une toute autre affaire, répondit Walter. Il s'agit d'un type brillant, farfelu. Krucevic veut l'avoir sous sa botte, mais notre énergumène n'aime pas le biologiste. Il gagne sa vie en pénétrant n'importe où.

— Comment est-il venu à nous ? questionna Caroline.

— Il a postulé à l'ambassade en tant qu'expert en sécurité, dit Walter.

— Fascinant, railla Price. Vous avez laissé entrer cet escroc, je suppose, pour discuter de vos objectifs mutuels autour d'un verre de Schultheiss. Et sur votre lancée, vous avez probablement révélé l'emplacement du dispositif de sécurité au spécialiste de la pénétration clandestine du 30 Avril. Bravo Walter. Félicitations.

— Foutaises, répondit Walter. L'entretien n'a pas eu lieu à l'ambassade.

Mais son visage était pivoine.

— Vous lui avez parlé depuis l'attentat ? demanda vivement Shephard.

— Je lui ai parlé hier soir. Je ne lui ai pas dit pourquoi nous cherchions Krucevic. À Berlin, personne ne sait que le 30 Avril est responsable de l'attentat et de l'enlèvement de la vice-présidente, ce qui m'a permis de rester évasif. Mais d'après ma recrue, Mlan se dirige vers la Hongrie. Krucevic lui a demandé de se rendre à Budapest et d'attendre les instructions. Je lui ai dit de rester en contact avec nous.

Budapest, pensa Caroline, *je perds mon temps, ici.*

— Donc, votre agent travaille pour ces terroristes, lâcha Shephard.

— Ce n'est pas un agent. C'est une recrue potentielle.

— Ce qui signifie que vous ne le payez pas.

— Pas officiellement.

— Mais vous envisagez de faire salarier par la CIA un type qui fricote avec des terroristes.

— Quand on a besoin d'une taupe terroriste, Tom, on doit se salir les mains.

C'était le plus vieux débat du contre-terrorisme : comment infiltrer une organisation sans adopter les méthodes de cette organisation. Au CTC, la plupart des gens pensaient que c'était impossible. On pouvait trouver les sources de financement d'un groupe terroriste. Faire sauter leurs camps d'entraînement et leurs bases opérationnelles. Mais on ne pouvait connaître leurs plans diaboliques sans assister à leurs réunions privées. Ce qui signifiait contrôler l'un d'eux. Payer la trahison d'un terroriste. Et ce seul fait vous garantissait qu'un jour, quelqu'un, dans les couloirs du Congrès ou dans les pages du *Washington Post*, vous accuserait de financer un monstre.

— La Hongrie, murmura pensivement l'ambassadeur. C'est grand, mais c'est un bon début, Walter. Appelez votre homologue à Budapest et demandez-lui de contacter ses informateurs.

— Entendu, répliqua Walter.

Il ne rappela pas à Dalton que les lignes protégées ne fonctionnaient plus.

— Il y a certainement un ami du 30 Avril à Budapest, reprit l'ambassadeur. Il faut qu'on mette la main dessus avant Krucevic.

— Il n'y a pas un moyen d'empêcher le 30 Avril d'atteindre la Hongrie ? demanda Shephard. Les frontières auraient dû être fermées hier, juste après l'attentat.

— Elles ne l'ont pas été et elles ne le seront pas, répondit Dalton. Bigelow a décidé de laisser Krucevic courir jusqu'à ce qu'on ait retrouvé la vice-présidente. Le moindre signe de chasse à l'homme internationale mettrait la vie de Sophie Payne en danger.

— Cela ne peut pas durer indéfiniment, dit Shephard.

— Pour nos amis allemands, ce n'est pas un problème, déclara l'ambassadeur. Cela les arrange. Pourquoi fermer les frontières quand l'ennemi est à l'intérieur ? Vous êtes bien placé pour savoir que leur ennemi « infidèle », c'est le Turc. Il vit parmi nous. Il doit être puni pour les crimes du 30 Avril pendant que le 30 Avril s'échappe.

— Ce qui soulève un autre problème, observa Caroline. L'engagement de Fritz Voekl à lutter contre le terrorisme international.

Dalton lui sourit d'un air navré.

— Il y a de nombreuses choses dont j'aimerais parler à Voekl, ma chère, répondit-t-il. Mais pour l'instant c'est impossible. Nous avons besoin de plus d'informations pour faire pression sur lui — si c'est notre objectif, bien sûr. À présent, veuillez m'excuser, je dois honorer de ma présence le chancelier et sa fille. La jeune Kiki a seize ans aujourd'hui et le Tout-Berlin va fêter son anniversaire.

8

Enver Gordievic se réveilla en sursaut quand il entendit frapper à la porte de sa cabane. Son cœur cognait contre sa poitrine. Il jeta un œil sur Krystle, son bébé, qui dormait en bas du lit superposé. Krystle gigota et se mit à hurler. Enver regarda de nouveau la porte, descendit trois marches et ouvrit la mince planche de bois. Simone se tenait sur le seuil, le visage rongé par l'angoisse. *Alexis*.

— Venez, dit Simone.

Enver ne posa pas de questions, il enroula son bébé dans une couverture et s'élança dans la boue vers la tente médicale. Simone arriva avant lui au chevet d'Alexis. Le tube d'une perfusion scotché au poignet, la fillette gisait sur un lit de camp. Simone posa sa main sur le front d'Alexis et lui appliqua son stéthoscope sur la poitrine. Les yeux clos, sa fille ne bougeait même plus, pensa Enver. Il retint son souffle et attendit que Simone secoue la tête pour remonter le drap sur les boucles d'or d'Alexis. Il sentit soudain le monde s'effondrer.

Il avait passé huit heures à arpenter le sol sous la tente médicale, à se passer les mains dans les cheveux, à parler avec la femme au nom français, pendant que des amis regardaient son bébé et Alexis être aspirés par la mort.

— Comment vais-je le dire à sa mère ? avait-t-il demandé à Simone dans un moment de désespoir.

— Vous êtes mariée ? avait-elle répondu, surprise.

— Je l'étais. Ma femme est morte dans un incendie. Durant la guerre civile. Je devais prendre soin des enfants. Elle voulait une petite fille. Pour pouvoir l'habiller comme une poupée. Moi, je voulais des garçons, pour jouer au foot avec eux.

— Les filles jouent aussi au foot.

Il avait acquiescé distraitement puis ajouté :

— Ça n'a pas d'importance. Je n'échangerais mes filles pour rien au monde. Elles sont tout ce qu'il me reste de Ludmila — elle n'avait que vingt-huit ans quand elle est morte. Et je l'aimais.

Il avait marqué une pause, gêné de parler aussi librement à cette femme qui devait s'occuper de centaines d'autres enfants, écouter leurs parents. Mais Simone avait écouté attentivement sa confession.

— Votre femme devait être très belle, lui avait-elle dit. Vos filles sont superbes.

— Elle les a appelées comme les stars américaines du feuilleton *Dynasty* — vous le connaissez ? Ludmila voulait qu'Alexis puisse avoir tout ce dont elle avait été privée. À une époque, on s'en sortait bien. J'avais mon cabinet, Ludmilla possédait un appartement qu'elle avait hérité de son père. Nous vivions dans un immeuble où habitaient six familles. Aucune n'a survécu à l'incendie.

Enver n'avait rien ressenti en parlant. Il avait raconté cette histoire trop de fois. Simone s'était levée et avait rejoint un petit garçon qui se retournait sans cesse sur un lit de camp installé près d'Alexis.

— Comment avez-vous échappé à l'incendie ? avait demandé Simone.

— J'étais à Budapest. J'assistais à un séminaire sur la réforme constitutionnelle parrainé par le ministère de la Justice américain. Ma mère était venue avec les filles — elle n'était jamais allée en Hongrie — mais Ludmila n'avait pas pu nous rejoindre. Quand la guerre a éclaté, elle m'a appelé pour me supplier de rester en Hongrie avec les filles. Elle voulait qu'elles soient en sécurité.

Enver avait posé ses yeux fiévreux sur Simone et chuchoté :

— Je ne l'ai jamais revue.

— Mais avec vos filles, vous avez survécu.

— Pour mourir ici ? avait-il répondu amèrement.

Simone n'avait pas relevé. En posant un linge glacé sur le front d'Alexis, elle avait dit :

— Vous êtes avocat ?

— Ça ne signifie pas grand-chose au Kosovo. La loi ne sert à rien pour survivre, ici.

— Mais un jour, vous vous servirez de ce que vous avez appris à ce séminaire. Ne perdez pas espoir, Enver.

Alexis avait gémi sur le lit de camp et Simone lui avait tâté le pouls. Il y avait tellement d'enfants sous la tente médicale. Cent cinquante-trois gosses étaient arrivés à l'aube. Ils étaient alignés les uns contre les autres, certains gisaient sur des paillasses à même le sol poussiéreux. On les transférait sur un lit de camp quand un enfant mourait.

— Pourquoi n'attrapez-vous pas cette maladie ? lui avait-il demandé brusquement.

— Je ne sais pas. Peut-être que les adultes sont immunisés s'ils ont déjà eu les oreillons étant enfants. On ne sait pas grand-chose sur cette maladie — on ne sait même pas comment l'épidémie a débuté. Ni pourquoi ce virus est plus dangereux pour les garçons que pour les filles. Toutes les glandes des garçons sont enflammées. Un laboratoire allemand a étudié intensivement ce virus et a mis au point un nouveau vaccin. Nous attendons des équipes de médecins allemands pour commencer les vaccinations.

— Un vaccin ? Destiné à combattre spécifiquement cette maladie ? Comment se fait-il qu'ils l'aient mis au point si vite ?

— Je ne sais pas.

Simone l'avait regardé et déclaré :

— Vous allez faire vacciner Krystle, j'espère ?

— Vous pensez que ce n'est pas dangereux ?

— Ça ne peut pas être pire que l'état dans lequel se trouvent les enfants actuellement.

Enver avait réfléchi toute la matinée pendant que l'état d'Alexis s'aggravait. Il avait regagné sa cabane avec Krystle en pensant au vaccin. Il s'était endormi contre son gré, en songeant aux oreillons et à tuer le virus. Et, durant son sommeil, son aînée était morte.

Il s'avança vers le lit d'Alexis et lui prit la main. Elle était glacée – plus froide que la sienne qui était moite de peur. Si seulement Alexis pouvait ouvrir les yeux une dernière fois et le regarder – si seulement il pouvait l'entendre murmurer « papa »...

Simone secoua la tête et ôta son stéthoscope de la poitrine d'Alexis. Enver évita de regarder Simone. Il ne voulait pas que le monde s'effondre autour de lui.

— Je suis désolé Ludmila, murmura-t-il à sa défunte épouse.

Puis il enfouit son visage dans les boucles blondes de sa fille.

9

Dans l'appartement d'Olga, l'air devenait fétide et les heures pesantes. Krucevic avait envoyé Michael et Otto déposer la cassette vidéo à l'ambassade américaine, située au centre de Bratislava, près d'un imposant hôtel à l'architecture soviétique, l'ancien casino des apparatchiks. L'ambassade avait jadis été un consulat. Quand la Slovaquie avait déclaré son indépendance en 1992, son statut s'était amélioré, mais une atmosphère de frustration régnait. Bratislava ne jouirait jamais du prestige ou du romantisme de Prague, et même les immeubles le savaient.

Michael conduisait. L'ambassade américaine apparut sur la droite. La circulation était ralentie par les embouteillages de l'après-midi. Michael s'engagea dans la file de droite, comme s'il cherchait à se garer, attendant que le feu passe au vert et que la circulation reprenne. Ils avaient déjà tourné deux fois autour de l'ambassade afin de calculer le temps du changement des feux. Trente secondes, pensa Michael, avant que le rouge passe à l'orange clignotant, puis au vert. Il était à deux mètres de l'ambassade quand Otto baissa sa vitre et tira sur la caméra de surveillance la plus proche. L'objectif se brisa. Il s'occupa de la deuxième caméra au moment où celle-ci pivotait pour balayer la rue. Les deux coups avaient produit le son banal d'une voiture pétaradant et les marines se mirent soudain à crier.

La lumière du feu changea.

Otto jeta la cassette vidéo entourée de plastique à bulle vers les marches de l'ambassade. Le paquet atterrit devant une femme promenant un grand schnauzer. Le chien hoqueta hystériquement et tira sur sa laisse. Un marine s'élança et plaqua la femme au sol. L'autre marine donna un coup de pied dans le paquet se coucha au sol et hurla : « Alerte à la bombe ! »

Michael appuya sur l'accélérateur, tourna à droite et descendit en trombe la rue qui longeait l'ambassade. Il esquiva une voiture sur la gauche, évita une camionnette arrivant dans la direction opposée, braqua à gauche au carrefour et se fraya un chemin dans la circulation qui heureusement était fluide. Rouler jusqu'au Danube allait être facile

— En plein jour ! aboya Otto.

Il avait remonté sa vitre et regardait par-dessus son épaule pour surveiller une éventuelle filoche.

— Qu'est qu'il croit, hein ? grogna-t-il. Qu'on va mourir pour lui ? Il suffit qu'un type note le numéro de notre plaque et...

— Personne n'a vu les plaques, coupa Michael. Qu'est-ce que tu sous-entends ? Que Mlan a fait une erreur ? Qu'il perd les pédales ? Ça ne lui plairait pas d'entendre ça.

— T'y connais rien ! T'es con comme un manche et t'as des petits pois à la place des couilles. La prochaine fois que tu l'ouvres, je te balance par la fenêtre.

Sur le trottoir, devant l'ambassade américaine, rien n'explosa. L'un des marines se releva et observa le paquet. Le schnauzer maintenu par sa maîtresse se libéra et enfonça ses crocs dans la cheville du marine.

— Tu t'es bien débrouillée, déclara Béla Horváth.

Voûté, le crâne dégarni comme celui d'un franciscain, penché sur son microscope, il examinait un échantillon du vaccin n° 413. À l'exception d'une brune au cou ceint par un foulard blanc, personne d'autre ne se trouvait dans le laboratoire.

— Qu'est-ce que tu en penses ? demanda Mirjana Tarcic.

— Il est trop tôt pour me prononcer. J'ai besoin de faire des essais sur des souris. Des analyses. D'étudier l'ADN. Mais c'est un bon début.

Béla retira ses lunettes, se pencha vers Mirjana qui était juchée sur un tabouret et l'embrassa sur la joue.

— Tu es très courageuse, murmura-t-il.

Le compliment la toucha.

— Et quand tu auras le résultat de l'analyse, demanda-t-elle, qu'est-ce que tu en feras ?

— Je le transmettrai à Michael. C'est lui qui veut savoir.

Mirjana secoua la tête.

— Ce n'est pas suffisant, protesta-t-elle. Nous devons transmettre l'information au monde entier.

— Et leur dire quoi ? Que le dernier terroriste yougoslave est un malade mental ? Cela n'étonnera personne.

Béla la gratifiait d'un sourire indulgent.

— Je ne suis pas allée à Berlin pour faire plaisir à Michael, s'énerva Mirjana.

— Ni pour me faire plaisir, je suppose. Pourquoi y es-tu allée ?

Silencieusement, elle défit lentement son foulard. Béla n'avait pas vu sa gorge depuis cinq ans. Quand il vit ce que la soie blanche cachait, il retint son souffle et avança une main tremblante vers la joue de Mirjana. Elle se recula, comme s'il allait la frapper.

— Qui t'a fait ça ? chuchota-t-il.

La peau avait cicatrisé depuis longtemps. Mais la gorge ressemblait à celle de la fiancée de Frankenstein. C'était comme si un animal sauvage s'était acharné sur elle, avait lacéré sa chair.

— C'est Mlan ? reprit Béla.

Elle replaça le foulard autour de son cou et dit.

— Tu te souviens de ce qui s'est passé à Krajina ?

Krajina. Un bain de sang en Bosnie, les Serbes tuant les Croates, les Croates assassinant les Serbes. Des milliers de morts.

— Nous y étions allés avec Zoran et le petit, enchaîna-t-elle.

— Zoran ?

— Mon frère. Mlan avait disparu depuis des semaines. On pensait qu'il était mort.

Son regard était dénué d'émotion.

— Sarajevo était en ruine, poursuivit-elle, notre immeuble avait été bombardé. Zoran s'est engagé dans l'armée serbe, il était dingue, il avait vingt-trois ans et de la haine à revendre. Je suis allée avec lui à Krajina parce que j'étais perdue. Nos parents étaient morts. Et il y avait l'enfant. J'ai pensé qu'on serait en sécurité là-bas.

En sécurité.

— Ils sont venus la nuit, les tueurs croates. Ils nous ont sortis du lit et ont incendié nos maisons. Ils ont tué quelques personnes sur place. Ils ont emmené les hommes au bout de la ville et les ont massacrés. Et moi, j'ai caché mon Jozsef dans la cave où se trouvaient des femmes et leurs bébés. Il n'avait que sept ans mais ils l'auraient tué. Puis j'ai couru derrière Zoran et les Croates.

Elle désigna sa gorge.

— C'est comme ça qu'ils ont tué mon frère, dit-elle, avec une tronçonneuse.

— Mlan était là ? murmura Béla.

— Il les a empêchés de me tuer, répondit-elle, quand ils ont commencé à s'acharner sur ma gorge. Mais ils m'ont violée seize fois et Mlan n'a pas sauvé mon frère. J'ai vu Zoran mourir. Il hurlait. Toute la rage qui était en lui ne l'a pas protégé. Mais peut-être qu'elle l'a empêché d'avoir peur. Tu dis que je suis courageuse, tu te trompes. J'ai peur, Béla. Nuit et jour, j'ai peur de lui.

— Je sais. C'est pour ça que je dis que tu es courageuse. La peur ne t'a pas empêchée de te rendre en avion à Berlin…

— Il voulait Jozsef, interrompit Mirjana. Mlan pensait que j'avais laissé le petit chez des amis à Sarajevo. Il croyait que la torture me ferait avouer où il était caché, mais je n'ai pas parlé. Il était obligé de me laisser vivre. Si je mourais, il n'avait aucun moyen de retrouver son fils.

— Et il l'a retrouvé.

— Quatre ans plus tard, à Belgrade. Le tribunal de La Haye l'avait déjà accusé de crimes contre l'humanité. Personne ne pensait qu'il se montrerait sur le territoire serbe. Mais nous avions tort de nous croire en sécurité. Mlan est venu et a kidnappé Jozsef en pleine nuit.

Béla baissa la lampe.

— C'est pour Jozsef que tu es allée à Berlin, dit-il.

Mirjana secoua la tête.

— Je ne reverrai jamais Jozsef. C'est la vengeance qui m'a poussée à aller à Berlin.

Derrière la porte de la salle de bains, Sophie sentait la présence de Michael. Il montait la garde, veillait à ce qu'elle ne sorte pas de la pièce, et pourtant Sophie avait l'impression qu'il la protégeait de Krucevic. C'était absurde, ce genre d'illusion était même dangereux. Cela installait une fausse sympathie entre eux. Michael n'avait rien fait pour empêcher qu'on lui injecte l'Anthrax 3A. Il n'avait rien fait pour empêcher qu'on la kidnappe. Alors quel était son but? Pourquoi faisait-il partie du 30 Avril? Et qu'avait-il voulu réellement dire par : *Je ne vous laisserai pas mourir entre les mains de cet homme?*

Elle regrettait presque qu'il lui ait murmuré cela. Michael avait ranimé un espoir illusoire et elle devait autant lutter contre l'espoir que contre le désespoir. Sophie s'interdisait d'envisager le sort qui lui était destiné. Elle pensait simplement qu'il serait douloureux et qu'il ne lui restait plus qu'à l'accepter avec dignité. Toutefois, certaines questions la démangeaient.

— Que fais-tu toute la journée ? demanda-t-elle à Jozsef. Quand tu ne sers pas de vigile, je veux dire ?

— Parfois, je lis. Parfois, il me laisse regarder la télé. Ça dépend.

Que faisait Peter à l'âge de douze ans ? Du skateboard. Du vélo. Peter jouait au base-ball et au football. Il s'amusait avec sa console Nintendo et fanfaronnait auprès de ses copains, mais jamais, jamais, il ne passait une journée entière recroquevillé dans le coin d'une salle de bains exiguë.

— Tu fais des jeux sur un ordinateur quelquefois ? demanda Sophie.

Jozsef s'illumina.

— Vous avez vu l'ordinateur de Tonio ? dit-il.

— Non. Il en a un ?

— Tonio est un génie, répondit Jozsef en hochant la tête.

— C'est ce qu'il t'a dit, je suppose.

— C'est mon père qui le dit. C'est pour ça qu'il accepte la présence de Tonio, même si Tonio chante des chansons américaines et se saoule souvent. Quand il boit, il chante très fort et mon père ordonne à Otto de le battre. Mais papa a besoin du génie de Tonio.

— Que fait-il pour ton père ?

— Il peut s'introduire dans n'importe quelle base de données, répondit fièrement Jozsef. Il a pénétré celles de plusieurs banques suisses, et celle du Trésor italien, mais il est allé en prison à cause de cela.

— S'il s'est fait prendre, il n'est pas si génial que cela.

— Tonio détestait tellement la prison qu'il a tenté de se suicider avec un rasoir. Il a juré qu'il n'y retournerait jamais. C'est pour ça qu'il se bat pour mon père. Pour se venger.

— Des banques suisses ?

— Et de l'Occident. L'Occident est mauvais.

— Je pensais que l'Occident était le seul espoir de ton père. Il n'aime pas le Moyen-Orient, je crois ?

— C'est compliqué, dit Jozsef en fronçant les sourcils. Papa déteste le Moyen-Orient qui est la cause de tous les problèmes. Mais il dit que l'Occident a besoin d'être… lavé ?

— Purifié, souffla Sophie, en pensant aux tombes de Bosnie et du Kosovo.

— Purifié, répéta Jozsef comme un enfant qui découvre un nouveau mot.

— Alors Tonio va purifier l'Occident avec son ordinateur. Quelle est la prochaine banque sur sa liste ?

La question de Sophie était trop directe. Jozsef reprit son rôle de vigile et caressa la fourrure de son porte-bonheur.

— Qui t'a donné cette patte de lapin ? demanda Sophie.

L'enfant lui jeta un regard craintif.

— Je l'ai trouvée, répondit-il.

— C'est ce que tu dis à ton père. Mais c'est un mensonge.

Jozsef tourna la tête vers la porte, puis se pencha vers Sophie.

— Ma mère me l'a donnée, chuchota-t-il. Pour qu'elle me porte chance pendant la guerre. Elle avait peur que la balle d'un tireur embusqué me tue.

— Mon fils a un porte-bonheur, mentit Sophie. Une bague de l'école navale que son père lui a donnée avant de mourir. Peter l'a accrochée à une chaîne qu'il porte autour de son cou et ne l'enlève jamais.

— Son père travaillait dans la Navy ?

— Curt était pilote, il y a bien longtemps. Dans la Navy.

— Ah, fit Jozsef.

Son visage s'assombrit. Sophie se souvint brusquement de ce que les pilotes américains avaient fait à Belgrade, mais il était trop tard.

— La bague, dit Jozsef, elle a porté bonheur à votre fils ?

Le visage de Peter lui apparut brusquement. Submergée de tristesse, elle se tut un instant, puis déclara :

— Oui, elle lui a porté chance. Sauf le jour de la mort de son père.

— Son père a été tué ?

Cela semblait normal aux yeux du fils d'un terroriste.

— Il est mort du cancer, répondit Sophie.

— Alors, votre fils a dû oublier de porter sa bague ce jour-là, dit Jozsef, sans réaliser la cruauté de sa remarque. Je n'ai jamais perdu ma patte de lapin et tant que je l'ai sur moi, elle me protège.

— C'est pour ça que tu en fais un secret ? Pour que la chance ne s'en aille pas ?

Il hésita et regarda de nouveau par-dessus son épaule.

— C'est la seule chose qu'il me reste de ma mère, chuchota Jozsef. Si papa apprenait d'où venait la patte, il la confisquerait. Et qu'est-ce qui arriverait à maman ?

— Tu dois protéger ta mère, déclara Sophie avec compassion.

La porte s'ouvrit brusquement.

— Jozsef, dit Michael, on a besoin de toi.

La main de l'enfant se referma sur le morceau de fourrure blanc sale. Puis, regardant Sophie, il leva son index vers sa bouche et Sophie lui répondit par le même geste.

10

Caroline aurait aimé trinquer avec le Tout-Berlin. Ou manger une soupe de lentilles fumante au Café Adler, le petit restaurant situé en face de l'ancien Check-Point Charlie. Des années plus tôt, assis dans ce café, John Le Carré, avait observé le début de la guerre froide. À l'époque, il s'appelait David Cornwell et il était employé par les services secrets anglais. Check-Point Charlie était maintenant un bâtiment dans un jardin public, mais le Café Adler n'avait pas changé.

Il était temps, songea Caroline, de se réfugier dans la lumière dorée du café, de soigner les effets du décalage horaire avec des tasses de thé et du silence. Et de réfléchir à ce qu'elle allait faire.

Mais Wally refusait de laisser Caroline vagabonder et il n'avait pas l'intention de la renvoyer au Hyatt avant qu'elle n'ait mangé. Dans sa Volvo neuve, ils roulaient dans des rues encombrées de barrières, zigzaguaient autour des trous béants des chantiers de construction qui défiguraient chaque boulevard. Le soir automnal était tombé rapidement sur Berlin et la pluie crépitait sur le pare-brise. Caroline luttait péniblement contre le décalage horaire.

— Je suis content de te voir, Chien Dingue, déclara Walter. Ça fait quoi, deux ans ?

— Plus. Tu t'es plu à Budapest ?

— C'est une belle ville. Mais ce n'était pas ma meilleure mission. Remplacer Eric Carmichael n'était pas facile, il est irremplaçable.

Walter essayait de la mettre à l'aise. En vérité, peu de gens à l'Agence savaient recruter ou diriger des agents aussi bien que Walter. Il était le copain de tout le monde — le type que toutes les filles avaient rejeté au bal des étudiants, celui qui vous tenait la main à des heures indues dans des bars miteux. Avec ses costumes râpés et son bouc grisonnant, Wally était naturel, Wally était sympathique, Wally vous remontait le moral, et avant que vous compreniez ce qui se passait, Wally vous avait glissé de l'argent et un contrat, et vous vous retrouviez en train de vider votre sac à la CIA.

— Chef de station à Berlin, c'est tranquille, dit Caroline. L'Agence te prépare à la retraite. Bientôt, tu pourras t'acheter une maison de campagne au nord de New York.

Il grimaça.

— J'ai l'air plausible et je peux frimer, rétorqua-t-il. Mais je ne suis pas Eric. Il serait à l'aise sur cette opération. Sauver la vice-présidente, c'était une mission pour lui. Si Eric avait été là, l'attentat à Berlin ne se serait jamais produit. Il aurait fait emballer le 30 Avril bien avant ça.

— Mais ils ont eu Eric, dit Caroline, en ajoutant Walter sur la liste des gens que son mari avait trahis.

Walter lui jeta un regard oblique.

— Tu as de quoi les épingler pour l'attentat du vol MedAir 901 ? demanda-t-il.

— Non. Et l'enquête est interrompue. Dare a dû s'occuper des priorités.

— On les aura, dit Walter avec enthousiasme. On y arrive toujours. Même si ça prend des années.

Caroline avait passé trente mois sur l'enquête du vol MedAir. Évoquer de nouveau cet attentat lui donnait la chair poule. Si l'enquête continuait – si Cuddy Wilmot grattait un peu plus – qu'allaient-ils découvrir ? Qu'Eric avait délibérément tué deux cent cinquante-huit personnes pour se faire passer pour mort ? Que depuis le baiser d'adieu échangé à l'aéroport de Francfort, elle ne savait plus qui était réellement son mari ?

– J'aimerais te demander une chose, Walter.

– Vas-y.

– Avant de mourir, Eric ciblait le 30 Avril à Budapest. Il en était où ?

Walter fit un écart pour éviter un piéton soudain illuminé par les phares, puis il jura dans la pénombre.

– Eric était sur le point d'infiltrer le 30 Avril, répondit-il. Il avait recruté un homme qui connaissait bien Krucevic, je crois.

– À Budapest ?

Walter n'essayait pas d'éluder sa question. Il tentait de se souvenir de sa mission à Budapest, six mois auparavant. Il plissa les yeux et rétrograda pour tourner.

– DBTOXIN, déclara-t-il.

Caroline manqua de s'étrangler. Walter venait de lui révéler le pseudonyme d'une source, information qu'il était interdit de communiquer aux analystes. Walter avait donc confiance en elle. Autant qu'elle s'en accommode avec sérénité.

– C'est le dernier poisson qu'Eric a ferré, poursuivit Walter. Un biologiste qui vit à Budapest. Durant la guerre froide, il a été formé à l'université de Leipzig avec Krucevic. Ils sont amis de longue date.

– Tu penses qu'ils le sont toujours ?

Walter réfléchit.

– Je devrais peut-être contacter Budapest, dit-il, et essayer de savoir si TOXIN connaît la prochaine étape de Krucevic.

– Bonne idée.

— Je me demande s'il est encore salarié par l'Agence.

— L'Agence a continué de travailler avec lui après la mort d'Eric ?

— Bien sûr, répondit Walter. Qu'est qu'il y a ? Tu penses qu'Eric a été trahi par sa dernière recrue ? Que c'est pour ça que Krucevic a fait sauter son avion ? Non, les attentats ne sont pas des règlements de comptes personnels, même dans ce métier.

Il était temps de changer de sujet.

— Comment va Brenda ? demanda Caroline.

Brenda était la femme de Walter. Elle était californienne, végétarienne et gagnait sa vie en faisant des massages thérapeutiques. Il l'avait rencontrée quand il suivait des cours de langues à Monterey. Personne n'eût imaginé que Brenda puisse tomber amoureuse de Walter, et pourtant, elle lui avait fait deux enfants.

— Brenda a quitté Berlin il y a un mois, répondit Walter. Au moment où Voekl est devenu chancelier. Ses grands-parents étaient des survivants de l'Holocauste. Brenda n'aime pas vraiment les types comme Voekl.

— Il n'a jamais été ouvertement antisémite, avança Caroline.

— Aucun politicien allemand ne se permettrait de l'être. Voekl est subtil, mais on sait ce qu'il pense. En déclarant que les ennemis ce sont les étrangers, les musulmans en l'occurrence, il entend bien se débarrasser également des juifs tôt ou tard.

— Brenda a emmené les enfants ?

Les yeux rivés sur l'asphalte trempé, Walter acquiesça.

— L'appartement ressemble à un mausolée, maintenant.

Walter aimait sa femme, mais ses deux fils étaient sa raison de vivre.

— Ça doit être dur pour toi, murmura Caroline.

Il haussa les épaules.

— On s'appelle souvent, dit-t-il. Et dans dix-huit mois, je serai de retour. Écoute, je meurs de faim. Je te propose de prendre des plats à emporter et d'aller chez moi.

Dans le Sheunenviertel, le vieux quartier juif de Berlin, Walter disposait d'un appartement dans une maison du dix-neuvième siècle. Assis sur le canapé en velours élimé de son salon au plafond élevé, ils mangèrent des saucisses et du pain complet que Wally avait achetés chez un traiteur casher. Walter but de la bière brune. Ils bavardèrent de choses et d'autres, de gens qu'ils n'avaient pas vus depuis des mois, de recettes de goulasch hongrois, du cabinet de Brenda à Maryland. Et quand Caroline se sentit rassasiée, elle s'essuya les mains avec une serviette en papier et dégusta le vin de Walter.

— Tu nettoies ? demanda-t-elle, les yeux rivés au plafond.

— Tous les jours et avec du matériel haut de gamme. Il n'y a pas de micros. Tu peux parler, Chien Dingue.

— Je commence par quoi ?

Il la regarda droit dans les yeux.

— Commence par me dire pourquoi tu es à Berlin, répondit-il.

Caroline sentit son cœur battre. *Ne fais pas la tête de quelqu'un qui a quelque chose à cacher*, pensa-t-elle. *Wally le remarquera. C'est un espion-né.* Elle arbora un sourire triste.

— Bigelow a lu la bio que j'ai écrite, dit-elle. Il pense qu'une analyste peu faire sortir Sophie Payne d'un chapeau. Je ne sais ce que je suis censée faire ici. Je ne sais même pas ce qu'on attend de moi.

— Je te propose de prendre du recul et d'observer Tom Shephard.

— L'attaché ?

— C'est lui qui dirige l'équipe qui est sur le terrain. Surveille son travail et attend que les informations arrivent. C'est que les analystes savent le mieux faire : observer et attendre.

Le sourire de Caroline s'élargit.

— Vous les cow-boys, vous nous détestez ! assena-t-elle.

— Pas moi, protesta Walter. J'ai beaucoup de respect envers les bûcheurs du quartier général. Je ne suis pas un analyste, c'est tout. J'aime bien prendre des décisions rapides. J'aime agir. Même si je me trompe. Vous, vous avez besoin de tellement de preuves avant de bouger le petit doigt...

Wally avait raison. Les analystes cherchaient trop à se protéger. Ils préféraient ne rien dire plutôt que de prendre le risque de se tromper.

Le temps et les faits étaient deux choses qui manquaient à Caroline concernant Eric. Et elle allait être obligée de se raccrocher à des pièces du puzzle qui n'existaient pas encore et de prendre des risques.

— Je ne parle pas de toi, Caroline, ajouta Walter. Je sais de quoi tu es capable, Chien Dingue, je me souviens de ton exploit : une menace avec une grenade au moment où c'était nécessaire. Ça c'est de l'action.

Chien Dingue. Avait-elle vraiment été aussi téméraire, aussi déterminée, aussi fondue que le suggérait son surnom ? Oui. Elle n'avait jamais oublié ce qui l'avait poussée à dépasser les limites, ni la folie qui l'avait saisie quand on l'avait mise à l'épreuve durant son stage au camp d'entraînement de la CIA. Cette folie était son démon.

— Qui as-tu choisi pour cibler le 30 Avril ? demanda-t-elle.

— À la station ? Fred Leicester. Tu connais Fred ?

— De nom. Je ne l'ai jamais rencontré.

— Il a sillonné les rues aujourd'hui, à la recherche d'un indice.

Probablement dans une camionnette de plombier bourrée de matériel d'écoute. Leicester avait appris son métier avec Eric et filoché des touristes sans méfiance dans les rues de Williamsburg, en Virginie. Caroline savait que Fred était un crétin bien intentionné. Une future *persona non grata*, c'est-à-dire le pire sort que puisse connaître un officier traitant. Quand on devenait *persona non grata*, le monde entier en prenait note. Votre passeport diplomatique était déchiré et le pays où vous vous implantiez dénonçait immédiatement vos activités d'espionnage à la presse. Votre couverture grillée, il ne vous restait plus qu'à rentrer chez vous la tête basse. Et, dans la plupart des cas, votre centrale ne vous renvoyait jamais en mission à l'étranger.

— Fred approche une éventuelle recrue qui travaille à VaccuGen, expliqua Walter. Et il suit les Palestiniens locaux. Les keffiehs ne sont jamais quelque part par hasard. Quant à Paul — le gosse que tu as vu chez Dalton —, je l'ai chargé des échanges furtifs et de relever et d'approvisionner les boîtes aux lettres mortes... Ce n'est pas Berlin durant la guerre froide, mais c'est une bonne expérience pour lui.

— Et tu as quelques recrues chez les terroristes?

— Très peu.

Même à Caroline, Walter s'en tenait à révéler le strict minimum.

— Jusqu'ici, ce sont surtout les bases de Bonn et de Francfort qui se sont occupées du recrutement. Qui cherches-tu, exactement?

— Mahmoud Sharif, dit Caroline.

— Sharif?

— Oui. Un spécialiste palestinien des bombes. Un criminel internationalement connu. Il ne travaillerait pas pour l'Agence, par hasard?

— Sharif? Tu plaisantes!

— On ne sait jamais.

— Si on parvenait à le recruter, déclara Walter, ce serait un sacré coup, mais Sharif se trancherait sûrement la gorge avant de trahir Allah.

— C'est un vrai croyant, c'est ça?

— Il y a les vrais croyants et les fanatiques. Mahmoud n'est pas assez bête pour se faire sauter à la gloire du Djihad. Il fabrique les bombes et les fournit aux kamikazes qui font exploser les avions.

— Ce n'est pas très sportif de sa part. En vertu de la loi karmique, les terroristes qui fabriquent les bombes devraient se faire sauter avec leurs propres créations.

— Sharif se tient tranquille en ce moment. Il est menuisier le jour, et il travaille dans sa galerie de sculptures le soir, au Tacheles.

— Tache quoi ?

— Tacheles, répéta Walter. En yiddish, ça veut dire « parlons affaires ».

— Incroyable, commenta Caroline.

— C'est un immeuble en ruine sur la Oranienburger Strasse. Tu as dû le voir, c'est un ancien grand magasin. À l'intérieur, il y a des cafés, des boîtes de nuit, des expos d'art expérimental. C'est un lieu très branché. L'été, les groupes de musique y font un vacarme d'enfer.

— Sharif a une galerie de sculptures. Elle doit lui servir de couverture. Il doit certainement vendre des armes ou de la drogue dans sa galerie.

— Notre Mahmoud s'est beaucoup assagi, lâcha Walter avec sarcasme. Il pense à ses enfants. Mais pourquoi t'intéresses-tu à lui ? Il ne peut pas être impliqué dans l'enlèvement de Sophie Payne. Aucun Palestinien n'accepterait de travailler pour Krucevic.

— On a trouvé son nom dans la base de données de DESIST. Cuddy Wilmot a dit qu'il y avait un lien entre le numéro de téléphone de Sharif à Berlin et le 30 Avril.

Wally posa sa bière.

— Le Hezbollah et les néo-nazis, soupira-t-il. Je n'y crois pas. Sharif n'a pas fait sauter la porte de Brandebourg.

— L'ordinateur a établi un lien entre Sharif et le 30 Avril, insista Caroline.

— Alors l'ordinateur se trompe. C'est déjà arrivé.

— Mais quelqu'un d'expérimenté a fabriqué la bombe. C'était presque une frappe chirurgicale. La structure des immeubles de la Pariser Platz est intacte. On n'obtient pas ce résultat avec un baril de fertilisant et du kérosène.

— C'est vrai, reconnut Walter. Mais on ne peut pas dire à Mahmoud : « Salut mon frère, t'as travaillé pour les infidèles récemment ? »

— Il y a des moyens plus subtils pour obtenir une information, rétorqua Caroline.

— Tu devrais en parler à Shephard. Il a de bons rapports avec le BKA. Ils pourraient peut-être mettre la ligne de Sharif sur écoute. Ils peuvent le faire légalement, maintenant, tu le savais?

Caroline acquiesça. Durant cinq décennies, la constitution allemande avait interdit les mises sur écoute, en réaction aux persécutions de la Gestapo durant la période nazie. Cette loi avait changé quelques années plus tôt, quand des procureurs allemands s'étaient plaints de ne pas pouvoir obtenir les preuves que des centaines d'autres pays obtenaient en mettant des criminels suspects sur écoute.

Caroline fut soudain prise de malaise. Le plancher tanguait devant ses yeux. Elle venait de parler de Sharif à Walter et, avec la ligne téléphonique de Sharif, on remontait jusqu'à Eric. C'était vraiment stupide. Dare ne le lui pardonnerait jamais. Elle passa la main sur son front. La fatigue liée au décalage horaire l'accablait.

— Tu tiens vraiment à livrer cette information au BKA? dit-elle.

— L'info provenant de DESIST? Non. Il ne vaut mieux pas. On peut leur parler de Sharif pour d'autres raisons. Je demanderais à Tom de s'en charger. Il a l'habitude de travailler avec eux. D'ailleurs, avant que j'oublie, tu as rendez-vous demain avec lui au ministère de l'Intérieur. Je passerai te prendre au Hyatt à dix heures et demie.

— Tu devrais consulter Scottie avant de demander que Sharif soit mis sur écoute, suggéra Caroline.

— Entendu, répondu Walter.

Au ton de sa voix, Caroline comprit qu'il faisait un effort pour ne pas paraître agacé.

— Qu'est-ce qui t'inquiète exactement? lâcha-t-il. Les gens du BKA sont doués pour les interceptions. Je me demande d'ailleurs s'ils ne se sont pas entraînés quand la loi interdisait les mises sur écoute.

Le plancher cessa de tanguer.

— Qui écoutent-ils en ce moment, demanda Caroline. Les *Gastarbeiters*?

— Non, rit Walter. Ils n'ont pas besoin de les mettre sur écoute. Ils les emballent et les expulsent, fidèles au programme de rapatriement de Voekl.

— Tu n'aimes vraiment pas le nouveau chancelier?

— Je n'ai pas confiance en lui. Voekl est un homme dangereux.

— Pourquoi dangereux?

— C'est toi l'analyste, répondit-il en avalant une gorgée de bière.

— Je suis les terroristes, pas les politiciens du courant dominant.

— Tu devrais élargir ton champ de recherches dans ce cas.

Elle l'observa au-dessus de son verre de vin.

— Qu'est-ce que tu sous-entends?

— Les limites entre l'État et la marge sont parfois fragiles. Prends Arafat, par exemple. Un jour, c'est un héros de la guérilla, le lendemain, c'est un chef d'État virtuel. Prends le Syrien Assad. Il a financé combien de dingues armés depuis le palais présidentiel? Et je ne parlerai même pas de Kadhafi.

— Voekl finance des terroristes, à ton avis?

— Des terroristes, peut-être pas. Je n'irai pas jusqu'à dire qu'il subventionne le 30 Avril. Il n'est pas aussi bête que cela. Mais il y a eu beaucoup de crimes raciaux en Europe centrale, et nous pensons qu'oncle Fritz a financé les auteurs de certains de ces meurtres.

— Tu le penses? dit Caroline.

— Non, j'en suis sûr, répondit-il en jetant sa bouteille de bière dans la poubelle. Mais j'ai besoin de preuves. Je suis en train d'en chercher.

— Quels genres de crimes raciaux? Des agressions contre les Turcs?

Le regard de Walter se durcit.

— Pas uniquement, dit-il. S'il s'agissait d'incidents à l'intérieur du pays, nous attendrions que le vent tourne. Les chanceliers vont et viennent. Mais le sang se répand par-delà les frontières. Prends le Café Avram.

— Le Café Avram ?

— Un célèbre lieu juif dans le vieux Cracovie. Tu n'es jamais allée à Cracovie ?

Caroline secoua la tête.

— C'est à trois heures et demie, à l'est, à vol d'oiseau. En empruntant les routes polonaises, tu mets onze heures si tu as de la chance. J'y suis allé en voiture avec Brenda, au mois d'août. Elle voulait voir Auschwitz. Le camp est au milieu de terres cultivées. Des collines magnifiques avec de vieux arbres noueux. J'ai vu un homme marcher derrière une charrue tirée par des chevaux, tout droit sorti de *Guerre et Paix*. Quelques fermiers brûlaient des feuilles. Après tout, c'était l'automne. Mais on se dit qu'à l'époque, ils ont dû sentir l'odeur de chair brûlée qui émanait des camps, et ils ont continué à labourer.

Il s'interrompit brusquement.

— Revenons-en au Café Avram, dit Caroline.

— Le vieux quartier juif de Cracovie est superbe. C'est là que Spielberg a filmé *La Liste de Schindler*. Le Café Avram était devenu un centre culturel, avec des concerts de musique yiddish, des plats casher. Il y a trois mois, quelqu'un y a mis le feu. Les propriétaires et leurs trois enfants sont morts. Ils habitaient les lieux.

— Et tu penses que le parti de Voekl est derrière cet incendie ?

— La station de Varsovie se renseigne. Ils nous ont demandé des informations.

— Mais tu as dit qu'aucun politicien allemand ne pouvait se permettre d'être antisémite, observa Caroline en fronçant les sourcils. Et pourquoi un parti allemand opérerait au-delà de ses frontières ?

— La politique est toujours locale. C'est l'argent qui est international.

— Tu soupçonnes Voekl de financer des crimes raciaux dans des pays voisins ? Mais enfin, cela peut se retourner contre lui !

— Le parti de Voekl est implanté dans les petites villes de Pologne, de Slovaquie, de la République tchèque et de la Hongrie. C'est un parti qui se nourrit du mécontentement lié à la crise économique et le taux de chômage est élevé en Europe centrale. Le communisme a détruit leur industrie, maintenant c'est la démocratie qui détruit leurs marchés. C'est facile pour les xénophobes en colère d'élire un politicien qui fait porter le chapeau aux exclus du moment, ça leur permet d'avoir une cible et un exutoire tout trouvés. Et il y a beaucoup de haine en Europe centrale, c'est effrayant.

— Donc, à Cracovie, les exclus mangeaient au Café Avram ?

— Bien sûr. Qui se ressemble s'assemble. Les juifs ont été les *Gastarbeiters* de la Pologne pendant quatre cents ans.

Caroline posa son verre de vin. L'alcool l'abrutissait.

— Personne n'aime Voekl, dit-elle, personne n'a confiance en lui et, pourtant, il est bien là. Il dirige l'Allemagne. Comment est-il arrivé au pouvoir ?

— Il y a eu une mort arrangeante.

Celle du chancelier social-démocrate. Le 30 Avril l'avait assassiné.

— Et Voekl en a profité, dit Caroline. Mais il avait déjà une côte élevée dans les sondages.

— Exactement. Une majorité d'Allemands a voté pour lui.

— À cause de la crise économique ?

— Peut-être. Parmi les Ossies. Voekl vient de l'Est. Il est célèbre pour avoir dirigé une usine d'explosifs prospère en RDA. Avant d'incarner l'image de la nouvelle Union européenne, c'était un militant communiste. Et il a du charisme. Il est crédible. Il est télégénique.

— Si on aime les hommes en bottes militaires.

Walter rit.

— Enfin Caroline, Voekl est le fantasme des mères de familles aryennes ! Cheveux gris, yeux bleus, costumes italiens, sourire éclatant. Et les Allemands aiment les discours énergiques.

— Il s'est marié trois fois.

— Bon, il n'a peut-être pas obtenu les voix de toutes les femmes. Mais sa fille, Kiki représente l'image idéale des valeurs familiales. Elle est ravissante, douce, blonde comme les blés. Dans les cuisines aryennes, de Kiel au Schleswig-Holstein, la photo de Fritz est accrochée au mur. La moitié de l'Allemagne est amoureuse de lui.

— La moitié de l'Allemagne était amoureuse d'Hitler.

— Alors nous devons miser sur les gens de l'autre moitié et les financer clandestinement, déclara Wally. Sous la domination nazie, la résistance s'était organisée en Allemagne et personne à l'extérieur n'a aidé leurs membres. Elle a été brutalement anéantie. Mais la CIA n'existait pas encore.

La CIA : le dernier espoir du monde libre. Quelle blague ! Et il y avait encore des gens pour y croire. Walter en faisait partie. Elle ressentit soudain une compassion affectueuse pour lui. Dieu merci, il y avait encore des gens comme Walter pour faire le sale boulot de l'Agence – des gens intègres. Walter avait fait la différence entre le bien et le mal depuis longtemps et choisi son camp. Caroline espérait qu'il ne s'était pas trompé.

— Le monde a changé, déclara Caroline. Voekl ne pourra jamais agir comme Hitler, l'Europe ne le laissera pas faire.

— L'Europe n'intéresse pas Voekl, rétorqua sèchement Walter. Il veut renforcer son pouvoir en Allemagne, et pour cela, il a besoin d'un nouvel ennemi.

— Les Turcs ?

— Le monde islamique, Chien Dingue. Selon Voekl, s'il y a des problèmes dans les Balkans, les républiques d'Asie centrale, en Afrique du Nord et au Moyen-Orient, c'est à cause de l'islam. Et qui va le contredire ? Les apologistes arabes ne courent pas les rues.

— Des gens pourraient faire campagne contre lui, murmura Caroline.

— Écoute, en 1930, des gens ont dit la même chose que toi à propos des nationaux-socialistes. En 1933, les nazis tenaient l'Allemagne à la gorge. Ne sous-estime jamais ce qui paraît trop gros pour être vrai.

Un énorme mensonge. Comme celui dans lequel elle vivait.

11

Otto ronflait sur le canapé d'Olga. Vaclav cherchait à manger dans la cuisine. Tonio était penché sur son ordinateur portable. Michael montait la garde devant la salle de bains. Krucevic rapprocha sa chaise du poste de télévision. Tandis qu'il regardait les informations, la colère le gagnait. La disparition de Sophie Payne était le reportage principal. La Maison-Blanche refusait de fournir des informations sur les ravisseurs ou leurs exigences, mais les spéculations des médias allaient bon train. De nombreux experts travaillant sur l'attentat de la porte de Brandebourg avaient conclu qu'il avait eu lieu pour masquer un enlèvement politique. Le FBI était en train de chercher à identifier les occupants de l'hélicoptère en analysant un film, mais la police allemande maintenait que les terroristes étaient turcs. Les résidents étrangers de Berlin commençaient à se poser de sérieuses questions. Un couvre-feu avait été imposé aux Turcs. La porte de Brandebourg apparut sur l'écran. Des policiers encerclaient le cratère laissé par la bombe. Des touristes s'approchaient, mais les hommes de la Volksturm se montraient hostiles.

— Michael! cria Krucevic. Amène-moi Jozsef. Je veux qu'il voie ce reportage.

Il voulait montrer à l'enfant le résultat de son œuvre. L'impact politique de la violence sur les gens, comment l'attentat avait terrorisé les Berlinois. À présent, survivre un jour de plus était un exploit pour ces gens. Jozsef devait comprendre comment on obtenait le pouvoir.

— Regarde, dit-il, sentant la présence de l'enfant derrière lui.

Jozsef n'émit aucun son. Krucevic se retourna et vit le visage livide de son fils, la main de Michael posée sur l'épaule du garçon. Ils regardaient tous les deux la blonde qui photographiait un policier de la Volksturm, lequel hurlait en allemand.

— Les Américains, lâcha Krucevic avec mépris, se conduisent comme des enfants partout où ils vont.

Il s'apprêtait à éteindre la télévision, mais Michaèl intervint :
— Attendez.

C'était presque un ordre. Michael semblait prêt à tuer un homme. Krucevic n'avait vu cette expression sur son visage qu'une seule fois. Il oublia de l'insulter et demanda brusquement :
— Quoi ?

— Des bombes à Prague. Il y avait des bombes à Prague après notre départ. Les Tchèques ont demandé de l'aide aux Allemands, c'est peut-être pour ça qu'il y avait un problème à la frontière.

Krucevic réfléchit. Voekl ne pouvait pas contrôler les Tchèques, bien sûr. Mais c'était néanmoins une erreur de calcul.

— Tu veux prendre l'avion, ce soir ? demanda Krucevic à son fils sur un ton enjoué. On volera dans un petit avion, Vaclav pilotera et, si tu es sage, je te laisserai prendre les commandes.

Le regard vitreux de son fils l'inquiéta. Krucevic tendit la main vers Jozsef, mais il s'effondra au sol.

— Emmène-le sur le lit de la femme, ordonna-t-il à Michael. Il est malade. Tu ne vois pas qu'il est malade ?

Sans un mot, Michael ramassa l'enfant et quitta la pièce.

La peur saisit Krucevic. Il réfréna une insulte et partit chercher ses antibiotiques.

Dans un coin de la chambre, enroulée dans une couverture, la fillette prénommée Annicka parlait à sa poupée. Dans l'embrasure de la porte, Olga serrait le décolleté de sa robe comme si elle eût craint qu'un des hommes la violât. C'était ridicule, songea Krucevic, en se rapprochant de son fils comateux. La beauté d'Olga qui avait attiré Vaclav Slivik à une époque, était aujourd'hui fanée. Olga était trop maigre, trop lasse pour être attirante. Ce qui se dégageait d'elle était extrêmement déprimant. Krucevic piqua la veine de Jozsef et pria en son for intérieur.

Olga se rapprocha de lui.

— Qu'est-ce que tu veux ? demanda Krucevic.

Elle déglutit nerveusement. Jozsef gémit et il tourna lentement la tête sur l'oreiller. Il était encore inconscient. Et si l'antibiotique ne marchait pas ? s'inquiéta Krucevic. Non, c'était impossible. C'est lui qui l'avait mis au point.

— Alors ? demanda-t-il à Olga.

— Je veux envoyer ma fille chez ma sœur, dit-t-elle.

— Non.

— Mais c'est elle qui s'occupe d'Annicka quand je travaille !

— Tu n'iras pas travailler.

Elle courba l'échine comme une femme condamnée.

— Mlan, intervint Vaclav. Olga a un concert ce soir. Si elle ne va pas jouer, le téléphone va sonner. Des gens vont venir frapper à la porte.

Il se tenait derrière la musicienne.

— Très bien, dit Krucevic. Le concert est à quelle heure ?

— Vingt heures, répondit Olga, les yeux brillant d'espoir. Il faut que je parte d'ici à dix-huit heures trente.

Krucevic se leva et l'observa attentivement. Olga serrait son décolleté d'un air effaré. Agacé, il saisit le poignet glacé de la femme.

— Tu vas y aller, lui dit-il. Mais ta fille restera ici jusqu'à ton retour. Compris ?

— Mais ma sœur…

— Dis-lui qu'Annicka est malade et qu'un voisin s'occupe d'elle. Invente une excuse.

Il serra le poignet d'Olga.

— Raconte ce que tu veux, sauf la vérité, reprit-il. Si tu nous dénonces, si tu parles à quiconque, on tuera ta fille.

Les yeux dilatés, Olga jeta un regard suppliant à Vaclav. Krucevic lui lâcha le poignet.

— Change-toi, ordonna-t-il.

Allongée sur le carrelage de la salle de bains, Sophie scrutait le plafond. La tache brune s'était agrandie, comme un cancer. Sur le plâtre gris, elle lui semblait plus sombre qu'auparavant. Sophie se demanda si elle n'était pas en train de délirer. Elle s'efforçait de se concentrer sur quelque chose pour oublier sa fièvre, pour oublier sa condition de prisonnière. Elle pensa à une main tendue, à un rocher auquel s'accrocher, puis tout s'obscurcit. Elle frissonna et toussa. Dans sa bouche, elle sentit un goût de sang. La porte s'ouvrit. Le visage de Krucevic apparut dans l'embrasure de la porte.

— Où est Jozsef? demanda Sophie.

— Il est malade, déclara-t-il.

Son ton était moins autoritaire qu'avant, remarqua Sophie. Il avança une main qui tenait une seringue.

— Et vous aussi, j'imagine, ajouta Krucevic.

— Ne me touchez pas!

— Je n'ai pas le choix. C'est un médicament, madame Payne, vous en avez besoin.

La voix du tortionnaire était teintée de crainte. *Il a peur. Krucevic a peur.* Sophie se débattit, mais il lui bloqua les jambes. Une immense fatigue la gagna, elle avait l'impression d'être en plomb. Il lui saisit le poignet et releva la manche de son pull. Elle sentit le dard de l'aiguille.

S'il avait peur, c'est qu'il n'avait pas prévu la faillibilité de la science moderne ni celle son propre pouvoir. Ce n'était pas seulement elle, l'otage honnie, qui était en danger, mais également Jozsef.

12

Bratislava, 18 : 45

Olga sortit de chez elle, l'étui de son violoncelle reposant sur son dos comme un cadavre. Des larmes lui voilaient les yeux. Même quand la Slovaquie était un État policier, elle ne s'était pas sentie aussi terrorisée. Les policiers de l'époque n'avaient jamais menacé sa fille.

Elle posa son violoncelle à l'arrière de sa voiture et roula dans la nuit, le long des affreux immeubles en béton, tous semblables. La pluie tombait et une camionnette – de plombier ou d'électricien ? – éclaboussa son pare-brise en passant sur un nid-de-poule devant elle. Olga bougea brusquement la tête, comme si l'eau boueuse lui avait fouetté le visage. La camionnette s'éloigna. En passant au-dessus du Danube, Olga accéléra, sans regarder les péniches accostées sur les rives, ni les remparts illuminés du château de Bratislava. La forteresse ne l'avait jamais protégée. Elle se dirigea vers le cœur de la ville en réfléchissant à ce qu'elle allait faire.

– Mlan, murmura Vaclav.

Devant la fenêtre, à travers la fente des rideaux tirés, une paire de jumelles suspendue au cou, Vaclav surveillait l'extérieur de l'immeuble. Derrière lui, les lampes étaient éteintes. Avec l'arrivée de la nuit et la libération d'Olga, la méfiance des deux hommes redoublait.

— Qu'est-ce qu'il y a ? s'informa Mlan.

L'index posé sur ses lèvres, Vaclav tira Krucevic par le bras. Les deux hommes regardèrent le parking plongé dans la pénombre. Vaclav désigna une camionnette garée, presque invisible. À la vue du véhicule, les poils de la nuque de Krucevic se dressèrent. Les services secrets étaient arrivés. Ils l'avaient localisé quand Greta Oppenheimer l'avait appelé. Bientôt, avec leur matériel d'écoute, ils chercheraient les voix qui correspondaient au profil des membres du 30 Avril. Krucevic se maudit silencieusement. Pourquoi avait-il attendu la nuit ? Pourquoi n'était-il pas parti quand il était encore temps ?

Ils ne le retrouveraient pas immédiatement. Dans quelques minutes, l'immeuble serait cerné. Le toit se transformerait en piste d'atterrissage pour commandos. Et il avait laissé partir Olga.

— L'escalier de secours, chuchota Krucevic à l'oreille de Vaclav, il y en a forcément un. Prends la voiture et retrouve cette femme. On se retrouvera demain à Budapest. File !

L'orchestre d'État slovaque donnait un concert à l'opéra, non loin de l'ambassade américaine où le chef de station de la CIA était en communication avec l'équipe de la camionnette grise.

Olga regarda sa montre. Il lui restait vingt-sept minutes avant le lever de rideau, ce qui était peu. En principe, elle aurait dû être en train d'accorder son violoncelle. Elle passa devant l'opéra et l'hôtel Carlsbad, puis devant l'ambassade américaine. La pluie se transforma en grêle et, de sa main nue, elle se mit à nettoyer frénétiquement le pare-brise embué. À l'ambassade, ils ne laissaient pas entrer n'importe qui, Olga en était sûre. Il fallait avoir des amis haut placés ou beaucoup d'argent ou le chantage adéquat. Olga n'avait aucun des trois. Elle continua à conduire sans but, puis s'arrêta brusquement le long du trottoir. Dans son sac, elle chercha des pièces de monnaie.

Sous la pluie battante, son manteau volait autour d'elle, révélant sa robe longue. Tandis qu'elle s'approchait d'un téléphone public, l'eau trempait son chignon, dégoulinait dans son cou. Même si elle faisait demi-tour et roulait à tombeau ouvert, elle ne pourrait pas monter sur scène avec sa coiffure défaite et sa robe souillée par la boue. De ses doigts gourds, Olga inséra une pièce dans la fente du téléphone. Sa mort était en route. Elle demanda le numéro de l'ambassade américaine aux renseignements. L'employé lui répondit d'un ton plat. Il ne savait pas ce que c'était que de laisser sa petite fille terrorisée entre les mains d'hommes brutaux.

— Ambassade américaine, dit une femme en très mauvais slovaque.

— Je vous en prie, supplia Olga, les larmes aux yeux, vous devez m'aider et je n'ai pas beaucoup de temps. Je veux parler à votre ambassadeur.

— Il est occupé, ce soir.

— Mais la femme que vous cherchez est chez moi et ils vont la tuer. Ils vont tuer ma fille et ils vont me tuer...

Une main s'abattit brutalement sur l'appareil et coupa la communication. Olga ouvrit grand la bouche. Vaclav se tenait devant elle, un sourire moqueur aux lèvres. Avec ses mèches trempées collées sur son front et son mascara dégoulinant, elle devait avoir l'air pathétique.

— Tu es trempée, ma chère, lui dit-il. Tu ne peux pas monter sur scène dans cette tenue. Qu'est-ce qui t'a pris ?

— Je... j'avais besoin de parler à une amie, bégaya Olga.

Elle raccrocha le combiné, les doigts serrés sur l'appareil comme si elle ne voulait pas lâcher sa dernière chance de salut.

Vacla lui saisit le bras.

— Tu n'es pas en état de conduire, décréta-t-il. La journée a été longue.

— Oui.

— Dans ce cas, je vais t'emmener moi-même à l'opéra.

Elle sentit la pression des doigts de Vaclav, elle savait que c'était un piège. Près du trottoir, Olga trébucha. Ses escarpins s'emplirent d'eau. Vaclav la releva sans un mot et la conduit vers sa voiture. Il s'était garé à quelques mètres d'elle et avait oublié d'éteindre ses phares. Ils éclairaient le violoncelle d'Olga posé sur la banquette arrière. Vaclav ne prit pas la peine de prendre l'instrument de musique. Ils savaient tout d'eux qu'elle n'en aurait plus jamais besoin.

Afin de ne pas éveiller les soupçons des gens cachés dans la camionnette grise, Otto Weber n'emprunta pas l'escalier de secours. Vêtu d'un vieil imperméable qu'il avait trouvé dans la penderie d'Olga, un porte-documents noir sous le bras, il sortit par l'entrée principale de l'immeuble. Son crâne rasé était dissimulé sous un bonnet et, pour la première fois, il avait une allure décente. Il se dirigea vers un véhicule bleu garé derrière la camionnette et chercha les clés de la voiture dans ses poches. Ils étaient en train de l'observer dans le rétro-viseur, pensa-t-il, prêts à démarrer à un signal donné. D'un air détaché, il examina la vieille camionnette d'électricien, le pare-chocs rouillé, la peinture écaillée, puis son visage s'illumina. Un électricien, c'était exactement ce dont il avait besoin. Otto s'approcha de la porte du conducteur et cogna contre la vitre avec un grand sourire stupide. Ils étaient vraiment polis, ces Américains. Quand la vitre descendit, Otto envoya une balle dans la tête du conducteur. Le type assis à ses côtés mourut en cherchant son arme.

13

Wally héla un taxi pour Caroline et demanda au chauffeur de l'emmener directement au Hyatt. Mais lorsque les feux rouges de Sophienstrasse s'éloignèrent, Caroline demanda à l'inconnu qui conduisait de s'arrêter. Elle lui tendit quelques marks, descendit du véhicule et s'enfonça dans le quartier juif à la recherche de l'Oranienburger Strasse et de Mahmoud Sharif.

Le Tacheles, dont Walter lui avait parlé, avait jadis fait partie d'un ensemble de bâtiments qui avaient été presque tous détruits par les bombes des Alliés. Caroline s'arrêta devant Obst und Gemüse, un restaurant, afin d'étudier le Tacheles à distance. Les ruines de l'ancien grand magasin ressemblaient à un jouet assemblé par un géant. Une cage d'ascenseur débouchait sur le ciel. Quelques sculptures Art Nouveau ornaient encore le haut des colonnes. La plupart des fenêtres étaient murées. Un incendie avait laissé des traces noires sur la façade. De l'immeuble s'échappaient des rires, une toux bruyante et un flot de voix.

Armés de mitrailleuses, les hommes casqués de la Volksturm marchaient de long en large devant le Tacheles. Mais dans ce décor particulier, leur présence semblait moins menaçante. Qu'ils tolèrent l'existence du Tacheles était étonnant, songea Caroline. C'était le genre de lieu que tous les Voekl du monde faisaient raser.

On pouvait accéder dans l'immeuble par plusieurs entrées. Caroline en choisit une, serra son sac à main et traversa l'Oranienburger Strasse.

Une porte en fer rouillée était entrouverte devant elle. Caroline la franchit, puis s'engagea dans un couloir éclairé par quelques ampoules électriques suspendues au plafond. Au bout du couloir, elle monta un escalier en écoutant ses talons résonner sur les marches en métal.

Le premier étage était moins oppressant. Une galerie s'étendait autour de la cage d'escalier. La salle s'ouvrait sur plusieurs entrées, certaines obscures, d'autres éclairées. Caroline jeta un œil dans une pièce d'où s'échappait un son tonitruant. Une lampe à souder en main, un homme se tenait devant une table. Il portait un casque de sidérurgiste et une salopette en toile, mais ses bras étaient nus. Le marteau et la faucille étaient tatoués sur son biceps droit. Face à lui, assise sur une chaise, entièrement dévêtue, une femme posait. Un magnétophone diffusait de la techno allemande sur laquelle le sculpteur braillait des paroles improvisées. Une fenêtre s'ouvrait sur la nuit, laissant pénétrer l'air froid qui donnait la chair de poule au modèle. Elle regarda Caroline en claquant des dents. Caroline se retourna, prête à s'éloigner, mais la femme aboya quelque chose d'inintelligible et le sculpteur remonta la visière de son casque. Il apostropha Caroline en criant et elle s'arrêta net dans son élan. La lampe à souder s'éteignit. Les yeux injectés de sang, le visage ruisselant de sueur, le sculpteur dévisagea Caroline et lui demanda en allemand ce qu'elle cherchait.

– Un menuisier, répondit-elle. Mahmoud.

Du doigt, il lui indiqua une direction, puis désigna le sol. En bas.

La jeune femme alluma une cigarette, comme si cela allait la réchauffer.

Caroline s'engagea dans un couloir, entendit l'air d'une chanson de Billie Holiday et arriva devant un nouvel escalier qu'elle descendit dans la pénombre. *Bye, bye, blackbird* chantait Billie, d'une voix plaintive et désespérée. Puis Caroline se retrouva face à une boîte de nuit, curieusement nommée America. Un brouhaha de voix montait dans la salle enfumée. Le haut plafond et les murs étaient peints en noir. D'immenses tableaux y étaient accrochés, plus vivants que les gens attablés dans la salle. Une femme aux cheveux rouges et aux ongles bleus fit tomber la cendre de sa cigarette dans son verre de vin. Postée à l'entrée, Caroline se sentit brusquement décalée face à cet univers qui n'était pas le sien. Elle repéra un tabouret vide au coin du bar et s'avança en contournant les tables, ses escarpins collant au plancher maculé de bière.

— Qu'est-ce que je vous sers ? lui demanda le barman en allemand.

— Une Radeburger.

C'était le nom d'une bière de Dresde qu'elle se souvenait avoir vu Eric commander.

Le barman posa un verre sur le comptoir. Avec précision, il versa la bière comme seul un Allemand sait le faire, laissant deux centimètres de mousse. Caroline avait peur de se ridiculiser en levant son verre, elle se contenta donc de sourire en posant un billet sur le comptoir. Il prit l'argent sans un mot et tapa sur les touches de sa caisse, tout en jetant un regard circulaire sur la salle. Au mur du bar, un miroir accroché lui permettait de surveiller ce qui se passait les rares fois ou il se tournait.

— Vous parlez anglais ? demanda-t-elle.

Il secoua la tête, le visage fermé.

— Vous êtes américaine ? dit-il.

Caroline acquiesça. Il sifflota dans sa barbe et se retourna. Dans le miroir, elle vit qu'il observait les policiers casqués.

— Vous connaissez Mahmoud Sharif ? lâcha-t-elle.

Il cessa de siffloter et la dévisagea.

– Mahmoud ? Pourquoi voulez-vous le voir ?

– Vous le connaissez ?

Il s'éloigna et disparut derrière une porte située à gauche du bar. Caroline leva son verre. Après la première gorgée, elle reprit confiance en elle. Après la seconde, un homme plus âgé et plus costaud que le barman apparut derrière le comptoir.

– C'est vous qui cherchez Mahmoud ? questionna-t-il en anglais.

– Oui. Vous le connaissez ?

– Et vous ?

– L'inconnu avait les cheveux blancs, une énorme moustache aux extrémités relevées, des yeux bruns et humides. Un phoque, pensa Caroline. Il portait une chemise défraîchie et un tablier marron couvert de taches de graisse. Était-ce un cuisinier ou le patron de la boîte de nuit ?

Caroline se redressa et posa son verre de bière devant elle.

– Mahmoud et moi avons un ami commun, répondit Caroline. Cet ami aimerait lui transmettre son bon souvenir.

Le Phoque la scrutait en attendant la suite.

– Je peux laisser un message ? poursuivit-elle.

– Un mot, peut-être ?

– Entendu.

Sans la quitter des yeux, l'homme sortit un carnet de la poche de son tablier et enleva le stylo coincé derrière son oreille.

– Tenez, dit-il, écrivez votre message, je veillerai à ce qu'il lui soit transmis.

– Quand ?

Il haussa les épaules.

– Si ce n'était pas pressé, insista Caroline, je pourrais retrouver Mahmoud demain sans votre aide.

– Quand c'est pressé, c'est aussi très cher, décréta le Phoque.

Elle lui tendit un billet de cinq cents marks. Il l'empocha sans un regard.

— Je transmettrai votre message ce soir, dit-il.

Caroline écrivit :

Je suis la cousine de Michael O'Shaughnessy et je vis à Londres. J'aimerais le voir à propos d'une affaire familiale urgente. Michael m'a dit que vous sauriez où le trouver. Je l'attendrai demain matin à huit heures au pied de la Tour de télévision sur la Alexanderplatz.

Elle signa Jane Hathaway, son identité d'emprunt, puis plia la feuille de papier en deux et la tendit au Phoque. Il la mit dans la poche de son tablier et disparut sans un mot. En un instant, le jeune barman réapparut, visage impassible, les yeux surveillant la salle.

Caroline partit sans terminer sa Radeburger.

TROISIÈME PARTIE
Jeudi 11 novembre

1

Sophie Payne avait maintenant vu suffisamment de points de chute du 30 Avril pour reconnaître leurs bases opérationnelles. L'endroit où elle se trouvait à Budapest en était une : il ne s'agissait pas de l'appartement d'une ancienne maîtresse servant temporairement de refuge. Dépourvus de fenêtre, probablement souterrains, les lieux étaient équipés de caméras et de détecteurs infrarouges installés très discrètement au-dessus des portes. Il y avait un garage privé, du mobilier confortable, des lits, des douches, une sono, des réserves alimentaires, des vêtements, un arsenal et un cordon de sécurité infranchissable qui sonnerait l'alarme dans tout le complexe si elle tentait de s'évader.

C'était une prison qui lui permettait de se déplacer librement dans sa chambre et dans la salle de bains – les deux pièces empêchaient toute tentative de suicide ou d'évasion. Allongée sur le lit, elle étira ses bras vers le plafond. Impossible de savoir s'il pleuvait dehors ni quelle heure il était, ni si le monde la croyait déjà morte.

– Vous serez bien, ici ? lui demanda Jozsef avec inquiétude.

Les bleus sous ses yeux faisaient peine à voir. La fièvre de Sophie avait baissé. Elle se sentait faible, elle avait sommeil, mais ses pensées ne s'écoulaient plus comme un torrent jailli d'un cerveau liquide.

— Ça ira, répondit-elle.

— Je vous apporterai de quoi déjeuner, dit-il en souriant. Un vrai déjeuner, pas comme celui de Bratislava. Et du café.

Sophie entendit de l'eau couler derrière le mur. Et autre chose : une voix.

— C'est Michael, expliqua Jozsef. Il se parle à lui-même sous la douche. Votre salle de bains est à côté de la sienne.

— Moi aussi, je vais aller prendre une douche, dit-t-elle.

Depuis combien de temps l'avait-on enlevée ? Deux ou trois jours ? Le gouvernement américain essayait-il de la retrouver ?

— Si vous avez besoin de moi, appuyez sur le bouton, dit Jozsef en désignant un panneau près du lit. Le noir, pas le rouge. Le noir, c'est un interphone. Vous pouvez demander de l'aide ou un livre.

— J'aimerais bien un journal.

— Je ne crois pas que ça soit possible, répondit-il d'une voix hésitante.

— Pourquoi ? Ça me donnerait trop d'informations ? Où ça obligerait l'un des hommes à sortir d'ici pour aller l'acheter ?

Sans répondre, Jozsef fit apparaître une télécommande. La porte de la chambre s'ouvrit en glissant, puis il sortit et elle se referma derrière lui.

Sophie était dans un tombeau.

Elle se leva avec difficulté et se dirigea vers la salle de bains. Michael parlait encore. Elle s'assit sur la lunette des toilettes et posa sa tête contre le mur carrelé. La voix imaginaire de Jozsef lui murmura : *Il ne pouvait pas l'épargner.*

Olga et sa fille étaient mortes. Et, avec elles, le dernier espoir de Sophie s'était éteint.

Elle a vu le visage de mon père.

Sophie aussi avait vu Krucevic. Elle pouvait le décrire lui et ses hommes. Même si Jack Bigelow avait négocié, elle ne serait jamais libérée.

La gorge serrée, elle pensa tristement à la femme inconnue et à sa fille, mais aussi au stupide espoir qu'elle avait entretenu à propos de Michael. Comment avait-elle pu croire qu'on pouvait lui faire confiance ? Michael était une brute comme tous les hommes de Krucevic. Derrière le mur, il continuait à monologuer. Sophie ferma les yeux et écouta.

En pleine nuit, Caroline avait les yeux grand ouverts. Le décalage horaire la tenait éveillée. Dans l'obscurité de sa chambre du Hyatt, elle écoutait le son de l'ascenseur, le grondement d'une machine dans le couloir. Elle aurait pu se trouver au vingt-troisième étage de n'importe quel hôtel, tant l'endroit était impersonnel. Elle venait de mettre en place un piège destiné à son mari, sans savoir précisément ce qu'elle allait faire s'il tombait dedans. Elle s'était montrée à la télévision et avait demandé au Phoque de contacter Mahmoud Sharif. Elle avait enclenché un processus qu'elle ne contrôlait pas, et tandis qu'elle y réfléchissait, la panique la saisit. Qu'allait-il se passer si Eric surgissait à un moment inattendu ?

La sonnerie du téléphone retentit. Caroline décrocha.

— Tu n'es pas facile à trouver, dit Eric.

Caroline retint son souffle. Elle n'arrivait pas à parler. Son cœur battait la chamade.

— C'est le cinquième hôtel que j'appelle, poursuivit Eric, et je ne peux pas me servir d'un téléphone facilement.

Caroline s'assit sur son lit.

— Tu es où ? demanda-t-elle.

— Dans la salle de bains. Tu entends l'eau couler ? J'ai pris l'habitude de chantonner sous la douche. L'eau masque beaucoup de choses : le chagrin, les coups de fils secrets... surtout à trois heures du matin quand tout le monde dort.

— Tu étais passé où depuis deux ans ?

— Deux ans, six mois et treize jours, Chien Dingue. J'étais avec le type que tu cherches. Et il bouge beaucoup. Mais tu es au courant.

— Ça n'a pas l'air de te poser trop de problèmes.

— J'ai tué un enfant aujourd'hui.

Caroline serra les doigts sur le téléphone.

— Elle avait six ans, ajouta-t-il, elle s'appelait Annicka. Elle était seule et elle avait peur. Je l'ai bercée dans mes bras pour la rassurer et je lui ai chanté une chanson en anglais qu'elle ne comprenait pas.

— Où est Sophie Payne ? coupa Caroline.

— Je lui ai dit que tout irait bien, continua Eric, que sa maman allait bientôt rentrer.

— Arrête. Je ne veux pas entendre la suite.

— Et pendant qu'elle enfouissait sa tête dans mon épaule en sanglotant, j'ai posé un silencieux sur sa tempe et j'ai tiré.

— C'est ta cervelle que tu aurais dû faire sauter.

— Je l'ai envisagé.

Caroline grimaça. Une peur mêlée d'amour et de rage retenait les mots qui lui venaient à la bouche.

— Bienvenue à Berlin, Chien Dingue.

Son ton était amusé, presque affectueux, mais sa voix était celle d'un étranger. Dare Atwood s'était trompée. Elle avait envoyé Caroline chercher un transfuge, mais Caroline ne pouvait plus appâter Eric.

— Qu'est-ce qui nous est arrivé ? murmura-t-elle.

— On l'a choisi.

— Non, rétorqua-t-elle, tu as choisi ! Et tu nous as entraînés avec toi, moi, Sophie Payne et cette petite fille. Pourquoi ? Pourquoi tu ne poses pas ton silencieux sur la tempe de Krucevic ?

— Parce que l'épingler pour l'enlèvement de Payne ne suffit pas.

Il murmurait à présent et, à travers le mugissement de l'eau, Caroline avait du mal à l'entendre.

— Je veux tout, reprit-t-il. Ses plans, ses réseaux, je veux obtenir les preuves de la complicité de hauts responsables. Je veux les couilles de Fritz Voekl.

Fritz Voekl ?

— Et combien d'enfants es-tu prêt à tuer ?

Caroline pensa soudain qu'il allait raccrocher. Elle n'entendait plus que le bruit de l'eau.

— Sa mère était déjà morte, dit-il. Et Annicka aurait pu décrire Krucevic si quelqu'un le lui avait demandé. Il ne pouvait pas l'épargner.

— Alors tu aurais dû le laisser appuyer sur la putain de gâchette.

— C'était moi ou Otto. Je ne pouvais pas laisser Annicka entre les mains d'Otto.

— Dis-moi où tu es.

— Ne t'en mêle pas, Chien Dingue. Pars pendant qu'il encore temps.

— Eric...

Mais il avait coupé la communication.

Après cette conversation, essayer de dormir était inutile. Elle alluma toutes les lumières de la chambre, même celle de la salle de bains. Assise sur le lit, la couverture coincée sous ses aisselles, elle se mit à trembler.

Combien de gens Eric avait-il tués? Combien d'innocents? Elle avait associé les victimes de la Pariser Platz à Krucevic, pas à son mari. Elle savait maintenait qu'elle s'était fabriqué un mensonge rassurant.

Elle décrocha le téléphone et composa le numéro de Scottie. Il répondit immédiatement. Elle l'imagina assis, sa cravate en soie desserrée, une main posée sur son sourcil argenté, la sueur perlant sur son front suite à sa malaria endémique. C'était l'heure de l'apéritif en Virginie. Il avait sans doute pensé à un bon verre de bourbon Kentucky. Caroline ferma les yeux et poussa un soupir de soulagement.

— Bonsoir Scottie, dit-elle.

— Caroline.

— Je viens d'avoir des nouvelles du beau blond.

— Comment? demanda-t-il abruptement.

— Par téléphone.

— Changez d'hôtel et surveillez vos arrières. Vous savez où il est?

— Vous plaisantez ? Il n'appelait pas pour faire appel à nous. Il venait de tuer un enfant et il avait besoin de se justifier.

— S'il rappelle…

— Scottie, coupa Caroline, comme s'il n'avait pas compris ce qu'elle venait de dire, vous avez déjà tué quelqu'un ?

— Une fois, à Athènes. Je ne porte jamais d'armes. Vous lui avez demandé des nouvelles de notre amie disparue ? Il a dit quelque chose qui peut nous aider à la retrouver ?

— Non. Il m'a dit de rentrer chez moi.

Elle entendit un grincement quand Scottie fit bouger sa chaise.

— Il ne vous a donné aucun indice ? insista Scottie.

— Rien. Mais il va me contacter de nouveau. Il y sera obligé. Je vais lui empoisonner la vie.

— Son coup de fil était un avertissement. La prochaine fois, vous risquez de prendre une balle dans la tête.

— Scottie, sanglota Caroline, comment un homme que nous aimions tous les deux a pu devenir un étranger ? Comment est-ce possible ?

— N'oubliez pas, nous sommes peut-être sur écoute, prévint Scottie.

Elle passa la main dans ses cheveux en pleurant.

— Ce n'est pas de votre faute, reprit doucement Scottie, ni de la mienne. On ne peut rien y faire.

— Ça fait partie de la formation, marmonna Caroline. Vous leur dites que travailler pour l'ennemi est la pire des trahisons – celle de leurs amis, de leur pays – leur propre trahison. Et en même temps, leur travail est de convaincre d'autres gens de faire exactement ça : livrer tout ce qui est important.

— Attention aux écoutes, répéta Scottie.

— Qui peut vivre avec un tel paradoxe ? Ce n'est pas étonnant que les espions deviennent fous.

— C'est la nature du jeu. « Faites aux autres ce que vous n'aimeriez pas qu'on vous fasse. » Les cyniques ou les idéalistes peuvent vivre avec cette contradiction. Les autres renoncent après leur deuxième mission. Ou se mettent à boire.

— Alors notre oiseau est cynique ou idéaliste ?

— C'est un tueur d'enfants, assena Scottie.

L'inexorable vérité. Mais Caroline fit une dernière tentative.

— Imaginons qu'il veuille coincer le cerveau et tout son réseau. Il serait obligé de fermer les yeux sur un certain nombre d'atrocités. Mais est-ce que ça signifie qu'il serait lui-même un monstre ?

— La fin justifie les moyens ? J'ai entendu ce discours tellement de fois dans ma vie, Caroline, et je le trouve très attrayant. Et faux. Nous avons vu ce que les moyens ont donné à Berlin, il y a deux jours. Aucune fin ne justifie de faire couler autant de sang.

Qui avait oublié les écoutes, à présent ?

— Il cherche à vous apitoyer, reprit Scottie. C'est une arme dont il se servira contre vous. Il a coupé les ponts, il nous a laissés sans nouvelles pendant deux ans. Pour quelles raisons ? Personnellement, je m'en fous.

Mais Caroline ne s'en fichait pas. Caroline voulait des explications. Comme si comprendre les raisons pour lesquelles Eric les avait trahis pouvait effacer l'horreur de ce qui s'était passé. Un sentiment d'amertume l'envahit.

— Vous êtes en train de me dire d'éviter tout contact avec lui ?

— Allez boire un verre, mangez ensemble. Promenez-vous. Mais si notre enfant chéri refuse de livrer son butin en parfait état, arrêtez-le. Le reste, c'est du bavardage. Compris ?

Trop bien.

— Essayez de dormir, conclut Scottie.

Caroline raccrocha, puis s'adossa contre les oreillers. Quelque part en Europe centrale, Eric sortait de la douche. Était-il cynique ou idéaliste ? Est-ce que la réponse importait ?

Elle remonta les couvertures. Pour retrouver la vice-présidente, elle devait d'abord retrouver Eric. Et avec un peu de chance, Mahmoud Sharif saurait exactement où il était.

2

Berlin, 7 : 30

Pour rencontrer le poseur de bombes palestinien, Caroline
s'habilla entièrement en noir. Un béret rouge était perché
sur son épaisse perruque noire, conforme à celle de la photo
d'identité de son faux passeport au nom de Jane Hathaway.
Elle avait maquillé ses lèvres avec une couleur assortie au
béret et chaussé une paire de lunettes noires Chanel.

Mêlée au bruit de l'eau, la voix d'Eric lui revenait, ses
paroles défilaient en boucle, comme un refrain qu'elle n'arrivait pas à taire. Elle eut l'impression qu'il se tenait derrière
tandis qu'elle finissait de s'habiller, qu'il passait la main sous
ses cheveux pour lui caresser la nuque. Qui tendait un piège
à qui ? se demanda-t-elle soudain.

Il m'appelle en pleine nuit. Il sait où je suis. Sharif lui a-
t-il déjà transmis ma note ? M'a-t-il vue au journal télévisé ?
Eric. Cette petite fille. Comment as-tu pu ?

Ses doigts tremblèrent tandis qu'elle se poudrait le
visage. Si elle était déjà dans cet état-là, elle ferait un
bond quand Sharif lui taperait sur l'épaule. Caroline songea
à dissimuler son Walther sous son manteau, puis se ravisa.
Si un terroriste palestinien consentait à rencontrer la cousine
d'un espion, il la fouillerait de la tête aux pieds. Jane

Hathaway était une banquière travaillant à Londres. Une banquière ne se promenait pas avec une arme durant ses vacances.

Le réceptionniste du Hyatt regarda passer Caroline d'un air absent. Elle franchit la porte à tambour comme si elle s'apprêtait à aller faire des emplettes. Sur le trottoir, elle s'approcha d'un kiosque, acheta le *Herald Tribune* et lut les gros titres en marchant. Sophie Payne n'avait pas été retrouvée. Caroline pensa à prendre le métro, mais elle n'était pas loin de son rendez-vous et l'air frais du matin la revivifiait. Sur la Leipzigerstrasse, elle se dirigea vers l'est, puis fila vers le nord en empruntant la Grunerstrasse. La Tour de la télévision communiste, effilée comme une aiguille d'acier, se dressait devant elle. *Une aiguille.* Tout lui rappelait Sophie Payne.

Alexanderplatz, où les Prussiens et les Russes s'étaient un jour entraînés à combattre Napoléon, où les rails du tramway de l'époque de Bismarck semaient la confusion dans les esprits, où les prostituées, les routiers et les employés de bureau se retrouvaient dans des centaines de bars différents jusqu'à ce que la place soit rasée par les bombes des Alliés en 1943, et que, deux ans plus tard, les Soviétiques défilent pour « libérer » la ville. Balayée par un vent froid et aussi vaste que plusieurs terrains de football, la place était restée vide. Caroline se posta au pied de la Tour de télévision. Sharif avait deux possibilités : s'approcher d'elle en marchant ou venir en voiture depuis le nord-est par la Karl-Marx-Allee. À huit heures du matin, dans la grisaille berlinoise, Caroline tentait de se donner une contenance en lisant son journal, mais le sens du ridicule la gagnait. D'une part, il n'était pas certain que Sharif se souvienne d'un coup de fil de Michael O'Shaughnessy datant de huit mois, d'autre part il était peu probable qu'il risque sa peau pour rencontrer une inconnue. En feuilletant le *Herald Tribune,* Caroline remarqua une photo d'elle sur la Pariser Platz. Brandissant sa matraque, l'homme de la Volksturm semblait prêt à la frapper.

Caroline scruta le cliché avec intérêt. C'était la première fois qu'elle voyait sa photo dans un journal. Eric avait-il vu ce journal ?

Une Trabant blanche et sale de la taille d'une voiturette de golf, venant de la Karl-Marx-Allee, passa devant elle. Caroline leva le nez, observa le véhicule, puis se replongea dans son journal. C'était à Sharif de l'aborder.

Huit heures quatorze. D'autres voitures passèrent. Caroline tuait le temps en lisant les nouvelles. La Trabant blanche ressurgit au loin, il n'y avait qu'une personne à l'intérieur, Caroline ne parvint pas à voir clairement le conducteur.

— Vous êtes sans doute Jane Hathaway ? lui souffla une voix à sa droite.

Caroline ne sursauta pas. Elle plia son journal et le mit sous son bras. Un homme élégant à la peau brune, vêtu d'une veste en cuir noir et d'un pantalon en tweed la dévisageait. Il avait des yeux couleur café, des sourcils et une moustache noire.

— Oui, c'est moi, répondit-elle. Vous êtes Mahmoud Sharif ?

— Suivez-moi, s'il vous plaît, dit-il.

Quand elle hésita, un deuxième homme se matérialisa derrière elle et plaça une main persuasive sur son coude.

— Très bien, jeta-t-elle froidement, puis elle les suivit sans se retourner.

Ils montèrent dans une Mercedes gris métallisé. Sur la banquette arrière, Caroline était entourée par deux hommes, un troisième individu conduisait. Une claustrophobie mêlée de panique la saisit. Caroline tenta de se calmer. Elle ne voulait surtout pas qu'on remarque son anxiété. Elle était simplement censée être la cousine d'un ami de Sharif. L'homme élégant qui l'avait abordée sortit un morceau de tissu blanc de sa poche.

— Vous ne devez pas voir où nous allons, dit-il. Pourriez-vous vous bander les yeux ?

S'ils voulaient la kidnapper, pensa Caroline, ils auraient été moins polis avec elle. Ils lui auraient déjà fourré du coton dans la bouche et plaqué la tête sur les genoux – ou elle se serait retrouvée dans le coffre. Caroline retira ses lunettes noires et les rangea dans son sac. Puis elle inclina sa tête vers son escorte, priant pour que sa perruque tienne. Des mains lui bandèrent les yeux.

Ils roulèrent d'abord normalement, ralentissant de temps à autre pour tourner à droite ou à gauche. Puis Caroline entendit le chauffeur parler et jurer en arabe et sentit des mains se refermer sur ses bras.

— Qui pourrait suivre Jane Hathaway ? lui demanda l'un des deux types.

— Me suivre ? Personne. Je ne connais personne à Berlin.

La Mercedes accéléra et se déporta brusquement sur la gauche. Caroline glissa contre son voisin qui grogna.

— Il y a une Trabant blanche derrière nous, dit-il. Notre ami qui conduit est certain qu'elle nous suit depuis un moment. Vous connaissez quelqu'un qui a une Trabant blanche ?

— Personne. Mais si c'est une Trabant, elle ne vous suivra pas longtemps, elle n'a pas assez de puissance.

— Le problème n'est pas là. Nous ne pouvons pas vous conduire chez Sharif si nous ne savons pas qui nous suit. Vous êtes de la police, peut-être ?

— Pas du tout ! Je viens de Londres. Je ne connais personne à Berlin. C'est peut-être un ami à vous.

L'homme ne répondit pas. La Mercedes zigzagua, accéléra et tourna abruptement à plusieurs reprises.

Walter. Le sympathique et si attachant Walter. Avait-il fait exprès de lui parler de Sharif et du Tacheles afin d'observer ce qu'elle allait faire ? Ou était-ce un agent de la station, un agent que Dare Atwood aurait chargé de surveiller Caroline ?

Quand tu décèles une filature, Chien Dingue, lui avait un jour expliqué Eric, *ne laisse jamais savoir à l'individu qui te suit que tu en as conscience. Autrement, il pensera que tu es suspecte.*

Mais les hommes de Sharif n'avaient pas appris les leçons d'Eric.

Fais-le mourir d'ennui. Modifie tes plans si nécessaire. Ne te rends ni à une boîte aux lettres morte, ni à un rendez-vous clandestin, ni à une planque. Et perds-le sans qu'il le remarque. Jamais en roulant à tombeau ouvert en voiture dans une grande ville, les flics peuvent aussi se mettre à tes trousses.

Les Palestiniens étaient en train de faire exactement le contraire. Mais les flics ne prêtaient pas attention à une Mercedes zigzagant à travers la zone est de Berlin. Apparemment, ils montaient tous la garde autour des ruines de la porte de Brandebourg.

Des mains lui débandèrent les yeux.

— Vous pouvez descendre maintenant, lui dit l'homme qui se tenait devant la porte ouverte de la voiture, une main tendue vers elle.

Caroline plaça sa main dans celle de l'inconnu qui l'aida à sortir. La courtoisie arabe, pensa-t-elle. Une assiette de figues et de dattes l'attendait probablement dans la pièce voisine.

Caroline découvrit un espace délibérément neutre semblable aux planques de l'Agence. Les Palestiniens n'étaient tout de même pas entièrement nuls en matière d'opérations clandestines.

Les rideaux des trois fenêtres étaient tirés. Il n'y avait qu'un seul canapé, impersonnel, entouré de deux fauteuils. Un cendrier était posé sur une table basse au cas où elle aurait fumé. Caroline remarqua également un espace étroit qui devait être les toilettes. Pas de photos de famille, pas de magazines portant une étiquette avec une adresse, pas de livres pouvant révéler des goûts personnels, pas de téléphone ni ne de télévision. Les fenêtres et la porte d'entrée étaient probablement verrouillées.

Caroline enleva son manteau et le posa sur une chaise.

— Lequel d'entre vous est Sharif ? questionna-t-elle.

— Aucun de nous, répondit l'homme élégant en souriant. Vous pouvez m'appeler Akbar.

Il ne lui révéla pas le nom de ses acolytes.

— Comment avez-vous entendu parler de ce… Mahmoud Sharif ? demanda Akbar.

— Par mon cousin Michael, dit-elle en affectant un air perplexe. Michael O'Shaughnessy. Il a rendu des services à Sharif.

— Sharif est uniquement redevable à Allah.

— Dans ce cas, c'était peut-être mon cousin qui lui était redevable, suggéra Caroline. Mais Michael m'a dit que si j'avais besoin de le joindre, Mahmoud était l'homme en Europe qui saurait où le trouver.

Assis sur l'accoudoir du canapé, Akbar détailla Caroline. Immobile, dos au mur, elle regardait la porte.

— Pourquoi Michael est-il si difficile à joindre ? demanda-t-il.

— Les amis de Mahmoud le sont aussi, non ?

— Mais non, dit-t-il, ouvrant grand les bras pour inclure les deux types postés derrière lui. Nous sommes là quand on a besoin de nous, comme vous pouvez le constater. Sans même exiger une preuve de loyauté.

— Vous m'avez tout de même bandé les yeux, observa Caroline.

— Pourquoi voulez-vous voir Mahmoud ?

— Je vous l'ai déjà expliqué. J'ai besoin de voir mon cousin. Son père vient de mourir. Personne ne savait comment contacter Michael et j'ai besoin de lui parler à propos de la famille.

— On peut lui faire passer un message, peut-être ?

— Peut-être. Mais ce n'est pas à vous d'en décider, Akbar. Sauf si vous êtes Sharif.

Le visage d'Akbar s'illumina, une lueur malicieuse brilla dans ses yeux puis disparut avant que Caroline n'ait eu le temps de l'interpréter.

— Puis-je me permettre d'examiner le contenu de votre sac, Jane Hathaway ?

Elle lui tendit un large sac en cuir noir qui aurait pu être acheté dans l'une des luxueuses boutiques de Knightsbridge[1] et s'assit sur le canapé. Akbar vida le sac sur la table basse. Caroline énuméra mentalement le contenu : trois tubes de rouge à lèvres Chanel bien entamés. Des lunettes de soleil. Un porte-monnaie en cuir rouge contenant cinquante-trois marks et des pièces, une carte de crédit Visa, une carte de crédit Harrods, un permis de conduire anglais, une carte téléphonique. Une photo d'Eric à Nicosie. Un passeport américain au nom de Jane Hathaway domiciliée à Londres. Un stylo et un crayon dans un étui. Une boîte d'allumettes provenant du Tacheles. Un téléphone portable. Une petite brosse avec plusieurs cheveux de la perruque autour des poils. Quelques numéros de téléphone (la Bourse de Londres), des notes inscrites sur des bouts de papiers froissés, des reçus du pub préféré de Jane à Hampstead[2].

— Qu'est-ce que c'est que ça ? demanda Akbar, soulevant avec son index un anneau en métal vert olive auquel était accroché une goupille de grenade d'un centimètre de long.

— Vous le voyez bien, rétorqua Caroline. C'est une goupille de grenade.

— Ce n'est pas très féminin comme objet, déclara-t-il.

— Mon cousin Michael me l'a donnée il y a des années, expliqua-t-elle en souriant. C'était un Béret vert.

Akbar examina pensivement la goupille puis la posa près des tubes de rouge à lèvres.

— Saleh va rester avec vous, décréta Akbar. Je reviendrai dans un moment. Soyez patiente, Sharif est très occupé.

Il remit les affaires de Caroline dans le sac, lui fit une courbette et se dirigea vers la porte.

---

1. Quartier de Londres.
2. Quartier de Londres.

3

— Comment vous sentez-vous, ce matin, madame Payne ? demanda Krucevic.

Il lui parlait toujours en anglais, remarqua Sophie, comme s'il la trouvait indigne de la langue qu'il aimait. La porte électronique s'était ouverte si silencieusement qu'elle n'avait pas eu le temps de réagir. Elle s'assit sur le lit et le dévisagea. Il tenait un journal en main.

Sophie n'avait pas dormi. Elle avait scruté le plafond à la recherche d'éventuelles taches qui se seraient mises à bouger. C'était pour elle un bon indicateur de son état de santé. Mais, malgré sa vigilance, les effets de l'Anthrax 3A étaient imprévisibles. Ils avaient déjà surpris Krucevic.

— Ça va, mentit Sophie, n'ayant aucune intention de lui dire la vérité.

Les images des douze dernières heures se bousculaient dans son esprit : sa tête sous une couverture, la chaussette de quelqu'un dans sa bouche, un bras la ceinturant, la dégringolade dans les escaliers, le froid sous la pluie battante. Le souvenir de la fillette morte allongée sur le lit de sa mère.

Ils avaient jeté Sophie sur le plancher d'une camionnette, entre Michael et Otto. Aveugle et muette, elle avait transformé son chagrin en haine, un sentiment qui lui permettrait de tenir le coup.

— Vous avez une résistance remarquable, déclara Krucevic.

— C'est le secret des Américains. Ils ont de l'endurance. Jack Bigelow en a. Plus que vous, peut-être.

Krucevic sourit.

— La situation est bien moins romantique que vous ne l'imaginez, dit-il. Vous n'êtes pas l'objet d'une affaire d'honneur entre deux hommes. Vous n'êtes pas assez importante à nos yeux.

— C'est le sort de ma nation qui m'importe, répondit Sophie, pas le mien.

— Comme c'est admirable. Et si difficile à croire. Ne seriez-vous pas légèrement hypocrite ? Est-il si important de mourir en martyr, madame Payne ?

Krucevic lui parlait comme un homme jetterait des chips à un chien, l'esprit totalement absorbé par autre chose. À Bratislava, Krucevic était sous tension. Il semblait à l'aise à présent, indifférent à tout. Sophie se sentit désespérée. Si Krucevic était aussi calme, les événements jouaient en sa faveur.

— Quel est votre objectif ? demanda Sophie.

— Pourquoi vous le dirais-je ?

— Quand vous aurez obtenu ce que vous voulez, vous me tuerez. Avant de mourir, j'aimerais savoir.

— Vous avez si peu confiance en votre gouvernement ? Jack aurait dû économiser son temps et son argent. Ce raid raté est humiliant pour lui.

— Quel raid ? questionna Sophie.

— Le raid qui nous a contraints à quitter Bratislava hier soir. Nous sommes d'ailleurs venus jusqu'ici avec le véhicule dans lequel se trouvaient les agents de votre président. Otto les a tués et a détruit leur matériel d'écoute avant qu'on vous fasse monter à l'arrière de leur camionnette.

Krucevic s'avança lentement vers elle.

— Ils vous ont retrouvée, poursuivit-il, et ils cherchaient certainement à vous sauver. Mais leur opération a été lamentable. J'attendais mieux de M. Bigelow. Je pensais que des hommes auraient été postés sur le toit. Même pas.

Voilà pourquoi il arborait un air hautain, pensa Sophie. Il avait déjoué les manœuvres du gouvernement américain. Elle chassa sa déception et pensa : *ils me suivent à la trace, ils vont bientôt me retrouver.*

— Ils ne me sauveront pas la vie, dit Sophie. Quels sont vos plans ? Vous voulez vous venger ? Des frappes de l'OTAN en 1999 ?

— Les bombes des Alliés ont détruit Belgrade, répondit-il sur un ton détaché. Je hais autant Belgrade que les États-Unis. Je suis croate, bien que vous ne compreniez pas ce que cela signifie.

— Vous êtes bien plus que croate, rectifia Sophie. Vous êtes un irréductible combattant oustachi. Un survivant du fascisme de 1939. Le spectacle de la République serbe dévastée par la guerre vous a plu et vous n'avez pas versé une larme pour les Kosovars morts. Une tombe de plus ou de moins ne change pas grand-chose pour vous. Alors pourquoi vous en prendre aux Américains ?

Krucevic s'assit sur le lit à côté d'elle. Sophie refusa de craquer.

— Pour vous, je suis un nationaliste croate, dit-il. C'est une erreur compréhensible. J'ai combattu pour les Croates en Bosnie, car si je ne l'avais pas fait, ils auraient été submergés par les Serbes et les musulmans et les tombes dont vous parlez auraient été occupées uniquement par des Croates. Aujourd'hui, la Bosnie est une nation divisée en trois. Et les fossés se creusent. Le but du 30 Avril, c'est que la détresse des Balkans ne devienne jamais le désespoir de l'Europe.

Sophie constata que la cicatrice sur sa tempe provenait d'une blessure par balle. Une tentative d'assassinat ratée, supposa-t-elle.

— Vous œuvrez pour la paix ? se moqua-t-elle. C'est pour cette raison que vous avez fait sauter la porte de Brandebourg et que vous m'avez kidnappée ?

— J'éradique un cancer, répondit-il, irrité. C'est ainsi que les Serbes voient les Albanais ethniques. À mes yeux, le monde musulman est un cancer. Les fidèles de cette religion sont les gens les plus ignorants et les moins cultivés sur cette terre. Ils apportent la famine, le fanatisme, l'obscurantisme et la violence partout ou ils se reproduisent. Et ils se reproduisent beaucoup. Leurs enfants sont leurs armes mortelles. Plus ils seront nombreux, mieux ils pourront combattre le peuple aryen de l'Occident, madame Payne. Vous devez être au courant, puisque c'est en train de se produire dans votre propre pays. Les Européens du Nord ont deux ou trois enfants, vos Noirs et vos Hispaniques en font douze par famille. La démocratie va sombrer dans leur crasse.

Il lui lança un regard perçant dépourvu d'émotion et jeta :

— Vous savez quel est le talon d'Achille de l'élite américaine ? Les bâtards. Vous laissez les bâtards du monde entier s'inscrire à vos universités prestigieuses, mais les bâtards massacreront ceux qui les ont instruits. Je ne tiens pas à ce que cela se produise également en Europe.

— Je ne comprends pas, dit Sophie. Me garder prisonnière ne peut pas vous permettre de changer cela.

— Ça me permet de gagner du temps. Un bon bout de temps sans l'intervention des États-Unis ou de l'OTAN.

— Une intervention dans quoi ?

— Je vais reconquérir un continent entier, dit-il fièrement, sans armées, ni guerres, ni procès à La Haye. Et, ensuite, je mettrai en route le processus de purification ethnique.

— Il n'y aura pas une autre Solution finale. Le monde ne vous laissera pas faire.

— Les frappes contre Belgrade ne vous ont vraiment rien appris, dit-il en haussant les épaules. Milošević manquait de finesse. C'était un manipulateur habile, un homme impitoyable mais ses moyens étaient limités. Et ceux d'Adolf Hitler aussi. Saviez-vous que Hitler a perdu beaucoup de temps à perfectionner son gaz neurotoxique au début de la guerre ? Comme tous les grands maîtres de l'innovation, nous avons l'intention de surpasser ceux qui nous ont précédés.

— Vous et les quatre types dans l'autre pièce ?

Sophie avait réussi à l'agacer, une lueur de méchanceté brillait dans les yeux de Krucevic.

— Vous croyez que la nation aryenne s'est développée à cause d'Hitler ? aboya-t-il. Elle a toujours existé ! Et parfois dans l'histoire, un héros surgit et se bat pour la liberté.

C'est à ce moment-là que Sophie découvrit la passion destructrice derrière la façade imperturbable de Krucevic. Comme le croisé d'une époque révolue, il avait Dieu et le Destin avec lui. Cet homme serait sans pitié envers elle. Pour survivre, elle allait devoir le tuer. *Comment ? Pour l'amour du ciel, comment ?*

— Vous savez pourquoi les Serbes ont tué les Kosovars et les ont chassés de leur royaume ? reprit Krucevic.

Leur royaume ?

Même si elle s'emparait d'un pistolet et essayait de tuer Krucevic, ce ne serait pas suffisant. Il fallait mettre un terme à ce que l'enlèvement lui avait permis d'entreprendre. *Comment ?*

— Parce que les Serbes n'ont jamais oublié l'invasion des Turcs qui ont massacré leurs hommes à la bataille du Champ des Merles, au Kosovo.

— C'était au quatorzième siècle, dit distraitement Sophie.

— En 1389. Et, pendant plus de six cents ans, la défaite des Serbes est restée une date importante. Aux États-Unis, vous célébrez la victoire. Vous défilez dans les rues le 4 juillet en brandissant le drapeau américain. Les Serbes n'ont jamais connu la victoire. Ils célèbrent la date de leur plus grande humiliation. Ce qui s'est récemment passé au Kosovo – les Serbes massacrant les Albanais ethniques – symbolisait leur vengeance.

— Vous pouvez glorifier cet acte autant que vous voulez, rétorqua Sophie, pour moi ça reste un massacre injustifié.

Le tuer ne servirait à rien, ça entraînerait simplement ma mort. Il y avait quatre hommes, ou peut-être plus dans la planque. Des hommes armés et impitoyables. *Et il y avait Jozsef... Je ne peux pas abandonner Jozsef.* Mais les quatre terroristes étaient-ils tous contre elle ? Ne pourrait-elle pas convaincre Michael de l'aider ?

— C'était la tentative d'un peuple d'en éradiquer un autre, répondit calmement Krucevic. Et ils l'ont fait avec une barbarie impardonnable et grossière.

— Je suis heureuse que vous le reconnaissiez.

Même avec l'aide de Michael, une évasion ne mettrait pas un terme aux plans de Krucevic. Le tuer et fuir ne suffisait pas. Il fallait qu'il soit publiquement jugé responsable de l'attentat de la porte de Brandebourg. Elle devait rendre justice à Nell Forsyte.

— Je suis biologiste, déclara Krucevic. J'ai tendance à conceptualiser en termes médicaux.

— Vraiment ? répondit-elle d'un ton évasif.

De quoi parlait-il ? Puis elle se souvint de la peur du biologiste. Krucevic avait été surpris de la récurrence de la maladie quand Sophie avait eu une forte fièvre. Il ne contrôlait pas tout. *Pourquoi cela l'avait-il angoissé ? Ma survie est sans importance pour lui ? C'est donc pour son fils qu'il a peur.* Elle venait de mettre le doigt sur l'unique point faible de Krucevic : Jozsef.

— Si vous découvrez qu'un cancer se propage dans votre corps, expliqua-t-il, si vous remarquez que les cellules malades détruisent les cellules saines, vous avez deux choix : vous pouvez enlever la tumeur ou vous pouvez empoisonner les cellules malades pour les empêcher de se multiplier.

Il leva les mains comme un magicien fier de son habileté.

— Avec patience et subtilité, reprit-il, les cellules malades mourront. La santé reviendra. Votre corps sera guéri du cancer.

Elle l'observa silencieusement. Il venait de lui révéler sa stratégie et l'objectif du 30 Avril. Krucevic tendit la main vers sa joue. Instinctivement, elle détourna la tête. Il lui saisit cruellement la nuque et lui caressa le front.

— Je vérifie votre température, madame Payne.

— Ne vous en faites pas, je vais mieux.

— Vous mentez. Vous vous sentez moins bien qu'au début de notre conversation. Dans un moment, logiquement, votre état devrait empirer.

Krucevic se leva et se dirigea vers la porte. Bluffait-il ? Ou allait-elle de nouveau grelotter de fièvre ?

— Je veux que notre ami Jack Bigelow soit témoin des conséquences de son raid, dit-il. Je reviendrai vous filmer dans quelques heures, quand le bacille aura pris des forces.

4

Berlin, 9 : 27

Dans la planque des Palestiniens, quarante-deux minutes
s'étaient écoulées depuis le départ d'Akbar et les cigarettes
turques de Saleh enfumaient graduellement la pièce. Le taba-
gisme n'était-il pas proscrit chez les islamistes ? se demanda
Caroline. Mais la culture arabe n'était pas sa spécialité. Peut-être
était-ce l'alcool qui était interdit. Ou peut-être les guerriers
du Djihad étaient-ils dispensés des restrictions imposées au
commun des mortels. La fumée dégageait néanmoins une odeur
âcre. Caroline allait devoir faire nettoyer ses habits avant de
quitter le Hyatt. Si elle y retournait vivante.

Saleh avait posé une curieuse arme de poing sur la table
basse en face de lui. Avec un canon amovible et une poignée
ergonomique. Un Hammerli, devina Caroline. Il avait probablement une détente électronique très sensible. Ce qui signifiait que l'Hammerli pouvait faire feu si Saleh se contentait
de frôler un pied de la table. Une arme d'une valeur de deux
mille dollars alors que le prix moyen dans cette catégorie tournait autour de cinq cents dollars. Sharif était un menuisier
prospère. Saleh la surprit en train d'examiner son Hammerli.
Il la dévisagea sans ciller. Une banquière comme Jane
Hathaway devrait paraître intimidée, pensa Caroline et non

pas avoir l'air d'évaluer à quelle vitesse pouvait dégainer Saleh. Elle croisa les bras et se voûta légèrement. Il valait mieux faire profil bas.

Elle était attendue au ministère de l'Intérieur dans moins d'une heure. Si elle n'était pas au rendez-vous, Walter s'inquiéterait. Sauf si c'était lui qui l'avait suivie dans la Trabant blanche. Que ferait Sharif s'il soupçonnait Caroline d'être un imposteur ? La torturerait-il ? Ou l'abattrait-il simplement avant de se débarrasser de son corps dans un endroit où personne n'irait le chercher ?

Caroline regarda Saleh. Les yeux plissés dans la fumée, il l'observait ouvertement. La porte d'entrée – qu'elle avait imaginé verrouillée – s'ouvrit silencieusement. Akbar apparut, le visage dénué d'émotions. Il recula d'un pas avec déférence.

L'homme qui entra était plus grand que les autres et plus large d'épaules. Ses yeux noirs brillaient et il était rasé de près. Son nez ressemblait à une caricature tant il était crochu et une cicatrice rouge balafrait sa joue droite. Blessure d'éclat d'obus, pensa Caroline. Il portait des bottes et un jean noirs, une longue chemise en soie. Il sentait légèrement la sciure. Elle imagina ses enfants courant l'accueillir quand il rentrait chez lui, la tête parsemée de copeaux de bois. Caroline observa les mains de Sharif. Fines et sensibles, elles pouvaient manipuler facilement de petits éléments. Avait-il fabriqué la bombe qui avait explosé dans l'avion du vol MedAir 901 ? Et transformé en emballage de bonbons volants tous ces enfants au-dessus de l'Adriatique ?

— Mademoiselle Jane Hathaway, dit-il en inclinant la tête. Je suis Mahmoud Sharif. Vous souhaitiez me parler.

Quel était le protocole ? Si elle lui tendait la main, la saisirait-il ? Elle décida de l'imiter et inclina la tête.

— Merci d'être venu. Vous êtes un homme débordé, m'a-t-on dit.

— Mais la cousine de mon ami Michael mérite que je lui accorde un moment, dit-il en désignant le canapé.

Caroline s'assit. Sharif s'installa dans un fauteuil. Akbar, qui se tenait toujours devant la porte, claqua des doigts. Saleh écrasa sa cigarette et le rejoignit. En un instant, Caroline se retrouva seule avec Sharif et l'arme que son comparse avait laissée sur la table.

Scottie Sorensen eût sûrement aimé poser des milliers de questions à Sharif, songea Caroline, mais aborder l'une d'elles mettrait le rendez-vous en péril.

— Votre faux passeport est remarquable, déclara Sharif, et les accessoires qui l'accompagnent sont très crédibles.

Caroline pencha la tête sur le côté et le regarda d'un air perplexe

— J'ai particulièrement apprécié les reçus du pub de Notting Hill Gate, poursuivit-il, et la femme de ménage qui répond au téléphone à Hampstead. J'ai étudié l'anglais il y a longtemps et j'aurais juré que votre employée était anglaise. Mais votre centrale est pleine de ressources, n'est-ce pas ?

— Je ne comprends pas, dit Caroline en fronçant les sourcils. Il y a un problème avec mon passeport ?

— Pas du tout, répondit Sharif, amusé. De nombreux documents similaires passent entre mes mains, et je n'en ai jamais vu un aussi parfait... à part celui de Michael.

Il observait sa réaction.

— Écoutez, dit-elle, les yeux bandés, l'arme sur la table, me faire attendre pendant que vous vérifiez qui je suis, tout cela est très distrayant. Mais j'ai un rendez-vous dans moins d'une heure, monsieur Sharif, et j'apprécierais un peu de compréhension de votre part.

— De la compréhension ? Et avec qui avez-vous rendez-vous ? La CIA ?

— Si je pensais qu'ils savaient où était Michael, je ne serais pas ici.

— Moi aussi, j'espérais de la compréhension, mademoiselle. Mais vous m'avez même caché votre vrai nom. Je n'ai nullement l'intention de vous aider. Je perds mon temps.

Il se leva brusquement. Elle décida de prendre un risque et jeta :

— Vous ne savez même pas où est Michael, je suppose ?

— Michael O'Shaughnessy n'existe pas. Vous le savez aussi bien que moi. Il ne peut donc pas avoir une cousine. Pourquoi devrais-je vous aider ?

— Le père de Michael est mort ! cria-t-elle. Quelqu'un doit le lui dire. Je suis la seule en qui il a confiance dans la famille.

— Je déteste ce genre de subterfuge. C'est aussi humiliant pour vous que pour moi.

Elle se sentit paralysée. Les paroles d'Eric lui revinrent à l'esprit : *Quand tu ne sais pas quoi dire, ne dis rien.* Elle déclara :

— Michael a de gros ennuis.

— Nous en avons tous, rétorqua-t-il en riant.

— Il peut mourir.

— Cela lui est déjà arrivé.

Elle croisa le regard perspicace de Sharif. Il sortit un petit couteau de sa poche et commença à se curer les ongles.

— Vous êtes amoureuse de lui ? demanda-t-il d'un ton méprisant.

— Plus maintenant.

Il posa le couteau et la toisa.

— Je connais l'homme que vous cherchez, dit-il. Je connais même son vrai nom. Je sais qu'il a travaillé pour la CIA et qu'ils ont fabriqué les papiers dont il se sert. Vos papiers sont vraiment similaires. Si vous n'êtes pas amoureuse de lui, si ce n'est pas la raison pour laquelle vous voulez le voir, alors j'en conclus que Michael a des ennuis avec le gouvernement américain. Et qu'ils vous ont orientée vers moi en espérant le retrouver.

— C'est moi qui perds mon temps.

Caroline prit son sac qu'il avait posé sur la table. Sharif lui saisit le poignet.

— Je n'ai pas l'intention de vous le livrer, dit-il. En fait, en d'autres circonstances, je pourrais vous interroger plus méchamment et plus longtemps.

— On ne me fait pas peur facilement, répondit-elle.

Les mains de Sharif — fines et sensibles — l'attrapèrent brusquement à la gorge. Elle ouvrit la bouche, se fit violence pour rester immobile. *Ne lui montre pas que tu as peur.* Et la panique la saisit. *Idiote*, pensa-t-elle, *à quoi tu jouais ?*

— Je pourrais vous poser de nombreuses questions, dit Sharif en posant le canon du Hammerli contre sa tempe. En une semaine ou en un an, je pourrais obtenir tous les renseignements dont j'ai besoin. Le problème n'est pas de savoir si vous avez facilement peur, mais combien de temps il faut vous torturer pour vous faire parler.

Sa respiration n'était plus qu'un sifflement. Elle gardait les mains posées sur ses genoux, une tentative pathétique pour rester digne. Il l'observait d'un air détaché, comme s'il regardait la télévision. Les poumons de Caroline manquaient d'air et, l'espace d'un instant, elle crut qu'il allait l'étrangler, qu'elle allait mourir entre les griffes de cet homme. La colère la piqua. Sharif posa l'arme sur la table d'une main tout en la tenant par la gorge de l'autre.

— Ceci m'intrigue, dit-il calmement, en agitant la goupille de grenade devant le nez de Caroline. Selon Akbar, c'est un souvenir de Michael auquel vous tenez beaucoup.

Il ricana :

— Une goupille de grenade ?

Caroline ne voyait plus que des points noirs devant ses yeux. Dans une seconde, elle s'évanouirait. Elle rassembla ses dernières forces et planta ses ongles dans le poignet de Sharif. Les yeux de l'étrangleur cillèrent, mais c'est tout ce qui bougea. Sharif appuya son pouce contre sa trachée. La panique implosa en elle comme le cri d'un enfant. Ses mains crispées se relâchèrent d'un coup.

Puis Sharif la libéra.

— Le sens de cette goupille m'échappe, déclara-t-il.

Caroline hoqueta en respirant.

— Les gens, articula-t-elle péniblement, attachent de l'importance... à toutes sortes de choses.

— Les femmes n'en attachent aucune aux armes de guerre, à ma connaissance.

— Dans ce cas, nous ne connaissons pas les mêmes femmes.

— Peut-être. Mais même en admettant que les femmes occidentales soient différentes des femmes arabes, que quelques banquières se promènent avec ce genre d'objet dans leur sac, la goupille ne colle pas. Votre centrale vous a envoyée chercher cet homme, vrai ou faux ?

Caroline ne répondit pas.

— Les agents de la CIA ne sont pas subtils. Ils feraient passer une lettre d'amour ou une bague de lycée pour des objets à valeur sentimentale, mais pas une goupille de grenade.

— Dans ce cas, Allah soit loué, vous vous trompez sur mon compte.

— Je ne me trompe jamais, répondit doucement Sharif, autrement je serais déjà mort.

Un homme qui fabrique des bombes n'a pas le droit à l'erreur.

— Donc, poursuivit-il, j'en déduis que vous refusez d'être sincère. Je ne peux pas vous forcer à l'être. Mais vous en savez plus sur Michael que je ne l'imaginais. Je ne vous dirais pas où il est, je ne le dirais d'ailleurs à personne. Mais à cause de ceci, à cause cette goupille, je lui transmettrai un message.

— Merci, murmura Caroline.

— Mais ce ne sera pas une histoire de père décédé. Michael a été élevé par des canailles, vous le savez autant que moi. Combien de temps restez-vous à Berlin ?

— Un jour ou deux. Ensuite j'irai à Budapest.

— Dans ce cas, j'informerai Michael qu'il pourra trouver Jane Hathaway la fourbe et son improbable goupille de grenade au Hilton de Budapest. Vous connaissez cet hôtel ?

— Oui.

Caroline y était allée boire un thé. C'était un ancien monastère reconverti en hôtel. Toutefois, l'endroit n'avait rien d'ascétique et était très onéreux aux yeux du ministère des Affaires étrangères.

— Nous avons terminé. Akbar ! Bande-lui les yeux !

Ils la déposèrent à la station de métro Spandau. Ils lui avaient rendu son sac afin qu'elle puisse s'acheter un billet à un distributeur automatique. À présent, il ne lui restait plus qu'à gravir les marches qui menaient au quai. Mais elle savait que ses jambes allaient se dérober sous elle. Caroline ne s'était jamais sentie aussi gauche, aussi stupide, aussi nulle. Tout cela à cause de la goupille de grenade...

Les marches s'élevaient devant elle. Un homme coiffé d'un feutre noir la contourna, lui jeta un bref coup d'œil, puis monta l'escalier menant au quai. Caroline avait moins de dix minutes pour se rendre à son hôtel. Elle voulait se changer et retirer sa perruque avant de retrouver Walter, mais elle n'avait plus la force d'avancer.

Tandis qu'elle regardait son billet de métro, une Trabant blanche s'arrêta à quelques mètres d'elle.

— Salut poupée ! lança Shephard. Je peux vous déposer quelque part ?

5

— Vous! dit Caroline.

— Je pourrais dire la même chose, répondit Shephard, mais je mentirais. Vous êtes qui, là ? Liza Minnelli dans le rôle de Sally Bowles ?

— Vous m'avez suivie.

— Exact. Les filles de l'Agence ne sont pas si bêtes finalement.

Caroline ne bougeait pas.

— Bon alors, vous montez ? Nous avons rendez-vous au ministère de l'Intérieur dans un quart d'heure, et à moins que vous teniez à chanter *Cabaret* pour les hommes de Voekl — ce qui ne serait pas vraiment politiquement correct —, vous allez devoir vous changer. Ce qui veut dire que nous n'avons pas de temps à perdre.

Caroline monta. Shephard démarra en trombe et fit crisser les pneus. Il ne se débrouillait pas trop mal avec sa Trabant.

— Expliquez-moi une chose, dit-elle, dissimulant mal sa colère. Vous êtes passé par hasard devant la Tour de la télévision ce matin, et vous avez su immédiatement que la brune qui lisait le journal, c'était moi ? C'est ce que vous voulez me faire avaler ?

— Je ne veux rien vous faire avaler. Je suis moins retors que vos employeurs. Je peux vous dire la vérité avec plaisir.

— Vous connaissez le barman du Tacheles ?

Shephard lui jeta un regard oblique.

— Le Tacheles ? Vous faites de drôles de détours. Le seul barman que je connaisse travaille dans un bouge à côté de chez moi, à Dalhem.

— Qui vous a mis la puce à l'oreille, alors ?

— Je suis passé au Hyatt ce matin, je voulais vous inviter à déjeuner et parler de la porte de Brandebourg sans que toute l'ambassade nous écoute. Je voulais entendre ce que vous aviez à dire sur le 30 Avril, où ils se trouvaient par exemple.

Caroline l'observa et lança :

— Vous êtes face à un mur, je suppose ? Le cratère laissé par la bombe ne vous a rien appris.

— Pas un mur, corrigea-t-il, un plateau un peu élevé. Que nous pourrions surmonter si nous avions un délai normal d'investigation. Mais la normalité ne s'applique pas à cette affaire. La normalité, c'est quand la vice-présidente déjeune au lit à Washington et pas dans le coffre d'une voiture. J'ai tout le poids de Washington sur les épaules, et j'ai autant besoin d'un indice qu'un alcoolo a besoin d'une cure de désintoxication.

— Vous devriez noter cette phrase. On dirait du Hammett.

— Quand je suis arrivé à l'hôtel, vous en sortiez.

Caroline le fusilla du regard.

— Vous pouvez changer de coiffure et de vêtements, ma belle, mais une démarche ne trompe pas. Il y a des jambes que je n'oublie pas.

À présent, elle était vraiment furieuse.

— Pourquoi m'avez-vous suivie ? Et ne me racontez pas d'histoires ! Ce n'est pas à cause d'un indice !

— Je voulais vous rendre service, répondit-il pieusement.

— Me rendre service ? J'ai failli mourir à cause de vous ! Vous n'êtes même pas capable de filer quelqu'un discrètement. Mes amis vous ont repéré immédiatement.

— Vos amis, comme vous les appelez, auraient pensé qu'un jour sans filature était comme un jour sans soleil. Ils s'en remettront, croyez-moi. Et je n'avais nullement l'intention d'être discret.

— Pourquoi ?

Il fit un écart pour éviter un camion de déménagement garé au milieu de la Grunerstrasse.

— Je voulais qu'ils sachent que vous étiez suivie, répondit-il. C'est peut-être pour ça qu'ils ne vous ont pas tuée.

— Bien sûr, dit-elle sèchement. Merci !

— Maintenant, si vous avez fini de râler, j'aimerais vous poser quelques questions. Pourquoi ce rendez-vous clandestin avec une bande de keffiehs ? Walter Aronson est au courant ?

Shephard n'avait pas mentionné le nom de Sharif, pensa Caroline. Il ne savait pas du tout qui elle avait rencontré ni pourquoi. Elle commença à se détendre.

— Walter devrait être au courant ? dit-elle.

— Je ne sais pas. Je ne fais pas partie de la CIA.

— Exactement. Fin de l'interrogatoire.

Il se rangea sur le côté et freina brusquement. Cette fois, c'était lui qui était en colère.

— Écoutez, Carmichael, j'apprécie la repartie, ça m'aide à perfectionner mes talents de séducteur…

— Quels talents ?

— Ça fait trente-six heures que je n'ai pas dormi et votre arrogance commence à me fatiguer. C'est moi qui conduis l'enquête.

Il saisit le bras de Caroline et déclara :

— La vice-présidente a été prise en otage. Vous venez ici en tant qu'expert du 30 Avril et vous ne trouvez rien de mieux à faire que de monter dans une voiture avec trois hommes d'origine arabe. Ce n'était sûrement pas pour faire des mondanités et vous me cachez quelque chose.

— Je vous retrouverai au ministère de l'Intérieur, dit Caroline.

Elle se dégagea et ouvrit la portière.

— J'ai relevé le numéro de leur plaque d'immatriculation ! cria-t-il quand elle descendit. J'ai des amis dans la police berlinoise, ils trouveront leur identité !

— C'est ça, téléphonez-leur, Shephard.

Elle claqua la portière et s'approcha de la vitre de la voiture.

— Moi aussi, j'ai des coups de fils à passer, dit-elle. Le FBI va se demander pourquoi vous avez passé deux heures à filer une collègue au lieu de superviser l'équipe qui s'occupe du cratère.

— Oh, j'ai peur, dit-il d'un air pince-sans-rire.

— Moi non, rétorqua-t-elle.

Et elle s'éloigna.

— Bonjour, monsieur Aronson.

Christian Shoettler, le ministre de l'Intérieur, était un homme à l'allure soignée proche de la quarantaine. Il se leva et tendit la main à Walter.

— Monsieur Shephard est en retard, ajouta-t-il, comme d'habitude.

— Nous ne sommes pas vraiment en avance, nous non plus, s'excusa poliment Walter. La circulation...

— Oui, oui, c'est à cause du couvre-feu. Nous avons eu beaucoup de mal à le faire respecter. La plupart des Turcs restent chez eux, mais quelques extrémistes se sont amusés à tester la vigilance du gouvernement.

Il parlait anglais avec un accent d'Oxford, observa Caroline.

— Puis-je vous présenter Caroline Carmichael, dit Walter, ma collègue de Washington ?

— Ah oui ! L'expert en terrorisme du ministère des Affaires étrangères.

Shoettler adressa à Caroline un sourire de circonstance.

— L'un des experts, dit Caroline, nous sommes nombreux.

— Mais c'est vous qu'ils ont choisi d'envoyer à Berlin, rétorqua Shoettler. Je vous en prie, asseyez-vous.

La porte du cabinet du ministre s'ouvrit et le secrétaire annonça l'arrivée de Shephard.

— Comment allez-vous, Tom ? demanda Shoettler quand Shephard entra dans la pièce.

— Bien Christian, merci. Quoiqu'un café ne me ferait pas de mal.

— Georg, apportez une tasse de café pour monsieur Shephard, s'il vous plaît.

— On a presque retrouvé la vice-présidente, annonça Shephard, vous êtes au courant ?

Le ministre leva les yeux. Il manifestait enfin de l'intérêt, remarqua Caroline.

— Où ? demanda-t-il.

— À Bratislava, intervint Walter. Le raid a échoué. Nous avons perdu deux agents. Des balles dans la tête.

— Je suis sincèrement désolé, dit Shoettler.

Caroline réfléchissait rapidement. Eric ne l'avait pas appelée de Bratislava. Il avait tué la fillette à Bratislava et il était parti ailleurs. Avait-il également chanté une berceuse aux agents secrets avant de les descendre ?

— Ils avaient retrouvé l'immeuble dans lequel le 30 Avril était planqué, expliqua Shephard, et ils cherchaient à localiser l'appartement où Payne était retenue prisonnière, mais...

— Mais Krucevic a été plus rapide que nos agents, coupa Walter. Donc, on en revient au point de départ : l'attentat à la bombe. Christian ?

Il y eut un court silence. Puis le secrétaire de Shoettler revint avec une tasse de café et Shoettler déclara :

— Asseyez-vous, Tom.

Shephard prit le café et s'installa dans la dernière chaise libre. Le ministre ouvrit un dossier bleu foncé posé sur son bureau.

— L'attentat à la bombe de la porte de Brandebourg, commença-t-il. Peu d'affaires ont été aussi vite résolues par la police de Berlin.

— Résolue ? s'étonna Shephard. C'est nouveau.

— Quatre suspects turcs ont été arrêtés hier soir. Ils ont avoué avoir tué une équipe de télévision et volé une camionnette. Ils ont dit qu'ils avaient rempli la camionnette avec un mélange de fertilisant et d'essence et qu'ils l'avaient garée près de la porte de Brandebourg. Ils ont même avoué avoir fait exploser la bombe durant le discours de Mme Payne. Dans quelques heures, ils seront inculpés.

— Mais c'est faux ! explosa Shephard. Le résidu chimique provenant du cratère est du plastic explosif Semtex. Vous ne pouvez pas...

— Votre résidu n'est pas le bon, coupa froidement Shoettler. Ce n'est pas cela qui a fait sauter la porte de Brandebourg. Les suspects ont avoué, vous comprenez ?

— Je me fous des suspects !

— Tom, dit Walter.

Il posa fermement son bras sur l'épaule de Shephard. Le comportement du chef de station avait légèrement changé depuis le discours de Shoettler. Walter était à la fois très alerte et totalement détendu, comme un serpent se prélassant au soleil.

— Puis-je voir le rapport de police ? demanda-t-il.

Il le lut attentivement et déclara :

— Aucun des suspects n'a avoué avoir été impliqué dans l'enlèvement de la vice-présidente.

Le ministre haussa les épaules.

— Un autre groupe terroriste a revendiqué l'enlèvement, rétorqua-t-il.

— Et vous pensez que le 30 Avril a profité de l'attentat pour enlever Payne ? railla Shephard.

— Ce que je pense n'a aucune importance. Vous le savez fort bien, Tom. Nous apprendrons bientôt que les anarchistes turcs étaient les complices des kidnappeurs, je suppose.

— Certainement, répondit Shephard, mais comment pouvez-vous accepter d'avaler des conneries pareilles ?

Shoettler se leva. Il tendit la main à Caroline.

— Ravi de vous avoir rencontrée, dit-il. Je suis navré que vous ayez fait le voyage pour rien. J'espère que vous aurez l'occasion de visiter un peu Berlin avant votre départ...

— C'est tout ? le coupa Shephard.

Le visage pâle, les yeux cernés, il s'était levé lui aussi.

— C'est la fin de la réunion ? insista-t-il. Vous ne voulez pas savoir ce que les experts du FBI ont découvert sur le cratère ?

L'index sur la tempe, Shoettler fronça les sourcils et répondit :

— À ce propos, Tom, nous n'avons plus besoin de l'aide du FBI puisque les suspects ont avoué. La zone du cratère est fermée aux techniciens depuis ce matin.

— Oui, j'ai remarqué !

— Nous vous remercions infiniment pour votre travail et pour celui de vos collègues.

Shephard arracha le dossier bleu des mains de Walter et le jeta dans une corbeille à papier.

— Vous n'avez pas le droit ! cria-t-il. C'est une violation de la loi internationale. Des citoyens américains sont morts durant l'attentat et le FBI est sommé d'enquêter sur les crimes contre les Américains n'importe où dans le monde. Vous ne pouvez pas nous interdire l'accès à la zone du cratère.

— À ma connaissance, répondit Shoettler avec un bref sourire, juridiquement, le FBI a le droit d'enquêter en territoire étranger. En revanche, recueillir des preuves incombe au pays dans lequel le crime a eu lieu.

— Merci de nous avoir accordé un moment, monsieur le ministre, intervint Walter en lui tendant la main.

— Nous n'en resterons pas là, Christian, menaça Shephard. Je vais appeler Washington dès que nous serons sortis !

Caroline et Walter eurent beaucoup de mal à traîner Shephard jusqu'à la voiture du chef de station. L'attaché ne braillait plus quand ils arrivèrent dans la rue, mais son regard fielleux signalait qu'il n'était toujours pas calmé.

261

– Quels sont les droits du FBI, exactement ? questionna Caroline dans la voiture.

– Shoettler les a énoncés, répondit Walter. Le FBI a uniquement le droit d'enquêter. On recueille ce qu'on peut sur une scène de crime en territoire étranger en espérant que le gouvernement du pays en question accepte de collaborer. Tom peut menacer autant qu'il veut, il s'aventure néanmoins sur un terrain glissant.

– C'est sa spécialité, j'ai l'impression.

– Il ressemble à une grosse Zamboni[1] roulant à fond sur une patinoire.

Walter jeta un œil sur Shephard, mais l'attaché ne bronchait pas.

– Shoettler n'est pas un mauvais type, lui lança Walter. C'est un social-démocrate rescapé. Il essaye de travailler pour Voekl sans se compromettre totalement.

– Aujourd'hui, c'était plutôt raté, grogna Shephard.

– Shoettler a le dos au mur, dit Walter. Je me demande ce que ça signifie.

– Ce n'est pas une camionnette pleine de fertilisant qui a fait sauter la porte de Brandebourg, s'énerva Shephard. C'est une bombe sophistiquée contenant une quantité précise de plastic, pourvue d'une minuterie et d'une pile ! Si on avait eu plus de temps, on aurait pu reconstituer la bombe, ce qui nous aurait permis de savoir qui l'avait fabriquée !

Caroline pensa à Sharif.

– Arrête de penser à cette bombe et écoute-moi un instant, dit Walter. Si Shoettler fait de l'obstruction, ça veut dire que le gouvernement de Voekl lui a mis la pression. Pourquoi, à ton avis ?

– Ils détestent le ministre de l'Intérieur, répondit Shephard. Mais Shoettler laisse Voekl travailler avec la police de la Volksturm sans rien dire. C'est reparti comme au temps de la Gestapo d'Hitler !

---

1. La Zamboni (du nom de son inventeur, Franck Zamboni) est une machine à re-surfacer la glace d'une patinoire. C'est devenu le terme générique pour désigner les surfaceuses.

— C'est donc pour ça qu'ils ont laissé Shoettler au gouvernement, avança calmement Walter. Il fait tapisserie. Mais cette fois, Voekl avait besoin que Shoettler nous fasse taire.

— Le chancelier a donc probablement peur de ce que le FBI peut découvrir, observa Caroline.

Shephard la dévisagea.

— Nous détenons déjà des preuves qui contredisent les aveux de leurs suspects, dit-il. Qu'est-ce qui pourrait encore le gêner?

La complicité de hauts responsables, se souvint Caroline.

— C'est évident, non? dit-elle. Un lien entre Voekl et le 30 Avril.

6

Anatoly Rubikov parlait peu, c'est pourquoi il était encore vivant. Il écrasa le mégot de sa cigarette dans une capsule de bière et en en ralluma immédiatement une autre. Il fumait des cigarettes filtres parce que Marya s'inquiétait pour ses poumons et voulait qu'il arrête. Toutefois, vu sa consommation, le filtre ne servait pas à grand-chose. Les cigarettes le réconfortaient. C'était une drogue et une faiblesse, mais selon lui, s'il renonçait au tabac, il s'empoisonnerait avec de l'air frais. Et de toute façon l'air de Budapest n'était pas vraiment propre, quand il y songeait.

Anatoly fumait comme on respire. D'un air absent, il regardait le poste de télévision suspendu derrière le comptoir du bar. Tout était opaque dans la salle – l'air, la lumière, les yeux de la serveuse rousse aux bas filés. L'opacité le rassurait et il retardait le moment inévitable où il serait obligé de sortir dans le froid pour aller passer un coup de fil. Le journal télévisé était en hongrois, langue qu'il n'avait jamais comprise. Il continua à fixer l'écran, vidant sa bière à travers la mousse. *Comment se faisait-il que personne ne l'ait retrouvé ?*

L'immeuble de la Banque nationale hongroise était situé sur la bande verte de Szabadság Tér, à côté de l'ambassade américaine et en face de Magyar TV. À l'heure qu'il était, la banque devait fourmiller de secrétaires et d'employés de bureau vaquant à leurs occupations et le type avec un trou dans la tempe qui gisait dans une flaque de sang aurait dû être découvert. Sa photo aurait dû apparaître sur l'écran – pas celle de son cadavre, mais celle de l'homme repoussant et ivre de pouvoir qu'il était.

Peut-être réfléchissaient-ils à ce qu'ils allaient dire avant d'alerter les médias, pensa Anatoly. S'ils attendaient trop longtemps, Krucevic prendrait les choses en main.

Et si je ne réagis pas, Krucevic va me trouver suspect. Il décidera qu'une balle dans la tête est le meilleur moyen de garder un secret.

Ses courts cheveux bouclés se hérissèrent sur sa nuque. Il écrasa sa cigarette et posa un billet de cent forints sur le comptoir. La serveuse rousse le suivit du regard lorsqu'il sortit.

Anatoly téléphona depuis la gare de Teleti, sept minutes avant l'arrivée du train pour Berlin.

– Aronson, dit-il à la réceptionniste.

– Monsieur Aronson est absent. Voulez-vous laisser…

Il raccrocha.

Walter Aronson lui demanderait de rester à Budapest, de filer Krucevic, de trouver où l'otage était retenue prisonnière, et donc de signer son propre arrêt de mort. Aronson demanderait à Anatoly Petrovitch de risquer sa vie pour un type qui ferait mieux de rester décédé.

Quand Anatoly monta dans le train, il choisit la dernière voiture et s'installa dans un compartiment fumeurs vide près d'une fenêtre à moitié ouverte. Il fit mine de lire le journal pour avoir l'air absorbé tandis qu'il observait avec attention le passage des voyageurs dans le couloir. Des voyageurs qui eussent été chargés de le tuer.

Une brusque secousse du train provoqua la fermeture des portes des compartiments. Dans un moment, le contrôleur lui demanderait son billet. Anatoly ferma les yeux et vit le visage du mort. Il n'avait jamais aimé tuer. Il l'avait fait dans l'armée durant sa première mission en Afghanistan, mais les moudjahidin étaient des loups assoiffés de sang. C'était pour survivre qu'il avait été obligé de les tuer. Anatoly n'avait jamais regardé un homme en pensant à sa propre mort avant d'abattre le banquier. Quand son pistolet avait effleuré la tempe de ce dernier, les yeux de la victime s'étaient agrandis, comme ceux d'un chien auquel on tire sur les oreilles. C'était le seul signe de peur que Latja, le banquier, avait montré.

La porte du compartiment s'ouvrit. Une jeune femme aux traits tirés, vêtue d'un manteau qui sentait l'humidité des rues, poussa une énorme valise à l'intérieur. La fermeture de son bagage était cassée et elle avait attaché ce dernier avec de la ficelle. Tout en elle suggérait la lutte éreintante contre la pauvreté – ses collants opaques, ses épaisses chaussures, ses cheveux secs et mal coiffés. La femme lui jeta un regard furtif et choisit le siège le plus éloigné. Avait-il l'air menaçant ? Ou paniqué ? L'inconnue sortit un livre de poche de son sac et l'ouvrit. Anatoly regarda la couverture : un titre en allemand. Elle rentrait chez elle, donc, comme lui. Elle baissa la tête, absorbée par sa lecture. Soudain, le quai s'éloigna. Anatoly n'osa pas tourner la tête vers la fenêtre.

Anatoly pouvait pénétrer n'importe où. Aucun système de sécurité ne lui résistait. C'était un expert en ce domaine, formé par le KGB. Il avait travaillé dans le monde entier, crocheté les serrures de bureaux à Khartoum, à La Valette, à Santiago et à Manhattan. Il avait changé de camp quinze plus tôt, lors de sa dernière mission à Rome, quand il avait été chargé de poser un micro dans l'immeuble côtoyant l'ambassade américaine – il s'agissait simplement de faire courir la fibre optique le long d'un ancien conduit installé entre les murs des deux immeubles.

Anatoly n'avait jamais aimé la politique, ni la moralité, ni les débats sur la loyauté. Le KGB l'avait bien traité. Il avait bien servi le KGB. Mais leurs chemins s'étaient séparés.

Anatoly était tombé amoureux de Marya, interprète à l'ambassade de Rome et la mission de la belle s'achevait. Il était censé aller à Kaboul. Marya devait retourner à Moscou. Anatoly avait alors demandé au KGB de charger Marya d'une autre mission afin qu'elle puisse rester avec lui, mais ses supérieurs étaient restés inflexibles. Et donc, quinze ans plus tôt, Anatoly avait laissé tomber et changé ses plans. Au lieu d'installer le micro, il avait cassé une fenêtre sans barreaux du rez-de-chaussée de l'ambassade américaine et s'était glissé à l'intérieur. Quand sa veste en cuir s'était accrochée au rebord, il avait grogné – c'était la nuit la plus glaciale du mois de février, même les chats de gouttière de Rome restaient au sol – puis ses pieds avaient touché une matière molle : le canapé délabré du bureau d'un fonctionnaire. Anatoly s'y était allongé et avait trouvé le sommeil en quelques minutes. Le lendemain matin, après avoir subi un interrogatoire poussé, Anatoly avait offert son micro soviétique comme une offrande de paix. Quarante-huit heures plus tard, il prenait l'avion pour Washington avec Marya.

Anatoly passa dix mois à livrer à la CIA des informations sur les installations de sécurité de l'Empire soviétique et sur l'emplacement des micros hostiles et des fibres optiques installés dans des centaines de bâtiments américains. Puis l'Empire soviétique commença à s'effondrer et les responsables du KGB se rendirent eux-mêmes à Washington. Anatoly décida alors d'aller proposer ses services ailleurs. Deux ans plus tard, il travaillait en free-lance à Hambourg, Marya était enceinte. Anatoly avait quatre employés et était apprécié pour sa discrétion. Il acceptait les boulots les plus dangereux, notamment pénétrer des locaux et concevoir des systèmes de sécurité élaborés. Puis il rencontra Krucevic. Le biologiste rêvait d'un fortin. D'une planque entièrement contrôlée par ordinateur, avec des détecteurs infrarouges et des caméras vidéo à l'intérieur et à l'extérieur. Krucevic voulait pouvoir surveiller ses propres lignes téléphoniques et mettre sur écoute les communications par portable, il voulait que les disques durs de ses ordinateurs puissent s'autodétruire au moindre signe de pénétration. Selon Anatoly, Krucevic voulait vivre comme un bandit dans une bande dessinée de Dick Tracy.

Anatoly dessina des plans. Krucevic le paya et Anatoly pensa qu'il n'entendrait plus parler du biologiste. Si Krucevic décidait de faire installer le système de sécurité, Anatoly n'était pas censé le savoir. Il ignorait alors qu'il avait affaire au diable. C'est plus tard qu'il le réalisa. La cinquième fois que Krucevic lui rendit visite dans son bureau à Hambourg. Il débarquait toujours à l'improviste, et tard le soir, quand Anatoly s'occupait de la comptabilité. Que Krucevic le surveille n'était pas ce qui l'inquiétait le plus. Le Croate commença à lui parler de loyauté, de complicité. Il se mit à le menacer, à prétendre qu'Anatoly, son bureau et sa jolie petite maison de banlieue où vivaient ses deux enfants lui appartenaient. Finalement, Anatoly s'était rendu à Berlin et, comme un humble pénitent, il s'était confessé à Walter Aronson. Il avait fait la connaissance d'Aronson des années auparavant, lors de ses longs mois de débriefing en Virginie. Bien qu'il doutât de l'intelligence, de l'esprit rusé ou même du courage d'Aronson, Anatoly pensait qu'il n'était pas malveillant et, par ailleurs, qu'il était épaulé par la puissance des services secrets américains.

À présent, assis dans le compartiment gris du train, pendant que les lignes téléphoniques de Hongrie montaient et descendaient comme des hirondelles à travers la fenêtre, Anatoly espérait qu'il pouvait compter sur Aronson.

Aronson lui avait proposé deux options. La première était de se livrer à ses vieux amis de la CIA et de les laisser réinstaller sa famille aux États-Unis en toute sécurité. Anatoly perdrait tout ce qu'il avait construit à Hambourg. Il devrait repartir de zéro, comme un pauvre, dans un pays riche. Mais l'Agence lui offrirait peut-être du travail.

Ou alors, lui avait dit Aronson, il pouvait prendre un risque : informer Aronson des déplacements de Krucevic. S'il acceptait, il serait généreusement indemnisé. Il pourrait garder sa maison à Hambourg, son bureau, ses quatre employés et préserver la vie stable de sa femme. Et les États-Unis lui seraient éternellement reconnaissants.

Anatoly avait toujours été un preneur de risques. Et il aimait sa liberté durement acquise. Il préférait avoir un rapport d'égal à égal avec Aronson, lui vendre des informations au lieu de lui réclamer du travail comme un mendiant.

Quand Krucevic l'avait appelé, Anatoly s'apprêtait à partir en Hongrie.

Il avait reçu l'ordre d'attendre les ordres.

Les hommes étaient arrivés à quatre heures du matin et l'avaient sommé par téléphone de les attendre devant son hôtel. Posté sur le trottoir avec son sac à outils, Anatoly avait regardé leur voiture s'arrêter devant lui. Krucevic était assis à l'arrière. Otto conduisait. À ses côtés se trouvait un homme qu'Anatoly ne connaissait pas mais il avait appris plus tard qu'il s'appelait Tonio. Bien qu'il détestât s'asseoir près de Krucevic, il n'avait pas le choix, c'était la seule place libre. Il s'était donc installé près du chef du 30 Avril et avait posé ses outils entre ses pieds. Sous la lumière jaune des réverbères, ils avaient roulé rapidement dans des rues désertes ruisselantes de pluie. Les mains d'Anatoly étaient moites. Tonio avait parlé sans cesse d'une voix aiguë et irritante jusqu'à ce qu'Otto le frappe brutalement sur la bouche.

Ils s'étaient arrêtés devant l'entrée située derrière la banque, qui était réservée aux employés et aux fourgons blindés. La porte d'acier, électroniquement contrôlée, présentait un problème qu'Anatoly aurait pu résoudre avec brio si Krucevic n'avait pas été à ses côtés. En contrôlant sa respiration, et avec une économie de gestes, Anatoly était parvenu à désactiver le système qui bloquait l'ouverture des portes, y compris celle du bureau de Latja. Les autres hommes avaient sorti Latja du coffre du véhicule. Ses mains étaient liées, sa bouche bâillonnée. À travers les couloirs faiblement éclairés, ils l'avaient amené jusqu'à son bureau. Où étaient les gardiens ? Krucevic les avaient-ils tous achetés ? Le plus important, avait songé Anatoly, était de dissimuler sa peur. Krucevic reniflait la peur comme un chien et Anatoly suait de trouille. Il ne voulait pas participer à la suite de leur opération. Il aurait préféré partir, laisser toutes les portes ouvertes et renoncer à sa mission. Mais Krucevic lui avait demandé de rester pour réactiver le système de sécurité. À cinq heures du matin, Tonio était penché sur l'ordinateur personnel du ministre des Finances dans le bureau de ce dernier. Recroquevillé au sol, Latja lançait des regards mauvais. Affalé sur une chaise, Otto bâillait d'ennui. Le travail de Tonio avait pris moins d'un quart d'heure, mais la tension dans la pièce était aussi insupportable qu'un sifflement strident. Anatoly avait les doigts glacés. Tonio avait pianoté sur le clavier et souri à Krucevic.

— J'y suis, chef.

— Tant mieux, avait répondu Krucevic, comme si Tonio venait de lui annoncer la météo. Maintenant, sors et partons d'ici.

Tonio s'était remis à taper sur les touches. Anatoly avait soupiré et évité le regard de l'homme qui gisait au sol.

Puis Tonio s'était levé et Krucevic avait fait un signe à Otto. Le tueur avait forcé Latja à se mettre debout, puis l'avait fait asseoir derrière son bureau. Otto avait libéré les poignets du ministre des Finances, placé son arme dans la main de la victime et l'avait orientée vers la tempe droite. Otto avait attendu un instant avant d'appuyer sur la gâchette. Il avait regardé les yeux de Latja écarquillés de peur, souri et, à ce moment-là, Anatoly avait tourné la tête.

Il avait réactivé le système de sécurité, en espérant ne pas vomir.

Ils l'avaient ramené à son hôtel et déposé sur le trottoir.

— Tu te tairas, lui avait dit Krucevic, parce que tu aimes ta femme. Et je n'aimerais pas devoir expliquer à Otto où habitent tes si jolies petites filles.

La pluie se transformerait bientôt en neige, pensa Anatoly en regardant par la fenêtre du train. Il neigeait probablement à Moscou depuis des semaines. Emmitouflées jusqu'aux sourcils, les femmes devaient être en train de marcher sur l'Arbat avec des bottes inadéquates.

Anatoly alluma sa huitième cigarette. La femme assise dans le compartiment ferma son livre de poche et ses yeux. À travers l'écran de fumée, l'expression angoissée qu'il lisait sur son visage semblait s'adoucir. Envahi d'une effusion de tendresse, Anatoly eut soudain envie de la protéger. Faire ce qu'il ne pouvait plus faire pour Marya et ses filles.

À Washington, il neigeait rarement. Mais pour s'y rendre… Quels moyens avait-il ?

— Un lien entre Voekl et le 30 Avril ? s'étonna Shephard. Que sous-entendez-vous Caroline ? Que le chancelier aurait organisé un attentat contre sa propre capitale ? Attentat qui a tué vingt-huit personnes dont dix-sept Allemands…

— Vous pensez que je débloque, coupa Caroline.

— Je pense que vous êtes dangereuse, dit-il en secouant la tête. Si vous déclarez ça en public vous aurez droit à une balle de la Volksturm entre les deux yeux.

— Ça ne veut pas dire que je me trompe.

— Si nous pouvons le prouver, intervint Walter, nous ferons tomber le gouvernement.

Le visage de Shephard s'illumina d'une joie cruelle. Walter pensait visiblement que la déclaration de Caroline était censée.

— Alors, comment pouvons-nous établir ce lien ? demanda Shephard. Pas avec le plastic de la bombe, c'est du Semtex.

— On trouve du Semtex en Slovaquie, dit Caroline. Mais il s'agit peut-être d'un plastic similaire au Semtex provenant d'un autre pays.

Après avoir enquêté trente mois sur un attentat à la bombe, Caroline en connaissait un rayon sur les explosifs.

— Les experts pourraient répondre à cette question s'ils disposaient de plus de temps et d'une quantité suffisante du résidu isolé.

— On peut sans doute trouver un indice sur l'une des pièces qui contenait la bombe dans le camion des terroristes, suggéra Caroline. Des empreintes, par exemple. Des empreintes de quelqu'un que le gouvernement de Voekl n'aimerait pas voir mêlé à l'attentat de la porte de Brandebourg.

— Ou c'est peut-être la minuterie qui nous éclairera, jeta Walter. C'est comme ça qu'on a épinglé les suspects de l'affaire Pan Am 103. La minuterie de la bombe dont ils s'étaient servis faisait partie d'une série de douze minuteries fabriquée par une seule entreprise suisse et pour un seul client : le beau-frère de Mouammar Kadhafi.

— Ou alors c'est du côté des cadavres qu'il faut chercher, dit Shephard. Cette fameuse jambe qu'on avait retrouvée lors de l'attentat à Oklahoma City. Ou peut-être que Krucevic a sauté lui-même avec la bombe dans la camionnette et qu'il avait sur lui une lettre d'amour de Voekl. Mais, de toute façon, on n'a pas accès au cratère, donc on l'a dans l'os.

— Vous laissez tomber trop facilement, rétorqua Caroline.

Sur la Pariser Platz, l'ambassade américaine, avec son drapeau en berne, était de nouveau ouverte. Deux jours après l'attentat, brassards noirs autour des biceps, des marines surveillaient l'entrée. Les fenêtres qui n'avaient pas été remplacées étaient bouchées. Des blocs de béton reliés par des chaînes protégeaient l'extérieur du bâtiment – où avaient-ils été cachés auparavant, pensa Caroline, par l'estrade installée lors de l'inauguration ? Les blocs avaient été conçus pour empêcher qu'un véhicule bourré d'explosifs puisse se garer près de la porte. Ils avaient été inefficaces contre les hommes qui s'étaient posés sur le toit et contre l'onde de choc. Mais peut-être donnaient-ils aux employés de l'ambassade l'illusion de la sécurité.

La police de la Volksturm patrouillait dans les rues menant à la Pariser Platz et, partout, des barricades étaient érigées. Walter abandonna sa voiture dans une petite rue et les dirigea vers l'ambassade en empruntant une série d'allées. Les premiers flocons de neige recouvraient les pavés. Quand ils débouchèrent sur la place, Shephard s'arrêta net. Un cordon d'hommes en noir entourait la porte de Brandebourg et, derrière eux, une pelleteuse jaune moutarde s'activait. Stupéfaits, Shephard, Caroline et Walter regardèrent la pelleteuse déverser un monceau de métal tordu dans une benne.

— Merde! s'écria Shephard.

Il fonça vers le cordon d'hommes, suivis par Walter et Caroline. Ils le rattrapèrent à temps et le firent reculer.

— Bande d'idiots! cria-t-il en se débattant et en s'avançant vers une chemise noire. Arrêtez cette pelleteuse!

— N'insistez pas, dit Caroline en tirant sur la manche de Shephard. Vous allez aggraver la situation.

Il se dégagea et brailla :

— Vous réalisez ce qu'ils sont en train de faire?

— Oui.

— Ils détruisent les preuves.

— Bien sûr.

La pelleteuse s'avança, tel un dinosaure prêt à dévorer un réverbère. Sa mâchoire se referma sur des pierres, du métal, de la poussière et des lambeaux d'habits. À l'intérieur de la cabine, indifférent aux spectateurs, aux caméras des médias et à la colère de Shephard, l'homme aux commandes sifflotait.

— Bon sang! explosa Shephard. Il y peut être des morceaux de cadavres dans les décombres!

— Allez, venez avec nous, insista Walter. Laissez la presse s'en offusquer.

À la porte du consulat, une longue file de Berlinois et de touristes espérait obtenir des visas. La plupart d'entre eux étaient turcs, remarqua Caroline. Ils attendaient silencieusement, surveillant les hommes de la Volksturm massés autour d'eux. Walter l'entraîna vers l'entrée principale de l'ambassade. Il les tenait fermement par le bras, elle et Shephard, tel un policier embarquant deux suspects au poste.

— Je dois passer un coup de fil, marmonna Shephard au marine tandis qu'ils brandissaient leurs cartes officielles.

Puis ils se précipitèrent dans le couloir principal et Shepard cria :

— Incroyable ! Vous vous rendez compte de ce que ces salopards sont en train de faire ?

— Oui, Tom, répondit patiemment Walter.

Puis il grimpa quatre à quatre les marches de l'escalier, tourna à gauche au deuxième étage et s'engagea dans un corridor. Caroline eut à peine le temps d'observer les techniciens perchés sur des échelles qui réparaient l'installation électrique de l'ambassade. Walter s'arrêta devant un bureau.

— Madame Saunders ! lança-t-il gaiement à une femme d'âge moyen. Je vous présente Caroline Carmichael surnommée Chien Dingue.

— Chien Dingue, marmonna Shephard.

Caroline serra la main de Mme Saunders.

— Madame Saunders est le nerf de la station, leur expliqua Walter. Bien qu'elle travaille depuis longtemps pour nos services, nous ne connaissons toujours pas son prénom.

— Gladys, répondit-elle. Ma mère était galloise. Mais appelez-moi Madame Saunders, je préfère. Vous avez un message du quartier général, Walter.

Elle lui jeta un regard sévère par-dessus ses lunettes qu'un cordon noir retenait.

— Et Vic Marinelli a appelé de Budapest, ajouta-t-elle. Il veut vous parler aujourd'hui.

— C'est le chef de station, expliqua Walter à Caroline. Je lui ai laissé un message à propos de DBTOXIN ce matin. Donc les ordinateurs remarchent ?

— Non, se moqua Saunders, nous nous sommes servis d'un pigeon voyageur. Ah ! Et quelqu'un d'autre a appelé, un Russe, je crois. Il a raccroché quand je lui ai demandé son nom.

Walter se figea devant le bureau de la secrétaire.

— Quand ? demanda-t-il.

— Entre dix heures et dix heures un quart.

— Ça pouva·t être notre recrue en préparation ?

— Je ne sais pas. Les gros fumeurs ont tous la même voix. Surtout quand ils sont étrangers.

— C'était un appel d'un autre pays ?

— Possible ou alors notre ligne est sur écoute. La communication était mauvaise.

Walter parcourut les papiers laissés à son attention sur le bureau de la secrétaire.

— Où est Fred ? questionna-t-il.

— Avec Paul, dans la camionnette, sur vos directives.

Elle s'adossa à sa chaise et sourit cruellement.

— Ça fait tellement plaisir de voir Fred reprendre du service. Il a enfin réussi à se débarrasser de cette fille. Elle est retournée chez elle pour voir sa mère.

— Cette fille, lâcha Walter, est sa femme.

— Il va devenir *persona non grata* un de ces jours à cause d'elle, prédit Saunders. Elle est trop bavarde. Elle pense que c'est un scoop que son mari soit espion. Elle ne sait même pas qu'espionner en territoire étranger est encore un crime.

Elle regarda Caroline et lui demanda :

— Tout va bien à Mc Lean ?

— C'est surpeuplé.

— J'ai une jolie petite maison à Arlington. Je l'ai louée. Pourvu que j'y retourne un jour...

Walter disparut derrière une voûte. Caroline et Shephard le rejoignirent.

Ils découvrirent une pièce sans fenêtre : l'Agence avait découvert depuis longtemps que les émissions électroniques — et même taper sur les touches du clavier d'un ordinateur — se répercutaient sur les vitres et pouvaient être interceptées par quelqu'un d'un peu doué. Trois postes de travail, des ordinateurs, des étagères et des piles de dossiers occupaient l'espace. Une épaisse moquette pourpre contribuait à amortir les sons. Les murs étaient équipés d'un blindage métallique destiné à empêcher la pénétration électronique. Il y avait un destructeur de documents, un coffre-fort et quelques plantes dépérissant sous la lumière fluorescente. Une photo encadrée de Brenda reposait sur le bureau de Walter.

— La recrue en préparation ne serait pas le spécialiste de la pénétration clandestine du 30 Avril, par hasard ? demanda Caroline.

Walter leva un sourcil et la regarda comme un lutin démoniaque.

— Tu as besoin de le savoir ?

— J'aimerais le savoir. S'il t'a appelé de Budapest et qu'il a raccroché brusquement, il est peut-être sur un coup.

— Possible, répondit calmement Walter. Si c'était la recrue en préparation. Mais Anatoly n'est pas du genre à être déstabilisé par Mme Saunders. On doit attendre qu'il rappelle.

— Quelle heure est-il à Washington ? demanda Shephard.

Le travail de la pelleteuse sur la Pariser Platz l'obsédait toujours.

— Ça n'a pas d'importance, Tom, répondit Walter en allumant son ordinateur. Inutile d'appeler. Bouclez-la et essayez de réfléchir pour une fois.

À l'étonnement de Caroline, Shephard ne broncha pas. Il s'affala sur une chaise et scruta ses chaussures.

— Ce qu'il vous faut, c'est une voiture et un bon chauffeur, poursuivit Walter. Gladys?

— Oui, Walter? répondit la secrétaire depuis son bureau.

— Qui est disponible en ce moment parmi les agents locaux du service diplomatique?

— Il y a Ursula.

— Ursula ferait tache sur une décharge publique. J'aimerais mieux Tony.

— Tony est mort lors de l'attentat, répondit placidement la secrétaire.

Walter se tut un instant.

— Très bien, reprit-il. Et le vieux Markus?

— J'appelle le vieux Markus, répondit-elle.

— Le vieux Markus est parfait, leur expliqua Walter.

— Vous comptez l'envoyer derrière le camion poubelle? demanda Shephard.

— Pourquoi pas? Vous avez une meilleure idée?

— Et ensuite? Il passera les débris au crible en pleine nuit?

— Non, il ne saura pas quoi chercher, répondit Walter en lisant un message qu'il venait d'imprimer. C'est vous l'expert, Tom. Vous avez toute une équipe qui se tourne les pouces au Hyatt. Mettez-les au boulot.

— On risque d'enfreindre la loi.

— Allemande ou américaine? répondit-il en jetant son message dans le destructeur de documents. Mais je vous suis. Si je m'implique, j'enfreindrai la loi mais vous vous sentirez soulagé, pas vrai?

Shephard se tut. Un petit sourire en coin apparut sur le visage de Walter.

— C'est toujours pareil, dit-il à Caroline. L'Agence évite les preuves comme la peste parce que les preuves sont recevables au tribunal où les sources ne vont jamais. Mais nous adorons aider les autres à trouver des preuves. Et nous en sont-ils reconnaissants?

— Parfois, répondit Shephard.

— Pas assez souvent, rétorqua Walter.

— Très bien, dit Shephard, exaspéré, je suis reconnaissant. Merci pour le vieux Markus. Il suivra le putain de camion et on décidera plus tard de ce qu'on fera avec ce qu'il découvrira.

Et à ce moment-là, le téléphone protégé sonna.

— Un suicide, lâcha Walter d'un air incrédule, les doigts serrés autour du combiné. Pourquoi se suicider quand on vient de détourner les fonds de son pays, Vic ? Très bien, entendu. Je vous rappelle ce soir.

Walter raccrocha.

— Qui était-ce ? demanda Caroline.

— Vic Marinelli, de Budapest. István Latja s'est suicidé hier soir. Ou plutôt ce matin.

— C'est le ministre des Finances ? interrogea Shephard.

— Il s'est suicidé ? répéta Caroline, stupéfaite. Mais il était en pleine ascension. C'était l'espoir du parti libéral ! Les gens le voyaient déjà Premier ministre.

— Son assistant l'a découvert ce matin avec une balle dans la tempe, dit Walter. Son arme gisait au sol. Sa femme a dit que l'arme appartenait à Latja.

— Il possède un doctorat en économie de l'université de Chicago, protesta Shephard.

— Ça ne lui a pas servi de bouclier contre les balles, répondit Walter.

— Ils sont sûrs qu'il s'agit d'un suicide ? insista Caroline.

— Il y avait un mot ou plutôt une confession sur l'écran de son ordinateur.

— N'importe qui peut l'avoir tapée, rétorqua-t-elle. Qu'a-t-il avoué ?

— Avoir détourné les fonds du Trésor hongrois. Au moins cent millions en prêts du Fond monétaire international. Le ministère est en train d'essayer de retrouver les fonds et il ne sait pas comment annoncer la nouvelle aux médias.

— Donc, ils ont contacté Marinelli, dit Caroline.

Elle avait immédiatement compris. Le chef de station de la CIA était généralement présenté au gouvernement d'un pays étranger ami et, selon leurs relations, il les conseillait en période de crise.

— Mais pourquoi ? réfléchit Caroline. Pourquoi se mettre une balle dans la tête quand on vient de réussir le coup du siècle ?

— Les remords ? dit Walter.

— Oh, je vous en prie !

— Il a été assassiné, décréta Shephard.

— Je ne vois qu'une seule raison pour tuer Latja, dit Caroline.

— Moi aussi, ajouta Shephard. Il n'a rien détourné et celui qui a volé le fric s'est barré en lui faisant porter le chapeau.

— Vic est certain qu'il s'agit d'un suicide, objecta Walter, et il n'est pas bête. Personne n'a pénétré dans la banque et...

Il s'interrompit brusquement d'un air pensif.

— Ton ami Anatoly, murmura Caroline. Pas étonnant qu'il ait raccroché au nez de Gladys.

Walter composa un numéro de téléphone. Mais avant de le laisser sonner, il raccrocha.

— Si Latja est mort cette nuit, dit-il, Anatoly n'est pas encore arrivé à Hambourg. Merde. Il faut que je le retrouve.

— Avant Krucevic, ajouta Caroline.

Elle saisit un coupe-papier en argent. Un message de remerciement adressé à Walter pour une précédente mission était gravé sur le manche.

— Tu penses vraiment que Krucevic l'aurait laissé partir ? demanda-t-elle.

— Je ne sais pas, dit-il en se recroquevillant sur sa chaise.

— Pourquoi le 30 Avril volerait-il le Trésor hongrois ? questionna Shephard. Tant qu'à voler, autant voler une banque suisse.

— Voekl ne veut pas entendre parler de la Suisse, expliqua Caroline. La Suisse est propre, l'ordre y règne et à lui seul ce pays et plus efficace que dix Allemagne réunies.

— Où voulez-vous en venir ?

— Voekl a besoin d'une crise. Il a besoin d'une raison plausible pour envoyer les troupes allemandes dans les pays voisins. Les pays qui ne peuvent pas empêcher les hordes de musulmans d'envahir la sphère d'influence allemande. Voekl veut qu'on l'invite à prendre le pouvoir.

— La reconquête du IIIe Reich ? jeta Shephard avec dédain.

— Oui, affirma Caroline en plantant le coupe-papier dans le pot d'une plante. Il n'y a que ça qui justifie l'enlèvement de la vice-présidente, c'est un bon moyen pour paralyser les États-Unis. Le chancelier est train d'entreprendre quelque chose de tellement énorme qu'il doit recourir à des mesures de ce type pour réussir. Voekl ne veut pas que Bigelow intervienne pendant qu'il annexe l'Europe centrale.

— Ben voyons ! lâcha Shephard. D'abord il finance les terroristes, maintenant c'est Hitler. Ridicule !

— Vraiment ? Il a déjà des hommes à Prague. Quelques bombes et une claque dans le dos ont réglé cette affaire. Maintenant, il s'attaque à la Hongrie. Quand la nouvelle du détournement de fonds sera annoncée — et elle le sera même si le gouvernement essaye de la censurer —, des gens vont perdre des fortunes. Il y aura des émeutes dans les rues et Voekl ne sera pas loin, je vous le garantis.

— Je n'en crois pas mes oreilles. Si vous parlez du Reich à n'importe quel Allemand, il vous répondra que c'était une aberration.

— Si ça s'est produit une fois, ça peut se reproduire, argua Caroline. Plus subtilement, pendant que personne ne regarde. Ça se produira avec de l'argent, des appuis, de l'assistance technique et une brillante manœuvre politique.

— Pas tant qu'on est en vie, insista Shephard. Nous ne laisserons jamais faire une chose pareille

— C'est déjà en cours, dit Caroline.

7

Paul longea l'aire de jeux pour enfants de Prenzlauerberg.
C'était une aire de jeux magnifique, célèbre à Berlin, avec
des petits moulins, des poulies, divers toboggans, qu'ap-
préciaient beaucoup les garçons de Sharif. Âgés de deux
et quatre ans, ils vivaient à quelques mètres de là, dans
un immeuble situé au coin de la Knaackestrasse. Paul
conduisait une camionnette de plombier blanche appartenant à l'Agence, portant l'enseigne d'un plombier de
renom. Il s'avança dans Kolmarer Strasse jusqu'à ce qu'il
puisse avoir une vue dégagée de l'immeuble de Sharif. La
résidence du Palestinien n'était qu'à cinq pâtés de maisons
de la planque où il avait rencontré Caroline. Une casquette
blanche couvrait la coiffure impeccable de Paul et il avait
remplacé son costume italien par une salopette. Derrière
lui, Fred Leicester était assis avec trente mille dollars d'équipement électronique. Paul coupa le contact et déballa son
déjeuner : du pain, des saucisses, une Pilsner. Les ouvriers
allemands déjeunaient plus tôt, en principe, mais le
plombier de renom avait peut-être été retardé par une
urgence. D'un air enchanté, il regardait les grappes d'enfants
escaladant en hurlant les structures de l'aire de jeux.

Depuis l'époque du Kaiser, Prenzlauerberg avait toujours été un quartier ouvrier. Récemment, il avait failli être transformé en quartier bourgeois.

Paul mangeait lentement. À l'arrière, Fred tripotait des boutons et grimaçait quand il entendait siffler dans son casque.

Dans l'immeuble situé au coin de la Knaackestrasse, Sharif se racla la gorge et tira la chasse d'eau. L'enfant de quatre ans tapa sur son frère et vola un jouet. Dagmar – une femme aux cheveux blonds coupés en brosse et aux yeux magnifiques soulignés de khôl – souleva le bébé et l'emmena dans la cuisine. Elle lui parla en allemand avec une voix rauque de fumeuse.

Paul avala une gorgée de bière. Fred écoutait, attendant une communication téléphonique.

— Walter ?

La tête de Mme Saunders apparut. Le chef de station posa son sandwich et répondit :

— Oui, Gladys ?

— Appelez-moi Mme Saunders… Nos plombiers viennent d'appeler. Ils sont postés devant l'immeuble de Sharif.

— Merci Gladys.

Elle le fusilla du regard et disparut. Caroline se raidit.

— C'est de Mahmoud Sharif dont il s'agit ? demanda-t-elle.

— Paul et Fred sont devant chez lui, répondit Walter. Au cas où il aurait quelque chose à dire.

Il jeta un œil sur Shephard qui était affalé sur sa chaise.

— Tom, vous avez déjà surveillé ce clown ?

— Non. C'est un expert en explosifs, c'est ça ?

— Le meilleur du Hezbollah.

— Je pensais qu'il s'était calmé.

— Moi aussi. Mais selon Caroline, l'Agence a découvert un lien entre Sharif et le 30 Avril.

— Vraiment, répondit Shephard en dévisageant Caroline. Un Palestinien travaillerait avec des néo-nazis…

— Ils ont une cause commune, observa Walter, tuer des juifs.

— Alors, vous pensez que Sharif a fabriqué la bombe qui a fait sauter la porte de Brandebourg ? dit Shephard. Je comprends mieux pourquoi Sally Bowles s'intéresse à lui.

— Qui ? demanda Walter la bouche pleine de jambon.

— Il fait référence au film *Cabaret*, intervint Caroline. Berlin dans les années trente. Liza Minelli dans le rôle de Sally Bowles, en haut-de-forme et en bas résille. Tom trouve que je lui ressemble.

— Mais vous êtes blonde, dit Shephard.

— Et je ne sais pas chanter.

Walter renonça à comprendre. Shephard continuait d'observer froidement Caroline, mais heureusement, il ne parla pas de la Mercedes des Palestiniens dans laquelle elle était montée. Quand elle rentrerait à Langley, elle n'aurait plus qu'à demander une nouvelle identité d'emprunt. Celle de Jane Hathaway était grillée. Quant à celle de Michael O'Shaughnessy... En toute ignorance et avec l'appui du hasard, Walter était sur la trace de Michael. Sharif pourrait mener la station droit sur Eric. Ce qui ne manquerait pas d'entraîner une catastrophe. Pour Sophie Payne, pour l'Agence, pour Eric...

Non, cela ne serait pas de sa faute si Eric se retrouvait dans une situation désastreuse. Il l'avait bien cherché.

Quoi qu'il en soit, Caroline se sentit brusquement anxieuse. Elle avait fait exactement ce contre quoi Cuddy Wilmot l'avait mise en garde : elle avait donné le contact d'Eric aux enquêteurs de l'attentat de la porte de Brandebourg. Et il fallait absolument avertir Dare Atwood avant que tout dérape.

— Je peux me servir d'une ligne protégée ? demanda-t-elle à Walter. J'aimerais appeler le quartier général.

Quand Sharif sortit de l'immeuble, Paul était garé depuis une heure devant l'aire de jeux. Paul avait terminé de manger sa saucisse, fini sa bière et il lisait un magazine de football allemand, comme si les plombiers de renom n'avaient rien de mieux à faire le jeudi après-midi. Lorsque Sharif quitta son domicile, Fred et lui ne s'y attendaient pas du tout. Le Palestinien avait embrassé sa femme, et murmuré quelque chose en arabe à ses enfants avant de sortir de son appartement.

Sharif apparut au grand jour un court instant. Grand, vêtu d'une veste en cuir noir, il jeta un coup d'œil sur la camionnette et sur l'aire de jeux.

Paul était absorbé par sa lecture. Le jargon sportif allemand qu'il n'avait pas appris à Langley lui posait quelques problèmes.

Satisfait, Sharif ouvrit la portière de sa Mercedes grise et se glissa derrière le volant.

Fred passa sur le siège avant en jurant et hurla à Paul de suivre la Benz.

Ils perdirent quelques secondes. Ce qui était une bonne chose, en fait, parce que Fred eut le temps de se calmer et Paul ne se rua pas sur la Mercedes comme un jeune agent inexpérimenté. Fred saisit son portable et appela Walter.

— On le file, dit-il. Au cas où il déciderait de passer quelques coups de fils dans sa voiture.

— Il se dirige vers où ? demanda Walter.

— L'ouest, répondit Fred en surveillant la Mercedes, il va prendre la Elbinger Strasse.

— Pour emprunter l'autoroute ?

— Je n'en sais rien.

— Tenez-moi au courant.

La Mercedes quitta la Elbinger Strasse, s'engagea dans l'Osloerstrasse, emprunta l'autoroute 100 puis l'autoroute 110, pour se diriger, selon Fred, vers l'aéroport Tegel. Mais tandis qu'il pensait que Sharif allait certainement se rendre à Malte, le terrain de jeux préféré des terroristes, le véhicule métallisé dépassa la sortie de l'aéroport et fonça vers le nord. Ils le suivirent à travers une forêt au beau milieu de

Reinickendorf. Tel un rêve néo-classique surplombant un lac, le château de Tegel se dressa soudain devant eux. Ayant jadis appartenu aux frères Wilhem et Alexander von Humboldt – l'un avait fondé l'université de Berlin, l'autre était un scientifique et un explorateur –, le château n'était pas le genre de cachette qu'utilisait habituellement un expert en explosifs du Hezbollah.

– Qu'est-ce qu'on fait ? demanda Paul d'un ton désespéré.

Il s'était arrêté non loin du parking du château, derrière une haie impeccablement taillée. À cette heure et en cette saison, les alentours étaient déserts : aucun écolier ne s'agitait près des cygnes, il n'y avait pas de cygne, d'ailleurs. Le parking était presque vide. Sharif gara sa Mercedes près d'une longue Daimler noire, conduite par un chauffeur en uniforme et sortit.

Fred rappela la station.

– Nous sommes au Schloss Tegel, dit-il à Walter. Je ne sais pas pourquoi Sharif est venu ici. Il a dû nous repérer.

– Vous pouvez vous rapprocher de lui ?

– Nous sommes à trente mètres. Il y a une autre voiture, une limousine. Sharif cogne à la vitre.

– C'est un rendez-vous, à votre avis ?

Fred ne voyait pas l'intérieur de la limousine. Elle aurait pu contenir une ribambelle de danseuses de revue ou être entièrement vide. Il observa le chauffeur. L'homme avait une soixantaine d'années, c'était probablement un vieux et fidèle serviteur. Il regardait Sharif comme s'il jaugeait un chien non dressé.

– On pourrait peut-être se mettre ailleurs, murmura Paul à Fred, dans un endroit plus discret.

Comme s'il l'avait entendu, Walter décréta :

– Vous ne pouvez pas rester près du parking. Garez-vous dans une allée donnant sur le chemin du retour de Sharif et attendez qu'il passe. D'accord ?

– Attends, dit Fred. Le chauffeur ouvre le coffre de la limousine. Il en sort quelque chose. Sharif l'aide. Mon Dieu ! On dirait… un corps.

Le chauffeur transporta la femme jusqu'au véhicule de Sharif. Elle ne rentrait pas dans le coffre de la Mercedes. Sharif l'installa sur la banquette arrière.

— Merde ! explosa Fred. C'est une sculpture. Je crois qu'on a vu tout ce qu'il y avait à voir.

— Rentrez les gars, ordonna Walter, d'un ton légèrement amusé. Sharif n'est plus en activité, je crois.

Mais dès que le chauffeur se fut éloigné dans sa limousine, en passant devant la camionnette et les tilleuls, Sharif sortit son portable.

Cuddy laissa la sonnerie du téléphone retentir cinq fois avant de décrocher. Il était probablement absorbé par les messages de son ordinateur, pensa Caroline, plongé dans un brouillard clandestin.

— La bourse ou la vie de ta femme !

— Chien Dingue ! Qu'est-ce qui se passe ?

— Rien de bon. J'ai fait une erreur, la station de Berlin a mis Sharif sur écoute.

— Bon sang ! Tu imagines les conséquences si Walter tombe sur la voix d'Eric ?

— Je suis désolée. Peut-être qu'on aura de la chance. Peut-être qu'il est fâché avec Sharif et qu'il ne l'appellera pas.

— Qu'est-ce que je vais faire maintenant ?

— C'est à Dare de prendre les choses en main, répondit Caroline en essayant de conserver son calme. Elle pourra maîtriser le problème s'il devient public.

— C'est ça ! s'exclama Cuddy en riant nerveusement. Et c'est à moi de lui en parler.

Caroline se tut.

— Il y a autre chose ? ajouta-t-il sèchement.

— Voekl a fermé la zone du cratère.

— Je sais. J'ai regardé CNN.

— Nous pensons qu'il a peur. Qu'il enterre les preuves parce qu'elles le compromettent.

— On peut peut-être en parler au *Washington Post* et lancer une rumeur : « Selon une source des services secrets... »

— Dare s'en occupera, coupa Caroline. Que sais-tu sur la Hongrie, Cuddy ?

— Ils sont fauchés. Et ils ont une sacrée dette à payer. Alors, tu es au courant ?

— On a reçu un message de Budapest il y a une demi-heure.

— Latja a été assassiné à ton avis ? demanda Cuddy. Ça fait partie de la série d'événements qui frappe l'Europe centrale ?

Caroline sourit involontairement. La reconquête du IIIe Reich était une hypothèse tout à fait plausible aux yeux de Cuddy. Contrairement à Shephard, il ne la croyait pas folle.

— Je vais commencer à surveiller les comptes des sociétés, dit-il.

Ce qui signifiait les comptes de VaccuGen. Cuddy suivait les transferts transitant par les sociétés écrans depuis des mois. Il possédait une carte des flots d'argent clandestins qui ressemblait à un monstrueux réseau sanguin électronique dans la mémoire de DESIST. Cuddy pouvait saisir des bouts d'opération, des micro-octets de preuves. Si cent millions de dollars apparaissaient brusquement sur son écran, le détournement de fonds du Trésor hongrois serait localisé. Les mouvements de l'argent de Krucevic conduisaient à une hypothèse tentante. Cuddy soupçonnait VaccuGen d'avoir brisé la paix à Belfast, d'avoir financé les camps de la milice dans le Montana et les bases des Khmers rouges au Laos. Partout où pouvait se développer une cause nationaliste, l'argent de Krucevic était présent. Cuddy pouvait repérer les transferts de fonds, mais il lui manquait le nom des réseaux et des preuves solides de ce que Krucevic achetait.

— Travaille sur le problème de Sharif, dit-il à Caroline. Camoufle l'existence d'Eric comme tu peux. Je vais faire des recherches dans la base de données.

La base de données. Où vivaient tous les sombres secrets. Caroline eut soudain peur de ce que Cuddy pouvait découvrir.

8

Quand la radio annonça la mort d'István Lajta, Mirjana Tarcic roulait sur le Széchenyi Lánchíd, le pont de Chaînes, reliant Buda à Pest. La nuit, il était éclairé par des lumières blanches, et les gens qui visitaient pour la première fois la ville pensaient immédiatement à Paris. Mais aujourd'hui, Mirjana trouvait le pont aussi laid qu'un tas de ferraille au-dessus des eaux boueuses du Danube. Il ressemblait à ce qu'il était : une réalisation vieillissante de l'industrie, dont les hauteurs curvilignes invitaient au suicide. Coincée dans les embouteillages, Mirjana parcourut quelques mètres, freina et ferma les yeux. Latja était jeune. Plus jeune qu'elle. Qu'est-ce qui avait pu le pousser à se faire sauter la cervelle ? se demanda Mirjana. Même dans les moments les plus sombres de son existence, Mirjana n'avait jamais envisagé le suicide. La mort était un abysse. Elle n'avait jamais eu le courage de s'approcher du bord. Après avoir subi durant des années la brutalité constante de Mlan, elle avait développé un instinct de survie tenace, en espérant le décevoir. Elle s'agripperait au bord du précipice avec ses ongles, et si Mlan lui marchait sur les mains, elle resserrerait ses griffes.

Latja avait laissé deux enfants derrière lui. Quel idiot. Quel ambitieux et narcissique jeune crétin. Personne ne devrait abandonner un enfant. Mirjana pencha la tête et sa voiture fit une embardée. Elle avait enlevé son pied de la pédale d'embrayage et le moteur cala. Derrière elle, un homme au volant d'une Mercedes bleue dernier cri klaxonna en lui faisant des gestes grossiers. Une Mercedes. Il y en avait partout à Buda, maintenant, avec le capot orné des armoiries de la nouvelle classe gouvernante. Mirjana regarda avec mépris le conducteur, son impeccable costume italien, sa cravate en soie et remit sa voiture en marche.

Jozsef. Avait-elle complètement abandonné Jozsef comme Latja avait laissé ses enfants ? Elle avait menti à Béla Horváth. Elle espérait revoir son fils. Son espoir était comme une fièvre brûlante au cœur des nuits silencieuses, presque aussi virulente que sa soif de vengeance.

Mirjana s'éloigna du Danube et se dirigea vers les rues proprettes du quartier administratif. Le laboratoire de Béla n'était plus très loin. Elle était très curieuse de savoir ce qu'il avait découvert sur le vaccin n° 413, mais elle s'aperçut soudain que la route était bloquée. Les gens s'attroupaient autour de la place où se dressait le vieil immeuble de la Bourse hongroise. Ils hurlaient et scandaient des slogans devant la Banque nationale où le corps de Latja avait été retrouvé. Un mur de policiers bardés comme des cosmonautes incertains de l'atmosphère faisait face à la foule. Mirjana baissa sa vitre et tira sur la manche d'un manifestant vautré sur son capot. L'homme lui jeta un regard noir à travers le pare-brise.

— Qu'est-ce qui se passe ? lui demanda-t-elle.

— C'est une manifestation contre ce salaud de Latja. Il a dévalisé le Trésor et j'aimerais bien savoir où est passé l'argent ! Où est passée mon épargne !

Ce salaud de Latja... ses jours de gloire à l'université de Chicago étaient bien lointains, à présent. Le manifestant furibard descendit du capot de la voiture de Mirjana et s'empara d'un pavé.

— Laisse tomber! lui cria-t-elle. Va à ta banque et retire ce qu'il te reste sur ton compte avant qu'il ne soit trop tard.

— J'ai déjà essayé!

L'homme courut rejoindre un groupe prêt à cambrioler une boutique. Une main projeta une canette de bière contre la vitrine qui se brisa comme de la glace et céda sous la pression des corps. Le pillage commença. Mirjana klaxonna. Devant elle, un véhicule était englouti sous une vague de manifestants. Une ouvrière mince vêtue d'un manteau et de chaussures bon marché frappa un policier avec la pointe de son parapluie rouge. Le policier assena un coup de matraque sur la tête de la femme qui s'effondra, bouche ouverte, à ses pieds. La foule cessa de hurler, puis les gens se ruèrent sur les policiers comme un troupeau de gnous déchaînés. Ils se jetèrent sur le mur casqué. Les matraques s'élevèrent et tombèrent. Mirjana sentit les battements de son cœur s'accélérer. Dans quelques secondes, les gaz lacrymogènes et les balles en caoutchouc allaient fuser sur la place. Elle fit marche arrière et regarda par-dessus son épaule. Ce qu'elle vit la rendit malade. Un groupe d'ouvriers avait ouvert la portière de la Mercedes bleue. L'un deux fracassait le pare-brise avec une pierre. D'autres hommes essayaient de faire basculer la voiture sur le côté. Trois types et une femme avaient fait sortir le conducteur et lui piétinaient les côtes tandis qu'il hurlait. Mirjana ouvrit sa boîte à gants et sortit une arme de poing. Elle descendit de sa voiture et se fraya un chemin au milieu des travailleurs mécontents. Ils avaient délaissé les côtes de la victime et s'acharnaient sur sa tête. Le visage de l'homme était en bouillie. Il a perdu conscience, pensa Mirjana. Ou peut-être est-il déjà mort. Elle brandit son arme et cria:

— Arrêtez, fils de putes ou je vous plombe le crâne!

Elle tira en l'air, mais personne ne lui prêta attention. Elle tira de nouveau. Le son rameuta les policiers. Les agresseurs se retournèrent pour les affronter et en un instant, Mirjana se retrouva prisonnière dans la mêlée. Elle se débattit, manqua d'air, perdit son arme et tomba au sol.

Vingt minutes après avoir quitté le château de Tegel, Paul gara la camionnette dans le garage d'une planque de l'Agence. Derrière les persiennes du salon, il se changea avec Fred, puis les deux agents sortirent par la porte de derrière et prirent le métro pour se rendre à l'ambassade.

Caroline, Walter et Shephard les attendaient dans la cage à faradays de la station. Ils tirèrent des chaises et s'apprêtèrent à écouter la communication téléphonique de Sharif – le coup de fil qu'il avait passé en fumant une cigarette sur le parking désert du château.

— J'ai appelé le responsable de notre équipe il y a une heure, dit Caroline à Fred. Il a une info sur Sharif.

C'était un mensonge, bien sûr, mais Cuddy lui avait demandé de camoufler l'existence d'Eric.

— Il peut se servir des prénoms Michael et Jane pour tester la loyauté de ses collaborateurs, poursuivit Caroline.

— Bien, enchaîna brusquement Walter. On va s'amuser avec Mike et Jane. Allons-y.

Fred avait connecté le magnétophone à un petit appareil qui décodait la tonalité du numéro composé et qui l'affichait en forme de chiffres. En quelques secondes, ils sauraient exactement où Sharif avait appelé. Fred appuya sur PLAY. La bouche de Caroline se dessécha.

Deux sonneries retentirent, puis ils entendirent la voix d'une femme sur un répondeur.

— C'est quelle langue ? demanda Shephard.

— Une langue slave, je pense, répondit Caroline.

La respiration amplifiée de Sharif envahit la pièce. Au top sonore, l'expert en explosifs palestinien parla en anglais. *« C'est un message pour Michael. »*

Walter se rapprocha du magnétophone.

« Merci d'avoir demandé des nouvelles des enfants. Ils vont tous bien, surtout notre petite fille. »

— Ce salopard n'a pas de fille, grommela Fred.

« *Elle aimerait venir te voir dès que tu as un moment. À propos de visites, j'ai vu ton amie Jane, ce matin. Jane Hathaway* », répéta Sharif avec emphase. Shephard nota le nom sur un carnet. « *Jane séjournera au Hilton de Budapest si tu veux la voir, Michael, mais sois prudent. Une fois que ce genre de femme a mis la main sur toi, pour t'en libérer ça peut te coûter la vie. Pense à moi ! Dieu soit avec toi, mon frère.* » Puis il coupa la communication. Fred tendit un bout de papier à Walter.

— C'est un numéro de Budapest, dit-il. La ligne est au nom de Tarcic. C'est hongrois ?

— Non, répondit Caroline hébétée, c'est serbe.

— Tarcic, répéta Walter. C'est bien le...

— Le nom de l'ex-femme de Krucevic, dit Caroline, en effet.

— Je pensais qu'ils se haïssaient. Pourquoi Sharif se servirait-il du numéro de Mirjana Tarcic pour appeler son contact ?

Partagée entre l'espoir et l'incrédulité, Caroline comprit soudain. *Parce que Mirjana ne travaille pas pour Krucevic mais contre lui. Au service d'Eric.*

— Des centaines de femmes peuvent porter ce nom à Budapest, avança-t-elle prudemment. Cela n'a peut-être aucun lien avec l'ex-femme de Krucevic, Walter.

— C'est ça, répondit-il d'un air moqueur.

Mais même Caroline n'arrivait pas à y croire. Bien sûr qu'il s'agissait de l'ex-femme de Krucevic. Caroline savait comment Eric fonctionnait. Il maîtrisait à merveille l'art de la manipulation. Eric décelait immédiatement les faiblesses et savait les exploiter. Si Caroline avait compris que Mirjana pouvait être une arme redoutable contre Krucevic, alors Eric l'avait aussi réalisé, mais deux ans plutôt.

— Il s'agit peut-être d'une fausse rupture, marmonna Walter. Qui doit les arranger en vue d'une autre opération.

— Ce qui expliquerait qu'elle ait laissé Krucevic partir avec le gosse, suggéra Shephard. Elle a dû le voir régulièrement, en fait.

— Fred, ordonna Walter, appelez Budapest. Nous devons retrouver cette femme immédiatement.

Caroline sentit la panique l'envahir lentement. *Le filet se resserre. Si tu retrouves Mirjana tu retrouveras Eric. Et peut-être la vice-présidente* — et c'était pour cela qu'on l'avait envoyée. *Impossible de les sauver tous les deux. Je n'ai pas le choix.* Elle avait tendu un piège et Eric tombait dedans.

— C'est qui Jane Hathaway ? s'énerva Shephard. Le contact de Sharif avec Krucevic ? Est-ce que Michael est l'acronyme de Krucevic ?

— Les noms ne veulent rien dire, s'impatienta Walter, ce qui est important, c'est le rendez-vous au Hilton de Budapest.

Il prit le combiné que lui tendait Fred.

— Vic ? Ça se passe comment sur le terrain ?... Mal ? Mais vous vous êtes engagé, mon vieux. Écoutez, j'aimerais localiser l'adresse d'une femme, j'ai son numéro. C'est une suspecte dans l'enlèvement de Payne. Et envoyez une équipe au Hilton, d'accord ? On pense que le 30 Avril a un rendez-vous...

Caroline ne pouvait plus contrôler la situation. La station de Budapest allait trouver où vivait Mirjana. Ils la feraient arrêter avec des accusations forgées de toutes pièces, la police hongroise leur rendrait ce service — ou ils la surveilleraient s'ils pensaient qu'elle pouvait les mener à Krucevic. Et ils retrouveraient certainement Eric. Sauf si Caroline les doublait. Voulait-elle vraiment apprendre toute la vérité sur sa relation avec son mari — les mensonges, les tromperies, la confiance mal placée ?

Walter raccrocha le téléphone.

— Marinelli m'a signalé qu'un rendez-vous avec DBTOXIN aurait lieu dans la matinée, dit-il. Les nouvelles de la faillite de la banque hongroise ont provoqué des émeutes.

Elle était obligée d'aller de l'avant.

— Walter, demanda Caroline, il y a un train de nuit pour Budapest ?

— C'est un voyage de seize heures, répondit-il d'un air sombre. Prends l'avion et installe-toi au Hilton. Bigelow payera la note.

9

Depuis l'arrivée des médecins allemands au Kosovo, une énorme file d'attente, composée de milliers d'enfants et de parents, serpentait à travers le campement. Certains avaient passé sept heures à attendre leur tour. L'équipe médicale était principalement formée d'étudiants en médecine, tous volontaires. Et, tandis que les enfants du campement placés en quarantaine se faisaient vacciner, une autre équipe s'était installée dans la ville de Pristina. La peur de la propagation de l'épidémie avait gagné toute la province du Kosovo.

Simone Amiot n'avait pas encore eu l'occasion de parler aux volontaires allemands. Il y avait plus d'un millier de malades et de mourants, à présent, et elle ne sortait quasiment plus de la tente médicale. Simone dormait deux ou trois heures par nuit. Ce n'était pas assez. Elle tombait de sommeil, marchait comme si elle évoluait en eaux profondes, attendait que le nombre de malades diminue. Les vaccins seraient peut-être efficaces.

— Ils ont l'air de savoir ce qu'ils font, dit Stefan Marx, en jetant un œil à l'intérieur de la tente.

Stefan était le responsable de l'équipe de Simone, un ancien de Médecins Sans Frontières. Il avait fermé son cabinet médical prospère à Stuttgart pour passer sa vie dans les trous paumés du monde.

— Si seulement on pouvait savoir ce qu'ils injectent à ces gosses, ajouta-t-il.

— Que veux-tu dire ? demanda Simone.

— Que ce vaccin n'a pas été testé, répondit-il en regardant d'un air furieux l'expression des enfants malades. J'espère qu'il n'est pas pire que la maladie. Mais, de toute façon, avons-nous le choix ?

Enver Gordeviec avait l'air de le penser. Simone l'avait cherché parmi les parents qui faisaient la queue, espérant, en dépit de tout, le trouver avec la petite Krystle. Mais elle ne l'avait pas vu. Stefan Marx posa la main sur son épaule et lui sourit :

— Tu as l'air épuisé, tu devrais t'arrêter un moment.

Elle ouvrit la bouche pour protester, mais il était déjà parti aider une infirmière à soulever un enfant allongé sur un grabat. Simone enfila sa veste et sortit prendre l'air. Le soir tombait déjà. L'équipe médicale vaccinerait à la lumière de projecteurs s'il le fallait. Personne ne voulait laissait tomber ces gens.

Simone hésita, puis se dirigea vers la cabane d'Enver. Elle ne l'avait pas vu depuis la mort de sa fille. L'abri était silencieux quand elle s'approcha. Elle frappa à la porte et la planche de bois s'ouvrit sous la pression de sa main. Tout d'abord, elle ne vit rien dans la pénombre. Après quelques instants, elle aperçut les cheveux clairs de la petite Krystle briller dans les derniers rayons de la lumière du jour. L'enfant gisait au sol, les mains grandes ouvertes comme celles d'un ange. Le bras de son père reposait sur elle. Ils auraient presque pu être endormis.

Puis Simone vit les trous laissés par les balles sur leurs tempes et la flaque de sang sur le plancher. Elle vit le pistolet qui était tombé des mains d'Enver. Entre la maladie et les vaccins non testés, il avait trouvé une troisième issue. Il avait emmené son bébé rejoindre sa mère.

— Enver, murmura Simone.

Quand elle essaya de prononcer son nom, sa voix se brisa.

10

Caroline arpentait le hall de l'aéroport de Tegel d'un pas prudent. Elle avait déclaré son arme au service de sécurité, signé des documents et l'équipage de l'avion avait été prévenu. Il ne lui restait plus qu'à attendre. Le vertige qu'elle avait attribué la veille au décalage horaire s'empara de nouveau d'elle, mais cette fois, il était provoqué par l'angoisse. C'est son instinct qui l'avait poussée à se rendre en Hongrie, rien d'autre. Il lui manquait de nombreuses pièces du puzzle et, plus elle y pensait, plus elle paniquait. Eric était-il vraiment en Hongrie avec Sophie Payne? Ou s'était-elle raccrochée à une chimère en désespoir de cause? Les paroles de Walter lui revinrent: *les analystes ont besoin de tellement de preuves avant de bouger le petit doigt...*

Caroline avait essayé de se mettre dans la peau d'Eric et de penser comme un officier traitant. Elle avait essayé de se servir de son instinct, mais elle n'en avait pas l'habitude. Elle avait l'impression de naviguer dans une maison plongée dans l'obscurité, peur de trouver un mur à la place d'un corridor. Si elle se trompait, Sophie Payne pourrait mourir.

Le hall de l'aéroport tanguait. *Satané vertige.* Elle s'arrêta et jeta un œil sur un poste de télévision. C'était l'heure du journal. Elle comprenait mal l'allemand — cette langue ne l'avait jamais emballée — mais les images étaient claires. Un policier casqué, un homme au visage en sang, une bouteille explosant dans l'air, des vitrines brisées le long des boulevards de Pest. La Hongrie était en plein désarroi.

— Les infos sont sorties, finalement, dit quelqu'un derrière elle.

Caroline se retourna et découvrit l'homme à l'imperméable élimé, la mâchoire voilée par une barbe de fin de journée.

— Shephard, fit-elle bêtement.

— Je suis assis à côté de vous, je crois, dit-il en sortant sa carte d'embarquement. 10-B. Donc, je suis au milieu ? Merde ! C'est à cause de Mme Saunders. Cette vieille carne vous a donné le siège près du hublot, je suppose ?

— Qu'est-ce que vous faites ici ?

— Je suis Sally Bowles à Budapest.

Le sous-entendu était évident : elle l'avait dupé à propos de Sharif et il n'avait pas l'intention de la perdre de vue. Caroline faillit se mettre en colère, mais Shephard haussa les épaules et ajouta d'un ton las.

— L'enquête est morte, ici.

— Et le vieux Markus qui devait suivre le camion-poubelle, qu'est-ce que ça a donné ?

— Tout est parti à une décharge. Walter va emmener une équipe d'experts du FBI sur les lieux cette nuit. On parie combien qu'ils ne trouveront rien ?

— Je comprends, c'est déprimant. À votre place, je partirais aussi.

Elle se força à sourire. De la tête, il désigna le chaos sur l'écran de télévision et déclara :

— Vous ne comptez pas vous servir de votre carte de crédit pendant que nous serons en riante Hongrie ? La Bourse a plongé. Les banques ont gelé leurs actifs.

— J'ai du liquide, répondit-elle. Qu'allez-vous faire là-bas, au juste ?

— Les services secrets ont fait appel à moi pour enquêter sur l'escroquerie de Latja. Je suis l'Attaché de l'Europe centrale, au cas où vous l'auriez oublié.

— Bien sûr. Excusez-moi, c'était une question stupide. Prendre l'avion me rend anxieuse. Je devrais boire quelque chose, peut-être, ça me détendrait.

À sa surprise, il sortit une flasque de la poche de son imperméable.

— Tenez, prenez une lampée. Ou peut-être que ça ne se fait pas...

— C'est la première fois qu'on me tend ce genre de récipient.

Caroline examina la flasque en argent poli, patinée par le temps. Les initiales de Shephard y étaient gravées.

— Qu'y a-t-il dedans ? dit-elle.

— Du whisky pur malt d'Écosse qui provient d'une distillerie dont je n'arrive pas à prononcer le nom.

— C'est légal ?

— Enfin, on est à Berlin !

Sur l'écran de télé, une femme vociférait des obscénités en hongrois. *Az anyad* ! Ta mère. *Lofsasz a Seggedbe* ! Va te faire mettre par un cheval. Caroline porta la flasque à ses lèvres et but une gorgée. Le whisky lui brûla la gorge.

— Merci, dit-elle. Je ne sais pas du tout quel goût ça a, mais merci.

Shephard rigola.

— Pourquoi ça vous angoisse de prendre l'avion ?

Il n'y avait pas que cela qui la stressait, bien sûr.

— J'ai peur des zones de turbulences, mentit-elle.

Dans l'avion, les passagers étaient assis deux par deux. Mme Saunders fut donc pardonnée et Shephard ne se retrouva pas coincé entre deux personnes. Quand l'avion gagna de l'altitude, Caroline lui tendit la rubrique « sports » de son journal. Plusieurs articles spéculaient sur l'enlèvement de la vice-présidente, mais aucun n'évoquait le chaos économique de la Hongrie. De cette manière, il n'y avait aucune piste sur « la série d'incidents » en Europe centrale. Pas de signe d'une fissure indiquant qu'un barrage allait s'effondrer. Elle tourna les pages et tomba sur une photo de Pristina. Une longue file d'enfants attendant les vaccins allemands. Deux mille trois cents gosses étaient malades. Mille étaient déjà morts. Et les chiffres augmentaient.

Le chariot de boissons passa et Caroline demanda un gin-tonic. Elle posa son journal et se détendit.

— Walter m'a fait lire votre analyse, dit Shephard. Vous avez bien cerné Krucevic, il me semble.

— J'espère l'avoir bien cerné.

— Sur quoi vous basez-vous pour définir une personnalité ? lui demanda-t-il d'un ton légèrement critique.

— Quand je n'ai pas l'énergumène sur le divan ? répondit-elle. Oh, je cherche sa date de naissance et je consulte un astrologue. Krucevic est né sous l'influence de Saturne avec Mercure s'élevant à l'horizon. Très mauvaise conjecture, comme vous l'imaginez.

— Non, sérieusement, dit-il en souriant.

— Je me sers de tout ce que je trouve. Des rapports de police internationaux, de la presse locale et internationale, des rapports du ministère des Affaires étrangères.

— Et d'évaluations psychiatriques ?

— Oui, je collabore avec des psychiatres.

— Et ils pensent que Krucevic est sain d'esprit ?

— Krucevic n'a jamais révélé le moindre signe d'insta-bilité mentale. On ne peut pas dire que quelqu'un est fou simplement parce qu'il tue des gens.

Shephard lui jeta un regard pénétrant et demanda :

— Vous en avez eu envie ?

— De quoi ? répondit Caroline. De dire qu'il était fou ou de tuer des gens ?

— Vous avez suivi ce type pendant des années et vous savez qu'il est responsable de la mort de votre mari. Que ressentez-vous ?

Caroline éprouva soudain de la colère à l'égard de Walter. Décidément, il était impossible d'avoir une vie privée dans la communauté du renseignement.

— Vous voulez savoir si je suis motivée par une *vendetta* personnelle ? répondit Caroline.

— Vous êtes sans doute motivée par plusieurs raisons. Et je n'avais pas besoin de votre discours sur le IIIe Reich pour le comprendre. J'ai vu votre accoutrement clandestin, ce matin. Je doute fort que Walter sache ce que Sally trafique.

Caroline avala une gorgée de gin et décida de ne pas relever.

— Ma vie privée a un impact certain sur mes analyses, dit-elle. J'aimerais nuire au 30 Avril, c'est vrai. Comme nous tous.

— Mais certains d'entre nous y tiennent plus que les autres, souligna-t-il.

— Je veux mettre Krucevic hors circuit, je veux sauver la vice-présidente, mais ce n'est pas par désir de représailles.

Caroline se crispa. Était-ce la vengeance qui motivait Eric ? Son désir de voir souffrir Krucevic était-il si fort pour que Sophie Payne, l'enfant qu'il avait tuée et la douleur de Caroline ne fassent pas le poids en comparaison ? Caroline ne saisissait pas la profondeur de ce genre d'émotion. Même durant ses pires moments de rage et de désespoir, l'esprit de vengeance lui échappait. Mais elle savait que c'était un sentiment que comprenait bien Eric. Il transformerait la vengeance en justice triomphante.

— Se venger, déclara-t-elle brusquement à Shephard, quand on y parvient bien, donne un sentiment de maîtrise parfaite. L'ennemi est enfin entre vos mains. Ça vous force à vivre dans la tête de quelqu'un d'autre et à penser comme lui. C'est sans doute ce dont Sophie Payne a besoin en ce moment. Être obsessionnelle pourra peut-être lui sauver la vie.

— Vous êtes obsessionnelle ?

Elle détourna les yeux et regarda à travers le hublot. Les lumières bleues et blanches de l'aile clignotaient.

— Je rêve de Krucevic et je ne sais pas à quoi il ressemble physiquement, répondit Caroline. Mais je sens sa violence dans mon sommeil.

Il acquiesça silencieusement.

— Parlez-moi d'Eric, dit-il. Si ce n'est pas trop douloureux.

Elle faillit rire. Trente mois durant, Caroline avait vécu dans la confusion et le chagrin d'avoir perdu Eric. Mais quand il l'avait appelée, la nuit précédente, tout avait basculé. Malgré sa rage, Caroline avait senti la voix d'Eric ranimer un amour éteint, un amour qui avait perduré malgré la terreur et le faux décès.

Caroline s'était rendue à Berlin la rage au ventre. La rage avait disparu, à présent, mais elle n'arrivait pas à définir quel sentiment l'avait remplacée.

— Eric était un cow-boy, confia-t-elle à Shephard. Un ex-Béret vert extrêmement courageux, le genre de personne qu'on aime avoir auprès de soi quand les choses tournent mal. Avant, il y avait beaucoup d'hommes de cette trempe à la CIA.

— Aujourd'hui, sourit-il, les cow-boys sont des commerçants à deux doigts de la ruine financière.

— Je suppose.

— Je trouve...

— Étonnant que j'aie pu tomber amoureuse d'Eric ? Les cow-boys ne sont pas le genre de Sally Bowles ? Si je ne me trompe pas, Sally préférait les hommes de Yale auxquels le courage faisait défaut.

— Très bien. Alors c'est parce qu'il était si différent de vous ?

Pourquoi avait-elle aimé Eric ? Pourquoi l'aimait-elle encore ?

— Je me sentais vivante avec lui, essaya-t-elle d'expliquer à Shephard. Plus vivante que jamais. Comme si mon cœur battait au bout de mes doigts. Eric ne réfléchissait jamais à la prochaine initiative qu'il allait prendre, il la prenait. Il y a une immense liberté dans ce genre de comportement.

— Et de terribles conséquences.

— Oui, mais moi je ne fonctionne pas du tout comme ça. Aimer Eric était inconscient, grisant et risqué. Cela n'avait rien à voir avec une réflexion avisée. C'était un débordement d'émotions total. *Comme quand on vous pousse d'une tour de saut de douze mètres de haut et qu'on sent la peur et l'exultation monter en soi.* Je n'ai jamais ressenti quelque chose de semblable depuis.

— Et cela vous manque. Il vous manque. Alors, je suppose que vous étiez heureuse.

— Oui et non.

Caroline refoula les souvenirs liés à l'amour physique, l'amour aussi impitoyable que la faim, l'amour qui la laissait aussi dépouillée qu'un os de seiche sur les sables du matin.

— Eric était difficile, reprit-elle. Lunatique et distant parfois – il prenait son travail très au sérieux. Mais il avait beaucoup de charme. Et le sens de l'humour. Il était intelligent et rusé bien qu'il n'ait pas été très éduqué. Tout venait de ses tripes.

— Il aimait être entre hommes, commenta Shephard.

— Tout à fait. Mais il avait souvent peur, il était malade de peur. Lutter contre sa trouille devait lui donner une sorte de détermination, je pense. Il aimait les bonnes bières et Jack Nicholson... je ne sais pas quoi vous dire d'autre.

— Vous êtes restés mariés combien de temps ?

— Dix ans. Et vous ? Vous avez été marié ?

Shephard acquiesça et son visage se durcit. Caroline songea aux initiales gravées sur la flasque qu'on avait dû lui offrir et au fait qu'il la gardait toujours dans sa poche.

— Vous avez divorcé ? demanda-t-elle.

— Elle a eu un cancer du sein.

— Ah, fit-elle.

— Vous savez quel effet ça fait de perdre quelqu'un, dit-il en détournant les yeux. Nous étions rentrés aux États-Unis lors de ma dernière affectation outre-mer, pensant qu'elle y serait mieux soignée.

— C'est étrange, non, la façon dont on apprend qu'on ne peut rien changer à ce qui va se passer ? Qu'on peut seulement le subir.

— Vous me faites penser à Jen, dit-il avec simplicité.

— En blonde ou en brune ?

C'était exactement ce qu'il ne fallait pas dire. Elle le sentit au moment où les mots sortaient de sa bouche, mais c'était trop tard et Shephard avait déjà changé d'expression et se montrait plus distant. Caroline réalisa qu'elle avait instinctivement cherché à se protéger. Shephard lui tapait sur les nerfs. Il était bavard, irritable, parlait sans réfléchir, mais elle sentait néanmoins qu'il avait un bon fond. Shephard était brutalement sincère. Son regard était trop perçant, ses questions trop directes. Son vieil imperméable tâché trahissait un homme au grand cœur. Il était aussi transparent qu'Eric était opaque. Caroline craignait même d'être capable de lui faire confiance.

Il sortit un livre de poche de sa mallette et demanda sur un ton délibérément détaché.

— Vous irez au rendez-vous de Marinelli demain ?

— Oui.

— Vous pensez que TOXIN va vous apporter la vice-présidente sur un plateau ?

— Non, on va devoir le persuader de nous laisser le suivre dans le camp de l'ennemi avec des munitions qu'on devra réclamer, emprunter ou voler.

Et en laissant à Eric le temps de s'échapper. Parce que s'il se fait prendre par les forces américaines, la chère Agence de Dare est foutue.

— Je commence à comprendre pourquoi on vous surnomme Chien Dingue, dit Shephard en ouvrant son livre.

Caroline s'enfonça dans son siège, les yeux rivés sur le hublot. Il était impossible qu'un homme comme Shephard puisse comprendre la violence qui lui avait valu son surnom ou les limites qu'elle était capable de franchir. Elle craignait toutefois qu'il les découvre avant la fin de leur collaboration.

Caroline sentit soudain les effets du manque de sommeil de la nuit précédente et la fatigue lui brûlait les yeux. Elle aperçut une large bande sombre en regardant la terre, qui aurait pu être une route ou un haut mur, mais qui était en fait un fleuve. La vitre du hublot était glacée contre sa joue. Il ferait plus froid à Budapest qu'à Berlin et l'air serait empli de la poussière de charbon qui envahissait toute l'Europe centrale. L'espace d'un instant, Caroline put presque goûter l'hiver hongrois de son mariage raté.

11

Le ciel, la nuit, 20 : 12

C'était déjà en novembre, quatre ans auparavant, et ses pieds foulent les feuilles mortes du parc Varosliget. Ils se promènent sur un sentier qui longe le lac artificiel. La saison des balades en bateau est terminée, celle du patin à glace n'a pas commencé. Sous le ciel menaçant, le lac désert est aussi morne qu'une tasse emplie de feuilles humides. Scottie est à la gauche d'Eric, Caroline à sa droite. Scottie arbore une veste en tweed vert et marron moucheté de prune, comme s'il était venu directement d'Écosse pour passer un week-end au manoir. Caroline et Eric ont essayé de faire passer leur vie à Budapest pour un rêve d'expatriés. Pour Scottie, ils ont parcouru les boutiques à la recherche de porcelaine Herend, comparé leurs recettes de goulasch, bu des cafés turcs assis sur des coussins en velours en écoutant un violoniste transylvanien. Et à présent la balade dans le parc est un prélude au dîner et une tentative pour déjouer les plans de Scottie. Parce qu'Eric est devenu sa cible récente. Entre un arrêt à Berlin et une visite éclair à Istambul, Scottie a trente-six heures devant lui. Il est charmant tout en étant gêné par la présence de Caroline. Ses yeux glissent perpétuellement sur le visage d'Eric. Elle soupçonne Scottie de vouloir désespérément parler en privé avec l'homme qu'il a mis sur la sellette. Mais la conversation d'Eric est minime ces derniers jours. Il a enterré au fond de lui-même ses secrets comme un trésor et parler serait montrer son jeu. Il joue au chef de station, sifflote mais garde prudemment Caroline à ses côtés. Elle réalise qu'Eric se sert d'elle comme d'un bouclier mais elle ignore pourquoi. Sa position est pénible. Elle a toujours admiré Scottie, il est le père qu'Eric n'a jamais eu, son meilleur ami dans l'univers clandestin. Au moment de la disparition d'Eric, Scottie avait perdu tout espoir et cherché auprès de Caroline un peu de réconfort. Mais à cette époque, à Budapest, en cet après-midi de novembre, Scottie la toise comme la déléguée d'un service hostile. Elle a retourné son gars.

Scottie est déboussolé. Il cherche des points de repère, dissimule son anxiété sous un masque de bonhomie. Il est inquiet pour d'Eric et Eric le sait. Il a peur de la goutte d'eau qui fait déborder le vase. Quelqu'un d'autre se serait confié à Caroline, lui aurait demandé des explications, mais Scottie considère Caroline comme une ennemie. Elle veut plier bagage et rentrer au pays. Elle veut qu'Eric démissionne de la CIA. Il ne sait même plus ce qu'être installé quelque part signifie.

Scottie sent le fossé entre les couples avant qu'il ne se creuse, il tient Caroline pour responsable de la distance d'Eric.

Devant eux, la folie architecturale des tours du château Vajdahunyad ressemble à un projet de Disneyland planté sur un terrain suspect. Caroline tripote une pièce de monnaie dans sa poche gauche. Elle répond à Scottie quand il lui pose une question. Elle relance la conversation au-dessus de la tête d'Eric comme s'ils étaient des conspirateurs communiquant à travers le mur d'un jardin. Comme toujours, Eric se réfugie en son for intérieur. Le col de son manteau relevé, il surveille les alentours, cherche à déceler une éventuelle filature, ses yeux bougent constamment. Caroline est sur le point de crier, *Parle-moi, bon sang, parle ou laisse-moi partir* – mais Scottie admire l'aile baroque du château. Le doigt en l'air, elle raconte l'histoire du château, décline la date de son édification.

À Washington, la brise serait chargée de l'odeur du bois qui brûle, une émanation festive qui aiguise l'appétit et annonce les fêtes de l'hiver; mais à Budapest, l'air est jaune, pollué par le charbon.

Ils s'éloignent du lac et se dirigent vers le zoo, au nord-est du parc. Pas pour voir les éléphants au regard triste ou les fauves arpentant leurs cages, mais parce que Gundel, le meilleur restaurant de la ville, y est installé dans un palace Art Nouveau et qu'ils désirent célébrer un événement.

– Ça fait combien de temps? leur demande Scottie.

– Huit ans, répond Caroline. C'est notre huitième anniversaire de mariage.

– Les enfants! dit-il en posant sa main sur l'épaule d'Eric qui regarde fixement une tache sombre dans les bois. Aucun de mes mariages n'a duré aussi longtemps. Mais j'espère que vous resterez longtemps ensemble. Je le souhaite sincèrement.

Tandis que Caroline somnolait la tête inclinée vers le hublot, Shephard ne tenait pas en place. Il se cogna contre la table amovible, fit tomber son livre par terre et jura dans sa barbe. Caroline était totalement immobile. La bouche légèrement ouverte, les paupières closes, sa respiration était régulière et profonde. L'avion commençait sa descente et Shephard voulait absolument savoir qui était Sally Bowles.

Il se pencha pour récupérer son livre, et souleva le rabat du sac de Caroline. Elle devait être en possession d'un passeport normal et non diplomatique. Du bout des doigts, il palpa délicatement les objets du sac et sentit une pochette scellée par une fermeture Éclair. La nuque tendue, il l'ouvrit avec son index, se reprochant mentalement sa maladresse, et sentit le contour de quelque chose.

Une boîte d'allumettes. Il la repoussa et trouva enfin ce qu'il cherchait. La photo d'identité représentait la femme à la perruque noire. Et le nom correspondait à celui qu'il avait entendu trois heures plutôt dans la bouche du Palestinien sur écoute. *Jane Hathaway*. De quel autre nom Sharif s'était-il servi ? Michael ? Shephard remit le faux passeport à sa place et se redressa. Son cœur battait vite. *Caroline travaillait avec un terroriste palestinien*. Sharif l'avait mise en contact avec le 30 Avril. Et, de toute évidence, Walter n'en avait aucune idée.

Il inspira profondément et passa la main dans ses cheveux. L'avion perdait progressivement de l'altitude et même les hôtesses avaient attaché leurs ceintures de sécurité. Caroline était-elle une taupe terroriste au cœur de l'enquête ? Allait-elle tous les trahir ? Ou opérait-elle sur les ordres de Washington que personne – ni même les chefs de stations de l'Agence – n'avait le privilège de connaître ? Shephard ferma les yeux. Fouiller dans le sac de Caroline lui avait apporté des renseignements dangereux. Il s'était laissé guider par une méfiance soudaine, un sentiment de traîtrise. Il fallait qu'il assume, à présent. Et qu'il surveille de près Jane Hathaway à Budapest.

12

Une douleur intestinale fit gémir Sophie Payne. Telle une créature possédée, elle se tordait de douleur. C'était la seconde fois qu'elle vomissait du sang au cours de la nuit.

Derrière le mur, elle entendait des plaintes. Elle enfouit son visage dans l'oreiller humide. Le son d'une ceinture claquant sur une peau nue retentit. Jozsef réprimait vite les cris de douleur qui lui échappaient. Il ne manquait pas de courage.

— Qu'est-ce que tu lui as dit ? demanda une voix dure en allemand.

— Je n'ai jamais rien dit, papa ! Je ne lui ai pas parlé depuis des mois !

- Menteur !

La ceinture. Un gémissement déchirant.

— Menteur !

Les coups pleuvaient à présent. La peau transparente du garçon allait être couverte de marques et de sang. « Pour l'amour du ciel, laissez-le... », murmura Sophie.

— Tu as parlé à ta mère, insista méchamment Krucevic. Tu lui as tout dit. À cause de toi, elle a localisé Greta et elle a réussi à la convaincre de lui donner le vaccin. Tu m'as trahi,

Jozsef! Tu te rends compte des dégâts que tu as provoqués ? Nous devons la retrouver ! Tu dois me dire où elle est avant qu'il ne soit trop tard !

— Je pensais que tu l'avais tuée depuis longtemps ! cria-t-il rageusement.

— Tuée ?

— Tu as dû la tuer. Autrement, pourquoi me laisserait-elle ici ?

Cette année d'abandon n'avait donc pas laissé Jozsef indifférent. Sophie pensa à la patte de lapin de l'enfant, talisman pathétique symbolisant le souvenir d'une vie normale. En dépit de tout, Jozsef espérait que sa mère était encore vivante.

— Parce qu'elle est lâche, cracha Krucevic. Ta mère est trop lâche pour venir te chercher. Elle n'ose pas m'affronter.

— Où est-elle, papa ?

— C'est à toi de me le dire. C'est toi qui lui as parlé en cachette. Toi qui as pris mon téléphone au milieu de la nuit pour appeler Belgrade. Tu crois que je ne reçois pas mes factures ? Que je ne reconnais pas le numéro ?

— Oui, j'ai appelé ! Je l'appelle toutes les semaines depuis que tu m'as enlevé ! Mais je n'ai jamais entendu sa voix. Jamais entendu un mot. Elle n'est pas à Belgrade. Elle n'est nulle part. Je ne sais pas où elle est !

Il sanglota nerveusement. Sophie se sentit terriblement triste pour l'enfant perdu et fragile qui se trouvait derrière le mur. En plein délire, la vue brouillée, le souffle coupé, elle entendait les sanglots de Jozsef s'amplifier. Les murs lui semblaient vibrer d'amertume. Comment Krucevic pouvait-il être aussi monstrueux avec son fils ? Ne comprenait-il pas ce que ressentait Jozsef, tiraillé entre une mère qui l'avait élevé et un père qui lui imposait sa volonté ? Ne voyait-il pas le déchirement de l'enfant ? Jozsef mourrait de ne pas avoir la mère qu'il aimait auprès de lui. Mais il mourrait aussi, pensa Sophie, avant de trahir Krucevic.

La ceinture claqua de nouveau. L'enfant cria.

— Ça t'apprendra à prendre mon téléphone, dit son père.

Depuis le moment où Krucevic avait appris que Mirjana avait volé son vaccin, il avait été convaincu que Jozsef avait parlé. C'était bien le genre de sa garce de femme de mettre la pression sur son fils pour obtenir des informations. Jozsef était jeune, on pouvait facilement le manipuler psychologiquement. Mais il l'avait frappé presque jusqu'au point de lui faire perdre connaissance et la version du gosse n'avait pas changé. Jozsef n'était pas l'informateur de Mirjana, et elle détenait beaucoup d'informations. Mirjana avait réussi à localiser VaccuGen. Après tout, cela pouvait s'expliquer. C'était une société privée qui travaillait en toute légalité. Les vaccins de VaccuGen permettaient au bétail de toute la planète – et en particulier à celui des pays en voie de développement – de ne pas être la proie de maladies. Mais comment avait-elle obtenu le nom de Greta Oppenheimer ? Comment avait-elle su quel vaccin voler ? Il n'y avait qu'une seule réponse. L'un des membres du 30 Avril l'avait trahi. Et Krucevic avait déjà un suspect en tête.

Il regarda sa montre. C'était presque l'heure du dîner. Comme le Christ durant la Cène, il partagerait son pain avec l'homme qui l'avait vendu pour trente pièces d'argent. Et ensuite, il le crucifierait.

Le taxi de l'aéroport emmena Caroline et Shephard à travers des boulevards pleins de sirènes hurlantes. Ils franchirent des barrages de police, s'imposèrent sur des ponts grouillants de monde. Les façades des immeubles du dix-neuvième siècle vacillaient dans les flammes.

Le Parlement hongrois brûlait.

Postée devant la fenêtre de sa chambre d'hôtel, Caroline regardait l'incendie qui lui rappelait un tableau impressionniste. Les glorieux bâtiments anciens s'embrasaient, le pourpre et l'or des flammes se reflétaient dans le Danube.

— Le gouvernement est tombé il y a une heure, déclara Shephard dans l'embrasure de la porte.

La réflexion des flammes ondulait sur l'eau sombre.

— Et la Volksturm va débarquer demain matin, ajouta Caroline.

Dans la voiture, Tonio frissonna aux côtés de Michael. La dernière cassette vidéo de Krucevic reposait entre eux sur une console. Tonio avait siffloté une chanson de U2 — il les connaissaient toutes par cœur, mais même le rock ne parvenait plus à le réconforter.

— Bon sang ! dit-il. Qui aurait cru qu'une histoire d'argent provoquerait une émeute pareille ?

— Krucevic, répondit Michael. Mlan avait besoin d'un prétexte pour envoyer la Volksturm en Hongrie, et tu le lui as fourni.

— J'ai simplement obéi aux ordres, protesta Tonio. En tapant sur quelques touches du clavier.

Ils étaient proches de la ville, à présent, et le ciel de Budapest luisait comme une fournaise.

— La ville doit être pleine de flics, observa Tonio. Têtes de nœuds !

Il se signa, les lumières du tableau de bord éclairaient les cicatrices de son poignet. Son séjour dans les prisons italiennes ne lui avait pas réussi. Il alluma la radio. Une czardas envahit la voiture.

— Quelle musique de merde ! grogna-t-il. Comme leur langue et leur économie.

Michael éteignit la radio.

— T'as qu'à chanter, dit-il à Tonio. Chante-nous une petite chanson de Paul Simon, ça te calmera.

— C'est un verre qui me ferait du bien.

— Tu en boiras un bientôt.

— Il va y avoir des barrages, des contrôles de poulets. On devrait peut-être faire demi-tour. On lui dira qu'on ne pouvait pas s'approcher.

— On va s'approcher.

— Tu connais cet endroit ? lui demanda Tonio en le regardant. Tu y es déjà allé, hein ?

Michael regarda par-dessus son épaule, mit son clignotant et s'engagea dans la file rapide. Tonio ne s'était pas vraiment attendu à ce qu'il lui réponde. Michael était l'homme le plus silencieux qu'il connaisse, parmi ceux qui n'avaient pas une balle dans la tête.

— Tu savais que Mlan nous suivait ? demanda Michael.

— Vraiment ? Il nous suit ?

— Ou du moins Vaclav nous file. Je l'ai repéré il y a un quart d'heure, à la sortie du bunker. Otto est assis à ses côtés. Il a l'air content.

Quand Otto était content, c'était mauvais signe. La peur au ventre, Tonio demanda :

— Pourquoi nous fileraient-ils ?

— Je ne sais pas. C'est peut-être un test.

La gorge serrée, Tonio déglutit.

— Quel genre de test ? demanda-t-il.

— Il n'y a qu'une seule chose que Mlan pourrait tester.

Michael avait raison. Un an plutôt, Tonio avait vu le chef abattre deux hommes qu'il avait bien connus et appréciés.

— Putain ! Qu'est-ce que tu as fait, Michael ?

— Moi ? J'ai simplement tué une petite fille sur ses ordres. Et toi, qu'est-ce que tu as fait avec tes doigts magiques ? Tu as pénétré une zone interdite dans l'ordinateur de Mlan ?

— Non ! Je le jure sur la Vierge !

Michael leva un sourcil.

— Alors, nous n'avons rien à craindre, dit-il. Chante. Avec un peu de chance, on les sèmera.

Il quitta brusquement le M1, à l'ouest de Buda, serpenta à travers les voitures dans les rues étroites, puis descendit vers les ponts du Danube. Ils arrivèrent dans le quartier de Gellerthégys situé derrière le château. La vaste étendue de Villanyi Ut était déserte. Puis, la place Moricz Zsigmond Körtér apparut, ainsi qu'un barrage de police.

317

— *Merda*, murmura Tonio en se recroquevillant sur son siège tel un rongeur inquiet. Fais demi-tour.

— Sûrement pas. On continue.

— Pourquoi ?

— Parce que Mlan n'osera pas nous suivre plus loin, assena Michael.

Il ralentit, s'arrêta et baissa la vitre de l'Audi. Un officier s'approcha. Il lui demanda quelque chose dans une langue incompréhensible et Michael acquiesça.

— Donne-moi les papiers de la voiture, demanda-t-il à Tonio.

— Quoi ?

— Ils sont dans la boîte à gants.

Il y avait également une arme dans la boîte à gants, au fond, là où on ne la remarquait pas, et l'espace d'un instant, Tonio comprit le plan de Michael. Mais le flic hongrois l'observait, la visière de sa casquette rasant ses sourcils et, sous le poids du regard sombre, Tonio se sentait paralysé. Impossible de saisir l'arme et de tirer sur la tête du flic. Tonio avait été témoin du meurtre du ministre des Finances hongrois, témoin de nombreux assassinats au cours des précédents mois, mais il ne pouvait se résoudre à tuer. Par ailleurs, d'autres poulets attendaient plus loin, et la lumière des phares éclairait leurs uniformes.

Michael tendit le bras et saisit un paquet de documents dans la boîte à gants. Il bafouilla quelques mots de hongrois. Le flic acquiesça, parcourut les papiers puis les lui rendit. Il aboya un mot. Michael sortit son passeport.

— Tonio ?

— Quoi ?

— L'officier aimerait voir ton passeport.

Tonio écarquilla les yeux et poussa un bref soupir. L'avait-il sur lui ? Ou l'avait-il laissé au bunker ? *Madonna*, mais Krucevic allait tuer Michael ! Que se passerait-il si leurs noms figuraient déjà sur une liste et que les flics décident de les suivre, les voient jeter la cassette vidéo par la vitre et transmettent le numéro de leur plaque d'immatriculation aux Américains ?

Le policier tendit la main. Tonio fouilla dans sa veste. Ses doigts effleurèrent son arme. En quelques secondes, Michael pouvait faire demi-tour et foncer avant que les autres n'aient le temps de suivre...

Tonio sortit son passeport. Le flic examina le document d'un air indifférent puis rendit les deux passeports.

Michael remonta sa vitre. Les doigts tremblants, Tonio saisit l'un des passeports à l'aveuglette et le rangea dans sa veste.

— Qu'est-ce que tu leur as raconté? gronda-t-il.

— Que la voiture appartient à VaccuGen.

Michael tourna à gauche et descendit la Bartok Béla Ut.

— Qu'on est des représentants et qu'on vient de Berlin, poursuivit Michael. Qu'on ne savait pas qu'il y a des émeutes.

— Des représentants.

— Qu'on ne savait pas qu'il y a un couvre-feu et qu'on cherchait l'hôtel Gellért. C'est à quelques pâtés de maisons d'ici.

— Putain, j'ai besoin d'un verre.

La façade illuminée de l'hôtel Art Nouveau surgit devant eux, près du pont des Chaînes. Soudain, Michael tourna à droite et vira à gauche pour s'engager dans la Budafoki Ut. Il fredonnait *Graceland*. Tonio allait avoir cette putain de chanson en tête pendant un mois, maintenant.

Michael gara l'Audi le long du trottoir et coupa le contact.

— Tu n'es pas en état de venir avec moi, dit-il.

Il sortit des deutsche Marks de sa poche et les tendit à Tonio.

— Qu'est-ce que tu fais? demanda Tonio.

— C'est le Libella, répondit-il en désignant un bar. C'est pas mal comme endroit, la musique te plaira. Ils accepteront volontiers tes deutsche Marks et en profiteront pour t'arnaquer. Mais après tout, ils ont besoin d'argent en ce moment à Buda.

— Et la cassette?

— Je m'en occupe, dit Michael. Je vais aller la déposer à pied, c'est plus sûr.

— Mais Mlan…

— Mlan a fait demi-tour avant le contrôle de police. Il n'en saura rien. Je te retrouve dans une heure. Deux heures au maximum. Si tu ne me vois pas, prends la voiture et file.

Tonio déglutit nerveusement. S'il voulait voir le jour, il ne pourrait jamais partir sans Michael. Il cligna des yeux vers la lumière dorée des fenêtres du bar. À quand remontait son dernier verre ? Il fallait qu'il soit prudent. Mlan haïssait autant l'alcool que les femmes.

Michael s'éloignait déjà vers le pont, telle une ombre sous le ciel enflammé.

Michael attendit d'être passé à Pest avant de sortir son portable. Il composa un numéro que Walter Aronson aurait reconnu. Cela faisait quatre heures que la station de Budapest avait mis sur écoute la ligne téléphonique de Mirjana Tarcic.

Michael tomba sur le répondeur de Mirjana. Il composa son code d'accès et écouta les messages. Quand il entendit la voix de Sharif, son cœur battit légèrement plus vite. Il raccrocha. Sa respiration était audible, pas tout à fait contrôlée. Michael regarda le Hilton qui se dressait de l'autre côté du Danube, comme s'il pouvait apercevoir la silhouette de Caroline derrière une fenêtre éclairée. L'avoir vue au journal télévisé lui avait suffi pour prendre le risque d'appeler en pleine nuit. Maintenant, sachant qu'elle était là…

Quelqu'un klaxonna bruyamment derrière lui. Michael se détourna du fleuve et se dirigea d'un pas rapide vers les émeutiers attroupés sur Szabadság Ter. Il savait qu'ils s'étaient réunis devant le siège de la Télévision magyare et de la Banque nationale − juste à côté de l'ambassade américaine. Il ne pourrait pas s'approcher sans provoquer une bagarre.

Toutes les ambassades américaines implantées en Europe devaient être en alerte. Les plantons qui montaient la garde devaient rêver de coincer un touriste détenant une cassette vidéo de Sophie Payne dissimulée dans sa veste. L'ambassade était impérativement à éviter. Mais où pouvait-il déposer la cassette ?

Des souvenirs lui revinrent — la surveillance nocturne, Caroline assise à ses côtés, la conversation l'apaisant tandis qu'il quadrillait la ville...

Il y avait la résidence de l'ambassadeur, songea-t-il, un petit palace du dix-neuvième siècle qu'il connaissait bien, entouré d'un vaste jardin. Il pourrait jeter la cassette par-dessus les grilles en fer forgée, les marines ne prêteraient pas attention aux buissons et aux parterres de fleurs. Mais tout d'abord, il devait passer un autre coup de fil. Il se cacha sous le porche de l'Académie hongroise des sciences et sortit son portable.

— C'est moi, dit-il après le signal sonore. Nous sommes en ville. Dis à Béla de surveiller ses arrières. Et, pour l'amour du ciel, sois prudente.

13

Assise sur le plancher de sa chambre d'hôtel, les yeux rivés sur le ciel luisant de Pest, Caroline ne trouvait pas le sommeil. Dormir dans la ville en feu lui semblait aussi inconcevable que de pique-niquer près d'un champ de bataille. Les Anglais avaient-ils dormi durant le long printemps de 1940? Les habitants de Dresde avaient-ils sommeillé sous les tapis de bombes? La fatigue avait-elle eu le dessus? Ou s'habituait-on au bruit des bombardements, aux lueurs aveuglantes trouant la nuit?

Elle porta à ses lèvres une bouteille miniature de whisky qu'elle avait trouvée dans le mini-bar. *La violence.* La violence l'avait suivie jusque dans l'opulence feutrée du Hilton. Elle patrouillait dans les corridors, dans les escaliers, dans les ascenseurs. La violence portait le pseudonyme d'Eric sur une cassette enregistrée et, dans l'épaisse fumée au-dessus du Danube, Caroline avait lu le signe annonciateur de l'échec de son mari.

Elle pouvait remercier Vic Marinelli pour l'homme insignifiant assis dans le hall de l'hôtel qui lisait tous les magazines ou pour la jeune femme aux lunettes larges comme des yeux de chouette qui parlait au téléphone sur un ton solennel.

Marinelli était le chef de station de Budapest. C'était à lui de placer une tête sympathique derrière le bureau de la réception, un gros bras parmi les voituriers. Caroline devait deviner qui était qui. Le filet de l'Agence se resserrait autour d'elle avec des visages souriants, l'étranglait avec des mains avenantes. Si Michael et Jane osaient se rencontrer, ils se feraient immédiatement emballer.

Oui, elle remerciait Marinelli pour les derniers barreaux de sa cage, mais à qui la faute ? À elle puisque qu'elle n'avait pas réussi à laisser Sharif et ses amis tranquilles.

Elle avala une lampée de whisky, sentit le liquide lui brûler agréablement la gorge et fixa l'embrasement orange de l'autre côté du fleuve jusqu'à avoir mal aux yeux. Elle pouvait être honnête avec elle-même, maintenant. Elle voulait retrouver Sophie Payne vivante et qu'elle soit rapatriée à Washington dans un C-130. Mais elle voulait également qu'Eric soit délivré de Krucevic, de l'Agence et d'elle-même. C'était un paradoxe qu'elle avait du mal à accepter. Elle était coincée avec Jane Hataway. Elle était Caroline Carmichael, la femme qui servait d'appât. Sa bouteille de whisky était vide. Elle la jeta dans une corbeille à papier et, au même moment, le téléphone sonna.

Elle s'immobilisa. *Eric. Et Marinelli avait certainement mis les lignes de l'hôtel sur écoute.* Elle faillit ne pas répondre. Puis, malgré elle, sa main décrocha le combiné.

— Caroline, dit-il.

— Scottie, répondit-elle, à la fois soulagée et déçue.

— Je vous réveille ?

— Non, dit-elle en jetant un œil sur le réveil, il n'est que onze heures du soir.

— Où en est Budapest ?

— Budapest brûle. Les gens ne se jettent pas encore par les fenêtres et la plupart des fenêtres sont déjà brisées. La Volksturm arrive demain.

— Ah, fit Scottie. Dans ce cas, nous pouvons mettre la République hongroise dans le dossier du chancelier allemand.

De toute évidence Scottie croyait lui aussi que le IIIe Reich s'élevait comme un phénix renaissant de ses cendres vieilles d'un demi-siècle.

— Quoi d'autre ? demanda Caroline.

— Si j'avais su cela, je vous aurais demandé de rentrer, Caroline. Vous êtes au courant de notre échec à Bratislava ?

— Oui. Je suis désolée.

Sachant que leur communication était peut-être écoutée, elle gardait un ton neutre, répondait évasivement.

Un bruissement traversa deux continents tandis que Scottie manipulait des papiers.

— Ce n'est pas un échec complet, décréta-t-il. Nous avons intercepté une communication téléphonique du cerveau. Sa secrétaire à VaccuGen lui a avoué qu'une livraison avait mal tourné.

Une livraison. Caroline se redressa. Krucevic avait-il essayé de se débarrasser de la vice-présidente ?

— Le médicament de quelqu'un a atterri entre de mauvaises mains, poursuivit Scottie. Le cerveau était fou de rage. Nous cherchons à savoir pourquoi.

— Le médicament était destiné à notre amie disparue ? demanda Caroline ?

— Nous pensons que non. Mais il est probable qu'elle ne soit pas très vaillante. Nos spécialistes sont très inquiets.

Caroline sentit un pincement au cœur. Le message contenu dans les derniers mots de Scottie tombait comme un couperet. Sophie Payne était mourante.

— Et la secrétaire ? demanda Caroline. Vous pouvez la retrouver ?

— Nous avons essayé. Elle a quitté précipitamment son bureau après avoir parlé au cerveau. Il semblait surpris et très énervé. Comme s'il y avait un os.

— Je vois. Qu'attendez-vous de moi, Scottie ?

— Je vais peut-être vous envoyer en Pologne. Je vous rappellerai demain si besoin est.

— En Pologne?

— Notre ami Cuddy a découvert quelque chose là-bas. Dans les comptes dont il s'occupe.

Les comptes de VaccuGen. Grâce à DESIST, Cuddy avait trouvé une nouvelle piste.

— Des sommes énormes arrivent sur le compte d'un certain parti allemand, reprit Scottie, puis sont transférés sur le compte d'amis en Pologne. Nous trouvons cela...

— Amusant, coupa Caroline, vu l'état des coffres du pays, ici...

— La chute d'un marché peut provoquer la hausse d'un autre marché, rétorqua Scottie, comme si son jeu de charades le distrayait.

Mais Caroline était lasse.

— Vous pensez que notre amie disparue est également en Pologne? demanda-t-elle.

— C'est possible. Mais ses heures sont comptées. Vous avez des nouvelles de notre oiseau?

Son ton avait légèrement changé, observa Caroline.

— Non. Mais j'ai changé de ville. Même lui a peut-être besoin de temps pour s'adapter.

Ce qui prouvait combien elle sous-estimait Eric.

Caroline avait tiré les rideaux sur l'incendie mourant du Parlement et était presque sur le point de s'endormir quand elle entendit frapper à sa porte. Shephard, pensa-t-elle, avec l'envie subite de se terrer sous les couvertures. Elle n'aimait plus la façon dont il l'observait, il la mettait mal à l'aise. Son regard était trop perçant, trop interrogateur. Durant le voyage entre Berlin et Budapest, ils avaient perdu une distance professionnelle. Peut-être, parce qu'elle lui rappelait sa défunte épouse. Quoi qu'il en soit, Caroline préférait Shephard quand il était caustique et fermé, ce qui le rendait moins dangereux.

Un autre coup retentit. Plus fort, cette fois.

Elle traversa la chambre et se dirigea vers l'œilleton de la porte. Il n'y en avait pas. Elle mit la chaîne de sécurité et entrouvrit la porte. Stupéfaite, elle ne parvint à prononcer aucun mot.

— Pour l'amour du ciel, laisse-moi entrer avant que quelqu'un me repère, murmura Eric.

Elle ôta nerveusement la chaîne. Il se glissa à l'intérieur de la chambre et ferma la porte. Il portait un uniforme de garçon d'hôtel et avait laissé son chariot dans le couloir.

L'entrée des employés, pensa Caroline, *et l'ordinateur de la cuisine contenant la liste de tous les clients de l'hôtel pour le service de chambre.*

— Tu n'aurais pas dû venir ici, dit-elle, les agents de la station sont partout.

— Je savais que tu allais dire ça, répondit Eric en la prenant dans ses bras.

En sentant ses mains la caresser dans la pénombre, Caroline reçut un véritable choc. *Des mains mortes*, songea-t-elle. Combien de nuits avait-elle passées au cours des deux dernières années à prier pour sentir le contact d'Eric, la carrure solide de ses épaules, la chaleur de son visage ? Elle se laissa aller un instant et respira profondément l'odeur de son mari. Il sentait le tabac et le charbon sulfureux, les feuilles mortes et la pluie. Une odeur de peau humaine, de chair humaine et la senteur florale d'un savon émanaient de lui. Il sentait Budapest et Nicosie, la marée et la Virginie, le manque et la douleur, le désir. Il sentait la vie, une vie vécue sans elle. Caroline avait autant pleuré la perte du corps d'Eric que celle de son âme. Ce corps fort, presque sauvage dans la pénombre. Elle frissonna et ferma les yeux, le laissant caresser ses seins, ses épaules, le lobe de son oreille. Son contact lui insufflait tant de vie qu'elle eut soudain envie de hurler de joie, d'oublier la tristesse des moments passés sans lui et de caresser sa tête en remerciant Dieu d'avoir laissé vivre son mari. Deux ans durant, Caroline avait prié pour que son mari revienne à la vie, et sa prière avait été exaucée.

Mais quel cadeau empoisonné. Cet homme n'était pas un miracle. C'était un mensonge ambulant. La colère des années passées rejaillit brusquement et elle s'arracha froidement à l'étreinte de son baiser. Elle sentit le cœur d'Eric qui battait, ses membres tendus comme s'il s'apprêtait à piquer un sprint. Son mari avait toujours été un prédateur. Elle lui saisit fermement les bras et le repoussa violemment.

— Où est Sophie Payne ? demanda-t-elle.

Il ressemblait à un plongeur privé d'oxygène.

— Je ne peux pas te le dire. Pas encore.

Si notre enfant chéri refuse de livrer son butin en parfait état, lui avait ordonné Scottie, *arrêtez-le. Le reste, c'est du bavardage.*

— Que fais-tu ici, alors ?

— Tu es ici, répondit-il sans détours en avançant vers elle.

— Je suis ici pour retrouver la vice-présidente. Ta mort m'a permis de devenir un expert du 30 Avril.

— Caroline…

— Dis-moi où elle est. C'est tout ce que j'attends de toi.

— Laisse-moi encore un peu de temps.

— Non ! Tu as largement dépassé l'échéance, fils de pute !

Elle sentit des larmes de rage monter dans sa gorge, furieuse de l'insouciance d'Eric, de sa façon de se comporter, comme s'il pensait qu'elle allait l'accueillir à bras ouverts après deux ans et demi d'absence.

Caroline eut soudain peur de craquer. La rage était son alliée, son arme. Autant laisser croire à Eric qu'elle se sentait plus forte seule qu'en vivant dans son ombre. Afin qu'il redoute la Grande Prêtresse du Raisonnement. Elle se rapprocha de lui et le frappa à la poitrine.

— Il me suffit d'appeler la réception pour te faire arrêter, menaça-t-elle.

— Tu ne le ferais pas.

— Pourquoi ? Donne-moi une seule raison pour ne pas le faire !

Caroline en avait déjà une. faire arrêter Eric détruirait irrévocablement l'Agence. Elle se fichait des bureaucrates qui se moquaient éperdument de l'état du monde, mais Dare Atwood, Cuddy, Scottie Sorensen étaient des gens que Caroline aimait, les seuls qu'elle voulait protéger.

— Tu ne comprends pas ? reprit-elle. C'est fini ! Fini les vendettas, les petites filles assassinées, les vice-présidentes prises en otage, tout ça s'arrête maintenant !

Il la dévisagea d'un air perplexe.

- L'enjeu est bien plus important que Sophie Payne, répondit-il. Ce n'est pas seulement Krucevic qu'il faut mettre hors service, mais également ses réseaux, ses contacts dans le monde entier, ses comptes en banque, tout ce qu'il a construit.

— Alors travaille avec moi, exigea-t-elle. Dis-moi comment aller à sa base en Hongrie. Donne-moi les détails de l'opération en Pologne. Tout ce qui peut m'aider.

— Tu es courant pour la Pologne ?

Caroline laissa échapper un rire sardonique.

— Qu'est-ce que tu crois ? Que tu es le seul à travailler ? Nous n'avons pas chômé pendant que tu étais mort et enterré. Dommage que tu ne le sois pas resté.

— Non, tu ne souhaites pas ça, murmura-t-il.

La lumière faible soulignait les reliefs de son visage décharné et elle réalisa soudain combien il avait vieilli en l'espace de deux ans. Mais elle refusa de se laisser attendrir. Si elle flanchait, elle le perdrait.

— Où est ta base ? insista-t-elle. Si tu me le dis, j'y enverrai une équipe avant l'aube.

Eric hésita. Mais il était trop habitué à l'autosuffisance pour céder.

— Donne-moi encore quelques heures.

— Je n'ai plus de temps à t'accorder, répondit-elle avec mépris. Va-t-en avant que j'appelle les flics.

— Caroline...

—Non! explosa-t-elle. Tes excuses ne changeront rien du tout.

Caroline avait articulé sa phrase lentement, comme si elle s'était adressée à un sourd, à un illettré, à un étranger pathétique et déboussolé. La petite fleur d'espoir qui avait éclos à Berlin se fana instantanément en elle.

— Je t'ai fait souffrir, commença-t-il, je sais.

Il tendit la main pour la toucher mais elle se raidit. Ses yeux — les yeux d'Eric, plus bleus que la mer et emplis d'une tristesse poignante — la scrutaient intensément. Allait-il la supplier? Elle?... *Arrêtez-le. Le reste, c'est du bavardage...*

Un coup de fil. Qu'il plaide sa cause au chef de station s'il était si désespéré.

— Va-t-en, murmura-t-elle.

Et il sortit.

14

— Madame. Madame Sophie ? Vous êtes réveillée ?

Jozsef lui parlait depuis le couloir. Elle s'avança au bord de son lit et laissa tomber un bras vers le sol. Si elle parvenait à descendre du lit, elle pourrait peut-être se traîner jusqu'à l'enfant. Elle s'appuya sur une main et sentit son poignet fléchir. L'effort lui donna le vertige.

— Madame Sophie !

— Oui, Jozsef ? croassa-t-elle.

— Mon père est parti. Je peux entrer ?

Malgré la douleur qui lui cisaillait le ventre, elle sourit. C'était mignon de demander la permission, songea-t-elle.

— Bien sûr, répondit-elle. Mais je ne peux pas t'ouvrir.

La porte glissa silencieusement. Elle vit la petite silhouette de Jozsef et la télécommande dans l'une de ses mains. Dans l'autre, il tenait une seringue.

— J'ai le médicament, murmura-t-il en s'approchant d'elle.

Cet enfant allait probablement murmurer toute sa vie.

— Prenez-le avant qu'il ne soit trop tard, ajouta-t-il. Il en reste très peu, et j'en ai eu assez.

— Ton père peut en fabriquer plus, dit Sophie.

— Pas à Budapest. S'il allait à Berlin, peut-être, dans son

laboratoire... l'Anthrax 3A est un virus secret et très dangereux. Papa ne l'emmène pas partout avec lui.

— Garde ton antidote, Jozsef.

— Vous devez le prendre ! insista-t-il, les sourcils froncés. Vous savez ce qui est en train de vous arriver ? Vous vomissez du sang et ensuite vous allez vomir tout votre estomac. Le virus va ronger votre cœur et vous allez mourir dans des souffrances atroces. Mon père me l'a dit.

— Et ton père a toujours raison ? C'est vrai que tu as téléphoné à ta mère ?

Il détourna les yeux.

— Où t'a-t-il frappé ?

Sans un mot, il souleva son tee-shirt. Son ventre était lacéré de marques rouges. *Salopard*, pensa Sophie.

— Personne n'a le droit de t'éloigner d'elle, déclara Sophie. C'est ta mère et elle t'aime.

— Si elle est vivante, répondit Jozsef, pourquoi elle ne vient pas me chercher ?

— Quand ton père décide de kidnapper quelqu'un, il s'assure que personne ne puisse retrouver son otage. N'en veux pas à ta mère. Regarde ce qu'il a fait aux hommes qui ont essayé de me libérer.

Jozsef rit — un rire de petit garçon, le premier qui s'échappait de lui, et brusquement, elle se souvint de la maison à Malvern, avant la mort de Mitch, et des mains de Peter accrochées aux chevilles de son père tandis que ce dernier le traînait comme si de rien n'était. La bagarre. Les jeux. Les échos de l'enfance.

— Tu veux t'échapper ? demanda-t-elle à Jozsef.

— Je ne peux pas.

— Tu en as envie ?

Il était plus facile d'être honnête dans la pénombre de cette pièce et la voix de sa conscience était omniprésente.

— Nous ne pouvons pas sortir de ce bunker, dit-il. Tout est électronique. On ne peut pas forcer les portes. Et vous êtes trop malade.

— Dans ce cas, on forcera ton père à nous relâcher.

— Il ne nous libérera jamais. Vous êtes trop importante.

— Je ne suis rien pour lui, affirma Sophie. Et il n'a plus besoin de moi. Toi, tu es ce qu'il a de plus cher au monde. Il ferait n'importe quoi pour toi.

— Alors, pourquoi il me bat ? S'il m'aimait, il ne me frapperait pas.

— J'aimerais bien que ça soit vrai. Il y aurait moins d'abus sur cette terre. Mais, malgré les coups, il tient à ce que tu restes en vie. Il a peur de ta maladie. C'est pour ça qu'il garde pour toi l'antidote et qu'il me laisse mourir.

L'enfant lui jeta un regard perçant.

— Tu l'as trouvé où, ce médicament ? lui demanda Sophie.

— Dans la réserve.

— Tu as la force de m'y conduire ?

Il réfléchit quinze secondes avant de répondre, puis déclara :

— Ce n'est pas une bonne idée, madame. Papa sera très fâché. Il ne sait pas se contrôler quand il est en colère.

— Je sais.

— Vous ne savez rien, dit-il en secouant la tête. Je l'ai vu tuer. Je sais de quoi il est capable.

— Tu veux revoir ta mère Jozsef ?

— Plus que Dieu Lui-Même, murmura-t-il.

— Alors emmène-moi à la réserve.

Béla Horváth relut avec inquiétude les pages de son carnet, puis le fourra dans le petit sac à dos noir qu'il amenait au laboratoire tous les jours. Il était presque minuit. Dans huit heures, il avait rendez-vous avec Vic Marinelli dans le parc Varosliget, mais il transpirait déjà de peur et avait même la nausée. Son carnet symbolisait sa trahison et sa loyauté.

Il inspecta sa chambre en désordre, qui était plongée dans l'obscurité. À cette heure tardive, allumer la lumière eût été une erreur. Il avait déjà pris un risque en venant chez lui.

En pensant à ce que Mlan pourrait faire s'il avait bruit de son rendez-vous avec Marinelli et du carnet, ses doigts se mirent à trembler. Béla laissa tomber son sac.

Il souhaitait que ce rendez-vous ait lieu, il l'avait même provoqué quand la ville s'était enflammée comme une torche en plein après-midi et que le laboratoire avait fermé. En début de soirée, après de nombreux tests, il avait finalement découvert la vérité et s'était dit que quelqu'un devait intervenir. Il s'était rendu chez lui en bicyclette, empruntant des rues où les gens hurlaient comme en 1989 et en 1956, mais, à l'époque, des raisons politiques justifiaient la colère des Hongrois, pas des histoires d'argent. L'expression haineuse des passants le déprima et il se faufila entre les voitures arrêtées, son sac serré contre son dos, en se demandant ce qu'il espérait sauver.

La marque de craie rouge semblait avoir été tracée au hasard sur la colonne en béton et l'espace d'un instant, Béla ne fut pas certain de l'avoir réellement vue. Il s'arrêta et remonta ses lunettes en fixant le gribouillage sur le pilier de la salle de concerts Vigado. Et si c'était une erreur ? Une trace des émeutiers ? Béla était censé marquer d'un trait de craie bleue la colonne opposée, mais toute la place était bloquée par la police. Certains policiers étaient alignés devant le salon de thé Gerbeaud. Les clients prisonniers regardaient par les fenêtres ou parcouraient leurs journaux d'un air morne. Béla sentit un rire fuser en lui : les flics protégeaient bien leurs pâtisseries !

Il s'était éloigné de la salle de concerts et avait pédalé jusqu'à chez lui. Quand il avait appelé Mirjana, le message de Michael l'attendait sur le répondeur. À présent, il espérait qu'elle avait réussi à quitter la ville en toute sécurité.

Un bruit de verre brisé lui fit lever la tête. La porte de derrière... Il sortit discrètement de sa chambre, tourna à gauche dans le couloir obscur et aperçut une main gantée surgir à travers la fenêtre du salon de sa maison. Dans quelques secondes, ils l'ouvriraient. Béla se dirigea vers la cuisine en marchant comme un crabe et là, dans l'allée éclairée, il vit la silhouette d'un homme silencieux. Il était encerclé.

Il regarda autour de lui d'un air affolé, remarqua le plateau pathétique contenant un repas froid que sa femme de ménage lui avait préparé et sentit l'odeur d'ammoniaque et de vinaigre émanant du placard à balais. Il cacha son sac derrière un seau au fond du placard et c'est à ce moment que Krucevic pénétra dans la cuisine.

— Mlan, dit précipitamment Béla, le dos contre la porte du placard. C'était vraiment nécessaire de casser ma fenêtre ?

Krucevic sourit.

— Il y a des fenêtres cassées partout aujourd'hui, dit-il. Par ailleurs, j'ai frappé et tu n'es pas venu ouvrir.

— Je n'avais pas entendu, répondit Béla.

Ce qui était vrai. D'un geste, il désigna le plateau, les fines tranches de viande et les légumes tièdes recouverts d'un film plastique.

— J'allais manger, expliqua-t-il.

— À minuit ?

— Comme tu peux le constater, j'ai... j'ai travaillé tard.

— Pauvre Béla, dit lentement Krucevic. Tu devrais prendre des vacances, tu en as besoin.

Il regarda l'un des ses hommes — une brute au crâne rasée avec un regard malveillant — qui s'avança et saisit Béla par le bras.

— Tu n'as pas dit que tu étais content de me voir, Béla, dit Krucevic.

— J'étais surpris, c'est tout. Tu vas bien ?

La main de la brute le serrait comme une menotte d'acier au-dessus du coude.

— C'est curieux, observa Krucevic, tu n'as pas eu du tout l'air surpris. En fait, tu avais même l'air de m'attendre. Tu pourras peut-être m'expliquer pourquoi pendant le trajet.

— Le trajet ?

— On va aller à ton labo. Tu as pris quelque chose qui ne t'appartient pas. J'aimerais que tu me le rendes.

QUATRIÈME PARTIE
Vendredi 12 novembre

1

Anatoly Rubikov se fichait de l'heure tardive, de sa migraine ou du goût amer dans sa bouche. Depuis la gare principale de Berlin, il appela sa femme à Hambourg et la voix endormie de son épouse l'emplit de joie. Il lui dit qu'il l'aimait et lui promit d'arriver dans la matinée. Puis il composa le numéro du portable de Walter Aronson. Walter répondit à la deuxième sonnerie.

— Où êtes-vous ? demanda le chef de station.

— À Hauptbahnof, répondit Anatoly. Il faut que je vous parle.

— De Latja ?

Anatoly acquiesça, comme si son interlocuteur pouvait apercevoir son visage à travers le dédale des rues de la ville.

— J'ai peur, murmura-t-il. Il faut que je quitte l'Allemagne. Vous devez m'aider à partir.

— Vous êtes encore vivant, répondit Walter, calmez-vous.

— Il a menacé ma femme. Mes filles.

— Je comprends.

— Walter, dit en hésitant le Russe, j'ai quelque chose pour vous, en échange de ma sécurité. Je l'ai ici avec moi, maintenant. Je vous le donnerai.

Sa voix se brisa d'un coup et, ne parvenant plus à lutter pour garder sa fierté, il ajouta :

— Mais vous devez m'aider…

— Attendez-moi à la gare, coupa le chef de station. Achetez votre billet pour Hambourg et patientez. Je vous retrouverai sur le quai.

Anatoly raccrocha. Il regarda alentour. À deux heures du matin, la gare la plus animée de Berlin était presque déserte. Il repéra un vieux vendeur de journaux qui ronflait sur un banc. Un adolescent vêtu d'une veste en cuir noir aux manches arrachées – probablement un héroïnomane car la mort brillait dans ses yeux. Et une femme. Une femme fatiguée avec une valise usée et un livre de poche abîmé. Elle était immobile sur le quai comme si elle n'avait nulle part où aller. Et lui qui avait pensé qu'elle rentrait chez elle quand ils étaient dans le train.

Leurs regards se croisèrent. Étrange, songea Anatoly, qu'elle ait choisi un compartiment fumeurs alors qu'elle n'avait pas allumé une seule cigarette durant tout le voyage.

Il saisit son sac de marin et se dirigea d'un pas tranquille vers les toilettes des hommes, priant qu'elles soient désertes. Elles l'étaient. Il marcha sur le carrelage, remarqua une fenêtre tout en haut du mur, choisit une porte au hasard et la verrouilla derrière lui. Quand il ouvrit son sac, ses doigts tremblèrent comme ceux d'un ivrogne. À l'intérieur, il y avait des vêtements de rechange, deux paquets de cigarettes russes au clou de girofle, un magazine. Il plongea sa main au fond du sac et sortit une liasse de papiers. Des pas résonnèrent, il entendit un bruit d'eau dans un urinoir. Anatoly tira sur la vieille chaîne de la chasse d'eau, ferma les yeux et marmonna un juron.

Sur le quai, Greta Oppenheimer rangea son livre de poche et se précipita vers les toilettes des hommes.

Walter Aronson venait de passer deux heures vingt dans une décharge située à douze kilomètres de Berlin. Dans une camionnette de location, le vieux Markus avait conduit le chef de station et six experts du FBI sur le site. À présent, armé d'un vieux fusil Mauser, il surveillait les lieux. Le vieux Markus savait où les preuves avaient été déversées. Il avait pris des photos des camions-poubelles quand il faisait jour.

Walter détacha la chaîne de la clôture et laissa sortir l'équipe du FBI. Par précaution, Walter leur avait interdit de se servir de torches électriques et d'examiner les éléments sur place. Les experts avaient donc décidé d'emmener les pièces les plus larges dans la camionnette pour aller les inspecter dans une base militaire américaine abandonnée jadis située dans le secteur Ouest de Berlin.

L'humeur de l'équipe – quatre hommes et deux femmes – était plutôt maussade. Les éléments examinés constitueraient des preuves non recevables au tribunal puisqu'ils se les étaient procurés illégalement. Mais l'excursion clandestine leur avait permis d'employer leur temps à quelque chose d'utile. Et sur les pièces collectées ils trouveraient peut-être des fractures, des résidus d'explosifs, des indices qui feraient progresser l'enquête. Toutefois, l'obscurité et le désordre de la décharge les avaient empêchés de découvrir un petit élément. Une minuterie de bombe, par exemple.

Walter et les experts avaient guetté nerveusement un klaxon, des chiens, la lumière de torches ou la disparition de l'un d'eux dans une montagne de déchets puants. Walter était celui qui avait le plus à perdre : si les experts étaient simplement renvoyés aux États-Unis par le prochain avion, lui, en tant que chef de station, risquait d'être publiquement humilié s'il se faisait prendre. Mais la décharge était déserte. L'homme qui avait ordonné de retirer les preuves de l'attentat à la bombe autour de la porte de Brandebourg ne s'était pas donné la peine de faire surveiller la décharge.

Walter rangea son portable dans la poche de son coupe-vent noir. Il n'avait jamais entendu Anatoly Rubikov aussi désespéré. Il allait devoir se rendre à Hauptbahnhof sans attendre.

— Markus, dit-il, je compte sur vous pour ramener l'équipe à l'hôtel.

Les sirènes hurlaient, mais la police n'était pas encore arrivée au moment où Walter pénétra dans la gare. Un adolescent vêtu de cuir noir était recroquevillé sur le carrelage des toilettes des hommes et gémissait comme s'il allait vomir. Walter l'enjamba et vit la flaque de sang sur le carrelage, puis le corps affalé près de la porte ouverte.

— *Scheisse*, murmura-t-il en allemand.

Anatoly avait été poignardé. La mince lame du couteau dépassait encore de sa poitrine.

Ce n'était pas l'adolescent, le coupable, Walter le savait. La fenêtre des toilettes était ouverte et c'était probablement par là que l'assassin s'était enfui. Walter examina le Russe, la manière dont il était tombé et résista à la tentation de lui fermer les yeux.

Il avait peu de temps devant lui. Il sortit ses gants de sa poche et les enfila. L'adolescent leva la tête et le regarda d'un air terrorisé.

— À ta place, je filerais d'ici vite fait, lui dit Walter en allemand. À moins que tu ne souhaites parler aux flics.

Le jeune inconnu se releva et détala.

Walter enjamba le corps d'Anatoly et inspecta la stalle. Il y aurait dû avoir un sac, mais il n'y avait rien. Rien qui puisse suggérer qu'Anatoly avait pris le train depuis Budapest. Il examina la chasse d'eau. Le couvercle du réservoir d'eau était légèrement décalé. Il monta sur la lunette des toilettes et le souleva. Il plongea sa main gantée à l'intérieur et son expression changea.

Les deux notes de la sirène de l'ambulance déchiraient la nuit.

Walter sortit une liasse de documents du réservoir et les glissa dans son manteau.

2

Quand Michael arriva devant le garage souterrain, Tonio ronflait à ses côtés. Il composa un code sur la télécommande fixée sur le tableau de bord et les portes électroniques s'ouvrirent automatiquement devant lui. C'est à ce moment-là qu'il remarqua que la place réservée à la Mercedes de Mlan était vide.

Des frissons dans le dos, Michael coupa le contact. Krucevic n'était pas rentré. Avait-il été arrêté au barrage de police ? Ou avait-il décidé de les abandonner, lui et Tonio, puisque l'opération en Hongrie était terminée ?

La porte du fortin était probablement connectée à une bombe. S'efforçant de ne pas paniquer, Michael se retourna et jeta un œil sur les portes électroniques fermées du garage, songeant brusquement à faire marche arrière. *Réfléchis*, pensa-t-il. *Réfléchis bien.*

Krucevic n'avait pas dit qu'il devait aller faire une course. Mais il faisait uniquement part de ses plans quand il s'apprêtait à les activer. Peut-être avait-il finalement appris qui était Michael. Peut-être que Michael avait été trahi. Par une Sophie Payne trop zélée, ou peut-être...

Il pensa brusquement à Béla Horváth, à Mirjana l'enragée. Aux risques évidents qu'ils représentaient pour eux-mêmes et pour lui. Son message était peut-être arrivé trop tard.

Tu as largement dépassé l'échéance, fils de pute!

La tête pendant vers l'accoudoir, Tonio marmonnait un monologue d'ivrogne.

Michael descendit de la voiture. Il pourrait peut-être découvrir si le fortin était piégé avant de sauter. Les nerfs en pelote, il s'avança prudemment vers l'entrée. Il n'y avait pas de rayons infrarouges, simplement une caméra qui enregistrait ses moindres gestes. Plus tard, il devrait justifier son comportement méfiant. Michael passa les doigts le long du chambranle de la porte et ne repéra aucun fil de cuivre. Il n'entendit aucun son provenant de l'intérieur. Il composa un deuxième code sur le pavé numérique près de la porte, posa son doigt sur le détecteur d'empreintes digitales et attendit la vérification d'identification.

La porte s'ouvrit. Quel que soit le destin qui l'attendait, ce n'était pas sur le seuil de cette porte. Il entra.

Le porte-bonheur de Jozsef reposait sur la table du salon. Étrange. L'enfant ne s'en détachait jamais. Michael saisit la patte de lapin et emprunta le couloir qui menait à la chambre du garçon.

— Jozsef? Jozsef?

Il s'apprêtait à frapper à la porte quand la voix cotonneuse de l'enfant lui parvint.

— C'est toi Michael? Quelle heure est-il?

— Presque deux heures. Rendors-toi. Il n'y a aucun problème.

Ainsi, Krucevic avait abandonné Jozsef et la vice-présidente dans leurs cellules sans fenêtres. Quelque chose d'important avait dû survenir. Michael eut soudain peur pour Béla Horváth. Si jamais Mlan soupçonnait...

Il retourna dans le salon. Tonio était resté dans la voiture. Et l'ordinateur contenait la récompense des années gâchées de Caroline.

Michael était bien moins doué que Tonio en informatique, mais il l'avait secrètement observé manipuler l'ordinateur.

Michael savait comment déverrouiller les secrets du clavier. Mlan changeait tous les jours un mot de passe que Tonio était le seul à le connaître. Mais dans la matinée, Michael avait mémorisé les mouvements des doigts de l'Italien et pensait pouvoir les reproduire.

Il s'assit devant l'ordinateur portable. Le mot de passe du jour était *chaos*, il en était certain — mais l'accès lui fut refusé. Avait-il inversé le *a* et le *o* ? Michael jura à voix haute. Après trois tentatives ratées, le disque dur de l'ordinateur s'auto-détruirait. Il contracta ses doigts qui tremblaient et essaya de nouveau.

Cette fois, telle la porte de la caverne d'Ali Baba, la base de données s'ouvrit devant lui. Michael commença à chercher au hasard dans la caverne des voleurs.

— Michael, murmura une voix derrière lui.

Il sursauta et ferma l'ordinateur. *Quel crétin ! J'aurais dû rester sur mes gardes !*

— Madame Payne. Vous devriez être couchée. Comment êtes-vous sortie de votre chambre ?

— Grâce à Jozsef. Il a une télécommande, vous le saviez ?

Elle vacilla et s'agrippa au montant de la porte. Michael s'approcha d'elle. La vice-présidente était d'une pâleur cadavérique. Il la conduisit vers une chaise.

— Tenez, asseyez-vous.

— J'aimerais bien savoir pourquoi vous vous faites passer pour un terroriste, gémit-elle en s'effondrant sur son siège. Je suis mourante. Je mérite la vérité.

— Vous n'allez pas mourir.

— Vous ne savez pas où j'en suis. Je vomis des morceaux de mon estomac.

— Je vais vous rapporter l'antibiotique, dit-il en s'éloignant. Il n'en saura rien.

— Inutile, protesta-t-elle en se levant pour le rattraper.

Mais il était déjà devant la réserve, il composait le code

d'accès, et c'est seulement quand la porte fut ouverte qu'il comprit ce qu'elle voulait dire. Douze douzaines d'ampoules étaient écrasées au sol.

— Mon Dieu ! grogna Michael. Qu'est-ce qui vous a pris, madame Payne ?

Elle le fusilla du regard.

— J'ai mis la vie de Jozsef en péril, avec son accord. J'ai failli manquer de courage, mais il m'a aidée. J'étais obligée de forcer la main à Krucevic. Jozsef m'a dit qu'il n'y avait plus de médicaments ici. S'il veut sauver son fils, Krucevic va devoir retourner à Berlin et renoncer à son objectif.

Michael la regarda avec pitié.

— Il vous tranchera la gorge.

— Mais pas celles de millions de musulmans et c'est tout ce qui compte. Je suis morte depuis mardi.

Les lèvres tremblantes, elle glissa au sol, le dos adossé au mur et murmura :

— Pouvez-vous me tuer ? Comme la petite fille de Bratislava ? Avant qu'il ne soit trop tard ?

— Madame Payne…

— Je m'appelle Sophie. Et vous ne vous appelez pas Michael, je crois.

— Je vais vous ramener à votre chambre…

— Je préfère mourir où je suis, coupa-t-elle. Sortez votre arme, bon sang !

— Je ne peux pas.

— C'est un ordre ! De la vice-présidente de votre pays !

Michael s'agenouilla devant elle.

— Je vous l'ai déjà dit, je ne vous laisserai pas mourir aux mains de cet homme. Et je ne vous tuerai certainement pas moi-même.

— Alors donnez-moi votre arme.

Michael saisit doucement le coude de la vice-présidente.

— Venez. Allons chercher Jozsef. On va partir d'ici.

Le visage de Sophie Payne s'illumina.

— Vous pouvez sortir ?

— Bien sûr.

— Jozsef ne peut pas.

— Jozsef est un prisonnier, lui rappela-t-il durement. Je suis un gardien.

Il avança jusqu'à la chambre de l'enfant et frappa énergiquement à la porte.

— Habille-toi en vitesse, Jozsef !

— Je ne peux pas marcher, gémit Sophie, je vais vous ralentir.

— Il y a une voiture dans le garage. On la prendra pour aller à l'ambassade américaine. Vous serez à l'hôpital dans une heure.

La lueur de joie qui brillait dans les yeux de Sophie était presque insoutenable.

— Pourquoi maintenant ? demanda-t-elle.

Michael brandit sa disquette.

— Parce que tout est là — tous les secrets de l'organisation du 30 Avril sont entre mes mains.

— Mais vous n'allez pas arrêter Krucevic ? le défia-t-elle. Il va s'échapper. Et il fera des dégâts jusqu'à la fin de ses jours.

— Je vous aurais sauvée. Ça me suffit.

Elle secoua la tête.

— Moi, ça ne me suffit pas.

Il commença à parler, à lui dire que lorsqu'elle serait rapatriée aux États-Unis, Fritz Voekl et Mlan Krucevic seraient jugés par le Tribunal pénal international, mais les mensonges s'arrêtèrent net. Tonio se tenait dans le couloir. Depuis combien de temps ? Qu'avait-il entendu ?

— Qu'est-ce qui se passe, Michael ? demanda l'Italien.

— Pas grand-chose. Tu te remets de ta cuite ?

Tonio s'avança vers lui en se frottant les yeux.

— J'ai un mal de crâne terrible. Je vais me coucher.

Il balaya la pièce du regard et remarqua l'ordinateur portable.

— Qui a touché à ça ?

Son arme en main, Michael se rapprocha de Tonio qui lui tournait le dos. Ce n'était pas facile d'assommer quelqu'un. Le crâne humain était extrêmement solide. Pour mettre un individu KO, il fallait lui assener plusieurs coups. Ou frapper à la base du crâne.

— C'est moi qui l'ai allumé, dit Jozsef depuis sa porte. Je voulais m'amuser avec un jeu informatique, Tonio, mais je n'avais pas le code d'accès.

Sophie Payne était parvenue à se redresser. Ses yeux étaient brûlants de fièvre. Tonio la dévisagea comme un ivrogne.

— Que faites-vous ici ? Vous devriez être dans votre cellule.

— Je voulais jouer, moi aussi, répondit Sophie.

Tonio jura dans sa barbe et ouvrit l'ordinateur portable. Avant qu'il se retourne pour leur faire front, le revolver de Michael s'abattit sur son crâne. Et au même moment, ils entendirent tous la porte du garage s'ouvrir.

Krucevic était de retour.

3

Mirjana Tarcic s'était garée dans une allée proche de la maison de Béla, à trente mètres de son arrière-cour. Par négligence, Vaclav Slivik ne l'avait pas remarquée, mais Mlan ne lui avait pas laissé le temps de faire une reconnaissance. La vieille voiture de Mirjana, d'une couleur indéfinissable, était arrêtée devant un garage décati, et dissimulée par un arbre. Depuis la porte de la cuisine de Béla, même un homme plus compétent que Vaclav n'aurait pas repéré le véhicule.

Mirjana avait passé une grande partie de la journée aux urgences d'un hôpital de Budapest où l'on avait examiné ses bleus et ses côtes fêlées. Elle n'était pas repassée chez elle. En consultant son répondeur, elle avait compris que c'était une mauvaise idée.

Mlan et ses hommes avaient quitté la maison de Béla depuis longtemps. Si elle ne se pressait pas, quelqu'un reviendrait.

En dépit de tout, elle avait espéré que Béla arriverait en pleine nuit en sifflotant, qu'il ouvrirait la porte d'entrée et ferait bouillir de l'eau dans la cuisine. C'était stupide, bien sûr.

Sa main glacée ouvrit la portière.

La pluie avait apporté un amoncellement de bois mort. Le craquement des branches sous ses pieds était aussi impitoyable que la mort. Mirjana n'osait plus respirer. Elle se dirigea prudemment vers la porte de derrière en se demandant pourquoi les lumières ne s'étaient pas allumées, pourquoi les voisins n'avaient pas réagi quand les fenêtres de la maison de Béla avaient été brisées. Mais c'étaient des Hongrois. Ils avaient connu l'époque du communisme, les voitures noires emportant des gens dans la nuit. Le plus sage, dans ces cas-là, était de continuer à dormir, naturellement.

Ses doigts trouvèrent le loquet. À l'intérieur, l'obscurité régnait. Mirjana s'avança vers une tache de lune brillante sur le linoléum gris et remarqua une masse de cheveux humains. Elle s'immobilisa. Ce n'était pas des cheveux, mais les franges humides d'un balai tombé du placard. Elle le saisit et le rangea à sa place. Qu'avaient-ils voulu faire avec cet objet ? Ou peut-être la porte du placard, mal fermée, s'était-elle ouverte sous le poids du balai ?

Mirjana hésita, puis elle écarquilla les yeux dans la pénombre et inspecta le placard exigu. Elle remarqua une pelle et une balayette rangées derrière un seau, des bouteilles de produits d'entretien, un fourre-tout empli de chiffons propres. Elle s'agenouilla et toucha le sol avec sa main, redoutant les souris et, soudain, elle sentit le contour du sac à dos de Béla. Elle l'avait vu se rendre à son travail en vélo tant de fois avec ce sac qui évoquait leurs jours heureux à l'université de Leipzig. Béla l'avait caché dans le placard et Mlan, aveuglé par la rage, n'avait rien vu.

Mirjana serra le sac à dos contre sa poitrine et, indifférente aux voisins, aux branches craquant sous ses pieds, courut vers sa voiture.

4

Budapest, 7 : 30

— J'ai une théorie, déclara Shephard quand le taxi s'éloigna de l'entrée du Hilton, l'âme d'une ville est quelque chose qu'on peut sentir. Elle se promène dans les rues, vous demande quelques pièces au coin d'un trottoir désert, vous raconte son histoire. Vous me suivez ?

Caroline le dévisagea silencieusement. Shephard avait l'air en pleine forme. Malgré l'odeur de brûlé qui planait dans l'air et les pilleurs somnolant dans les rues, il gardait une vision poétique des choses.

Après le départ d'Eric, Caroline n'avait pas fermé l'œil de la nuit. À présent, elle pensait à tout ce qu'il lui avait dit, au choix qu'elle avait fait et elle regrettait son erreur. Eric était tombé dans son piège et, pour des raisons sentimentales, Caroline l'avait laissé filer. C'était impardonnable. Cela révélait un manque de conscience professionnelle inadmissible. C'était exactement le genre d'exemple dont se servirait un officier traitant masculin pour critiquer les agents secrets féminins. Caroline continua à broyer du noir tandis que Shephard bavardait gaiement à ses côtés. Il ne pouvait pas deviner qu'elle avait été en position d'obtenir ce qu'elle voulait des ravisseurs de la vice-présidente et qu'elle s'était contentée de leur dire adieu. Eric ne reprendrait jamais contact avec elle. Et la vie de Sophie Payne était en danger.

— Ça va ? lui demanda Shephard.

— J'ai mal dormi, répliqua sèchement Caroline.

Elle se sentait hypersensible, comme si elle souffrait d'un coup de soleil.

— Prenez Paris, continua Shephard. Paris est une femme riche au passé en dents de scie. Dans sa jeunesse, elle dansait aux Folies-Bergères, avant d'épouser un comte fou amoureux d'elle.

— Tout le contraire de Washington, répondit péniblement Caroline.

— Washington a l'aspect impeccable de la serviette d'un bureaucrate hautain. Istanbul — Istanbul est une caravane immobile, figée à jamais sous le soleil.

— Saint-Pétersbourg a des diamants dans les cheveux et un revolver braqué dans son dos.

— Et quelle est l'histoire de Buda ? demanda-t-il.

Caroline haussa les épaules.

— Ça fait partie de votre domaine.

— Mais vous y avez vécu ? insista-t-il en lui jetant un regard presque accusateur.

Il devenait envahissant, aussi gênant que durant le voyage en avion la nuit précédente. Le cœur de Caroline battit plus vite. *Que cherchait-il ?*

— Je connais mal cette ville, persista-t-il. J'aimerais entendre votre version.

Non, pensa-t-elle. *Ma version est un mensonge.* Le taxi avait traversé le pont suspendu et arrivait à Pest. Les émeutiers n'avaient pas épargné une seule vitrine. Des tessons de verre recouvraient les trottoirs. Une nuisette en soie lavande pendait sur un banc renversé. Durant la frénésie du pillage, de nombreux vêtements avaient atterri sur les poubelles et les panneaux de signalisation. Des détritus jonchaient la route. Un chien abandonné avait trouvé refuge dans une boîte en carton détrempée. Non loin de lui, Caroline remarqua une flaque d'acide pour piles ou de sang. Le chauffeur de taxi grogna et ralentit pour contourner une camionnette couchée sur le côté dont le moteur fumait encore. À l'exception d'un groupe de policiers vêtus de noir, il y avait seulement deux passants sur le trottoir. Tous regardèrent passer le taxi d'un air soupçonneux. Caroline détourna les yeux en priant que les policiers ne les contrôlent pas.

— Budapest, dit-elle à Shephard, est un homme d'âge moyen vêtu un manteau élimé, qui boit un espresso à la terrasse d'un café. Il fait très froid, les pavés humides dégagent une odeur d'urine de chien qui se mélange à l'arôme de son café et aux émanations de betteraves marinées provenant de la rue.

— Il porte des lunettes à monture d'acier, enchaîna Shephard, et il écrit sur un carnet dont la couverture est abîmée. Sa femme l'a quitté depuis des années, mais il est hanté par le souvenir de son rire.

Caroline se tourna vers lui et le dévisagea.

— Vraiment ? demanda-t-elle. Mieux vaut rire que pleurer.

Shephard la regarda sans ciller.

— Qu'est-ce qui vous hante, Caroline ?

Elle se souvint du jour lointain où Eric s'était éloigné sans se retourner.

— Le souvenir du silence, répondit-elle.

Et elle se tut jusqu'à ce qu'ils atteignent Szabadság Tér.

Les manifestants avaient quitté les abords de l'ambassade américaine. Shephard et Caroline ne furent pas accueillis par un discours au porte-voix, ni par des jets de pierres. Toutefois, d'inquiétants blindés et des militaires barraient la route. Ils descendirent donc du taxi et parcoururent les trente derniers mètres à pied en brandissant leurs passeports diplomatiques. Après quelques instants de réflexion, les plantons les laissèrent passer.

Entre la Télévision magyare et la Banque nationale, le cube de verre et d'acier n'était plus qu'une sculpture informe couverte de boue et constellée de tessons de bouteilles de sodas. Les poubelles se consumaient, répandant des pestilences de plastique brûlé. Un oiseau, brun comme le Danube en hiver, picorait désespérément les sièges déchirés d'une voiture calcinée. Mais la tentation du retour à la civilisation avait commencé à reprendre le dessus : les zones les plus sinistrées étaient entourées de scotch rouge portant des interdictions en hongrois.

Vic Marinelli les accueillit à la porte de l'ambassade.

— Vous êtes en avance, c'est bien, déclara le chef de station sans préambule. Notre réunion est annulée.

— À cause des émeutes ? demanda Caroline.

Il secoua la tête.

— On en parlera là-haut. Finissons-en avec le contrôle de sécurité. Bonjour, caporal-chef. Ces deux personnes sont avec moi.

Le marine examina leurs passeports diplomatiques, puis leur tendit un badge qu'ils attachèrent à leurs vêtements. Vic s'impatientait. Avec ses lèvres ourlées et ses yeux noirs aux lourdes paupières, il ressemblait, pensa Caroline, à un des princes de la famille Médicis. Elle regarda ses mains : les longs doigts fuselés auraient pu être ceux d'un prêtre philosophe.

— Walter Aronson vous salue, lui dit Caroline.

— Je lui ai parlé ce matin.

— Dans ce cas, il se lève tôt, observa Shephard.

— Je ne sais pas s'il s'est couché, répondit Vic en regardant Caroline. Il est très élogieux à votre propos.

Shephard s'approcha de la fenêtre et regarda la garnison installée sur la place.

— Ce sont des chars hongrois ? demanda-t-il.

— Oui, dit laconiquement Marinelli, mais les soldats sont en majorité allemands. Il y a peu de Hongrois parmi eux. Le Premier ministre a demandé de l'aide à l'OTAN deux heures avant sa démission. L'OTAN a refusé.

Le chef de station se tourna vers Caroline.

— Vous êtes au courant pour le gouvernement provisoire ?

— Pas du tout. Expliquez-nous.

Marinelli les entraîna dans un couloir haut de plafond qui traversait une salle de réception et la suite de l'ambassadeur.

— La Fierté hongroise a formé un cabinet, dit-il. Ils ont l'air d'avoir anticipé le vol du Trésor.

La Fierté hongroise était une faction d'extrême droite dirigée par Georg Korda, professeur d'histoire charismatique et orateur de talent. Le parti n'avait jamais obtenu un pouvoir important, mais leur discours nationaliste et xénophobe séduisait de plus en plus d'adhérents.

— Korda accuse le précédent gouvernement d'incompétence et préconise l'austérité économique, poursuivit Marinelli. Comme si se serrer la ceinture empêchait les détournements de fonds.

— Dans ce cas, vous croyez que Latja a volé le Trésor avant de se suicider ? questionna Caroline.

— Quelqu'un a détourné les fonds, répondit-il sèchement.

Au deuxième étage, la porte de la station semblait donner sur un placard, on n'y prêtait à peine attention. Marinelli tendit courtoisement le bras et s'effaça devant elle. Après tout, c'était son territoire, mais dans la tête de Caroline, ce serait toujours celui d'Eric. Elle passa devant lui.

Chaque odeur de moisi, chaque morceau de moulure, chaque fil électrique glissé sous la moquette lui rappelaient des souvenirs. Eric avait dirigé cette station, il l'avait respirée, l'avait bue, l'avait ingérée le temps de sa mission, et si l'âme de cette époque révolue vivait quelque part, c'était ici, à l'ambassade de Budapest.

— Très bien, dit Marinelli en fermant la porte derrière eux. Voilà ce qui se passe : DBTOXIN alias Béla Horváth, a été retrouvé mort dans son laboratoire ce matin. Il a été abattu. Sa maison et son laboratoire ont été fouillés.

— Alors il a été balancé, dit Caroline, sentant la catastrophe arriver.

— J'ai pensé qu'il s'agissait peut-être d'une coïncidence, de quelque chose qui soit lié aux émeutes, mais ça ne colle pas. À mon avis, on cherchait à le faire taire.

— Qui ? Krucevic ?

— Ou la femme de Krucevic, répondit Marinelli en la regardant. On a mis sa ligne sur écoute. Un appel mentionnait le prénom de TOXIN.

— Que disait la personne ? demanda Shephard en fronçant les sourcils.

— « C'est moi. Nous sommes en ville. Dis à Béla de surveiller ses arrières. Et sois prudente, pour l'amour du ciel », cita Marinelli.

C'était Eric. Cela ne pouvait être personne d'autre.

— Ça ressemble à un avertissement, dit Shephard, pas à une menace de mort.

— La personne qui a appelé est peut-être quelqu'un qu'elle a trahi, suggéra Marinelli. Comme elle a trahi Béla.

— Mais le *nous* laisse penser qu'il s'agit de l'un des terroristes, dit Shephard d'un air sombre.

— Ou tout simplement d'un autre groupe, décréta Caroline. Nous ne pouvons pas savoir s'il s'agit du 30 Avril.

Si Eric ne pouvait pas faire confiance à Mirjana Tarcic… Mais non, c'était absurde. Mirjana haïssait Krucevic. Il lui avait pris son fils.

— Il manque quelque chose dans le laboratoire d'Horváth ? demanda-t-elle à Marinelli.

— Est-ce qu'ils ont trouvé ce qu'ils cherchaient, vous voulez dire ? Je ne sais pas. J'essaye d'obtenir cette information en interrogeant la police de Budapest. J'ai un contact, mais avec les émeutes, les pillages… Je leur ai suggéré de demander à un collaborateur de Béla d'inspecter le labo avec eux afin qu'il leur dise s'il manque quelque chose.

— Si Horváth est grillé, avança Shephard, nous pouvons supposer que le 30 Avril a déjà quitté la Hongrie ?

— J'espère que non, répondit Marinelli. Parce qu'Aronson a fait une brillante découverte.

Il saisit une enveloppe en papier kraft et en vida le contenu sur son bureau.

— Regardez, dit-il.

C'était une liasse de documents représentant des plans d'installation sur lesquels figurait une écriture illisible tant elle était fine. Il y avait à peu près douze pages.

— Qu'est-ce que c'est ? s'informa Caroline.

— Les détails de l'installation du système de sécurité du siège de Krucevic à Budapest.

— Nom d'un chien ! s'exclama Shephard. Quelqu'un a prévenu Washington ?

— Bien sûr, répondit patiemment Marinelli.

— Nous avons eu ces plans grâce à Béla, je suppose ? murmura Caroline.

— Une recrue a fourni ces plans à Walter, dit Marinelli d'un ton brusque. Un Russe, expert en sécurité. Il est mort.

Shephard poussa un bruyant soupir :

— Ce boulot devient vraiment malsain. Quand attaque-t-on le fortin ?

— Quand nous saurons où il se trouve, rétorqua Marinelli.

Caroline et Shephard échangèrent un regard.

— Il y a une femme qui peut peut-être nous aider, dit Caroline. Mirjana Tarcic.

— Non, on ne peut pas avoir confiance en elle, décréta Marinelli. Elle a probablement trahi Horváth. Si nous la contactons et qu'elle prévient Krucevic, le temps que nous arrivions, il sera déjà parti.

— Mais nous n'avons qu'elle.

Marinelli ouvrit la bouche, prêt à protester, puis la referma brusquement, comme s'il venait de réaliser que Caroline avait raison. Shephard examina les plans et demanda :

— La police de Buda est à la recherche de cette femme ?

Marinelli détourna les yeux.

— Je ne sais pas. C'est possible.

Ce qui signifie qu'ils la cherchent, songea Caroline. Marinelli avait donné à son contact dans la police hongroise des informations sur Mirjana Tarcic en échange de renseignements sur Horváth.

— Dans ce cas, déclara Shephard, il faut peut-être qu'on retrouve cette femme avant eux. Ce qui nous permettrait de contrôler la situation. Le destin de la vice-présidente est trop important.

— En effet, murmura Marinelli.

Et pour la première fois, une expression troublée s'afficha sur son visage de prince de la Renaissance. Avait-il commencé à douter de lui-même ?

— Je peux peut-être faire quelque chose, proposa Shephard. J'ai des contacts ici, au ministère de l'Intérieur. Avec le FBI hongrois. Vous avez une photo de Mirjana Tarcic ?

Le chef de station en avait une.

C'était un cliché qui avait probablement été pris par un officier traitant depuis une voiture. Mirjana marchait dans la rue, emmitouflée dans un manteau d'hiver. Mais, par miracle, le photographe avait réussi à capter son visage de face. Un visage étonnant, décharné, où des yeux très enfoncés révélaient une terrible angoisse. Caroline passa la photo à Shephard. Il la tapota du doigt.

— La police fédérale m'est redevable, dit-il.

— J'espère qu'ils savent se taire, lâcha Marinelli.

5

Dans la boucle du Danube, 10 : 03

Szentendre était une vieille ville d'églises byzantines rituelles, toutes érigées face à l'est. On y rencontrait des artistes, des musiciens et du kitsch touristique. Petit bijou d'architecture des Balkans, Szentendre avait été fondée en 1389 quand les Turcs avaient gagné la bataille du Kosovo, provoquant la fuite des Serbes vaincus vers l'ouest et le nord. Comme beaucoup de lieux nés de l'exil, la ville semblait plus authentique qu'originale. Quatre cents ans plus tard, la plupart des Serbes avaient préféré retourner à Belgrade plutôt que de prêter serment à l'Empire des Habsbourg. Mais quelques-uns étaient restés, dont les ancêtres de la mère de Mirjana. Elle louait un appartement au-dessus d'une galerie d'art, située sur Görög Utca, une rue étroite descendant à pic vers les rives du Danube. Un deux-pièces avec un plancher en pin et des tapis rouges, des tables en bois ornées de motifs traditionnels hongrois, et une cuisine où des moules à gâteaux en cuivre étaient suspendus. Dans le plafond incliné, des fenêtres à tabatière donnaient sur le ciel, et les jours ensoleillés, les tapis viraient au pivoine, les fleurs peintes sur le dossier des chaises semblaient prendre vie. C'était un endroit confortable pour une femme seule – ou pour deux femmes, quand Mirjana venait y retrouver sa mère le week-end.

Mirjana avait fui la maison de Béla comme si Krucevic l'avait poursuivie avec une tronçonneuse et était arrivée chez sa mère à trois heures du matin. Quatre heures plus tard, cette dernière avait trouvé sa fille endormie sur le canapé du salon.

Mirjana ignorait encore que le corps de Béla avait été découvert dans le désordre de son laboratoire. Malgré le crépitement de la pluie sur les fenêtres à tabatière, elle dormait à poings fermés.

Elle s'éveilla en entendant une porte claquer et sut que sa mère était partie travailler. La vieille femme était propriétaire d'un magasin d'antiquités, lequel marchait très fort depuis que les gens avaient de l'argent à dépenser.

Il était dix heures passées.

Prise de panique, Mirjana repoussa la couverture en laine dont sa mère l'avait enveloppée et se mit à chercher le carnet et les ampoules. Elle les trouva sur le plancher, au pied du canapé, là où elle les avaient laissés en arrivant.

L'odeur puissante du café l'entraîna vers la cuisine. Des images terrifiantes dansaient encore dans sa tête. Ses côtes fêlées serrées par une bande la faisaient souffrir à chaque inspiration. Mlan Krucevic ressurgissait des oubliettes de sa mémoire. Il savait que sa mère vivait à Szentendre, il connaissait l'adresse de l'appartement. À quoi pensait-elle en venant se réfugier ici ? Elle ne pouvait pas rester. Elle avala une gorgée de café, s'étouffa et recracha le liquide dans l'évier.

Pourquoi avait-elle peur de lui ? Il l'avait déjà tellement maltraitée que s'il la tuait cela ne serait qu'un moment supplémentaire de terreur parmi ceux qui avaient ponctué sa vie. Mirjana ne craignait pas la douleur. C'était l'idée de perdre qui la terrifiait. Pour la première fois de sa vie, elle avait le dessus – elle était en possession du carnet et des ampoules, elle pouvait faire pression sur Mlan pour récupérer Jozsef.

Elle trouverait un lieu sûr. Elle irait s'y cacher avec sa mère. Puis elle contacterait Mlan et lui dirait ce qu'elle pouvait révéler au monde, aux États-Unis : la vérité sur le vaccin n° 413. Après des décennies de tourment, de chagrin et d'horreur, elle le tiendrait enfin par les couilles. Elle exigerait qu'il lui rende son fils.

Et ensuite ? Que se passera-t-il, Mirjana ? On ne fait pas d'affaires avec le diable. Parce que le diable gagne toujours.

Où est le carnet ? Où sont les ampoules ?

Là. Près du canapé.

Les doigts tremblants, elle versa son café dans l'évier. C'est à ce moment-là qu'elle entendit frapper à la porte.

Mirjana se raidit. Elle retint son souffle. Un autre coup retentit, plus fort, cette fois. Puis elle entendit le son d'un objet métallique introduit dans la serrure.

Elle chercha un moyen de s'échapper. Elle était piégée. Mirjana réfléchit à toute vitesse, des sanglots montaient dans sa gorge. Elle s'empara brusquement du carnet et des ampoules et les cacha sous le matelas de sa mère. *Il ne gagnerait pas.*

Quand la porte d'entrée s'ouvrit, elle était montée sur une chaise et poussait la lucarne.

Shephard avait tenu à escorter Caroline jusqu'aux chars de la Volksturm et même dans la rue Dorottya Utca qui menait à Vörösmarty Tér.

— Vous ne voulez pas venir avec moi ? lui demanda-t-il d'un ton brusque.

— Au ministère de l'Intérieur ? répondit-elle surprise. Non, je vous gênerais. Ce sont vos contacts. Vous n'avez pas besoin de ma présence. Leur expliquer qui je suis serait trop long.

— Certainement, marmonna-t-il dans sa barbe. Donc, vous cherchez un endroit pour vous changer ? Afin que Caroline Carmichael devienne Sally Bowles ? Vous avez rendez-vous avec l'antenne de Budapest de Sharif ?

Caroline s'arrêta net. Que soupçonnait-il d'autre ? pensat-elle.

— Écoutez, dit-elle calmement, je n'ai pas été très franche avec vous, j'en suis navrée. Nous travaillons pour deux agences différentes. Nous n'avons pas les mêmes contraintes. Je ne vous demande pas de m'expliquer votre *modus operandi*. Ne me demandez pas d'expliquer le mien. Tout ce que je fais — avec des cheveux blonds ou bruns — sert uniquement à retrouver la vice-présidente, je vous le promets.

Shephard la transperça du regard.

— Si vous voulez épingler Mirjana Tarcic, ajouta-t-elle, vous devriez vous dépêcher.

— Vous allez où ?

— Chez *Gerbeaud*. Le salon de thé sur Vörösmarty Tér. J'ai besoin d'un café.

— Je vous y rejoindrai pour déjeuner, dit-il en regardant sa montre. À une heure, ça vous va ?

— Entendu.

Malgré les bourrasques de vent s'élevant du Danube, Caroline attendit sur le trottoir qu'il ait disparu. Les habits froissés de Shephard et sa façon d'être, comme s'il appartenait à une autre époque, remontaient le moral de Caroline. Elle lui était même reconnaissante, bien qu'il soit son boulet. Elle n'avait pas songé à quel point il pourrait lui être utile. Après tout, Shephard était tout de même l'attaché de l'Europe centrale. Théoriquement, il connaissait les systèmes de sécurité d'une région entière sur le bout des doigts. Mirjana Tarcic n'allait pas courir longtemps.

Caroline avait encore les yeux rivés sur la silhouette lointaine de Shephard quand Eric s'arrêta au coin de Dorottya Utca.

Il ouvrit la portière du passager. Elle monta.

6

Tais-toi, avait écrit Eric sur un bout de papier, *il y a un mouchard dans la voiture*. Caroline serra le mot dans sa main et regarda droit devant elle à travers le pare-brise. Il s'était mis à pleuvoir, une brume fine embuait la vitre. L'intérieur de l'Audi sentait la laine mouillée et le tabac froid. Eric conduisait vite. Ils traversèrent le pont Élizabeth et empruntèrent les rues sinueuses du mont Gellert. Au onzième siècle, du haut de ce mont, les Huns avaient précipité saint Gellert dans le Danube. Au dix-neuvième, les dirigeants de l'Empire des Habsbourg y avaient installé des canons dirigés sur leur propre ville. Plus récemment, les Soviétiques y avaient érigé des statues célébrant la fraternité communiste. Ce mont, pensa Caroline, était un lieu consacré à la trahison.

Eric se gara au sommet, les monuments se dressaient derrière lui. Sous la pluie drue, le mont Gellert était désert. Caroline descendit du véhicule. Eric laissa les clés sur le contact et la rejoignit.

— Nous n'avons pas beaucoup de temps, dit-il.

Il la prit par le bras et, à travers les arbres ruisselants d'eau, se dirigea vers le fleuve gris.

— Que fais-tu ici en plein jour ? demanda nerveusement Caroline.

— Krucevic m'a envoyé acheter un putain de journal, répondit Eric. C'est un piège.

— Béla Horváth est mort.

Eric se figea, jura doucement et la relâcha.

— Et Mirjana ? demanda-t-il.

— Elle est introuvable. Mais la station de Budapest a mis sa ligne sur écoute. Ne te sers pas de son numéro.

À cent mètres derrière eux, l'Audi explosa. La portière du siège du conducteur monta dans les airs et atterrit à trois mètres d'eux.

— Putain, murmura Caroline.

Ils arrêtèrent de courir en arrivant devant les Bains de l'hôtel Gellert. Eric paya l'entrée, et ils se précipitèrent à l'intérieur sans attendre qu'on leur rende la monnaie, comme un couple illégitime embarrassé. Une vapeur dense sentait l'eucalyptus. Caroline leva les yeux. Les mosaïques situées près du haut plafond lui donnaient l'illusion d'être dans une cathédrale, un sanctuaire, et elle pensa, *ils le traquent*.

Eric l'entraîna vers une table dans une alcôve. Les jambes flageolantes, elle s'assit. Il resta debout, tel un homme sur le point de la quitter.

— Hier soir, dit-il, quand je t'ai laissée, je suis retourné à la base de Krucevic. Il était absent. Tonio était ivre mort, l'enfant et Mme Payne dormaient. J'ai copié tout le contenu de son ordinateur. Puis j'ai essayé de partir avec Jozsef et la vice-présidente. Krucevic est rentré à ce moment-là.

— Et alors ?

— Il m'a accusé de travailler avec Horváth et son ex-femme.

— Ce qui est vrai, je suppose.

— Bien sûr, murmura Eric. J'ai mis en place un réseau et je m'en sers.

— Pourquoi ne t'a-t-il pas tué ?

– Je lui ai dit qu'il se trompait.

Caroline leva un sourcil.

– Étonnant qu'il ne t'ait pas gratifié d'une balle dans la tête.

Eric se rapprocha d'elle, ses yeux bleus étincelaient.

– Je lui ai fait remarquer que je n'avais jamais eu le mot de passe pour pénétrer dans ses fichiers. L'ordinateur contient toutes les informations secrètes de Krucevic. Une seule personne peut y accéder. Pour sauver ma peau, je me suis servi de Tonio qui était évanoui à ses pieds et qui puait l'alcool. J'ai dit à Krucevic que s'il cherchait un traître, il devrait commencer par se poser des questions sur le petit génie de l'informatique. Tu trouves ça lâche?

– Ne me demande pas de juger tes actes. Je ne peux pas t'absoudre, Eric.

– La vice-présidente est en train de mourir, dit-il. Je ne peux pas la laisser seule.

– Tu viens de l'abandonner. Tu ne peux pas retourner là-bas avec une voiture qui vient de sauter. C'est toi qui as appuyé sur le bouton ou eux?

– C'est Krucevic qui a piégé l'Audi.

À une vingtaine de mètres, une tête mouillée émergeait du bassin d'eau de source tiède. L'écho de l'immense salle présentait un danger, mais Eric parlait à voix basse.

– Où en est Payne, exactement? demanda Caroline.

– Elle peut encore survivre vingt-quatre heures, à mon avis. Au maximum.

– L'antidote ne marche pas?

– Il a marché un moment. Krucevic lui en a administré plusieurs doses et c'est pour ça qu'elle arrive encore à respirer. Mais il a arrêté de lui en donner. Le stock était limité et il gardait les ampoules pour son fils. Elle les a toutes détruites.

Stupéfaite, Caroline balbutia:

– C'est... c'est de la folie.

— Payne pensait que si Krucevic n'avait plus d'antibiotiques, il renoncerait à ses projets et retournerait s'approvisionner à Berlin.

— Tu n'es pas de cet avis ?

— Krucevic ne bat jamais en retraite.

— Il va la tuer ?

— C'est ce qu'elle veut, commenta Eric. Elle est très courageuse, et plus coriace que tu ne l'imagines, mais sa souffrance est telle qu'elle envisage la mort comme un soulagement. Hier soir, elle m'a demandé de l'abattre. J'aurais dû le faire...

Il sortit une petite enveloppe de sa veste et la lui tendit.

— Tiens, dit-il, donne ça à Scottie.

— C'est quoi ?

— Une disquette qui contient tout ce qu'il a besoin de savoir. Les contacts de Krucevic au sein des groupes terroristes internationaux, la liste exhaustive de ses comptes en banque, la façon dont l'argent circule, l'épidémie des oreillons...

— L'épidémie des oreillons, coupa Caroline, tu veux dire, à Pristina ?

Un ange au visage rubescent affaissé sur l'épaule de sa mère. Des milliers d'enfants malades et mourants, la horde de musulmans que Krucevic méprisait. Pas plus sacrée que les foyers turcs incendiés, que le chancelier mort, que la petite Dagmar Hammecher aux boucles blondes rasées et au poignet sectionné. L'épidémie des oreillons n'était pas un accident, bien sûr. Tandis qu'elle assemblait les pièces du puzzle, Caroline sentit la colère monter.

— Et la copie de la correspondance par courriel entre Krucevic et Fritz Voekl, conclut Eric.

— Voekl envoie des équipes médicales allemandes avec des vaccins à Pristina, dit Caroline. C'était ça, le but ? Créer une épidémie afin que Fritz puisse sauver quelques musulmans ?

— C'est toi l'analyste.

Caroline le regarda droit dans les yeux. La disquette qu'elle tenait en main contenait plus de deux ans de leur vie. Dehors, la pluie crépitait sur Budapest, sur les feuilles mortes du parc de la ville. Le parc de la ville... où le fantôme de Scottie marchait dans un costume en tweed, les bras passés autour de leurs épaules.

— Scottie était au courant de tes activités? souffla-t-elle. Durant tout ce temps? Il savait que tu n'étais pas mort?

Eric se pétrifia.

— Il ne t'en a jamais parlé?

— De quoi?

Lentement, il s'assit sur la chaise située en face d'elle.

— Scottie ne t'a jamais dit que j'étais vivant?

Pendant qu'il montait seul une opération clandestine, surveillée par personne, financée par des emprunts sélectifs dans les comptes du CTC?

En manipulant Eric, et en ayant toute liberté pour le manœuvrer, Scottie avait dupé le Congrès, ses supérieurs hiérarchiques et Dare Atwood dans son bureau en merisier au septième étage. Pourquoi en parler à quelqu'un? C'était un secret à savourer seul. Et avec un peu de chance, Scottie pensait certainement pouvoir capturer Krucevic le psychopathe et gagner tous les lauriers.

Duper les autres était la spécialité de Scottie. Et Eric était un instrument parfait. Un rire nerveux secoua Caroline. Bien sûr qu'il n'en avait parlé à personne. Diriger une telle opération, à l'insu de tous, symbolisait le fantasme d'un officier traitant en fin de carrière, c'était aussi sexy qu'une stripteaseuse à domicile.

— Tu penses que Scottie manque de conscience professionnelle? gloussa-t-elle.

Eric se leva brusquement, saisit la petite table et la jeta contre le mur carrelé avec une violence qui résonna dans toute la salle. C'était la deuxième explosion en une heure. Puis il saisit Caroline par les épaules, indifférent aux baigneurs qui les regardaient.

— Tu penses vraiment que j'aurais pu disparaître plus de deux ans, sans un mot ? Tu m'en croyais capable ? Tu penses qu'il y a certaines opérations qui sont suffisamment importantes pour qu'on fasse endurer à ceux qu'on aime une souffrance pareille ?

— Je n'avais aucun élément pour penser le contraire.

— Trente mois d'enfer, dit Eric en reculant, trente mois passés à être ce que je ne suis pas, à comploter et à calculer en espérant qu'il y avait un Dieu entre moi et la mort, et à penser : « Caroline est là, elle est vivante. Je la retrouverai. »

Il s'arrêta.

— Mais ça ne faisait pas partie du plan, ajouta-t-il. C'est pour ça qu'il ne t'a rien dit. Scottie n'a jamais pensé que je reviendrai.

— Eric, répondit brusquement Caroline, tu étais mort et enterré. Et crois-moi, en ce moment, tout le monde à l'Agence préférerait que tu le restes. Personne n'est prêt à fournir une explication concernant ta survie. La vérité n'a jamais été le fort de la Direction des opérations, je crois ?

— Mais c'est de Scottie dont nous parlons.

D'un air absent, il regarda le nuage de vapeur qui s'élevait comme un cumulus au-dessus du bassin.

— Scottie ne pouvait pas m'en parler, dit Caroline. J'aurais rejeté son idée. Ou j'aurais partagé le secret avec Cuddy peut-être.

— Cuddy n'est pas au courant ? lui demanda Eric, les yeux dans le vague. Et Dare Atwood, elle sait ?

— Maintenant, elle sait, oui.

— Vous regrettez tous que je ne sois pas mort, l'accusa-t-il, comme s'il voulait attaquer Scottie par procuration.

Caroline se leva et le rejoignit, songeant à l'écho de leur conversation avec inquiétude.

— Personne n'était vraiment ravi de découvrir que tu étais vivant, en bonne santé et en train de kidnapper la vice-présidente, tu comprends ?

Eric s'éloigna d'elle.

— Il s'est entièrement servi de moi, dit-il. Jusqu'au bout. Et je me suis porté volontaire pour ce privilège. J'étais si fier qu'il me fasse confiance...

— Tu veux dire qu'il a préparé l'enlèvement de Payne ?

— Nous ne sommes pas dans un film d'Oliver Stone. Ne sois pas parano. Scottie m'a donné les moyens d'infiltrer le 30 Avril. Et il m'a dit que quand j'aurais assez d'éléments pour épingler Krucevic, il m'exfiltrerait.

Qu'avait dit Scottie, mardi matin ? *Eric est un tueur, Caroline, il est mis au rancart.* Scottie ne comptait pas faire revenir Eric aux États-Unis. Il avait dirigé une opération totalement illégale. Et, par sa faute, Sophie Payne était mourante.

Mais Scottie pourrait tout démentir – s'il réduisait éternellement Eric au silence.

Ils traversèrent le quartier du château, évitant les remparts du Danube, la route qu'empruntait le funiculaire, les endroits où affluaient les touristes. Ils prirent les petites rues et les allées situées de l'autre côté de Gellérthegys jusqu'à ce qu'ils débouchent au nord de la vieille ville. Cette partie de Buda, détruite et reconstruite plusieurs fois – par les Mongols, les Turcs, les Autrichiens et les nazis – semblait être un lieu idéal pour tirer un trait sur les décombres de leur vie. Un lieu où seule restait l'apparence de l'ordre.

— Il y avait une fille à l'université, commença Eric pendant qu'ils marchaient, une étudiante en biologie moléculaire. Elle s'appelait Erzsébet Kiraly.

— Et alors ?

— Elle travaillait à mi-temps au laboratoire de Mlan. C'est là que je l'ai recrutée, avant la tragédie du vol MedAir 901. Elle était drôle et vive, elle t'aurait plu, je crois, avec ses jupes de paysanne et ses longues nattes rousses... Elle savait qu'il y avait un problème avec les vaccins de Mlan.

— Les vaccins contre les oreillons ?

— Sa petite contribution pour réduire le nombre de musulmans, dit Eric en lui jetant un regard pénétrant, tout est sur la disquette. Remets-la bien à Dare. Surtout pas à Scottie. Compris ?

Elle hocha la tête. Mains dans les poches, l'échine courbée, il continua de marcher. Caroline résista à la tentation de se retourner pour voir si un homme armé les suivait.

— Il y a trois ans, reprit Eric, j'ai commencé à payer Erzsébet pour me transmettre des informations sur les activités du labo. Elle bossait bien. Tellement bien que Mlan l'avait choisie pour acheminer ses microbes en Turquie.

— En prenant le vol MedAir 901 ?

— Exactement, répondit-il en donnant un coup de pied dans un caillou. Cela semblait logique. Les compagnies aériennes ne passent pas aux rayons X les cartons de médicaments accompagnés d'une autorisation du gouvernement. Ils ont trop peur que les radiations détruisent les produits. Tu piges ?

— Il y avait une bombe dans le carton de VaccuGen que transportait Erzsébet, dit Caroline. Mais, pourquoi n'étais-tu pas dans cet avion ?

— J'aurais dû l'être, répondit-il, comme s'il n'en revenait toujours pas. J'ai donné ma place. J'ai donné ma place à une femme dont l'enfant était malade. Elle devait retourner à Istanbul. Le bébé hurlait. Une hôtesse cherchait un volontaire. Je me suis proposé.

— Et ils n'ont pas pris ta carte d'embarquement ?

— Ce n'était pas une compagnie américaine. C'était un avion du tiers monde qui avait quarante secondes pour se préparer au décollage dans l'un des aéroports les plus encombrés du monde. Ils m'ont envoyé au comptoir pour réserver une place sur un autre vol. Ils n'ont jamais retiré mon nom de la liste des passagers du vol 901.

— Mais tu n'as pas fait une nouvelle réservation ?

— Je suis d'abord allé à ta porte d'embarquement. Ton avion s'éloignait sur la piste d'atterrissage. Alors je suis allé déjeuner.

— Et trente-trois minutes après le décollage, l'avion du vol MedAir 901 a explosé, conclut Caroline.

Sept heures plus tard, à Dulles, Scottie et Dare m'attendaient pour m'annoncer la nouvelle. Je n'y croyais pas. Je n'y croyais pas. Puis j'ai vu le visage de Scottie, le chagrin sur son front parfait. Il pleurait la seule personne qui lui importait. Son Eric. Et j'ai compris que c'était vrai.

— L'avion a explosé avec Erzsébet et la femme et son bébé, dit Eric. J'ai appelé Scottie dès que je l'ai su.

— Pourquoi tu ne m'as pas appelée ?

— Tu étais quelque part au-dessus de l'Atlantique. Et Scottie m'avait promis de t'expliquer.

De m'expliquer. Comme si on m'avait posé un lapin pour une excellente raison. Les poings fermés, elle lui martela la poitrine.

— Et tu as continué ton opération clandestine pour venger Erzsébet Kiraly ? Cette fille était plus importante que moi à tes yeux ?

Eric lui saisit fermement les poignets.

— Je l'avais payée pour trahir Mlan. Elle est morte à cause de moi. Elle n'avait que vingt et un ans. Je lui devais quelque chose, je pense.

— Quoi ? hurla Caroline. Ta vie en échange de la sienne ? Notre couple ? Tu penses que ça en valait la peine ? Tu es content ?

Eric ferma les yeux.

— Le bonheur n'a jamais été l'objectif, Chien Dingue.

— Non. C'est clair.

À trois pâtés de maison du Hilton, il poussa la porte d'un magasin désert et l'attira violemment à lui. L'étreinte était calculée et sans émotion, songea-t-elle. C'était simplement professionnel, au cas où quelqu'un les surveillerait. Caroline sentit une froideur en elle, un sentiment qui anesthésiait ses sens.

— Je dois te laisser ici, dit Eric, il faut que je retourne chercher Sophie.

— Tu es dingue ! Krucevic va te tuer !

Caroline le dévisagea et vit soudain sa détresse. Eric avait quarante ans, mais il en paraissait beaucoup plus. Il allait être obligé de vivre comme un homme traqué et il le savait. Puis il mourrait dans l'ombre, loin de chez lui. Et cette fois, personne ne parlerait de son décès.

Il inspecta la rue et fouilla dans sa poche.

— Tiens, dit-il, prends cette carte. La base de Krucevic à Budapest y est indiquée. Tu la remettras à ton chef de station. Et envoyez une équipe sur les lieux le plus vite possible.

Caroline regarda sa montre. Il était midi trente-deux.

— Sa base est aussi protégée qu'un arsenal, ajouta-t-il.

— Je sais, répondit-elle en serrant la carte dans ses doigts glacés. Nous avons les plans. Écoute Eric, Krucevic a fait sauter ta voiture, il veut ta mort. Horváth a peut-être tout dit à Krucevic avant de mourir. Tu ne peux pas retourner là-bas, c'est suicidaire !

— Sophie Payne est seule.

— Dans quelques heures elle ne le sera plus. On ira la chercher. Mais toi, tu dois partir. L'Eric que j'ai connu ne se serait jamais jeté dans une situation pareille par fierté.

— Tu sais aussi bien que moi que je ne peux plus reculer, dit-il avec amertume. Pour survivre au diable il faut devenir son ami et marcher avec lui. Ensuite, tu ne peux plus faire demi-tour. Tu n'es plus la personne que tu étais avant. Quand tu as mis un silencieux contre la tempe d'une petite fille, tu n'es plus le même homme. Tu ne peux plus te réveiller un samedi matin dans la banlieue de Washington et décider d'aller te balader le long du canal ou de discuter de football. Pas s'il te reste un peu d'âme. Tu es trop coupable pour vivre en paix.

— C'est comme si tu étais déjà mort, dit Caroline.

— J'ai commis des atrocités avec lesquelles je ne peux pas vivre facilement. Je ne peux pas les effacer de mon âme.

C'était vrai, pensa-t-elle avec une infinie tristesse. Et leur amour était également perdu. L'homme qu'elle avait aimé et désiré de toutes ses forces n'existait plus.

— Prends ça, dit Eric en lui tendant un récepteur de poche. C'est de la technologie allemande ultrasophistiquée. Si tu te trouves à trois kilomètres de la vice-présidente, tu pourras la localiser.

Caroline referma sa main autour du récepteur.

— Promets-moi de ne pas retourner dans ce fortin, dit-elle.

— Est-ce que je peux encore te faire une promesse à laquelle tu croies ? demanda-t-il en la sondant du regard. Krucevic pense qu'il a été trahi. Il a peut-être déjà quitté Budapest. Si la carte ne sert à rien...

— Où irait-il ? À Berlin ? Pour aller chercher des antibiotiques ?

Eric secoua la tête.

— Mlan ne rebroussera pas chemin. Il reste un seul endroit où il peut aller.

Caroline réfléchit rapidement. Était-ce la Pologne, où Cuddy avait retrouvé les fonds du Trésor hongrois ? Mais Krucevic n'avait pas de laboratoire là-bas – pas à sa connaissance. Si Krucevic tenait à Jozsef...

— Il ira se terrer dans un coin, déclara-t-elle, comme un animal blessé. Il retournera chez lui, c'est ça ?

Eric acquiesça.

— En Bosnie, dit-il, à Ziv Zakopan. Le vieux camp de la mort au sud de Sarajevo. Il a un labo là-bas, dans les collines.

Caroline recula et retint son souffle. *Ziv Zakopan. Un lieu si atroce que les gens en parlaient en murmurant. Aucun prisonnier n'en était sorti vivant.*

— Cet endroit existe vraiment ?

— J'y suis allé, répondit Eric. Maintenant, écoute-moi bien, Chien Dingue. Je vais t'expliquer où ça se trouve.

7

Budapest, 1 : 03

Alors qu'Eric s'apprêtait à s'éloigner, Caroline l'attira à elle et l'étreignit. L'amertume et la rage l'avaient quittée. Elle ne cherchait plus à contrôler l'avenir, ni à réfléchir aux choix qu'elle devait faire. Sentir battre le cœur de l'homme qu'elle aimait lui suffisait.

— Je t'en supplie, murmura-t-elle, ne me quitte pas. Je ne pourrais pas le supporter.

— Moi non plus, souffla-t-il dans ses cheveux. Ça me déchire.

— Alors, emmène-moi avec toi. On fuira ensemble.

Elle ne sentait plus fidèle à l'Agence qui l'avait trahie. Il desserra les mains qu'elle avait nouées autour de sa taille et lui saisit les bras. L'espace de trois secondes, elle l'observa réfléchir à la proposition qu'elle venait de lui faire. Puis il secoua la tête.

— Cette mission n'est pas terminée. Fuir serait y renoncer.

— Tu as déjà accompli beaucoup!

— N'oublie pas Sophie. Je ne peux pas la laisser. Et j'ai besoin de ton aide.

Caroline n'osa plus protester. Elle laissa tomber sa tête sur la poitrine d'Eric, ce qui était aussi futile que de donner un coup de poing dans un mur de pierre. Sophie Payne était plus innocente qu'Eric. On lui devait de punir Krucevic pour ses crimes.

— Laisse-moi partir, Chien Dingue, murmura Eric. On n'a pas le choix.

— On l'empêchera de gagner, tu m'entends ?

— Mlan ?

— Scottie, dit-elle rageusement. On ne le laissera pas nous détruire et s'en tirer à bon compte.

Il lui sourit, mais la dévisagea d'un air incrédule. Caroline se sentit comme une enfant qu'on essaye d'apaiser. Elle lui saisit le poignet.

— Je ne te laisserai pas mourir !

— Non, mon Chien Dingue. Je sais.

Il se pencha et l'embrassa à pleine bouche. La sauvagerie de son baiser lui fit l'effet d'une décharge électrique.

— Tu as encore la goupille de grenade ? demanda-t-il.

Elle hocha la tête, incapable d'articuler le moindre mot.

— Voici la mienne, dit-il.

Eric agita un anneau vert olive qu'un homme aurait pu porter au doigt. Elle avança sa main tremblante vers celle d'Eric et l'étreignit.

— Je ne m'en suis jamais séparé, confia-t-il. C'est ce qui me relie au passé. À toi. Si nous survivons à cette mission, je te retrouverai. Crois-moi.

Puis il lui lâcha la main. La goupille de grenade disparut dans la poche d'Eric. Caroline le regarda s'éloigner, espérant qu'il allait se retourner – mais que ferait-elle s'il revenait ? Rester immobile dans une rue pavée de Budapest pendant qu'Eric l'abandonnait une fois de plus était bien plus difficile que de courir vers lui. *Caroline est sage*, murmura la voix d'Hank. *Elle écoute sa tête pas son cœur.*

Eric ne se retourna pas.

Quant il eut disparu, elle inspira en tremblant et enfonça ses mains dans ses poches. Elle sentit le contour de la disquette, le récepteur et la feuille de papier pliée qui indiquait le chemin pour se rendre à la prison de Sophie Payne.

Le temps était compté. Elle devrait fournir une explication pour la carte – Vic Marinelli l'exigerait. Caroline traversa la rue en courant et fonça vers son hôtel.

Tom Shephard était assis chez *Gerbeaud*, un exemplaire du *Herald Tribune* ouvert devant lui. Il avait presque terminé sa tartelette au chocolat et, à la surprise de Caroline, il buvait du thé. Un arôme de bergamote flottait dans l'air.

— Vous êtes en retard, dit-il en posant sa serviette en papier. Je n'ai pas grand-chose de nouveau à vous apprendre. Mirjana Tarcic a été soignée dans un hôpital le jour des émeutes, ensuite, elle s'est évaporée. La police fédérale pense avoir une piste…

— Vous avez payé ? coupa Caroline. J'ai un taxi qui attend.

— Qu'est-ce qui se passe ?

Elle lui tendit une feuille de papier.

— Voilà où se trouve la base de Krucevic à Budapest. Celle dont Walter a les plans.

— Bon sang ! s'exclama Shephard en sortant des pièces de monnaie de ses poches. D'où sort ce document ?

— On pourrait dire que c'est un cadeau de l'antenne de Sharif, répondit Caroline.

Vic Marinelli se redressa sur sa chaise.

— Une carte ? dit-il dans le combiné. Ah oui, je la vois, elle est train d'arriver sur mon fax. Doux Jésus, qu'est-ce qu'on en fait ?

— Connectez-vous avec Atwood et Bigelow dans la salle de vidéoconférences, lui répondit Cuddy Wilmot au téléphone.

Marinelli se pencha vers son fax et vit apparaître le secteur nord-est de Budapest, un quartier d'entrepôts. La carte était maculée de traces laissées par les interférences électroniques, mais quand il vit où se trouvait la base de Krucevic, son cœur se mit à battre d'excitation. Le quartier général avait enfin fait son boulot.

— La vidéoconférence a lieu à quelle heure ? demanda-t-il.

— Une heure trente. Faites venir Caroline et votre attaché dans la salle trois minutes avant.

— Caroline ? L'analyste ?

— Oui.

— Vous pensez que c'est prudent ? protesta Vic. Elle n'est pas censée avoir accès à ce type d'informations.

— Caroline est notre expert sur Krucevic, répliqua patiemment Cuddy, et elle a déjà vu la carte. J'ai envoyé une photocopie à son hôtel.

— Quoi ?!

— Je pensais qu'elle serait capable de me dire, d'après les détails, si c'était un document fiable. Selon Caroline, il l'est.

— Mais c'est une analyste, répéta Vic, interloqué. Pas un officier traitant. Qu'est-ce qui vous a pris ?

— Nous ne fixons pas de limites aussi strictes au CTC, répondit Cuddy, presque amusé. Nous nous servons de l'interdisciplinarité pour aborder certaines affaires. Et c'est grâce à Caroline que nous avons obtenu cette carte. C'est elle qui a suggéré de faire appel à la source.

La source – Cuddy l'avait déjà expliqué – était un citoyen américain qu'ils avaient appelé le Volontaire. Il vendait des armes à des clients douteux, mais de temps en temps il renseignait la CIA pour se faire pardonner ses péchés.

— C'est vraiment incroyable, marmonna Marinelli.

— Caroline a immédiatement pensé au Volontaire quand elle a vu les plans d'Aronson. Mais elle ne savait pas si elle pouvait vous en parler ou révéler l'identité de l'officier traitant qui dirige cet agent, donc elle m'a appelé.

Marinelli prit un air démoniaque destiné à une cible invisible de l'autre côté de l'Atlantique. Il avait suffisamment d'expérience pour savoir quand le quartier général essayait de l'éclipser.

— Par chance, poursuivit Cuddy, nous avons pu interroger le Volontaire – il est détenu dans une cellule en Virginie.

— Et il vous a indiqué le chemin qui mène droit au fortin du 30 Avril, commenta Marinelli, décidément, c'est plus que de la chance.

— Accrochez-vous, Vic. L'Agence vous soutient.

À Washington D.C., il était seulement sept heures trente du matin. Le visage de Dare Atwood présentait de nouveaux signes de fatigue et d'anxiété, songea Caroline, les yeux rivés sur l'écran dans la salle de vidéoconférences. La vice-présidente des États-Unis avait été enlevée soixante-douze heures auparavant. Depuis, Dare avait probablement rendu compte au Congrès une ou deux fois, rencontré ou évité une légion de journalistes, assisté à d'interminables réunions avec des responsables de l'Agence, enregistré un discours politique destiné à être diffusé sur les ondes dimanche matin. Elle avait dû sauter des repas, envoyer un assistant dans sa maison de Georgetown afin qu'il lui rapporte un chemisier en soie propre et un tube de rouge à lèvres rose, et pris l'air six ou sept fois devant la Maison-Blanche. La possibilité qu'Eric révèle publiquement son histoire l'avait probablement empêchée de dormir. La carte localisant la base du 30 Avril aurait dû lui procurer un immense soulagement. Mais Caroline ne remarquait que du tracas sur le visage de la DCI. En revanche, Jack Bigelow avait l'air survolté. Il avait sans doute dormi comme un loir, avalé un petit-déjeuner consistant et semblait prêt pour une chasse à l'ours.

— Bonjour tout le monde, dit-il d'une voix traînante. Vous avez tous fait du bon boulot pour une fois, d'après ce qu'on m'a dit. Sophie va être contente de vous voir débouler chez ce salopard.

— Monsieur le Président, Madame Atwood, bonjour, répondit poliment l'ambassadeur Stetson Waterhouse.

Vieux partenaire de pêche à la mouche de Bigelow, Waterhouse avait récemment obtenu son poste à l'ambassade américaine de Budapest et était très soucieux des règles à observer en matière d'étiquette.

— J'ai ici avec moi M. Vic Marinelli, le chef de station, M. Tom Shephard, l'attaché de l'Europe centrale, et Mᵐᵉ Caroline Carmichael, du Centre de contre-terrorisme de la CIA. Vous nous recevez bien ? L'image est claire ?

— Claire comme la boue, Stetz, railla Bigelow. La DCI va nous résumer la situation.

— Monsieur le Président, commença Dare. Il est probable que la vice-présidente soit détenue au siège du 30 Avril à Budapest, dans un entrepôt pourvu de pièces souterraines, situé dans le secteur industriel de la ville. Vous avez une photocopie de la carte localisant cet entrepôt devant vous. Selon nos sources, Payne y était encore il y a trois heures. Nous détenons les plans des systèmes de sécurité du site, mais nous ne savons pas si la vice-présidente et les terroristes sont encore sur les lieux...

— Vos hommes qui sont sur le terrain ont des infos à ce sujet ? coupa Bigelow en s'adressant à l'ambassadeur.

D'un air affolé, Waterhouse regarda Vic, Caroline et Shephard.

— Monsieur le Président, intervint Marinelli, nous avons reçu la carte il y a un quart d'heure. Je...

— Envoyez une équipe de surveillance sur les lieux, ordonna Bigelow.

— Bien, monsieur.

Marinelli décrocha le téléphone posé sur son bureau.

— Et assurez-vous bien que vos hommes sont armés, ajouta Bigelow. Je ne veux pas d'un autre Bratislava.

Bratislava. Le souvenir des deux officiers traitants abattus dans la camionnette de plombier leur revint à l'esprit. Caroline ne détournait pas les yeux de l'écran. Depuis son arrivée, le chef de station la traitait comme si elle avait la peste.

Assis à la gauche de Bigelow, un homme aux cheveux grisonnants vêtu d'un uniforme appuya brusquement sur le bouton de son micro. Caroline reconnut Clayton Phillips, le chef de l'état-major interarmes.

— On pourrait envoyer des avions AWAC[1], aboya Phillips, et intercepter toutes les émissions électroniques provenant de Budapest. Il y a déjà des troupes de l'OTAN sur le terrain en Hongrie.

— Mais nous devons d'abord obtenir l'accord de l'OTAN, objecta Matthew Finch, le conseiller à la Sécurité nationale auprès du Président. Et cela signifie que nous sommes obligés de leur expliquer pourquoi nous voulons intercepter les émissions. Si nous leur disons la vérité, nous perdrons le contrôle de la situation. Nous risquons de commettre une grosse erreur.

— Et les Delta Force? dit Bigelow.

— Si nous avions plus de temps…, commença Phillips.

— Il y a l'Allemagne, s'impatienta Bigelow. On pourrait trouver quelques hommes à la base aérienne de Ramstein.

— Le temps de former une équipe, dit Phillips, de l'envoyer en avion à Budapest, puis sur le site, il y en a pour trois heures.

— Trois heures, répéta Bigelow en regardant sa montre. Il est quelle heure en Hongrie?

— Dans trois heures, monsieur le Président, il sera presque dix-sept heures, répondit l'ambassadeur.

— Il fera sombre. Mais ils feront avec. À moins que…

Bigelow murmura quelque chose d'inaudible à l'oreille de son conseiller.

— Madame Carmichael, dit Finch, dans votre bio sur Krucevic vous affirmez qu'il ne négocie jamais. Pouvez-vous développer?

— Certainement.

Elle jeta un œil sur Marinelli qui resta de marbre.

— Pour plusieurs raisons, commença Caroline, la négociation est vouée à l'échec. Premièrement, cela obligerait Krucevic à sortir de l'ombre, à révéler à la presse internationale qu'il

---

1. Avions équipés de radars à longue portée et pourvus d'une installation de conduite.

est le ravisseur de Sophie Payne, et il évite ce genre de publicité. Deuxièmement, négocier voudrait dire que Krucevic est prêt à échanger Mme Payne contre autre chose. Et nous n'avons rien à lui proposer qui l'intéresse. Par ailleurs, Krucevic met un point d'honneur à ne faire aucune concession.

— Avec un revolver contre la tempe, lâcha sèchement Marinelli, il fera tout ce qu'on lui demande.

— Troisièmement, poursuivit Caroline, si Krucevic négociait, ce serait avec un homme qu'il considérerait comme son égal. Donc il ne négociera pas.

— Même avec le président des États-Unis ? insista Bigelow. J'ai pourtant l'impression qu'il négocie en nous envoyant ces cassettes vidéo.

— Il ne s'agit pas de négociations, mais d'insultes, monsieur le Président. En vous montrant l'assujettissement de Mme Payne, Krucevic cherche à vous humilier. Il veut vous donner un sentiment de frustration et d'impuissance. Il n'envoie pas ces images pour parvenir à un arrangement, mais pour vous terrifier.

À présent, les trois hommes de la Maison-Blanche l'écoutaient attentivement. Un sourire presque imperceptible apparut sur le visage de Dare Atwood.

— Mais admettons, argua Finch, que nous fassions semblant de négocier. On occupe Krucevic afin de laisser aux hommes des Delta Force le temps de s'organiser. Puis on propose une solution diplomatique — le monde en sera informé — et on attaque sa base.

Caroline secoua la tête.

— Si vous attaquez sa base, vous ne trouverez que des cadavres.

Finch leva les bras au ciel et regarda Bigelow. Le Président sourit à Caroline sur l'écran.

— Vous êtes bien sûre de vous, lui dit-il.

— Monsieur le Président, soupira-t-elle, en cherchant à expliquer les choses de manière succincte, ces cinq dernières années, j'ai suivi Mlan Krucevic et le 30 Avril. Krucevic n'est pas facile à cerner, mais j'y suis parvenue. C'est mon métier. J'ai lu de nombreux documents le concernant, j'ai enquêté sur son enfance, j'ai demandé l'avis de psychiatres. Je connais Krucevic mieux que personne. Il y a seulement deux femmes qui en savent plus ou autant que moi : sa mère et sa femme. Sa mère est morte. Sa femme a disparu. Il ne reste que moi.

— Comment savez-vous qu'il ne négociera pas ? insista Finch. Cela peut devenir une question de vie ou de mort pour lui.

— La valeur de la vie est relative, répondit calmement Caroline. Mlan Krucevic en a conscience depuis qu'il est né. Son père faisait partie des oustachis croates – les alliés fascistes des nazis allemands. Anton Krucevic aurait dirigé un camp de concentration entièrement souterrain près de Sarajevo. Tous les gens impliqués dans l'organisation du camp auraient reçu l'ordre de se suicider lors de la capitulation allemande. Le camp n'a jamais été formellement localisé, mais cent mille Serbes y auraient été exécutés.

— Dans la bio de Krucevic, commenta Finch, vous dites qu'il a cinquante-huit ans. Il serait donc né durant la guerre.

— Krucevic a grandi dans des camps de concentration, affirma Caroline. Enfant, il a été témoin de morts atroces. Il a certainement dû penser que son père était Dieu, ce dernier ayant eu le pouvoir de vie et de mort sur les gens. Personne n'a survécu à Ziv Zakopan. Les rumeurs qui circulaient sur ce camp durant la guerre sont les seuls éléments des historiens. À l'exception de Krucevic, il n'existe aucun témoin qui puisse rapporter les horreurs qui y ont été commises.

— Qu'est-ce qui est arrivé à son père ? questionna Bigelow.

— Il s'est tué avec un fusil après avoir abattu sa femme quand l'armée de libération russe est arrivée.

— Mais il a épargné l'enfant ?

— Krucevic a été retrouvé en sang dans les bras de sa mère décédée. Il a une cicatrice de blessure par balle à la tempe. Il a déclaré, monsieur le Président, que la mort était toujours préférable à l'échec.

— Dommage que ce salaud ait eu autant de chance, grogna Bigelow.

Finch scruta son carnet de notes.

— Comment devons-nous nous y prendre, Caroline ? demanda la directrice de la CIA, comme si elle s'en remettait quotidiennement au jugement de ses jeunes analystes.

Caroline hésita un instant avant de répondre. Si Eric était retourné au fortin du 30 Avril, personne ne pouvait plus assurer sa protection.

— Si nous prenons contact avec Krucevic en essayant de négocier, il détournera notre attention afin d'avoir le temps de préparer une contre-attaque. Si nous envoyons un hélicoptère sur son toit, il tuera la vice-présidente avant que l'hélicoptère se pose. La discrétion est notre seul espoir.

Finch fixa l'objectif de la caméra.

— Dieu merci, dit-il. Je croyais qu'il n'y en avait plus.

— Nous devons nous servir des plans fournis par Walter Aronson, insista Caroline. Nous avons besoin de professionnels qui connaissent bien les systèmes de sécurité électronique. Ces pros devront s'introduire dans le fortin, localiser les prises d'air et répandre du chloroforme dans le salon de Kruvevic. Nous devons arrêter le 30 Avril par surprise et libérer la vice-présidente sans un coup de feu. Mais nous devons agir tout de suite.

Jack Bigelow se balança sur sa chaise et déclara :

— Envoyez des avions AWAC, Clayton. Dites à l'OTAN ce que vous voulez. Formez une équipe de Delta Force avec les hommes qui sont à Ramstein ou que vous avez cachés ailleurs. Et qu'ils n'oublient pas d'emporter du chloroforme avec eux, compris ?

Quand l'écran fut redevenu blanc et que l'ambassadeur eut quitté la salle de vidéoconférences pour aller s'entretenir avec les membres du nouveau gouvernement hongrois, Shephard se leva et tendit la main à Caroline. Elle la serra d'un air perplexe.

— Bon travail, la félicita-t-il.

— Vous venez ? aboya Marinelli dans l'embrasure de la porte.

— Où allons-nous ? demanda Shephard.

— À la base du 30 Avril. Je veux surveiller le fortin au cas où Krucevic tenterait de s'échapper avant l'arrivée des pilotes.

Shepard écarta une chaise et rejoignit le chef de station.

— Allons-y.

Marinelli le gratifia d'une claque amicale sur l'épaule, puis toisa Caroline.

— Quant à vous, restez ici. Vous avez réussi à convaincre le Président que vous saviez comment opérer, mais vos compétences réelles me laissent sceptique. Les analystes n'ont rien à faire sur le terrain, je préfère les voir assis derrière un bureau. Ce qui m'évitera de fournir des explications au quartier général si les choses tournent mal.

L'hostilité de Marinelli était flagrante. Les yeux de Shephard s'écarquillèrent d'étonnement. Mais ce n'était ni le moment ni le lieu pour argumenter, songea Caroline.

— Très bien, dit-elle entre ses dents. C'est vous le chef de station, je dois donc obéir à vos ordres.

— Ce n'est pas trop tôt, rétorqua-t-il, puis il s'éloigna dans le couloir.

Derrière la porte fermée, les cris avaient semblé durer des heures. Dans la matinée – Sophie ne savait pas quand précisément, elle n'avait ni réveil, ni fenêtre – Krucevic lui avait amené Jozsef sans un mot d'explication. Elle avait mal dormi et sa souffrance était extrême. Jozsef s'était blotti contre le corps fiévreux de Sophie. Elle avait posé ses mains sur les oreilles de l'enfant pour qu'il n'entende plus les cris et entamé un long monologue d'injures. Tandis que Jozsef sanglotait, elle vitupérerait pour étouffer le bruit des hurlements provenant de l'extérieur. Ceux-ci étaient parfois suraigus et l'homme qui subissait les tortures semblait être assujetti à un rythme préétabli. Il chantait à présent. D'une voix cassée, il fredonnait *Graceland*, de Paul Simon.

— Qu'a-t-il fait? demanda Sophie à Jozsef. Qu'a-t-il fait pour mériter ça?

— Il a trahi papa.

Puis le chant cessa et le silence se fit.

8

La nuit tombait lentement sur l'Europe centrale et la nuit était leur alliée.

À l'arrière de la fourgonnette blindée, Shephard étudia le profil pâle de l'homme accroupi à ses côtés. Marinelli avait presque le même âge que lui, mais il était en meilleure forme physique et avait jadis été un SEAL, ce qui rassurait Shephard. Même un SEAL qui avait quitté la Navy depuis dix ans devait savoir ce qu'il faisait. Il avait néanmoins l'impression que Marinelli naviguait à l'instinct.

Au premier coup d'œil, la forteresse de Krucevic semblait inoffensive. Elle avait l'apparence d'une zone de chargement dans un quartier d'entrepôts, et on y accédait par une allée. Un officier traitant de Marinelli avait garé la fourgonnette devant un entrepôt d'aliments pour animaux, perpendiculaire à la base du 30 Avril. Puis il était descendu du véhicule, déguisé en agriculteur et avait apostrophé un jeune cultivateur hongrois au volant d'une Volkswagen Passat rouge. L'officier traitant avait retiré son bleu de travail, enfilé une chemise propre, s'était peigné, puis était monté dans la Passat rouge de son prétendu cousin. Les deux hommes s'étaient éloignés dans la pénombre, tels deux compères s'apprêtant à faire la tournée des bistrots.

La fourgonnette, apparemment vide, était restée garée devant l'entrepôt. Accroupis à l'intérieur de celle-ci, Marinelli et Shephard n'en menaient pas large : les hommes de la dernière équipe chargée de surveiller les ravisseurs de la vice-présidente à Bratislava s'étaient fait descendre de façon stupide. Shephard et Marinelli étaient tous deux armés, et observaient silencieusement, un casque sur les oreilles, le royaume de Krucevic. Marinelli possédait une impressionnante panoplie de matériel électronique qui lui permettait de voir et d'entendre à travers des couches d'acier superposées. Il était équipé d'antennes cachées, de radars, d'un système de vidéo-surveillance et de micros directionnels ultrasophistiqués. La porte métallique d'un entrepôt coulissa bruyamment. Sur un écran en noir et blanc, ils virent un camion menaçant surgir comme le Léviathan et entendirent quelques mots de hongrois. Si un grain de poussière se posait sur le toit de la fourgonnette, ils le sauraient, songea Shephard.

Mais aucun bruit ne provenait du fortin.

— Il est parti, grogna Marinelli en réglant un amplificateur. On va passer pour des crétins auprès du général Clayton et ce n'est pas votre copine qui va recevoir la douche froide, c'est moi. Parce que j'aurais dû envoyer une équipe de surveillance avant que l'encre de cette foutue carte soit sèche.

— L'armée américaine n'a pu trouver Saddam Hussein alors qu'elle était garée devant chez lui. Parfois les gens échappent à la technologie, vous le savez Vic.

— Oui, je sais. Et parfois la technologie est vraiment merdique. Cette frimeuse de Carmichael me tape sur les nerfs. Bigelow lui mangeait dans la main. Ils ne devraient pas engager de femmes dans les services secrets, elles sont nulles pour les opérations.

Se souvenant de la Mercedes gris métallisé et de la petite perruque noire, Shephard sourit.

— Caroline est infatigable. Quand elle tombe, elle se relève toujours. Si vous tentez de lui faire obstacle, elle vous dévisage d'un regard bleu et glacial, vous laisse bien vous enfoncer pendant que vous tentez de justifier votre existence – puis vous contourne.

– Vous voulez coucher avec elle, c'est tout.

Shephard fronça les sourcils. Mais ce n'était pas à lui d'expliquer au chef de station qui était Caroline Carmichael. Il avait également eu de nombreux doutes sur cette femme. Mais quand elle avait apporté la carte, les soupçons de Shephard s'étaient effacés. Malgré ses mensonges par omission et les choses qu'elle refusait d'expliquer, Caroline s'était bien débrouillée.

Marinelli appuya sur le bouton d'un scanner. Un bruit de friture retentit.

Ils avaient tous deux examiné les plans du système de sécurité d'Anatoly Rubikov, les plans qu'Aronson avaient récupérés dans les toilettes d'une gare. Le scanner fourni par le gouvernement américain était aussi efficace qu'un petit pois dans un lance-pierres.

– Krucevic est parti, répéta nerveusement Marinelli. Il a filé pendant qu'on regardait Carmichael allumer le Président.

– Vous ne pouvez pas l'affirmer.

La pluie tombait à verse. À l'extérieur de la fourgonnette, il faisait presque entièrement noir. Le quartier des entrepôts n'était quasiment pas éclairé et la forteresse de Krucevic était plongée dans l'ombre. Marinelli se pencha sur un objet carré qui ressemblait à un viseur.

– C'est quoi ? demanda Shephard.

– Une caméra thermique.

– Vous cherchez le chauffage ?

– À Budapest, en novembre, la température descend jusqu'à moins cinq quand il fait nuit. Il devrait y avoir du chauffage dans ce fortin.

La chaleur devrait s'échapper de la porte de la zone de chargement comme un vent thermique, pensa Shephard. Marinelli s'écarta. Shephard regarda dans la caméra thermique. Le contour de la porte du garage luisit faiblement.

— Il n'y a personne à l'intérieur, décréta Marinelli. J'en parierai ma vie.

Le chef de station ouvrit doucement la porte arrière de la fourgonnette.

— Vous êtes dingue ? siffla Shephard.

— Des pilotes vont arriver et la vice-présidente n'est pas là. Cette foutue carte a servi à créer une diversion. Le 30 Avril a quitté ce trou. Si je ne suis pas revenu dans un quart d'heure, appelez la station.

Il se glissa dehors sans un bruit et s'échappa dans la nuit.

Marinelli, fulmina Shephard, était comme tous ces foutus espions de la CIA. Il n'était pas ce qu'il semblait être. C'était un excellent comédien. On le prenait pour un prince Médicis alors qu'en fait il n'était rien d'autre qu'un satané cow-boy. Un type accroc à l'adrénaline. Comme Caroline coiffée d'un béret rouge descendant de la voiture d'un terroriste...

Shephard se concentra sur la caméra thermique. À travers la pluie et l'obscurité, il voyait la chaleur du corps du chef de station briller dans son viseur. Marinelli franchit la porte de l'entrepôt, passa devant une poubelle, un mât, qui ne produisait aucune luminosité dans l'objectif. Shephard inspecta le toit du fortin et les coins du bâtiment. Et soudain, il le vit, comme un clin d'œil dans la nuit. L'œil du laser s'ouvrit une fois, puis se referma. Marinelli l'avait raté. Le chauffage était peut-être coupé, le fortin déserté, mais quelque chose était connecté pour exploser.

La police fédérale découvrit Mirjana Tarcic vingt-trois minutes avant que sa vieille mère regagne son silencieux deux-pièces.

Ils étaient trois : Ferenc Esterhazy, le chef, Lindros et Berg, ses deux adjoints. Ils portaient des costumes gris qui sentaient le tabac, la saucisse, l'essence et la pluie. Esterhazy avait des traits épais et un teint cadavérique. Il fumait des cigarettes sans filtre et avait passé cinquante-trois ans dans un pays où l'espérance de vie des hommes était de cinquante-huit ans. Esterhazy arborait une cravate d'un vert criard que sa femme lui avait offerte à Pâques l'année précédente. Lindros et Berg étaient nettement moins pimpants.

Selon une vieille habitude, les trois hommes se déplaçaient dans les rues de Szentendre en formant une pointe de flèche : Esterhazy ouvrait la marche tandis que ses deux adjoints se tenaient légèrement derrière lui. Ils avaient garé la Sedan bleu marine à quelques rues de la galerie d'art située sur Görög Utca et avançaient sans parapluie vers l'immeuble de la mère de Mirjana.

Esterhazy monta l'escalier étroit suivit de Lindros qui sortit son arme. Berg chercha une deuxième sortie donnant sur la rue, n'en trouva aucune et se posta au pied des escaliers. Esterhazy donna un violent coup de pied dans la porte de l'appartement qui n'était pas fermée à clé. La porte rebondit avec fracas contre le mur et se referma au nez d'Esterhazy avant qu'il n'ait eu le temps d'entrer. Il eut toutefois celui d'apercevoir le corps d'une femme étalée sur le sol dont le visage ressemblait à un masque sanguinolent.

Blafard et silencieux, Lindros se tenait déjà derrière lui. Esterhazy agrippa la poignée, brandit son arme avec son autre main, et se glissa dans la pièce. Lindros suivit.

L'appartement était froid et humide, l'air glacial provenait du toit. Esterhazy leva les yeux et remarqua la lucarne ouverte. Une chaise renversée gisait près du corps de la femme. Elle avait essayé de s'échapper par le toit quand le tueur l'avait rattrapée. Esterhazy détourna les yeux du visage défiguré de la victime. Le long du mur du salon, il avança jusqu'à la porte de la chambre à coucher, puis braqua son arme et entra. À l'intérieur, personne ne l'attendait. Ses tempes cognaient. Il fouilla rapidement sous le lit, ouvrit le placard et jeta un œil dans la salle de bains. Rien.

Lindros était accroupi près de la femme et vérifiait son pouls. Esterhazy aurait pu lui dire que ce n'était pas nécessaire.

Il sortit une photo de sa poche – le cliché de Mirjana Tarcic que Shephard lui avait remis quelques heures plus tôt.

– C'est elle ? demanda-t-il.

Lindros haussa les épaules.

– Difficile à confirmer.

Le visage de la victime avait été réduit en bouillie avec une pince-monseigneur ou une méchante botte. Des fragments de son crâne et de ses dents étaient répandus sur le plancher. Du sang souillait les tapis rouges. Et la pluie s'écoulant par la lucarne avait emmené le sang jusqu'à la cuisine. Elle avait été tuée plusieurs heures auparavant, songea Esterhazy, quand ils n'avaient pas encore assez d'éléments pour la retrouver. Lindros désigna le cou de la femme.

– Regardez ça, dit-il.

Un foulard en soie blanche imprégné de sang était garrotté autour de la gorge de la victime. Esterhazy regarda de nouveau la photo. Mirjana Tarcic portait un foulard blanc.

– Chef ! cria Berg depuis la cage d'escalier. Il y a une vieille femme qui dit qu'elle habite là. Vous voulez lui parler ?

La mère. Esterhazy fut pris d'un haut-le-cœur. Sans un mot, il se dirigea vers la salle de bains.

Tom Shephard n'avait pas pu prévenir Marinelli avant que ce dernier franchisse la barrière infrarouge et que le circuit explosif soit activé. Mais il courait, hurlant contre la stupidité de tous les cow-boys et la bravade des SEAL.

9

L'ambassade américaine de Budapest fermait officiellement à dix-sept heures, mais dans une ville livrée aux émeutes, une vice-présidente américaine prise en otage et une mission de sauvetage en cours, les responsables ne pouvaient se permettre de renvoyer les employés chez eux. Caroline n'était pas seule dans la cage à faradays de l'ambassade : Teddy, la secrétaire de Marinelli, une femme efficace d'une quarantaine d'années, rangeait des papiers en attendant les nouvelles. Dans sa longue jupe droite, Teddy avait beaucoup de classe. Elle examinait attentivement chaque document avant de le ranger et s'affairait avec une grande concentration. Anxieuse et tendue, Caroline eût aimé bavarder avec la secrétaire, mais cette dernière ne semblait pas disposer à engager la conversation.

Caroline pensait à Eric s'éloignant lentement dans une rue pluvieuse.

Je ne te laisserai pas mourir !

Non, mon Chien Dingue. Je sais.

Elle chassa l'image d'Eric avec difficulté, s'installa devant un ordinateur et commença à écrire un message pour Dare.

Classification : Top-secret. Code spécial : Cutout. Puis, elle relut ce qu'elle avait tapé :

Voici des informations provenant de Michael O'Shaughnessy, un agent travaillant clandestinement qui a infiltré le 30 Avril. Au cours des trente derniers mois, C/CTC dirigeait O'Shaughnessy. Ces informations proviennent de la base de données principale de l'ordinateur du 30 Avril et ont été obtenues pour C/CTC.

C/CTC signifiait *Chef, Centre de contre-terrorisme*. Dare comprendrait immédiatement ce que Scottie avait fait depuis explosion de l'avion du vol MedAir 901. Dare était également une Grande Prêtresse du Raisonnement. Caroline sortit la disquette d'Eric de la poche de son manteau. Afin de ne pas prendre le risque de transmettre un virus, télécharger des données étrangères dans un ordinateur protégé de la CIA était interdit. Sans le moindre scrupule, Caroline copia le contenu de la disquette d'Eric et l'ajouta au message qu'elle envoyait à la DCI.

La sonnerie du téléphone brisa le silence de la pièce. Teddy décrocha.

— Caroline ? dit-elle après un instant. Pourriez-vous descendre à la réception ? Un type de la police fédérale aimerait vous parler. Il voulait voir Shephard ou Marinelli, mais ils ne sont pas disponibles.

Mirjana. Caroline se leva et appuya sur la touche de sauvegarde de l'ordinateur.

— Ne fermez pas la pièce, dit-elle à la secrétaire. Je dois envoyer un message au quartier général.

Le visiteur, un homme trapu vêtu d'un costume froissé, faisait les cent pas quand Caroline arriva à hauteur du planton.

— Caroline Carmichael, annonça-t-elle. Que puis-je faire pour vous ?

Il lui serra mécaniquement la main et la dévisagea d'un air circonspect.

— Où est Shephard ? demanda-t-il en mauvais anglais.

— Il devrait arriver d'un moment à l'autre. Je travaille avec lui. Je peux lui transmettre un message…

— Vous êtes du FBI ?

— Du ministère des Affaires étrangères. Je suis en mission temporaire pour Washington. Et vous êtes ?

— Esterhazy.

Il lui tendit un badge. Elle l'examina rapidement et demanda :

— Shephard vous a remis une photo, ce matin ?

Il écarquilla légèrement les yeux et acquiesça. Quelques chaises étaient alignées contre le mur de la réception. Caroline se retourna et Esterhazy la suivit. Ils s'assirent à cinq mètres du planton impassible.

— Dites à Shephard que la femme est morte, murmura Esterhazy.

— Mirjana Tarcic ? Elle a été assassinée ?

— Oui.

— Comme Horváth ? Avec une arme à feu ?

— Elle été battue. Et étranglée avec un foulard, ne me demandez pas les détails...

— Vous l'avez retrouvée à Budapest ?

Esterhazy n'avait aucune raison de lui fournir ce genre d'information. Il jeta un œil alentour avec méfiance, puis céda.

— À Szentendre. Une petite ville dans la boucle du Danube.

— Je connais cette bourgade.

Elle y avait passé deux dimanches après-midi à la recherche d'objets anciens, le vent du printemps soulevait ses cheveux, le vin rouge coulait dans ses veines. C'était à l'époque où elle et Eric avaient une maison à meubler.

— Sa mère vit là-bas, dit Esterhazy. Nous l'avons appris cet après-midi. Quelqu'un est arrivé sur les lieux avant nous.

Krucevic. Ou l'un de ses hommes — Otto peut-être. Il aurait aimé étrangler une femme.

Caroline jura entre ses dents. Le réseau d'Eric avait été neutralisé en un jour. Et Eric...

— Nous avons retrouvé des choses cachées sous un matelas, poursuivit Esterhazy. Un carnet dans lequel on a identifié l'écriture d'Horváth. J'aimerais le montrer à Shephard. Je ne peux pas le lui donner, ça constitue une preuve, vous comprenez... mais j'aimerais avoir son avis.

— Bien sûr. Vous avez trouvé autre chose ?

— Des ampoules, dit-il en cherchant le mot exact qu'il ne trouvait pas. Six... emplies de quelque chose... on ne sait pas ce que sait. On les a portées à notre laboratoire.

Le médicament de quelqu'un a atterri entre de mauvaises mains, avait dit Scottie. *Le cerveau était fou de rage.* Quelques jours plutôt, des médicaments avaient été volés au siège de VaccuGen. Selon Scottie, ce n'était pas le vaccin contre l'Anthrax.

Erzsébet savait qu'il y avait un problème avec les vaccins de Mlan, avait dit Eric.

Qu'est-ce que Krucevic cherchait à cacher en tuant deux personnes ?

Les oreillons. Sa petite contribution pour réduire le nombre de musulmans.

— Je transmettrai le message, dit Caroline en se levant, prête à aller chercher les réponses sur la disquette d'Eric. Il vous contactera dès que possible... Monsieur Esterhazy ?

— Oui ?

— Dites aux employés de votre laboratoire de surveiller ces ampoules de près.

Caroline avait l'habitude des désastres. L'air chargé d'électricité statique changeait quand une catastrophe avait lieu, et la station puait le désastre à plein nez quand Caroline y retourna, trois minutes après avoir quitté Esterhazy. Debout derrière son bureau, le téléphone en main, Teddy dévisagea Caroline d'un air absent. Puis elle lâcha le combiné et s'effondra sur sa chaise. Caroline saisit le téléphone.

— Carmichael, dit-elle.

— C'est moi, répondit Shephard.

— Où êtes vous ?

— Marinelli est mort. La base de Krucevic était piégée. Elle a explosé.

— Vous auriez dû savoir qu'elle était piégée ! Vous aviez les plans !

— Ne criez pas ! coupa Shephard. J'ai failli mourir, ce soir, d'accord ? À cause d'un type qui ne s'est pas assez méfié. On aurait tous dû être plus prudents. Cette carte était un faux espoir. Krucevic était parti depuis longtemps.

Un faux espoir. Une fausse piste. Krucevic avait-il compris ce qu'Eric allait faire ? Était-il au courant de tout ?

— Vous avez fouillé le fortin ? demanda Caroline.

— Quand l'incendie a été éteint. Les flammes attirent la police, Sally, même à Budapest, même quand les émeutiers mettent la ville à sac. Vous imaginez ce qu'ils ont pensé en voyant l'attaché d'Europe centrale mêlé à une histoire d'explosifs à Buda ?

— Tom...

— Alors je leur ai dit la vérité. Que nous pensions que la vice-présidente était prisonnière dans l'entrepôt. Ils n'avaient pas l'air convaincu. J'ai dû faire des pieds et des mains, présenter mes excuses dans trois langues différentes avant qu'ils ne m'autorisent à inspecter les lieux avec les pompiers. J'ai enjambé le corps de Marinelli et j'ai marché dans des tonnes de décombres.

Son ton féroce effrayait Caroline.

— Vous ne m'aviez pas dit qu'il y avait un Américain dans l'entourage de Krucevic, reprit-il. Ni que votre pseudonyme était Jane Hathaway, le nom dont Sharif s'est servi à Berlin pour entrer en contact avec le 30 Avril. À quoi jouez-vous, Caroline ? Quand allez-vous vous mettre à table ?

— Quel Américain ?

— Un dénommé Michael O'Shaughnessy d'après le passeport qui se trouvait dans sa poche. Un type blond approchant la quarantaine. Mais vous le savez, je parie ? Michael était l'autre nom dont se servait Sharif.

Caroline sentit ses jambes se dérober sous elle.

— Vous l'avez vu ? murmura-t-elle.

— Ce qu'il en restait. Krucevic l'a torturé, puis l'a attaché à une porte pour le faire sauter. Il avait encore une goupille de grenade suspendue à son doigt.

D'un pas chancelant, Caroline s'éloigna du bureau de Teddy et se dirigea vers l'ordinateur. En son for intérieur, elle hurlait silencieusement le prénom d'Eric. Elle avait déjà pleuré sa mort. Elle savait quel effet cela faisait. Mais cette fois, c'était comme si une lame d'acier s'enfonçait dans ses côtes, comme une douleur qu'elle ne pouvait pas surmonter.

N'oublie pas Sophie, Caroline. Je ne peux pas la laisser tomber.

Malgré tout ce qu'elle avait dit pour le dissuader, Eric était retourné au fortin. Pendant qu'elle avait attendu que Shephard paye son thé chez *Gerbeaud*, Krucevic avait crucifié Eric.

Adieu, cher amour. Adieu.

Le mot « torture » lui revint à l'esprit. Elle suffoqua et s'agrippa à son bureau jusqu'à ce que la douleur qui lui vrillait les côtes gagne ses épaules et lui fasse prendre conscience qu'elle était encore vivante.

Au cours des quatre derniers jours, Eric avait envahi ses pensées, son sommeil, son cœur. Caroline était arrivée à Berlin, emplie d'amertume, repoussant ses émotions comme on éradique une maladie mortelle. La Grande Prêtresse de la Raison n'avait pas le temps de ressentir quelque chose. L'amour ne serait jamais aussi fort que la rage. Caroline n'avait eu aucune compassion pour les tourments qu'Eric avait subis trente mois durant. Elle avait voulu qu'il paye de son sang pour tout le mal qu'il avait fait autour de lui.

Elle avait enfin su qui il était réellement quand elle l'avait revu. Un calculateur. D'une moralité suspecte. Un homme impitoyable. Un homme pour qui la justice, néanmoins, signifiait encore quelque chose. Eric les avait entraînés dans cette dernière bataille parce qu'il pensait que la gagner était plus important que l'amour ou le bonheur. Il ne lui avait pas demandé son accord. Il avait supposé qu'elle comprendrait.

Tu me ferais confiance en enfer. Tu es la seule femme qui continuerait à croire en moi en dépit de tout.

Caroline n'avait jamais mérité cette confiance. Elle avait puni Eric comme une enfant rancunière.

Et Krucevic l'avait torturé. La goupille de grenade… Sa gorge était tellement serrée qu'elle n'arrivait pas à respirer. Il était trop tard pour les regrets. Trop tard pour l'amour. Tout ce qu'il restait était le résultat du travail d'Eric. Le contenu d'une disquette. Pendant des années, lui et Caroline avaient eu la même cible : le 30 Avril. Il était temps que Krucevic paie.

Teddy sanglotait bruyamment. Elle pleurait Marinelli. Caroline appuya sur ses yeux brûlants et reprit contenance. Puis elle regarda de nouveau l'écran de l'ordinateur et ouvrit le message destiné à Dare. Et elle commença à lire les informations pour lesquelles Eric était mort.

10

Sophie Payne reprit connaissance. L'avion venait d'atterrir dans la clairière derrière les arbres. À chaque respiration, la douleur lui déchirait l'estomac et les poumons. Depuis des heures, elle délirait. La voix de son fils Peter se mêlait à celle du terroriste Michael et le visage de son défunt mari, Curtis, lui apparaissait. *J'arrive, Curtis*, lui dit-elle, légèrement irritée par l'impatience de son époux, par la façon dont sa silhouette menaçante se déformait et disparaissait devant ses yeux. Il lui semblait capital de rejoindre Peter. Elle s'agrippa à lui, le serra fort, sentit son petit corps maigre trembler contre elle. Puis elle comprit soudain que c'était Jozsef qu'elle tenait dans ses bras, Jozsef dont le pull était trempé de sueur et taché de sang. L'enfant était brûlant de fièvre.

Quand Vaclav coupa le rotor, Otto et Krucevic la sortirent de l'hélicoptère. Jozsef gémit en s'agrippant à Sophie comme un petit oiseau, mais elle n'avait pas la force de lutter contre les hommes qui l'emportaient. Elle serra les mains de l'enfant avant de le quitter et sentit qu'il lui tendait quelque chose de dur et soyeux. La patte de lapin. Jozsef lui avait donné son plus précieux trésor. Elle referma ses doigts autour du porte-bonheur de l'enfant et ne se retourna pas.

Ils la déposèrent sur le sol sans cérémonie. Recroquevillée en position fœtale, elle pensait à de l'eau. De l'eau fraîche coulant le long de sa gorge. De l'eau gargouillant sur les pierres devant les boxes de Malvern. Elle pensait au langage de la source, au bavardage inconséquent des chevaux lapant l'eau, à l'aile écarlate d'un cardinal effleurant la surface, au lent mouvement sinueux d'une truite. Aux feuilles tourbillonnant, à une goutte de pluie, aux bateaux de Peter fabriqués avec des boîtes d'œufs, un cure-dent en guise de mât. Sophie sentit le goût du sang dans sa gorge desséchée.

Le rayon d'une torche éclaira un tas de pierres. Otto les éparpilla en grognant. Sous le tas, une plaque de regard en fer apparut. O⁺to et Krucevic durent s'y mettre à deux pour la soulever. La rouille teintait leurs mains d'orange. Puis Otto se retourna et regarda Sophie. Il lui sourit.

Oh, Michael, pensa inutilement Sophie, *vous aviez tort. Je vais mourir par les mains de cet homme.*

Sur l'épaule d'Otto, le corps plié en deux, elle tenta de se débattre en agitant les poings… mais, telle la pluie d'été tombant dans la source, elle ne parvint pas à en modifier le cours. La tête face à une échelle, Otto descendit dans le trou. Les jambes de Sophie étaient coincées entre un mur et le torse d'Otto. L'espace permettait à peine le passage d'un homme fort. Les cheveux de Sophie s'accrochèrent aux aspérités de la surface, elle sentit les minuscules créatures qui vivaient sur la paroi moisie. À l'endroit où l'épaule d'Otto saillait dans son abdomen, la douleur était aussi pénible que les contractions de l'accouchement. Un filet de sang jaillit au coin de sa bouche. Elle ne pouvait pas l'essuyer.

Suivis de Krucevic, ils descendirent de plus en plus profondément sous la terre. L'air se raréfiait, la température baissait, l'obscurité devenait impénétrable.

Otto la laissa tomber sur le sol d'un tunnel. Prise d'un haut-le-cœur, elle gémit et vomit du sang.

Au-dessus d'elle, quelque part, Jozsef rêvait, étendu dans le champ. Elle avait pulvérisé rageusement les médicaments qui auraient pu le sauver et il l'avait regardée faire en silence, avec la soumission muette d'un enfant dont le sort avait toujours été déterminé par d'autres personnes. Aurait-elle prit le même risque s'il se fût agi de la vie de son fils ?

La torche de Krucevic éclaira l'espace. Telle la bouche d'une baleine, l'entrée du boyau souterrain s'ouvrit devant elle. Le tunnel devait faire un mètre cinquante de haut. Au-dessus, il n'y avait rien excepté les ténèbres. La peur emplissait les lieux comme elle emplissait les catacombes et les endroits où la civilisation prenait fin. Sophie fut prise de tremblements incontrôlables.

Elle avait pensé qu'en brisant les ampoules d'antibiotiques, elle obligerait Krucevic à abandonner ses projets de nettoyage ethnique pour sauver son fils. Elle s'était trompée. Et, par sa faute, Jozsef était mourant.

Otto traîna Sophie à travers des ouvertures aussi étroites que des orifices de canon dans des murs de pierre glacés. Krucevic s'arrêta soudain et pointa sa torche sur l'un des murs.

— Bienvenue à Ziv Zakopan, madame Payne, dit-il.

Sophie cligna des yeux, la lumière rendait ses yeux douloureux. Le faisceau lumineux éclaira d'innombrables squelettes étalés sur le sol. Les gens avaient probablement été abattus et, un demi-siècle plus tard, Sophie pouvait voir dans quelle position ils se trouvaient au moment de leur mort.

— Qu'est-ce que c'est que cet endroit ? croassa-t-elle.

— C'est le lieu de sacrifice le plus sacré de Bosnie, répondit Krucevic. Savez-vous ce qui s'est passé ici, il y a cinquante-huit ans ?

— La guerre.

— La guerre, ricana Krucevic avec mépris. Madame Payne, dans ces collines, il y a eu la guerre pendant des siècles. Mais en 1942, la Croatie était un État indépendant dont Ziv Zakopan faisait partie. Et durant trois glorieuses années, la Croatie a dirigé ce pays.

— Les oustachis, marmonna Sophie.

— Oui, les oustachis, ce qui en croate signifie « fasciste ». Ziv Zakopan a été établi avec l'aide des dirigeants nazis et celle de notre grand Ante Pavelic, le père de la Croatie indépendante. Nous avons chassé les hordes de Serbes de Bosnie, jeté leurs femmes et leurs enfants depuis nos falaises, converti les orthodoxes au catholicisme, la seule vraie religion, puis nous les avons envoyés rejoindre leurs dieux. Il y a des camps que tout le monde connaît — Jasenovac, près de Zagreb et Stara Gradiska — mais à Ziv Zakopan, nous avons éliminé nos pires ennemis, les partisans de Tito, les infidèles. Nous les avons laissés pourrir ici, dans les entrailles de la terre et le monde est resté indifférent.

— Non, protesta Sophie. Nous l'aurions su. Cet endroit…

La douleur bourdonnait en elle comme un essaim d'abeilles prisonnières.

— Cet endroit est enterré depuis un demi-siècle et le restera bien après que le monde aura oublié votre nom. Vous pensez que les Américains se souviennent de l'histoire, madame Payne ? Tous ceux qui ont connu Ziv Zakopan sont morts. Sauf moi.

Un demi-siècle. À être classé au rayon des *disparus* ou *présumés morts*. Un demi-siècle d'ignorance. Le regard de Sophie se posa sur les orbites d'un crâne posé à quelques centimètres de son visage, illuminé par la torche de Krucevic. Des milliers de mâchoires hurlant de terreur. Et les gens qui marchaient dans les champs au-dessus n'avaient jamais entendu ces prisonniers crier.

— Savez-vous ce que signifie Ziv Zakopan, dit Krucevic en la regardant. Littéralement, ça veut dire « enterré vivant » en croate. Ou, plus élégamment, « la tombe vivante ».

Sophie comprit soudain pourquoi ils l'avaient amenée ici. Otto l'éloigna du charnier. Il la traîna jusqu'à ce qui avait dû être la pièce centrale, un espace de quatre mètres sur six, dans lequel se trouvaient deux tables en bois, des chaises éparses, certaines cassées. Krucevic éclaira les murs et parut soudain surexcité.

— Le Commandant vivait à Sarajevo, expliqua-t-il, mais c'est ici qu'il passait ses journées. Il y est également resté de nombreuses nuits. Sous terre, les heures se ressemblent toutes.

— Comment pouvez-vous le savoir ? Vous êtes plus vieux que moi, mais durant la Seconde Guerre mondiale, vous n'étiez probablement pas encore né.

— J'avais trois ans quand ils ont tenté d'arrêter le Commandant. Je me souviens très bien de la porte du tunnel et des champs.

— C'était votre père ? souffla Sophie.

— Il les a privés de la victoire finale. Il s'est donné la mort ici.

Elle n'arrivait plus à voir l'expression de Krucevic. Mais elle sentait la tension dans l'air froid et humide de la pièce, elle sentait la folie de son tortionnaire. Il n'avait jamais été aussi effrayant.

— Un fils doit avoir conscience de la grandeur de son père, reprit-il. Et vivre afin d'être témoin du jour où son père sera enfin vengé.

— Vous ne verrez jamais le résultat de votre vengeance, sauf si les dirigeants du monde deviennent fous.

Il l'aveugla avec sa torche.

— Vous êtes en train de mourir, dit-il sur un ton totalement détaché. J'aimerais que vous mourriez en ayant conscience de votre erreur. Vous avez détruit les antidotes – Tonio m'a dit ce qui s'était passé – en espérant que la maladie de Jozsef m'obligerait à interrompre ce que j'avais prévu. En piétinant les ampoules, vous pensiez pouvoir briser ma vision d'une nouvelle Europe. Vous avez essayé de tuer mon fils. Pour ça, vous n'avez plus droit à aucun respect. Vous méritez d'être torturée.

— Je l'ai été, murmura Sophie en pensant à ce qu'elle avait fait à Jozsef.

Krucevic se rapprocha d'elle, ses yeux brillaient.

— Vous mériteriez d'être exécutée publiquement, dit-il. Mais une exécution ne serait pas assez cruelle. Je veux vous faire subir une mort lente, je veux vous enterrer vivante. Et pendant que vous suffoquerez, pendant que vous ramperez sous la terre, j'accomplirai ma mission. Je sauverai l'Europe. Et mon fils. Otto, montre-nous si Mme Payne est encore capable de tenir debout.

Otto la hissa sur ses pieds et recula. Sophie vacilla, s'agrippa à une chaise qui tomba avec elle.

— Il n'y a donc pas de danger qu'elle s'échappe, déclara Krucevic.

11

— La décision a été prise, déclara Scottie Sorensen à la DCI, le corps de Marinelli sera rapatrié demain soir.

— Et Michael O'Shaughnessy ? demanda Dare, les yeux rivés sur les chênes bordant les rives du fleuve Potomac. Son corps va être rapatrié aussi ?

Quelques personnes de l'Agence avaient appris de façon détournée la mort d'Eric. Son passeport, au nom de Michael O'Shaughnessy, avait fini par atterrir entre les mains de la CIA. La personne du service consulaire du ministère des Affaires étrangères, chargée de contacter les proches en cas de décès, avait également accès aux véritables identités associées aux faux passeports. Haley Taggert faisait maintenant partie de ceux qui savaient qu'Eric Carmichael n'était pas réellement mort deux ans et demi plutôt.

Lors d'un entretien privé, Dare avait essayé de bien faire comprendre à l'assistant de l'administration qu'elle n'avait pas les moyens d'éclaircir le problème. Taggert ne savait pas où le corps d'Eric avait été retrouvé ni dans quelles circonstances. Avec un peu de chance, Dare pourrait garder secrète cette information. Mais la chance dépendait de l'attaché d'Europe centrale et de sa capacité à contrôler la police hongroise et les journalistes qui envahissaient Budapest et, sur ce point, Dare n'était guère optimiste.

— Le corps de O'Shaughnessy sera dans le même avion, rétorqua Scottie.

— Bien. Vous irez réceptionner les deux cercueils.

— Mais le frère de Marinelli sera présent.

— Dans ce cas, allez-y pour Eric. Vous lui devez bien ça.

— Je suis désolé, je...

Dare se retourna et le dévisagea :

— Vous ne voulez plus avoir aucun lien avec Eric ? C'est un peu tard pour ça.

Scottie se balança légèrement sur ses mocassins Cole-Haan, comme il l'eût fait en accueillant les invités à un mariage à la Maison-Blanche, puis fit mine d'écouter avec attention la DCI. Dare se sentit soudain furieuse contre l'homme qui pensait l'avoir totalement manipulée, l'homme qui riait probablement seul dans son lit en songeant à la position catastrophique dans laquelle elle se trouvait.

— Asseyez-vous, espèce de fils de pute, gronda-t-elle.

Scottie obéit. Elle saisit un tirage de ce que lui avait envoyé Caroline concernant les trente derniers mois de la vie d'Eric Carmichael et contenant suffisamment d'informations pour neutraliser les réseaux internationaux de Mlan Krucevic. Avant de remettre le document à Scottie, elle déclara :

— Caroline a disparu.

Le directeur du Centre de contre-terrorisme fronça les sourcils.

— J'ai appelé l'ambassade à Budapest quand j'ai appris la mort d'Eric, poursuivit Dare. Caroline est partie. Elle a quitté son hôtel.

— Je vais alerter nos amis au contrôle des frontières, s'empressa-t-il de répondre. Prévenir les compagnies aériennes, les gares...

— J'ai déjà parlé aux autorités des frontières hongroises. Je ne veux pas que Caroline soit arrêtée. Je veux savoir où elle va.

Scottie la regarda, perplexe.

— Dites-moi une chose, reprit-elle. Vous savez pourquoi Caroline a été surnommée Chien Dingue ?

— Eric l'a surnommée ainsi.

— Mais pourquoi ? Vous ne savez pas ?

Dare fit une pause en le toisant d'un air implacable. Son ton cinglant et son expression rébarbative firent légèrement perdre contenance à Scottie. Sa repartie s'évaporait, comme des bulles dans une coupe de champagne tiède.

— Je vais vous raconter une histoire, proposa Dare, celle d'une femme devenue folle. Eric est mort et le témoignage de Caroline concernant vos manigances est édifiant. C'est sa parole contre la vôtre. Nous ne vous ferons pas passer au tribunal, nous vous enverrons simplement à Tbilissi et en Ouzbékistan et dans tous les trous pourris du monde. Et la liste de ce genre d'endroits est longue, Sorensen, très longue. Vous avez tout le temps d'y réfléchir. Alors écoutez-moi. Caroline est fière d'être quelqu'un d'objectif. Quelqu'un qui sait rester calme en période de crise. Elle peut avoir l'air de se maîtriser totalement et il faut bien la connaître pour savoir que, parfois, sous la surface il y a des fissures. Caroline est humaine et il lui arrive de s'en souvenir.

Dare se tut, pensant qu'il allait protester, se tortiller de gêne sur sa chaise, mais il était paralysé. Tbilissi l'avait pétrifié.

— La formation qu'elle a reçue, reprit Dare, vous la connaissez. Zone d'accès interdit, contre-mesures actives contre le terrorisme, interrogatoire et mise à l'isolement — elle a suivi tous ces cours avec Eric avant qu'il parte à Nicosie. Dites-moi, Sorensen, qu'apprennent-ils aux élèves dans le cours d'interrogatoire et de mise à l'isolement ?

Il croisa les jambes, comme s'il cherchait à protéger ses testicules d'une casse-couilles, songea Dare.

— Les instructeurs essayent de déceler la vulnérabilité de l'élève et de lui montrer ses faiblesses. Afin que celles-ci puissent être corrigées ou supprimées.

— Caroline est restée trois jours dans une cellule d'isolement. On lui a expliqué qu'il y avait un moyen de sortir et qu'il fallait qu'elle le trouve. Elle a inspecté chaque centimètre de la cellule, réfléchi à une méthode d'évasion. Il n'y avait ni meubles, ni couvertures, seulement un pot dans un coin et une fenêtre. Une fenêtre qui lui montrait son Eric, attaché à un mât et régulièrement brutalisé par une bande de soldats. Après le premier jour d'isolement, un instructeur est venu la voir. Il lui a dit qu'elle pourrait sortir dès qu'elle aurait avoué ses crimes — espionnage, conspiration, tout ce dont on peut accuser un agent secret. Il l'a forcée à s'approcher de la fenêtre pour regarder son Eric qui était à moitié inconscient, la tête pendante, du sang séché sur une oreille. Eric serait libéré si elle avouait, lui a expliqué l'instructeur. Caroline n'a pas craqué. Elle savait qu'ils pensaient qu'une femme — une créature émotive — ne supporterait pas de voir son mari dans un état pareil. Deux jours plus tard, pour ne plus entendre Eric gémir, elle récitait des poèmes à voix haute. Elle hurlait. Elle a déchiré ses habits et s'est bouché les oreilles avec des morceaux de tissu. Quand l'instructeur est revenu la voir, Caroline attendait déjà près de la fenêtre. Il s'est avancé prudemment vers elle. Caroline l'a laissé s'approcher. Elle avait l'air totalement ailleurs. Quand il s'est trouvé à un mètre de sa main droite, elle a saisi une grenade accrochée à la ceinture de l'homme et l'a dégoupillée. « Détachez Eric ou vous êtes mort », lui a-t-elle dit calmement. Vingt secondes avant la déflagration.

— Et alors ? marmonna Scottie. Que s'est-il passé ?

— Son instructeur a hurlé un ordre par la fenêtre. Eric a été libéré. Caroline a jeté la grenade à travers les barreaux de sa cellule et elle a explosé dans l'air. La pièce s'est effondrée. Caroline et l'instructeur ont été évacués des décombres, ils étaient tous deux commotionnés.

— Je suis surpris qu'elle n'ait pas été virée, dit Scottie.

— Elle a failli l'être. J'ai plaidé sa cause. J'avais déjà un certain pouvoir à l'époque. Caroline était mon analyste. Elle appartenait à mon service. Je l'ai obligée à assister à des entretiens avec des psychiatres qui m'ont fait un rapport favorable. Caroline avait simplement été poussée un peu loin, m'ont-ils expliqué. Et Eric est allé seul à Nicosie. Caroline avait le droit de lui rendre visite, bien sûr. Deux ans plus tard, elle a obtenu un poste d'analyste à la station de Budapest, pour bonne conduite.

Dare contourna son bureau et se rapprocha de Scottie.

— Quelle est la morale de cette histoire ? demanda-t-elle. Maintenant qu'Eric est dans un cercueil et que Caroline est en absence illégale ?

— Attention aux hommes armés de grenades, suggéra-t-il, sarcastique.

La DCI leva sa main droite comme si elle s'apprêtait à le frapper, puis s'arrêta net. Dare aussi pouvait être poussée trop loin.

— La morale, c'est que Caroline se bat pour ce qu'elle aime, parfois jusqu'à la folie. Elle n'a plus confiance en l'Agence – l'Agence incarnée par Sorensen qui a trahi son mari. Elle se bat seule, maintenant, elle est prête à tout pour sauver Sophie Payne. C'est la seule chose qu'elle puisse faire pour restaurer l'honneur d'Eric.

— Elle devrait être renvoyée, dit Scottie d'un air pincé.

— Et cela vous arrangerait si Krucevic la tuait. Mais je vous préviens, s'il arrive quoi que ce soit à Caroline, je vous en tiendrai pour personnellement responsable.

— C'est vous qui avez décidé de l'envoyer à Berlin.

— Non, c'est vous qui avez tout décidé en manipulant Eric à l'insu de tous depuis trente mois. Dans un autre pays et à une autre époque, vous seriez fusillé à l'aube par un peloton d'exécution.

Scottie ouvrit grand la bouche, puis la referma sans émettre le moindre son. Il avait l'air abasourdi. Il venait enfin de comprendre ce que Dare savait. Mais Scottie était depuis trop longtemps un dissimulateur professionnel pour faire preuve de sincérité. Il se leva, lui, le dernier descendant de la vieille école de la CIA et déclara :

— Si ma performance ne vous satisfait pas, madame...

— Je peux vous faire remplacer, affirma Dare. Je sais. Cela a toujours été le cas. Mais vous ne pensiez pas que j'irais jusque-là.

Elle saisit le document que lui avait envoyé Caroline et le jeta vers Scottie.

— Lisez ça. Et si vous décidez de vous faire sauter la cervelle dans les escaliers, n'oubliez pas de me prévenir avant, d'accord ? J'aimerais être au premier rang.

Quand le directeur du CTC fut sorti de son bureau avec un air de chien battu, Dare décrocha le téléphone et appela Cuddy Wilmot. Elle lui avait envoyé un tirage du message de Caroline.

— Alors ? demanda-t-elle. Vous l'avez lu ?

— Cinq fois, marmonna-t-il. Il y a tellement d'informations — les réseaux, les opérations, les transferts de fonds...

— Où va aller Caroline ? coupa Dare.

— Où Krucevic se trouve. Elle veut se venger maintenant, vous en avez conscience, je suppose ?

— Et où pourrait-il être ?

Cuddy hésita.

— À Ziv Zakopan, répondit-il. Un camp qui n'a jamais été localisé.

— Caroline sait où est cet endroit ?

— Eric y était allé. D'après les informations que vous a envoyées Caroline, il a vu ce camp.

— Mais vous pensiez que Krucevic allait se rendre en Pologne, suite à vos recherches sur certains transferts de fonds ?

— En effet, reconnut Cuddy. Mais l'argent n'a pas été retiré. De Gdansk à Cracovie, tout est calme à présent. Rien n'a bougé. La Pologne est une aussi mauvaise piste que le fortin de Krucevic.

Dare réfléchit. Prendre une décision en fonction d'une hypothèse était risqué. Mais Sophie Payne était l'otage du 30 Avril depuis quatre-vingts heures et le président s'impatientait.

— Vous êtes sûr de ce que vous avancez ? insista-t-elle.

— Absolument.

— Où se trouve ce camp, à votre avis ?

— Durant la Seconde Guerre mondiale, certains disaient qu'il était situé en périphérie de Sarajevo. Mais il s'agit de rumeurs, et ce qui s'est passé dans ce camp a eu lieu il y a plus de cinquante ans. L'histoire yougoslave a été déformée après 1945 et remaniée au profit de l'idéologie communiste. L'existence de Ziv Zakopan a été longtemps réfutée. Les historiens occidentaux ont dit que c'était de la propagande antifasciste. Mais depuis la chute du communisme et la guerre de Bosnie, les rumeurs ont refait surface. Et Krucevic est au centre de ces rumeurs.

— Sarajevo, répéta Dare. Nous avons des avions de l'OTAN là-bas, pour le maintien de la paix. Je vais demander l'intervention d'avions AWAC dans un rayon de cent soixante kilomètres autour de la ville. Une reconnaissance aérienne plus large prendrait trop de temps.

— Caroline appellera peut-être pour nous indiquer l'emplacement du camp, dit Cuddy.

Les gardes-frontière la trouveront peut-être. Il y a deux passeports et deux noms. Mais elle va peut-être se servir d'une troisième identité d'emprunt que personne ne connaît...

— Nous n'avons pas le temps d'attendre son coup de fil, répondit Dare. Sortez votre cravate de votre tiroir, Wilmot. Nous allons voir le Président.

12

Tandis qu'elle essayait de faire démarrer la Skoda en trafiquant les fils, Caroline replongea quelques années en arrière. L'allée faiblement éclairée se transforma soudain en forêt baignée par un soleil matinal, envahie de moucherons, imprégnée par l'odeur d'un chou puant piétiné. Autour de Caroline, quarante personnes étaient dispersées dans les bois de la CIA. Quarante personnes qui essayaient de traverser cinq mille hectares pour rejoindre un point indiqué sur une carte où un hélicoptère viendrait les chercher. Pendant ce temps, Eric les pourchassait dans un CH 45. Il disposait d'une mitrailleuse, d'un identificateur à laser infrarouges, de radios, d'un pistolet lance-fusées et, au sol, d'agresseurs conduisant des Jeep et rampant dans les sous-bois. Ses adversaires, en revanche, n'avaient rien d'autre que leur tenue de camouflage pour se défendre.

Accroupis dans les herbes hautes, Caroline et ses trois camarades regardaient le sentier qu'ils étaient obligés de traverser. Soudain, une Jeep de l'armée, surgie de nulle part, s'arrêta près d'eux. Le conducteur sauta au sol, son M-16 pointé vers le ciel, le bord de son calot trempé de sueur. Caroline remarqua le cure-dent au coin de sa bouche. L'homme s'appelait Carl. Il avait un bébé de vingt mois. Et, fausses balles ou non, il allait les abattre. Deux hommes cachés derrière des arbres se jetèrent en travers du sentier. Carl se retourna et partit à leur poursuite. Les clés de la Jeep étaient dans la poche du conducteur, mais Eric avait appris à Caroline comment trafiquer les fils d'une voiture pour la faire démarrer. En retenant son souffle, elle remit la Jeep en route. Un courant d'adrénaline parcourut son dos tandis qu'elle s'éloignait sur le sentier avec ses deux camarades, redoutant le crépitement du M-16 de Carl et un message-radio qui mettrait fin à l'exercice. Mais rien ne se produisit, et elle continua de rouler à travers des nuages de moucherons.

Caroline se dirigea vers le lieu de rendez-vous en partageant avec ses deux coéquipiers le lunch de Carl – des chips, un énorme sandwich au jambon, trois biscuits au chocolat. Ils n'avaient pas mangé depuis deux jours.

Ils laissèrent la Jeep au milieu de la route principale de la base afin que quelqu'un puisse facilement la retrouver, puis allèrent somnoler parmi les pissenlits et les pierres tombales d'un cimetière abandonné. Caroline se réveilla à quinze heures, au son du rotor d'un hélicoptère.

Carl exigea des excuses. En volant le véhicule, Caroline avait enfreint les règles de l'exercice, affirma-t-il. Selon les règles, il fallait souffrir pour survivre. Caroline refusa de reconnaître qu'elle avait eu tort. *Sur le terrain*, lui avait dit Eric, *emploie tous les moyens pour sauver ta peau. Si voler une voiture te sauve la vie, mais pas celle de quelqu'un d'autre, vole-la sans hésiter.*

Le moteur de la Skoda ronfla. Caroline leva le nez du tableau de bord et regarda Sarajevo. Elle avait une vague stratégie en tête, élaborée au moment où elle avait lu le contenu de la disquette d'Eric sur l'ordinateur de l'ambassade. En réfléchissant à l'objectif de Krucevic, elle avait compris que la défunte épouse du biologiste pouvait encore servir d'arme contre lui. En quittant l'ambassade américaine de Budapest, elle avait hélé un taxi et eu la présence d'esprit de retourner au Hilton avant de se rendre à l'aéroport, afin de se changer, de récupérer son Walther et du liquide. Caroline avait payé sa note d'hôtel et confié ses bagages au réceptionniste. Elle irait les rechercher plus tard, si elle survivait.

Caroline n'avait nullement le droit de décider du sort de la vice-présidente à l'arrière d'un taxi hongrois, ni de garder pour elle des informations cruciales, telles que l'emplacement du laboratoire de Krucevic à Ziv Zakopan. Prise de remords, elle s'était laissé tourmenter par sa conscience un instant et avait failli demander au chauffeur de retourner au Hilton. Elle était analyste, après tout. Dans son métier, on réclamait du temps et plus de pièces de puzzle. Mais l'imprudence la démangeait. Krucevic et Scottie l'avaient poussée à bout, et elle aurait jonglé avec des grenades si elle en avait eu.

Si sa dernière tentative d'une prétention démesurée échouait – si aucune main ne la rattrapait quand elle lâcherait son trapèze – elle mourrait. L'échec, songea Caroline, était la perspective la plus grisante qui se soit présentée à elle depuis des années.

Elle voulait rentrer chez elle. Mais elle n'avait plus de chez-elle.

Hank, s'était-elle dit tandis que le chauffeur du taxi klaxonnait, *je te promets de t'appeler si je survis*. Quand elle avait fermé les yeux, un homme vêtu d'un manteau de cuir, s'éloignant lentement, lui était apparu. Lui avait-il fait un signe pour lui dire adieu ? Ou pour qu'elle le rejoigne ? Si Eric était vivant, que lui conseillerait-il ? De suivre ses instincts, ceux qu'elle n'avait jamais pensé avoir.

Elle avait songé à contacter l'Agence. À leur dire où se trouvait Ziv Zakopan et comment un commando pourrait s'y introduire. Mais elle ne savait plus en qui elle pouvait avoir confiance à la CIA. Au cours des quatre derniers jours, les deux opérations de sauvetage avaient lamentablement échoué. Eric était mort et Sophie Payne sur le point de trépasser. Une intervention militaire présentait des risques évidents.

Pas Shephard, avait-elle pensé alors que le taxi filait sur l'autoroute. *Je ne peux pas lui faire confiance, il a un regard trop soupçonneux. Pas Cuddy — pas le pauvre loyal Cuddy, avec les capteurs du détecteur de mensonges posés sur ses mains. Ni Dare, dont la carrière était en jeu et qui devait protéger une pléiade de bureaucrates. Et surtout pas Scottie.*

Scottie avec ses costumes de marque et son visage impénétrable. Scottie qui dirigeait ses agents comme un enfant aurait joué à la guerre avec ses jouets. Scottie qui dansait parmi les ombres de son propre royaume, un royaume parallèle à celui de l'Agence. Dans un monde où qui vous êtes dépend de ce que vous savez, Scottie en avait toujours su plus que les autres. Et, pour la première fois, Caroline en savait plus que lui. Elle savait où se trouvait le 30 Avril. Elle avait un récepteur pour localiser la vice-présidente. Et elle savait une chose que Krucevic ignorait : la police fédérale hongroise détenait le carnet de Béla Horváth et les ampoules du vaccin volé. Le carnet et les ampoules faisaient beaucoup plus peur à Krucevic que l'intervention des Delta Force ou que de perdre Sophie Payne. Il avait tué sa femme et son plus vieil ami afin de supprimer des preuves. Mais à présent, Caroline allait l'informer qu'il avait échoué.

La veille, elle avait pris le dernier avion pour la Bosnie. Son autorisation de port d'arme étant au nom de Caroline Carmichael, elle s'était servi de sa véritable identité pour acheter son billet, n'ayant nullement l'intention de laisser son Walther à Budapest. L'expression de l'employé qui l'avait contrôlée lui avait signalé que l'Agence était à ses trousses. Son pseudonyme devait également être grillé. L'homme au visage fripé avait examiné son passeport et scruté Caroline d'un air malveillant. Caroline s'était demandé pourquoi il ne l'avait pas empêchée de prendre l'avion. Avec un mot poli, une main sur le bras, il aurait pu la faire attendre dans un bureau et lui remettre ses documents après le décollage de son avion. Mais s'il l'avait laissée partir c'était uniquement pour savoir où elle allait. Et donc, une heure plus tard, elle avait jeté les affaires de Jane Hathaway dans une poubelle de l'aéroport de Sarajevo et était redevenue quelqu'un qu'elle avait presque oublié : Caroline Bisby, avec le doigt sur la détente, un Chien Dingue à l'affût.

Au volant de la Skoda, elle s'enfonça dans la ville. Elle connaissait Sarajevo uniquement d'après les reportages télévisés qu'elle avait vus. C'était une petite ville européenne aussi baroque que Vienne, Prague ou le vieux quartier de Bratislava, installée dans une vallée entourée de montagnes. Dans les collines, au-dessus des toits de tuiles rouges, les chars de l'armée serbe étaient présents. Chaque jour, entre 1992 et 1996, les Serbes avaient bombardé Sarajevo. Quarante mille obus avaient pilonné la ville. C'était le siège le plus long de l'histoire récente — les nazis avaient assiégé Leningrad moins longtemps — puis l'OTAN était finalement intervenue et avait repoussé l'armée serbe. Les troupes du maintien de la paix étaient toujours présentes, craignant que la guerre reprenne après leur départ.

La Skoda cahota en passant sur un trou d'obus. Quelqu'un avait rempli le trou de peinture rouge vif, et des gouttes de sang brillant maculaient la rue. Une carte dépliée sur ses genoux, Caroline cherchait l'université, laquelle était indiquée en croate avec une traduction hongroise, ce qui ne l'aidait guère. Elle roulait dans la nuit et la plupart des panneaux de signalisation avaient été détruits, mais l'université était sûrement proche d'un café d'étudiants qui ne fermait jamais. Un lieu où l'on pouvait boire un café en discutant de politique et où l'on pouvait connecter un ordinateur portable à l'Internet. Caroline avait mémorisé le courriel de Krucevic. Dans un coin de sa tête, il figurait parmi les messages du terroriste à Fritz Voekl — ceux qu'Eric avait réussi à voler.

— Papa, croassa Jozsef à travers ses lèvres gonflées, qu'est-ce que tu as fait à la dame ? Où elle est ?

Krucevic posa sa main fraîche sur le front de l'enfant et repoussa les mèches de ses cheveux humides de sueur. L'antibiotique qui l'avait obligé à se rendre à Ziv Zakopan coulait dans le sang de son fils par une intraveineuse, mais Jozsef n'irait pas mieux avant plusieurs heures. Krucevic refusait d'envisager que son fils n'ait aucune chance de guérir. Il n'avait pas fait construire son laboratoire au-dessus de la « Tombe vivante » et travaillé patiemment pendant des années pour finalement échouer à cause d'un bacille qu'il avait lui-même créé. Accéder à la vie éternelle ne lui coûterait pas le sang de son fils.

— Chut ! répondit-il. Repose-toi. Tu es sauf, maintenant. Je t'ai sauvé.

Jozsef poussa un grognement et tira sur le scotch qui maintenait l'aiguille dans son poignet.

— Sophie, murmura-t-il.

Une tache, telle une fleur en train d'éclore, imprégna le drap qui reposait sur son ventre. La tache s'agrandit, passant du saumon au rouge-orangé. Jozsef pissait du sang. Krucevic frissonna. Il s'agenouilla sur le sol en ciment et s'agrippa à la barre métallique du lit de son fils. En son for intérieur, il se mit à maudire Dieu et, tandis qu'il enrageait, accablé de chagrin, Vaclav surgit dans l'embrasure de la porte.

— Laisse-moi ! cria Mlan.

— J'aimerais vous montrer quelque chose.

— Va-t-en !

— Mais Mlan…

Krucevic se releva en poussant un hurlement et dégaina son arme. Le visage poupin de Vaclav se trouvait à soixante centimètres du canon.

— Vous devez voir quelque chose, insista-t-il.

Krucevic soupira, rangea son arme et suivit Vaclav dans le couloir.

Otto était assis devant l'ordinateur portable de Tonio, son front touchait presque l'écran.

— Ça vient de l'université, dit-il. Comment est-ce qu'un gosse a pu obtenir le courriel de Mlan ?

Krucevic se rapprocha d'Otto et lut le message.

Tu as le sang de Béla sur les mains, Mlan. Mirjana est morte. Mais j'ai le carnet de Béla et le vaccin n° 413. Viens les chercher si tu peux me trouver.

— La traîtresse a parlé à quelqu'un, souffla Krucevic.

Caroline quitta le café estudiantin juste après avoir envoyé le premier message. Si sa ruse devait servir à aider la vice-présidente, il fallait faire vite. Elle se rendit en voiture au Holiday Inn de Sarajevo, abri temporaire des correspondants de guerre et des secouristes. Un tiers des trois cent cinquante chambres de l'hôtel était encore en mauvais état. Des trous de mitrailleuse criblaient les rideaux, des morceaux de ciment détachés bougeaient sous les tapis, et une serveuse maussade fumait cigarette sur cigarette près de l'entrée. Il était minuit trois. Caroline commanda un café et trouva un port Internet.

Le pire, ce n'est pas l'épidémie — ces milliers d'enfants morts à Pristina, le virus se répandant comme une tache rouge dans la neige. Le pire, Mlan, c'est la chance de salut que vous leur avez proposée : vos vaccins. Vaccins qui leur ont été administrés par Médecins Sans Frontières, les médecins les plus dévoués du monde — des lauréats du prix Nobel. Qu'arrive-t-il à certains garçons qui contractent les oreillons ? Qu'arrive-t-il à chaque garçon auquel on injecte le vaccin n° 413 ? Ils deviennent stériles, Mlan. Voilà comment tu contribues à réduire le nombre de musulmans, ainsi que l'avait rapporté un dénommé Michael. Un génocide sans camps, une vague de purification ethnique sans effusion de sang. Au cours des quinze prochaines années, personne ne soupçonnera les dégâts que tu as causés. Et ensuite, on considérera cela comme une erreur scientifique. Regrettable. Mais cela ne sera jamais perçu comme un crime. Quand je pense à tous ces bambins pourrissant dans la fosse commune, à tous ces parents rongés de chagrin, ça me rend malade. Je vais contacter la presse, les Américains. J'ai des preuves et je veux assister à ta mort.

— Michael, murmura Otto. C'est lui qui nous a balancés, bien sûr. Il a dû parler à un ami. Un « associé ». Il avait tout prévu au cas où il mourrait. Et ce connard d'étudiant a notre courriel, maintenant.

— *Je vais contacter les Américains*, relut Vaclav à voix haute. Donc, il n'est pas américain. C'est un agent indépendant ? L'un des Arabes de Michael ?

— C'est un petit con, insista Otto.

— Un petit malin, corrigea Vaclav. Il a envoyé le premier message depuis l'université. Le deuxième vient du Holiday Inn.

— Tout ce qu'il veut, déclara Krucevic, c'est de l'argent.

Il regarda le texte sur l'écran, puis se retourna et se dirigea vers la chambre de Jozsef.

— Demande-lui quelles sont ses conditions, Vaclav, dit-il en s'éloignant.

— Qu'est-ce qui vous fait croire qu'il veut négocier ?

Kruvevic frappa le montant de la porte avec le plat de la main.

— On ne prévient pas sa victime avant de lui envoyer une droite, rugit-il, sauf si on veut qu'elle l'esquive. Ce type aurait pu aller voir des journalistes et contacter les Américains sans nous avertir. Alors débrouille-toi pour savoir ce qu'il veut, crétin !

— Dans ce cas, il aura ce qu'il mérite.

CINQUIÈME PARTIE
Samedi 13 novembre

1

Caroline tapa le dernier message à l'aéroport de Sarajevo.

Mes conditions ? Je veux la tête de Mlan Krucevic sur un plateau. Je veux avoir le plaisir de le voir demander pardon, le plaisir de lui refuser sa dernière volonté. Je veux que justice soit faite pour le vol MedAir 901, pour la porte de Brandebourg et pour tous les enfants qui n'auront jamais d'enfants.

Mais la libération de Sophie Payne me suffira. Amenez-la au tunnel à deux heures du matin. J'attendrai, seul, avec les vaccins. Si je ne vous vois pas à deux heures et demie, je remettrai ce qui est en ma possession à des gens qui vous anéantiront.

Tout le monde à Sarajevo connaissait le tunnel Dovrinja-Butmir. Conduit d'un mètre trente de large sur quatre cents mètres de long, il avait été creusé sous la piste de l'aéroport de Sarajevo durant la guerre en Bosnie. Le Tunnel avait permis de relier la ville assiégée au reste du monde, de la ravitailler et d'assurer sa défense. C'était également une voie de passage. Quand les bureaucrates étrangers se rendaient en Bosnie et voulaient rejoindre la capitale, ils empruntaient le Tunnel. Même l'ambassadeur américain avait traversé le conduit quand il avait été contraint de quitter la ville. Dobrinja-Butmir n'était au-dessous de la dignité de personne. Caroline hésita. Krucevic pouvait-il penser qu'elle était aussi stupide que l'auteur du message ? Les menaces contenues dans le texte révélaient une imprudence qui pourrait même l'amuser. Une personne qui s'adressait à lui de cette façon était visiblement grisée par son propre pouvoir. Comme si être en possession du vaccin la rendait invincible. L'auteur d'un tel message ne pouvait pas envisager une seconde que Krucevic ne négociait jamais.

Néanmoins, Caroline était loin d'être stupide. Elle prenait un risque calculé. Elle avait passé des années à étudier la personnalité de Krucevic, son comportement, ses actes, afin d'anticiper ses réactions face à certaines situations. Elle allait enfin pouvoir tester ses compétences d'analyste.

Selon elle, Krucevic n'amènerait jamais Sophie Payne au Tunnel. Il resterait avec son otage à Ziv Zakopan et enverrait ses hommes chercher le vaccin. Si le courriel était un piège, il perdrait simplement quelques membres du 30 Avril. Si Caroline était seule, comme elle l'avait promis, les hommes de Krucevic la feraient prisonnière, puis la tueraient à Ziv Zakopan après l'avoir interrogée. Mais Caroline n'avait nullement l'intention de se rendre au Tunnel. Quand les terroristes se présenteraient au rendez-vous, elle serait en chemin pour Ziv Zakopan, où Krucevic serait peut-être seul avec la vice-présidente. C'était dangereux, bien sûr, elle ne savait pas combien d'hommes il enverrait au Tunnel. Néanmoins, elle n'avait pas le temps de réfléchir à une autre stratégie. Il était minuit quarante. Douze heures, plutôt, Caroline avait dit adieu à Eric. Il lui avait expliqué que la vice-présidente pouvait vivre encore vingt-quatre heures.

Avec un effort surhumain, Sophie rampait dans la pénombre. Elle était passée devant l'entrée de la salle du charnier, horrifiée en pensant aux squelettes entassés derrière le mur. Pour éviter de devenir folle, elle s'était dit qu'il fallait oublier où elle se trouvait. Elle n'avait jamais eu peur de l'obscurité. Dans sa maison, à Malvern, elle restait souvent éveillée sur le lit tandis que Curtis dormait, le visage enfoui dans l'oreiller. Elle écoutait les soupirs de Peter qui rêvait dans la chambre d'en face, puis se levait et marchait silencieusement dans la maison. Les meubles et les objets des pièces ressemblaient à des étrangers. Elle caressait l'accoudoir poli d'une chaise ancienne, ôtait la plume dépassant d'un coussin. Puis comme une ombre, elle observait son reflet, sa silhouette muette dans le miroir, où seuls ses yeux étaient éclairés par la lune. Elle aimait penser qu'un siècle plus tard, les nuits de pleine lune, son image apparaîtrait dans le miroir au cadre doré.

Ses yeux étaient fermés à présent. La différence entre la pénombre de la maison de Malvern et l'obscurité de Ziv Zakopan, c'était le silence. Dans la « Tombe vivante », elle se sentait comme une amibe flottant dans l'eau, un jaune d'œuf à l'intérieur d'une coquille. Il n'y avait pas de vieille maison reposant sur des fondations en pierre ni de vent bruissant dans les ormes, ni de soupirs de Peter...

Quand elle pensait à son fils, son angoisse et sa douleur devenaient insoutenables. Peter, avec ses yeux verts comme la mousse, son débit verbal rapide et son rire désapprobateur. Peter qui, à vingt-deux ans, avait besoin d'elle, bien qu'il refusât de l'admettre. Sophie était son unique famille. Elle serra les dents en pensant à lui et se servit de l'image du visage de son fils pour oublier l'atrocité macabre de Ziv Zakopan. Elle se sentait de plus en plus faible et sa gorge était si desséchée qu'elle n'arrivait pas à déglutir. Elle s'évanouissait puis reprenait conscience brusquement, la joue plaquée contre le sol crasseux du souterrain. Elle savait que bientôt, elle plongerait dans un sommeil définitif. Mais elle continuait tout de même à se traîner vers la plaque du regard qui se trouvait au-dessus d'elle.

Elle réussit à parcourir trois cents mètres en trois heures, puis s'évanouit au pied de l'échelle d'Otto. Mais la patte de lapin qu'elle serrait encore dans sa main battait comme un cœur prisonnier dans une tombe, un cœur qui émettait son signal.

Ziv Zakopan est à trente-sept kilomètres au sud de la ville sur la route qui va à Foça, lui avait expliqué Eric. *En sortant de Sarajevo, après seize kilomètres, tu verras une centrale nucléaire et une usine d'explosifs. La route est en très mauvais état à la sortie de la ville, mais au bout de vingt kilomètres, elle s'améliore et, au trentième kilomètre, tu passeras devant des fermes collectives ou ce qu'il en reste. Elles ont été bombardées. Tu seras dans une vallée qui mène au fleuve Drina. Sept kilomètres plus loin, tu verras un sentier sillonné d'ornières. Ne le rate pas, il mène à Ziv Zakopan.*

Caroline roula vers le sud à travers la nuit, sur une route jalonnée de chars abandonnés et de déchets de la guerre. L'OTAN avait condamné les Serbes pour les crimes qu'ils avaient commis en Bosnie, puis au Kosovo, mais le monde ne se rappelait pas les atrocités commises par les oustachis durant la Seconde Guerre mondiale. Le monde ne voulait pas entendre parler de ce qui s'était passé à Ziv Zakopan, les gens s'offraient le luxe de solutions simples.

Caroline détourna les yeux de la route criblée de trous d'obus pour contempler le paysage désolé. Elle pensa aux films de propagande d'après-guerre. Aux partisans désespérés alliés aux Anglais, aux tchetniks morts au nom du roi Pierre pendant qu'il s'empiffrait d'huîtres à Londres et dansait au Ritz. Il n'y avait pas d'anges dans les Balkans, pas de héros qu'on puisse nommer. Ici, on ne choisissait pas son camp, on renonçait à tout espoir.

— Parle-moi de Ziv Zakopan, ordonna-t-elle au fantôme d'Eric.

C'est une zone où les oustachis tuaient leurs victimes. Il y a des tunnels sous un champ, creusés à l'origine par les Romains, qui mènent à des abris dans des collines escarpées. L'Empire des Habsbourg y avait caché une armée. Et les oustachis y ont torturé les partisans de Tito dans un camp souterrain. Le laboratoire de Mlan est caché dans les falaises de Ziv Zapokan.

— C'est un fortin, comme à Budapest ?

Non, c'est un camp de concentration. Avec des barbelés, des clôtures électrifiées, des projecteurs, des vigiles armés. Une femme équipée d'un pistolet Walther TPH ne peut pas attaquer ce camp seule, même si elle tire aussi bien que toi.

— Que fait-il dans son laboratoire ?

Il expérimente. Il teste ses vaccins, ses médicaments, ses armes chimiques sur des Serbes et des prisonniers musulmans.

— Et personne ne recherche ces gens ?

Ils sont portés disparus. Enlevés en pleine nuit. Et qui sait ce qu'il advient d'eux ? Personne ne survit à Ziv Zakopan. C'est bien pour ça qu'on appelle cet endroit « la Tombe vivante ».

Les kolkhozes surgirent brusquement. Au bord de la route, le squelette d'un tracteur, tel un gibet en fer, murmurait l'histoire des meurtres passés. Caroline jeta un œil sur son podomètre pour calculer la distance. Six kilomètres et demi plus loin, elle se gara sur le bas-côté et décida de parcourir le reste du trajet à pied.

Elle portait un pantalon en laine polaire et une paire de tennis, elle n'avait rien trouvé de mieux comme tenue de combat. Le Walther était attaché à sa cuisse. Le chargeur contenait six balles et elle en avait treize autres. Afin de se calmer les nerfs, elle s'entraîna à sortir l'arme de son étui plusieurs fois. Au-dessus de sa tête, le scintillement des étoiles était insupportable. Cela lui rappelait les nuits à Southampton, le ciel virant au bleu-noir après le coucher de soleil, les constellations s'animant au son de la voix de son grand-oncle. Le tintement des glaçons. Une larme de Bombay Sapphire. *Hank*, lui avait-elle affirmé, *je pense sérieusement à devenir avocate. Je risque de te prendre au mot.*

Une minuscule lumière rouge scintilla dans sa main. C'était un signal sur le récepteur d'Eric. Sophie Payne n'était pas loin.

— Après toi, dit-elle au fantôme de son mari.

Et elle le suivit.

2

Ziv Zakopan, 1 : 23

Jozsef ouvrit les yeux et regarda le plafond. La chambre n'avait pas de fenêtre. La lumière provenait de lanternes à gaz posées sur des cageots. Les ombres sur le mur, étrangement réconfortantes, lui rappelaient une danse de marionnettes indonésiennes qu'il avait vue quand il était plus jeune. Durant quelques instants, il ne sut pas du tout où il se trouvait. Sa crise de délire s'estompait lentement, comme un bassin se vidant de son eau. Quand il redevint totalement lucide, Jozsef se redressa sur son lit. Il se souvint de l'hélicoptère, de la dame arrachée à ses bras, de la patte de lapin qu'il lui avait donnée. Il se rappela des baraquements et des visages derrière les mailles de la clôture. Il était seul dans une chambre au sommet d'une falaise. Il était à Ziv Zapokan.

— Papa! cria-t-il.

Krucevic apparut dans l'embrasure de la porte. Jozsef repoussa le drap souillé et s'assit.

— Où est la dame? Qu'est-ce que tu lui as fait?

— Elle est morte et enterrée, répliqua Krucevic.

— C'est un mensonge! Tu mens!

Il ne s'était jamais adressé à son père sur ce ton et eut soudain très peur. Livide, tremblant, il se tut, s'attendant à être puni.

— Elle était encore vivante quand je l'ai quittée, répondit calmement son père. Mais maintenant, elle ne l'est plus. Repose-toi. Tu es encore très faible. Allonge-toi et arrête de t'agiter avec ta perfusion.

Jozsef posa ses pieds au sol et se leva. Ses muscles étaient aussi douloureux que s'ils avaient été écrasés par les roues d'un camion. Un goût de sang dans la bouche, il se sentit chanceler et s'agrippa au matelas. Son père se rapprocha de lui, menaçant.

— Couche-toi. Tu as failli mourir, je te le rappelle.

Jozsef regarda ses propres mains et saisit le drap pour éviter de trembler.

— Tu ne peux pas la laisser sous terre, papa. Ce n'est pas juste.

— Mais c'est trop tard. On ne peut plus rien faire pour elle, maintenant.

Krucevic referma ses doigts autour du poignet de Jozsef et le fit lâcher le drap. Puis il souleva son fils, l'allongea délicatement sur le lit et le borda. Empli d'inquiétude et de rage, Jozsef ferma les yeux. Il ne pouvait pas regarder son père en face, ni lui parler sans sangloter. Une larme s'échappa de ses longs cils noirs et mouilla sa joue. Il enfouit son visage dans l'oreiller.

— Je suis désolé de te faire de la peine, mon fils, dit Krucevic.

C'était la première et la dernière fois que Jozsef entendrait son père s'excuser. Il ne lui répondit pas. Krucevic se retourna. Et au même moment, Vaclav cria dans le couloir.

Caroline trouva l'entrée du tunnel qui menait au laboratoire à l'endroit que lui avait indiqué Eric.

C'est le chemin d'évasion de Krucevic, et il le maintient en bon état.

— C'est sa seule porte de sortie ?

Au sol, oui. Mais il peut également s'évader de son laboratoire par hélicoptère.

Caroline regarda les collines sombres et escarpées qui s'élevaient près de la grange abandonnée. Aucune lumière, aucun son ne provenait des falaises. Rien ne signalait le camp de concentration de Krucevic. Mais sa balise lui indiquait qu'elle était sur la bonne voie. Elle avança sur l'herbe gelée de novembre. L'odeur de la terre humide et la fraîcheur de la neige lointaine lui redonnèrent stupidement espoir. Les montants de la porte de la grange étaient calcinés. L'intérieur de la construction était plongé dans l'obscurité. Si Krucevic l'attendait, c'était l'endroit parfait pour une embuscade. Mais aucune explosion de lumière ne se produisit, la mort n'était pas encore au rendez-vous.

Le plancher de la grange a été détruit lors d'un incendie, lui rappela le fantôme d'Eric. *Il est tombé dans le parc à moutons qui se trouve deux mètres cinquante plus bas. Saute près du mur et dirige-toi vers la droite en évitant le centre du parc à moutons. Il est miné, là où le sol semble en bon état. N'oublie pas une chose, Chien Dingue, ne suis jamais le chemin que quelqu'un a tracé pour toi.*

Son Walther en main, elle sauta prudemment dans le parc à moutons et atterrit sur des pierres et des morceaux de bois. À travers la toiture abîmée de la grange, elle aperçut la Grande Ourse scintiller.

Dans un coin, il y a une barre en fer...

— Je sais, lui répondit-elle, irritée. Je la vois.

— Mlan, dit Vaclav, les yeux rivés sur l'écran, il y a quelqu'un dans la grange à l'entrée du tunnel.

Krucevic le rejoignit.

— On dirait une femme, ajouta Vaclav.

Krucevic regarda l'écran d'un air incrédule.

— Une femme ? Non, c'est probablement un type au cheveux longs.

— Vous voulez que je descende ?

Krucevic n'avait pas beaucoup d'hommes. Otto et deux vigiles de Ziv Zakopan étaient partis retrouver l'auteur du courriel à l'aéroport de Sarajevo. Ils n'étaient toujours pas de retour. Six gardiens patrouillaient devant les baraquements où dormaient les prisonniers. Un autre gardien surveillait la salle de l'hôpital. Vaclav était seul dans la pièce de vidéo-surveillance. Si quelqu'un s'était introduit dans la grange, un commando était probablement en train d'escalader les falaises. Krucevic jeta un œil sur les écrans où l'on voyait les zones d'ascension, mais tout était calme. Il frappa contre le mur. Où étaient-ils ? Personne ne se risquerait à prendre d'assaut seul son nid d'aigle. *La piste d'atterrissage. Bon sang ! S'ils ont déjà atterri…*

Mais l'écran montrait deux gardes patrouillant avec des mitrailleuses. Pas d'hélicoptère, ni sur le toit, ni dans les airs.

— Reste ici, ordonna Krucevic à Vaclav. Surveille l'assaut.

À travers la porte ouverte de sa chambre, Jozsef vit son père, une arme à la main, courir vers la réserve. Il savait que le tunnel débouchait à cet endroit. Mlan l'y avait déjà enfermé. Une femme était en train de ramper dans le tunnel obscur. *Maman*, pensa Jozsef, *tu es venue me chercher*. Et Mlan allait la tuer.

Il lâcha le chambranle de la porte et vacilla un instant. Puis retira le scotch collé à son poignet et se débarrassa de sa perfusion.

***

Le tunnel était très étroit. À quatre pattes, Caroline avançait vers l'inconnu, craignant une obstruction soudaine ou un effondrement. Afin de ne pas se faire repérer, elle n'avait pas pris de torche. L'obscurité la désorientait totalement. Elle se demandait si elle montait vers la sortie ou si elle se dirigeait, avec une infinie lenteur, vers le centre de la terre. Elle ferma les yeux et continua de ramper. *Le tunnel s'élargit à la fin et tu pourras te lever*, lui rappela le fantôme d'Eric. *Mais pour l'amour du ciel, sois prudente.*

Caroline s'arrêta un instant pour reprendre son souffle. Paniquée, elle entendait son cœur battre à tout rompre. Elle sortit le récepteur de sa poche. La lumière rouge lui indiquait qu'elle s'était éloignée de l'émetteur. *Suis-je dans la mauvaise direction ?* Son angoisse redoubla.

Puis elle leva la tête et renifla l'air. Il était moins épais, moins chargé de l'odeur de la terre. La sortie du tunnel était proche. Elle rangea le récepteur. Elle somma son cœur de battre moins fort. Il resta indifférent à ses ordres et elle continua à ramper.

Jozsef se déplaçait comme un somnambule, comme un enfant qui apprend à marcher. D'un pas hésitant, il sortit de sa chambre. Le couloir était désert. Vaclav était occupé à surveiller les écrans de contrôle. Trois portes plus loin, il y avait la salle de l'hôpital. Jozsef marcha jusqu'à l'entrée de la salle et s'arrêta sur le seuil. Il entendait hurler derrière lui, les cris de rage de son père. Maman... Il eut envie de courir vers elle, de se jeter sur son père, et de les sauver tous les deux. Mais cette tentative serait vouée à l'échec et Jozsef le savait. Il poussa un soupir et entra dans la salle de l'hôpital.

Seize malades étaient menottés aux barreaux de leurs lits. Des néons éclairaient leurs visages livides. Assis sur une chaise, un journal froissé posé sur les genoux, un gardien que Jozsef ne connaissait pas le dévisagea. Alerté par les cris, le gardien s'apprêtait à se lever.

— Allez-y, ordonna Jozsef, mon père a besoin de vous. Nous avons été trahis !

Le gardien sortit son arme et se leva.

— Donnez-moi les clés, dit Jozsef en tendant la main. Ce sont les ordres de mon père.

L'homme le toisa d'un air sceptique.

— Vous êtes en état de...

— Les clés ! coupa Jozsef.

L'homme hésita, puis lui tendit un trousseau de clés et sortit. Jozsef verrouilla la porte derrière lui.

Parmi les malades, deux vieillards étaient dans le coma.

Une fillette de cinq ans fixait le plafond d'un air absent en tripotant les draps. Une femme gémissait. Sa plainte répétitive indiquait qu'elle avait sombré dans la folie. Mais le reste des malades — trois autres femmes, deux garçons de son âge, et sept hommes — le regardait avec haine ou curiosité. Il marcha aussi vite qu'il le pouvait vers un homme aux yeux bleus en agitant les clés.

— Celle-là, marmonna l'homme en serbe. Le passe-partout.

L'homme avait une tignasse noire et sale, un visage couvert de bleus et de croûtes.

— Celle qui est entre tes doigts, poursuivit-il. Non, celle que tu viens de lâcher. C'est le passe-partout.

Les mains tremblantes, Jozsef enfonça la clé dans la serrure des menottes et libéra l'homme.

— Il va falloir vous battre si vous voulez vivre, dit-il dans la langue de sa mère. Vous vous en sentez capable ?

L'homme s'assit et frotta ses bras endoloris. Puis il fixa une porte au bout de la salle, celle que Jozsef n'avait pas encore fermée, et déclara :

— Il y a des armes là-bas. Mais la pièce est gardée.

— Dans ce cas, décréta Jozsef, nous devons attirer le vigile ici.

Il avait libéré quatre autres prisonniers. Tous ceux qui en avaient la force, l'écoutaient à présent. Jozsef regarda une blonde aux cheveux coupés n'importe comment et au visage couvert de taches rouges. Elle semblait plus alerte que les autres.

— Criez comme si quelqu'un venait de vous trancher la gorge, lui ordonna-t-il. Quand le vigile ouvrira cette porte, on se tiendra prêts.

L'homme aux yeux bleus s'empara d'un scalpel posé sur une étagère. Et quand la femme brailla et que le vigile, armé d'un automatique, sortit de la pièce, l'homme l'attendait derrière la porte.

Le scalpel planté dans la nuque, le vigile s'affaissa. Jozsef se reposa un instant contre un lit. Des étoiles explosaient devant ses yeux. *Je ne dois pas m'évanouir.*

La main de la blonde s'agrippa à son épaule. La vue trouble, il réalisa qu'il lui manquait trois doigts. Dans son autre main, elle serrait un couteau.

— Qu'est-ce qu'on fait maintenant ? demanda-t-elle, comme si elle s'adressait à un adulte.

— Allons aux baraquements ! cria-t-il.

Et sa voix lui sembla être celle de son père.

Accroupie, l'épaule collée contre la porte du tunnel, Caroline écoutait attentivement. Son arme était levée. Derrière le panneau de bois, se trouvait probablement la réserve. Le silence lui donnait la chair de poule. Un silence lourd, oppressant... quelqu'un attendait derrière la porte.

Bien sûr qu'il attend. Tu ne pensais tout de même pas que ça marcherait ?

— Tais-toi. Ce n'est pas le moment.

Caroline serra fermement son Walther. Le corps chargé d'adrénaline, elle eut, l'espace d'un instant, l'impression d'être en haut de la tour de saut de neuf mètres de haut. Mais cette fois, il n'y avait pas la main d'Eric pour la pousser en avant. Elle inspira, toucha la poignée de la porte et plongea mentalement dans le vide.

Il avait dû penser qu'elle ouvrirait doucement la porte, jetterait un œil à l'intérieur, arriverait comme un cerf dans la lumière de ses phares et qu'il pourrait la viser à la tête et vider son chargeur. Mais la porte du tunnel s'ouvrit d'un coup et Caroline se jeta aux genoux de l'homme. Il perdit l'équilibre, vacilla contre une étagère. Des boîtes et des ampoules tombèrent au sol avec fracas. D'une voix gutturale, accroupie au sol, Caroline hurla. Son cri lui permit de gagner quelques secondes. Elle vit les yeux sombres de l'homme, ses cheveux coupés ras, la cicatrice blanche à sa tempe. Mlan Krucevic. L'homme qu'elle traquait depuis des années, l'homme au visage inconnu. L'homme qui avait attaché Eric à une porte et l'avait fait sauter. La jambe de Krucevic décrivit un cercle pour atteindre la tête de Caroline. Il n'y avait pas assez de place pour esquiver les coups. Un morceau de verre s'enfonça dans le biceps de Caroline. Elle se redressa et tira. *Si tu dois te servir du Walther*, lui rappela le fantôme, *c'est dans la réserve*.

Krucevic grogna de douleur. Puis sa botte acheva sa trajectoire et frappa la pommette de Caroline. Les mains sur le visage, elle se recroquevilla au sol. Il lui donna des coups de pieds dans les reins, lui saisit le poignet et lui fit lâcher son Walther. Caroline sentit une poigne de fer lui serrer les épaules. Krucevic la força à se lever. Dans un instant, il plaquerait son arme contre son crâne et appuierait sur la détente. Caroline entendait un grondement étouffé dans sa tête, comme le bruit de la mer dans un coquillage.

— Où sont-ils ? cria-t-il en allemand. Où est ton équipe ?

La balle avait atteint Krucevic à l'abdomen. Une tache de sang s'étendait comme une carte sur son estomac, teintant de noir son pull gris. Pourquoi tenait-il encore debout ?

— Où sont-ils ?

Caroline entendit un coup de feu suivi du hurlement d'un homme. Les bruits provenaient du couloir.

Avec son arme, Krucevic frappa de nouveau la pommette meurtrie de Caroline. Elle rassembla ses dernières forces et enfonça son genou dans la tache sombre de l'estomac de Krucevic. Plié en deux, sans lâcher son revolver, il poussa un cri. Elle se recula et chercha désespérément son Walther. Des pas se rapprochèrent.

— Papa !

Sonnée, Caroline regarda par-dessus son épaule et vit un enfant frêle aux yeux noirs et au visage livide, vêtu d'un short. *Jozsef*. Il avait appelé Krucevic *papa*. Derrière lui, il y avait d'autres visages, hagards, inquiétants. L'enfant avait amené tout le camp avec lui.

— Vaclav ! cria Krucevic d'une voix rauque, une main posée sur son ventre. Vaclav !

Caroline se releva, les yeux dardés sur Krucevic. Il s'était effondré et le Walther gisait sous son dos. Le sang coulait entre ses doigts posés sur son ventre. Les dents serrées, il grimaçait, mais il leva son arme.

— Papa! cria Jozsef. Tu saignes!

Terrifié, il rejoignit son père.

La main pourpre de Krucevic saisit l'épaule de l'enfant et le fit pivoter vers Caroline et le groupe de prisonniers silencieux. Elle vit qu'ils étaient armés. Vaclav ne viendrait pas au secours de son maître. Krucevic appuya le canon de son revolver contre la tempe de son fils. Il éructa quelque chose en serbe. Caroline ne comprenait pas la langue, mais elle savait que le chef du 30 Avril tuerait son fils si quelqu'un s'approchait de lui.

La valeur d'une vie est relative. Krucevic en a conscience depuis qu'il est né. Il a déclaré que la mort était toujours préférable à l'échec.

Jozsef ouvrit la bouche, mais aucun son ne sortit. Puis ses yeux se fermèrent et une immense tristesse s'afficha sur son visage. La tête contre le canon de l'arme de son père, il soupira. Et Caroline comprit soudain quelque chose. Il était le fils de Krucevic, comme Mlan était le fils de son père. Résigné, Jozsef attendait la mort qui lui était réservée. Une vague de colère envahit soudain Caroline. Cet enfant avait toujours été échangé comme un prisonnier de guerre entre des parents qui ne l'avaient jamais aimé. Elle pensa à Eric, qui avait été un Jozsef adulte, et à elle-même, à ce qu'elle était devenue.

Krucevic marmonna encore quelques mots. Mais sa main tremblait et sa voix s'amenuisait. Il avait perdu trop de sang. Caroline éprouva une certaine satisfaction, puis sans réfléchir, elle se jeta sur Krucevic, comme s'il eût été un simple instructeur dans une prison, avec une grenade accrochée à sa ceinture. Elle se laissa tomber sur Jozsef et planta ses ongles dans le visage de Krucevic. Un coup de feu partit. La balle toucha l'épaule de Caroline et alla se loger dans le mur. Elle serra les dents et arracha Jozsef à l'emprise de Krucevic. Un autre coup de feu partit.

Une blonde hirsute aux yeux verts sauta par-dessus Caroline et attaqua Krucevic avec un couteau. Caroline roula au sol vers la sortie de la réserve en serrant Jozsef contre elle. À genoux, soutenant le corps frêle de l'enfant, elle passa devant les suppliciés de Krucevic qui se ruaient sur leur tortionnaire. Caroline se plaqua contre le mur et reçut un coup à la tête. Les infirmes s'étaient transformés en bêtes sauvages assoiffées de vengeance. Elle pensa soudain qu'elle allait mourir étouffée dans la bagarre.

– Papa ! cria Jozsef, terrorisé.

Une main prit brusquement Caroline au collet. Elle hurla au visage d'un homme aux yeux d'un bleu étonnant qui grimaçait. L'inconnu l'entraîna brutalement dans le couloir. C'était un prisonnier du camp. Avec des morceaux de chaises, des instruments médicaux, des bouts de bois, la horde de malades achevait Krucevic. Le prisonnier tirait Caroline à travers une mêlée de corps. Elle n'avait plus la force de résister. Sa vue s'assombrissait. Elle trébucha sur une jambe. Une jambe d'enfant, nue jusqu'à la bordure d'un short sale. L'homme aux yeux bleus prit Jozsef dans ses bras et cria à Caroline une phrase incompréhensible. Il lui fit signe de le suivre. Un cri suraigu s'échappa de la meute de malades. *Il est mort*, dit Caroline au fantôme vêtu de cuir noir. *Krucevic est mort.* Mais son mari ne se retourna pas – d'autres choses l'attendaient – et Caroline ne se retourna pas, elle non plus.

3

Une armée de « portés disparus » avait assiégé le couloir.
Caroline suivait l'homme qui l'avait sauvée, tandis qu'il se
frayait un chemin à travers une foule de visages vociférants.
La peur et la douleur étaient maintenant plus fortes que la
montée d'adrénaline qui l'avait aidée à ouvrir la porte du
tunnel. Dans quelques minutes, elle flancherait. Elle aperçut
la tête brune de l'homme qui emportait Jozsef, vacilla et
s'adossa au mur. Une femme qui braillait heurta son bras blessé.
Elle hurla de douleur et se sentit proche de l'évanouissement.

Elle reconnut soudain les yeux bleus, le regard farouche,
implacable. Il était revenu la chercher. Il passa son bras autour
de sa taille et tenta de l'extraire du chaos. Elle se sentit brusquement déportée vers la droite. Elle tomba violemment au
sol et roula sur elle-même. La porte claqua.

Il faisait noir, mais elle n'avait pas perdu conscience.
L'homme appuya sur un bouton pour allumer la lumière.
Rien ne se produisit : quelqu'un avait coupé le courant
dans le camp. Caroline jeta un œil alentour et essaya de
s'agenouiller. Elle se trouvait dans une chambre pourvue
d'une fenêtre sans rideaux, d'un lit de camp, de cageots et
d'une perfusion. Un flot de mots serbes s'échappa de la

bouche de l'homme aux yeux bleus. Une voix d'enfant, fatiguée et triste, répondit. *Jozsef*. Il était recroquevillé au pied du lit de camp. Caroline s'avança vers lui, mais Jozsef lui fit signe de ne pas s'approcher. Il ne voulait pas d'elle. Bien qu'elle discernât mal son visage, elle vit qu'il était en état de choc.

À l'extérieur de la chambre, un bruit mêlé d'éclats de voix retentit. Le Serbe s'empara des cageots et les cala contre la porte fermée. Puis il saisit le drap du lit de camp et le déchira avec ses dents. Avec un paquet de coton qu'il avait déniché, il fit un pansement à Caroline. La clavicule n'était pas un endroit facile à envelopper, mais il enroula la matière absorbante plusieurs fois autour de son aisselle et la serra impitoyablement. Caroline se mordit la lèvre si fort qu'elle sentit du sang couler sur ses dents. Elle saisit la main de l'homme quand il s'éloigna et leva la tête vers lui. Elle ne connaissait pas un mot de serbe.

— Merci, dit-elle.

Il hocha la tête puis traversa la chambre et ouvrit la fenêtre. Il tendit la main vers Jozsef. N'arrivant pas à se lever, l'enfant rampa jusqu'à lui.

— *Halt*, dit Caroline, d'une voix cassée. Sophie Payne. *Wo ist Sophie Payne?*

L'enfant se tourna vers elle. Il écarquilla les yeux.

— *Sie können die Dame?*

— Oui, répondit-elle. Je connais la dame, Jozsef. Je suis la femme de Michael. Je suis venue t'aider.

Le prisonnier serbe la regarda d'un air perplexe, puis dit quelque chose d'un ton dur et désespéré dans sa propre langue. Des poings martelèrent la porte fermée. La vague de violence qui avait gagné le camp semblait prête à s'abattre sur eux. Fuir était la meilleure solution.

— Vous avez tué mon père, chuchota Jozsef en anglais. Vous l'avez tué comme un chien.

— Le camp l'a tué. Je suis venue chercher Mme Payne.

Avec sa main gauche – Krucevic lui avait cassé le poignet droit – elle sortit le récepteur de sa poche. Le signal était plus faible que dans les champs près de la grange.

– Jozsef, dis-moi où elle est?

– *Ich weiss nicht*!

Il sanglotait, cognait le ciment avec ses poings, au bord de l'hystérie. Et qui le lui aurait reproché? Un moment plus tôt, son père avait posé une arme contre sa tempe. Et maintenant, le cadavre du chef du 30 Avril gisait quelque part dans le couloir.

– Elle n'est pas avec toi? demanda Caroline.

Il secoua la tête. Elle se rapprocha de lui et lui montra le récepteur.

– Tu vois cette lumière rouge? C'est un signal. Michael a posé un émetteur dans les affaires de Sophie Payne.

– La dame n'a rien, murmura-t-il.

Le Serbe éructa deux mots, puis sauta par la fenêtre. Au même moment, la porte s'ouvrit et les cageots se dispersèrent. Caroline prit Jozsef par la taille. Il était aussi léger qu'un chat, qu'un fagot de branches. Elle le souleva et le déposa sur le rebord de la fenêtre.

– Papa l'a laissée là-bas, chuchota Jozsef contre sa joue. Il m'a dit qu'elle était morte et enterrée.

Morte et enterrée. Les tunnels du vieux Ziv Zapokan.

Jozsef s'assit, les jambes pendantes et se laissa tomber deux mètres plus bas. Regrettant de ne plus avoir son Walther, Caroline sauta, se réceptionna sur le pied gauche et poussa un cri de douleur. Sa clavicule la faisait horriblement souffrir. Elle chercha Jozsef.

– Par ici, souffla-t-il.

Elle aperçut les yeux de l'enfant dans l'embrasure d'une porte. Elle le rejoignit dans son abri.

Une odeur nauséabonde la saisit à la gorge. Jozsef s'était réfugié dans des latrines. Elle retint sa respiration. Ils entendirent des pas, puis quelque chose s'écrasa contre la porte au son d'un cri perçant. Le silence retomba. Huit minutes s'écoulèrent, mais Caroline eut l'impression d'être enfermée depuis des heures. Ses cheveux et ses habits allaient être imprégnés par l'odeur des excréments, songea-t-elle, une pestilence qu'elle sentirait pendant des jours. Si elle survivait. Sa clavicule la faisait moins souffrir, le pansement avait absorbé le sang. Mais son énergie s'amenuisait. Ses paupières se fermaient. Elle envisagea de faire un somme et de partir à la recherche de Sophie Payne au matin.

— Je lui ai donné ma patte de lapin, chuchota Jozsef.

Sa voix semblait lointaine, emportée par le courant d'une rivière sombre.

— Quoi ?

— Mon porte-bonheur. La dame en avait plus besoin que moi. Mais il ne porte peut-être plus chance ?

Morte et enterrée. Les tunnels… Caroline fit un effort pour rester lucide.

— Jozsef, tu peux me montrer l'entrée du vieux Ziv Zapokan ?

Il lui prit la main.

— Je ne pense pas qu'elle soit encore surveillée, répondit-il.

Ils descendaient l'étroit sentier entre les rochers depuis trente-trois minutes quand Caroline fut prise de vertiges. Au bout de son bras gauche, elle sentit un poids mort. Jozsef s'était évanoui. Elle s'arrêta et le gifla méthodiquement pour le réveiller. Elle pensa aux antibiotiques du laboratoire qui auraient pu sauver deux vies. Mais les ampoules étaient probablement réduites en poussière, maintenant. Caroline jura à voix haute. Il était trop tard pour y retourner. Les yeux de Jozsef s'ouvrirent. Elle s'accroupit près de lui. Elle saignait de nouveau.

— Je ne peux pas te porter. Reste ici, je reviendrai te chercher.

Elle n'avait rien trouvé d'autre à lui dire et elle ne savait pas du tout si elle retrouverait Sophie Payne. Jozsef se mit à genoux. Et commença à ramper.

La Skoda était à l'endroit où elle l'avait laissée, avec toutes les portières ouvertes. Personne ne l'avait volée.

Malgré le pénible périple entre les rochers, ils étaient les premiers à avoir quitté le camp de Krucevic. Les prisonniers étaient trop occupés à se venger pour songer à fuir. Jozsef se hissa avec difficulté à l'arrière de la voiture. Caroline sortit son récepteur et l'approcha de son oreille.

Le signal radio était plus fort que dans le laboratoire de Krucevic.

— Ne me laissez pas, supplia Jozsef.

Elle se tourna vers lui. L'enfant la dévisageait avec des yeux fiévreux et inquiets.

Ils avancèrent dans le champ, à la recherche de la balise de la vice-présidente. Il était trois heures sept. Bientôt, les oiseaux se mettraient à chanter.

— Madame Payne.

La voix de Nell Forsyte. Sophie sourit. Elle adorait Nell. Nell était morte pour elle sur la Pariser Platz. Un sacrifice absurde. Mais elles resteraient toutes deux éternellement ensemble, à présent. Elle tendit les bras pour étreindre Nell. Il faisait si sombre. Elle avait cru qu'on l'avait enterrée vivante, une fois, dans le coffre d'une voiture.

— Madame Payne ? Vous m'entendez ?

Sophie essaya d'ouvrir les lèvres. Elle émit un son faible, une sorte de miaulement. Puis elle se sentit assommée par une barre d'acier, une douleur atroce explosa dans son crâne. Le sang s'échappa de son abdomen, de sa bouche, jaillit entre ses lèvres. Elle renonça à répondre à Nell.

Quelqu'un pleurait. Des doigts de petit garçon lui caressaient la joue. Pauvre Peter. Un bisou sur le genou et il se sentira mieux.

— Madame Payne, insista Nell, avec la douce fermeté d'un garde du corps professionnel, d'une nounou attitrée.

J'arrive, répondit gaiement Sophie en regardant une dernière fois son reflet dans le miroir au cadre doré. On ne voyait pas grand-chose, ce soir, dans la maison de Malvern. Surtout à une telle distance.

Paniquée, Caroline palpa le poignet et le cou de la vice-présidente. Elle posa sa tête sur le pull imbibé de sang et écouta. Elle avait retrouvé Sophie Payne vivante, mais elle venait de lui filer entre les doigts. Comme de l'eau dans un bol de sable.

Elle regarda la vice-présidente et songea à la mission dont l'avait chargée Eric. Il lui avait remis une carte, un récepteur, en espérant qu'elle sauverait Sophie Payne et elle avait échoué. Caroline ne perdit pas de temps à reprocher à Eric de lui avoir confié une mission aussi difficile. Après tout, elle avait accepté. Elle ferma les yeux de Sophie et l'abandonna au pied de l'échelle. Sans aide, elle ne pouvait rien faire d'autre. Elle grimpa lentement vers la surface de la terre, la main gauche agrippée aux échelons en fer. Des larmes coulaient dans sa gorge.

— Vous l'avez retrouvée ? demanda Jozsef.

Recroquevillé près de la plaque du regard, il grelottait.

— Il faut qu'on trouve de l'aide, répondit-elle.

— Elle est vivante ?

Les yeux de Jozsef brillaient d'espoir. Caroline ouvrit la bouche, puis la referma. Elle secoua la tête. L'enfant se figea. Dans son regard, tout s'éteignit. Elle s'accroupit et l'attira à elle.

Ses larmes coulaient dans le cou de Jozsef, son chagrin si longtemps retenu se transformait en sanglots. Jozsef la serra dans ses bras tandis qu'elle pleurait.

À trois heures trente-deux, la première vague d'hélicoptères de l'OTAN gronda au-dessus du champ.

4

Jack Bigelow fut informé de la mort de la vice-présidente par la Situation Room deux minutes après minuit. Il avait assisté à une réception en l'honneur du président de Somalie. Il avait écouté une jeune et corpulente soprano chanter des arias en italien. Il s'était assis près de sa femme et avait souri sans relâche à des gens dont il se rappelait rarement le nom. À présent, il était assis, seul, avec son nœud papillon détaché et sa chemise à moitié ouverte, un verre d'eau glacée en main. Il lisait un article sur le backswing dans *Golf Magazine*. Il décrocha le téléphone qui sonnait. La voix hésitante d'une femme du ministère des Affaires étrangères lui annonça que Dare Atwood allait arriver.

Bigelow ferma son magazine et laissa reposer un instant son index sur la couverture glacée. Puis il se déshabilla rapidement et enfila un polo et un pantalon kaki. Il allait devoir appeler le fils de Payne. Peter était arrivé à l'observatoire de la Marine dans la journée. Devait-il lui téléphoner maintenant ? Ou le laisser dormir. Il espérait que Peter n'avait pas entendu la nouvelle à la télévision. Il tripota sa boucle de ceinturon, puis ses doigts se figèrent. Sophie était morte. Au cours des cinq derniers jours, il avait envisagé ce drame. Mais à cause de sa mort, on allait lui reprocher d'avoir mal géré la crise. Quelle erreur avaient-ils commise ? Voilà ce que les experts ne manqueraient pas de lui demander. Et la prochaine question était inévitable : qui allait payer ?

— Donc, Krucevic est mort ? demanda-t-il.
— Oui, répondit Dare à Bigelow, Caroline Carmichael nous l'a confirmé.
— C'est la femme qui a retrouvé Sophie.
— Mon analyste. Et notre station à Budapest a collecté de nombreuses informations... dans le fortin du 30 Avril en Hongrie.

Théoriquement, c'était vrai. Elle n'avait aucune raison d'expliquer comment la disquette d'Eric avait survécu à l'explosion.

— Nous sommes en train de détruire les réseaux de Krucevic dans le monde entier, reprit-elle. Il y a déjà eu quatorze raids et vingt-cinq arrestations.
— Avons-nous des preuves pour faire démissionner Fritz Voekl ? demanda Bigelow d'un air pensif.
— Je pense que oui. De toute évidence, il est impliqué dans le scandale des vaccins contre les oreillons de VaccuGen – des courriels qu'il a envoyés à Krucevic le confirment. Et il y a également l'affaire de la décharge.
— Quelle décharge ?
— Voekl a cherché à enterrer toutes les preuves liées à la bombe qui a détruit la porte de Brandebourg. Walter Aronson, notre chef de station à Berlin, a compris pourquoi.
— Poursuivez.
— Fritz Voekl a commencé sa carrière politique en dirigeant une usine de munitions en Thuringe.
— La meilleure petite armurerie de la RDA.
— Les experts du FBI ont trouvé quels explosifs avaient été employés pour faire sauter la porte de Brandebourg. Ils proviennent de l'usine de Thuringe.

Bigelow siffla doucement.

— Mais cela ne prouve pas que le chancelier ait préparé un attentat contre sa propre capitale…

— Et les preuves ne seront pas recevables au tribunal, coupa Dare. Mais tout de même, c'est assez gênant pour le chancelier.

Le Président fit pivoter sa chaise.

— Nous n'irons pas au tribunal, Dare. Nous voulons simplement que Voekl ne soit plus au pouvoir.

— Dans ce cas, il suffit de provoquer un scandale. Expliquez l'affaire de l'épidémie d'oreillons aux journalistes et vous l'obtiendrez.

Bigelow la dévisagea.

— Nous devons bien ça à Sophie, dit-il. Nous n'avons pas réussi à la sauver.

Dare baissa la tête.

— Je suis profondément affligée par le décès de Mme Payne, monsieur le Président.

Le président regarda la roseraie à travers la fenêtre. Les fleurs étaient faiblement éclairées et leurs tiges projetaient des ombres de fils barbelés sur la pelouse flétrie.

— Je n'ai rien à vous reprocher, répondit-il. Vous avez fait tout ce qui était en votre pouvoir. Mais on va entendre parler de ce fiasco dans le *Washington Post* pendant six mois, j'en suis sûr.

La mort de Sophie Payne ne l'attristait pas plus que ça, songea Dare.

— Que doit révéler l'Agence aux médias ? demanda-t-elle.

— L'Agence, répondit-il en la toisant, ou votre analyste, Carmichael ?

— C'est vraiment une héroïne, monsieur le Président. Le décès de la vice-présidente n'enlève rien au courage et à l'intelligence dont Mme Carmichael a su faire preuve. Elle mérite une reconnaissance publique.

Bigelow réfléchit. Une héroïne pourrait servir à atténuer les effets d'un échec cuisant. Mais ils allaient devoir la manipuler avec prudence.

– Il y a une chose que j'aimerais savoir, dit-il.

– Oui, monsieur ?

– Dans le message que nous avons reçu de Sarajevo, ils expliquent qu'elle s'est servie d'un récepteur pour localiser Sophie dans les tunnels. Mais qui a installé la balise – et comment est-ce que notre héroïne a obtenu le récepteur ?

Dare sentit une tension au niveau des épaules. Elle se redressa et répondit :

– Par quelqu'un du 30 Avril, monsieur. Cela semble évident. Si les journalistes posent des questions gênantes, nous pouvons toujours leur répondre que nous sommes obligés de protéger nos sources et nos méthodes.

Bigelow poussa un exemplaire du *Financial Times* sur son bureau. Même à l'envers, Dare savait quel était le gros titre : *Le corps d'un Américain a été retrouvé dans un repaire de terroristes.*

– Vous avez conscience de ce que cet article va déclencher ? demanda-t-il.

– Je ne l'ai pas encore lu, répondit-elle en soutenant son regard.

– Vous dirigez souvent des opérations véreuses, Dare ?

– Absolument pas, monsieur le Président. Les préparations de cette... opération... ont commencé quand mon prédécesseur était en fonction.

– Et personne ne vous en a informée ? gronda-t-il.

– Non, monsieur.

– Je me demande combien de DCI ce salopard de Sorensen a embobinés.

Dare s'était posé la même question. Scottie avait-il l'habitude de duper ses supérieurs ? Ou avait-il décidé de l'éclipser simplement parce qu'elle était une femme sans expérience opérationnelle ?

– Monsieur Sorensen a déjà déclaré qu'il voulait démissionner, dit Dare.

Bigelow secoua la tête.

— Non, compte tenu du climat actuel, nous ne pouvons pas l'accepter. Trop de questions seraient posées et Sorensen risque de se sentir obligé d'y répondre.

— Je suis d'accord.

Le Président chiffonna le *Financial Times* et le jeta dans la corbeille à papier.

— Un petit conseil, l'avertit-il. Surveillez vos arrières. Si vous n'êtes pas prudente, ce fils de pute va prendre votre place.

— Oui, monsieur, répliqua-t-elle.

Tom Shephard retrouva Caroline treize heures après les Delta Force.

Posté à l'entrée de sa chambre d'hôpital, il l'observait. Elle dormait, la tête en biais sur son oreiller, ses cheveux blonds décoiffés. Le pansement de sa clavicule apparaissait à travers l'ouverture de sa chemise de nuit. La chambre — l'ambassade avait demandé à l'hôpital de Sarajevo de ne pas y mettre d'autres patients — était éclairée par un néon à la lumière intermittente. Le teint cadavérique, Caroline semblait avoir totalement perdu l'étincelle de vie qui l'animait.

Shephard n'avait pas mis les pieds dans un hôpital depuis la mort de Jenny. Cela remontait à cinq ans. La panique le saisit et il se retourna pour partir.

— Bonjour Shepard, murmura Caroline.

Peut-être était-ce sa blessure qui la rendait si vulnérable, ou le fait que sa mission était enfin terminée ? Quoi qu'il en soit, elle le regardait droit dans les yeux et lui tendait la main. Il comprit alors à quel point elle était seule et combien elle avait besoin de contact humain.

Il lui serra doucement la main.

— Vous n'êtes pas passée loin de la mort, dit-il en désignant son pansement.

— Si j'avais pu éviter cette balle, je serais déjà chez moi à l'heure qu'il est.

Shephard lui sourit. Le fantôme de sa femme disparut silencieusement comme un oiseau et il se sentit moins oppressé. Il s'assit sur une chaise près du lit de Caroline.

Elle l'observait comme si elle avait entièrement confiance en lui. Il se demanda si elle savait combien il avait douté d'elle en espérant se tromper. Il décida de ne pas en parler.

— Comment va l'enfant ? dit-elle. Comment va Jozsef ?

— Pas bien. Il est bourré de médicaments qui proviennent de la pharmacie de l'ambassade, mais il est encore entre la vie et la mort. Nous pensons à le faire rapatrier en Allemagne.

— Non.

— Il a besoin d'être placé dans une unité de soins intensifs digne de ce nom.

— Il sera mieux pris en charge aux États-Unis.

— Mais c'est loin. Il risque de mourir durant le voyage.

— On ne l'enverra pas en Allemagne. Même si c'est à une base de l'OTAN. Il est orphelin, Tom, il n'a plus personne. Vous savez ce qui est arrivé à Mirjana ?

— Il y a peut-être des stocks d'antibiotiques pour l'Anthrax 3A à Berlin, insista-t-il. À VaccuGen.

— Alors dites à vos amis de la BKA de cambrioler l'entrepôt ! Envoyez des antibiotiques aux États-Unis. Le CDC serait ravi d'en avoir une boîte.

Dare Atwood, songea Shephard, avait fait une suggestion similaire durant une téléconférence avec l'ambassade américaine de Sarajevo.

— Mais n'abandonnez pas cet enfant sur le territoire de Voekl, reprit Caroline. Il a besoin d'une pause. Sophie Payne aurait exigé la même chose que moi.

Elle se mordit la lèvre.

— Fritz Voekl s'est tiré une balle dans la tête il y a deux heures, lui dit-il.

Les yeux de Caroline s'agrandirent légèrement. Puis la surprise laissa place au calcul, et Shephard eut presque l'impression qu'ils se trouvaient de nouveau dans la résidence d'Ambrose Dalton.

— Qui le remplace ? interrogea-t-elle. Quelqu'un de son parti ou...

Shephard pensa qu'elle allait s'en sortir si elle était encore capable d'analyser.

— Reposez-vous, ordonna-t-il. Je parlerai de Jozsef Krucevic à l'ambassadeur.

— Appelez le BKA, le somma-t-elle. Puis revenez me dire qui dirige l'Allemagne. Je veux savoir !

Le corps de la vice-présidente des États-Unis fut rapatrié à Washington deux jours plus tard. Jozsef Krucevic l'avait accompagnée dans l'avion, une patte de lapin blanc à la fourrure sale serrée dans sa main.

Jack Bigelow et un membre de la garde d'honneur attendaient sur le tarmac. Ainsi que des équipes de journalistes de trente-quatre nations et une foule de mille personnes, retenues par une phalange de policiers casqués. Le drapeau américain enveloppait le cercueil. L'ambiance était solennelle. Peter Payne posa sa joue sur le cercueil de Sophie devant cinquante millions de téléspectateurs, puis se dirigea lentement vers le corbillard.

Jack Bigelow passa son bras autour des épaules du jeune homme et lui murmura quelques mots que les micros ne purent pas capter. Probablement une phrase à propos du sacrifice et du chagrin. Peter Payne hocha la tête et tendit la main.

Plus tard, les experts diraient que le flambeau de quelque chose avait été passé.

Mais avant que tout ceci ne se produise — avant le cortège de voitures jusqu'à Arlington, avant la photo de Caroline Carmichael sur la couverture de *Newsweek*, avant la lettre élogieuse de Jack Bigelow et la remise de la médaille de bronze de la CIA —, un autre retour au pays eut lieu dans un hangar de l'aéroport de Dulles, et Scottie Sorensen en était le seul spectateur.

Les mains dans les poches, un médecin légiste à ses côtés, Scottie regarda deux hommes pousser le cercueil sur un brancard roulant.

— Vous êtes prêt ? lui demanda le médecin légiste.

Scottie hocha la tête d'un air débonnaire. Il n'était pas obligé d'identifier formellement le corps. Cela allait probablement être désagréable. Il y avait tout de même eu une explosion. Mais Scottie pensa qu'il dormirait mieux s'il avait la certitude qu'Eric Carmichael était bel et bien mort. Eric avait détenu trop de secrets.

Ils ouvrirent le couvercle du cercueil. Scottie examina les cheveux blonds, le corps couvert de blessures. Il ne restait pas grand-chose du visage. Il inspecta une main et un bras. De vilaines cicatrices rouges zébraient le poignet. Après tout, Eric avait été torturé. Mais il s'agissait là de vieilles cicatrices. Celles d'un homme qui s'était entaillé les poignets sans vouloir vraiment mourir.

Scottie recula d'un pas. Il fit signe aux employés de refermer le cercueil et sortit un mouchoir blanc qu'il pressa délicatement contre son nez.

— Cet homme est bien Michael O'Shaughnessy ? demanda le médecin légiste.

Scottie hésita. Il y avait tant de réponses possibles.

— Il s'appelle Antonio Fioretto, décréta-t-il finalement. C'est un Italien et un terroriste.

Et, l'espace d'un instant, il faillit rire.

Ce volume a été achevé
d'imprimer au Canada
en mai 2004